# अमीना

(अफ्रीका के स्त्री-जीवन की मर्म-कथा)

वाणी प्रकाशन
21-ए, दरियागंज, नयी दिल्ली-110002
फोन : 011-23273167, 23275710
फैक्स : 011-23275710
e-mail : vaniprakashan@gmail.com
website : vaniprakashan.com

# अमीना

मोहम्मद कबीर उमर

अनुवाद

पूनम कौल

वाणी प्रकाशन का लोगो
विख्यात चित्रकार मक़बूल फ़िदा हुसेन
की कूची से



ISBN : 978-81-8143-605-4

वाणी प्रकाशन
21-ए, दरियागंज, नयी दिल्ली-110002
द्वारा प्रकाशित

प्रथम संस्करण : 2007



मूल्य : 125.00

आवरण : वाणी चित्रांकन

जय भारत प्रेस, शाहदरा, दिल्ली-110032
द्वारा मुद्रित

AMEENA (Novel)
*by* Mohammad Kabir Umar

# 1

दोपहर हो चुकी थी और सूरज आसमान में चढ़ा हुआ था। दो युवतियाँ आराम से विश्वविद्यालय के महिला हॉस्टल से बाहर निकलीं। बाहर कार पार्क में वे एक सफ़ेद मर्सिडीज़ गाड़ी के सहारे टिककर कुछ देर तक बात करती रहीं। फिर एक ने अपने कन्धे तक लम्बे बालों पर पहनी लाल टोपी को ठीक किया और दूसरी ने अपने सिर के स्कार्फ को दोबारा ठीक किया।

"मैं तुमसे बाद में मिलूँगी।"

"इंशा अल्लाह।"

अमीना गाड़ी में पीछे की सीट पर बैठ गई। जैसे ही गाड़ी विश्वविद्यालय से निकली और शहर की तरफ़ बढ़ी, अमीना घर में होनेवाले कार्यक्रम के बारे में सोचने लगी। यह पार्टी उसके पति, अल्हाजी हारून द्वारा की गई अन्य पार्टियों से कुछ अलग होनेवाली थी। विधानसभा के चुनाव में हाल ही में हुई उनकी जीत की खुशियाँ मनाने के लिए शहर के ऊँचे तबके की महिलाएँ आमन्त्रित होंगी। इनमें होंगी–विधायकों की, सरकारी अफसरों की, हैसियतदार नौकरशाहों की, ठेकेदारों की, सेना और पुलिस अधिकारियों की पत्नियाँ और साथ ही खुद व्यापार करनेवाली महिलाएँ और इनके बीच होगी उनकी नई-नवेली पत्नी अमीना। संक्षेप में, यह पार्टी उसके पति उसको इन सब 'महिलाओं' से मिलवाने के लिए कर रहे थे।

गाड़ी गवर्नमेण्ट गर्ल्ज सेकेण्डरी स्कूल के सामने से गुज़री, बाएँ घूमी और एक चौड़ी नई सड़क पर मुड़ गई। सेना मुख्यालय के सामने से गुज़रते हुए ड्राइवर ने अपनी गति धीमी की, फिर दाएँ घूमा और सरकारी मन्त्रालयों के सामने से होता हुआ शहर के बीच पहुँचा। सड़क पर गाड़ियों, मोटरसाइकिलों, साइकिलों और पैदल चलनेवालों की गहमागहमी थी जो चौराहे पर खड़े ट्रैफिक पुलिस के इशारे पर एकदम रुक गई। जब वे इन्तज़ार कर रहे थे, तो अमीना ने गाड़ी के काले शीशों में से बाहर देखा कि व्यापारी दुकानें बन्द कर रहे थे, सड़क पर पटरी वाले सामान समेट रहे थे और खरीदार जा रहे थे। सड़क के दूसरी तरफ़ हाल ही में बनी मस्जिद के सामने सैकड़ों आदमी साफ़े और कुल्ले पहने हुए दोपहर की नमाज़ के लिए इकट्ठे थे।

ट्रैफिक पुलिस के दूसरे संकेत पर ड्राइवर ने गियर बदला और तेज़ी से आगे बढ़ा। अमीना पीछे आराम से बैठ गई और पार्टी के बारे में सोचने लगी। मेहमान आएँगे, वह उनका स्वागत करेगी और सब बैठकर सामान्य बातचीत में लग जाएँगे। वे सब शहर की सबसे धनी और प्रभावी महिलाएँ थीं। उसे पता था, उसका भविष्य था—उन्हीं में से एक बनना, अपना व्यापार शुरू करना, पैसे बनाना, महँगे कपड़े, जेवर और गाड़ियाँ खरीदना। शायद वह किसी दिन उस शहर की ही नहीं बल्कि उस देश की सबसे ज़्यादा धनी महिलाओं में से एक होनेवाली थी। पार्टी के खत्म होने तक औपचारिक रूप से समाज के उच्च वर्ग के लोगों के साथ उसका परिचय करा दिया जाएगा।

गाड़ी आराम से बोकारो ज़िले के बीच से गुज़री और अल्हाजी हारून के दो मंज़िले मकान के सामने आकर रुक गई। यह जानते हुए कि चारों ओर से नज़रें उस पर थीं, अमीना ने गाड़ी से उतरते हुए सिर के स्कार्फ को आगे खींचा और अपनी चाल में शालीनता लाने की कोशिश की। विरुद गानेवालों की उस टोली ने जो आदतन दरवाज़ों के पास मँडराया करती थी, नगाड़े बजाकर उसकी प्रशस्ति गाना शुरू कर दिया। उन्होंने उसके गुणों और सुन्दरता का बखान करते हुए उसे अल्हाजी हारून के लिए अल्लाह ताला का बेहतरीन तोहफा बताया।

अमीना ने मुस्कुराते हुए, बटुए से 500 नायरा के कुछ करारे नोट निकालकर बैंडवालों के मुखिया को पकड़ा दिए।

ऊपर कमरे में पहुँचकर जब अमीना ने अपने पहले मेहमान को इन्तज़ार करते हुए पाया तो उसे आश्चर्य नहीं हुआ। कुलु, स्थानीय सरकारी सचिव की पत्नी, व्यापार में सफल महिला और अमीना की सहेली थी। वह अधेड़ उम्र, औसत कद की भरे सीनेवाली महिला थी और हमेशा की तरह उसने बेहतरीन फैशन के कपड़े पहन रखे थे। दोनों ने एक-दूसरे का अभिवादन किया और कुलु की सहायता से अमीना ने सादे कपड़े बदलकर सुनहरी कढ़ाई वाला एक बेदाग सफ़ेद ब्लाउज़ और उससे मेल खाता सफ़ेद शाल और सिर पर स्कार्फ पहना। जब अमीना सोने की अँगूठी, चाँदी का कड़ा और हीरे की बालियाँ पहन रही थी तब कुलु ने पूछा कि वो कहाँ गई थी।

"मैं फातिमा को आमन्त्रित करने विश्वविद्यालय गई थी।" "वो बेकार, गैर-ज़िम्मेदार लड़की।" कुलु बड़बड़ाई। अमीना ने कुछ नहीं कहा। उसे मालूम था कि कुलु और फातिमा के बीच कोई प्रेमभाव नहीं था, पर इससे उसे कोई मतलब नहीं था। जैसे ही वो और कुलु लम्बे शीशे के सामने साथ खड़े होकर अपने औपचारिक लिबास को सराहने लगीं, उन्हें मेहमानों के पहुँचने की आहट सुनाई दी और अमीना उनका स्वागत करने सीढ़ियों से नीचे उतरी। अपने सुडौल नाक-नक्श और चिकनी साँवली त्वचा वाली अमीना सबके बीच में खड़ी पूरी तरह

गृहिणी लग रही थी : रमणीय, सुन्दर और सन्तुलित। जब विश्वविद्यालय से फातिमा के साथ दो और लड़कियाँ पहुँचकर सीधे उसकी ओर बढ़ीं तब उसे थोड़ा चैन आया और उसके चेहरे पर हल्की मुस्कुराहट दिखाई दी।

ज़्यादातर मेहमानों के पहुँचने पर कुलु अल्हाजी हारून के साथ नीचे आ गई। कुलु की भूमिका थी सबका औपचारिक रूप से स्वागत करना और अल्हाजी हारून को कुछ बोलने के लिए आमन्त्रित करना। जब वह बोल रही थी, वह उसके पास खड़ा था। चौड़े-चपटे माथे वाला लम्बा भरकम आदमी। चपटी नाक, मुँडी हुई दाढ़ी, आगे और पीछे हरी कढ़ाई का एक बुर्राक सफ़ेद चोगा पहने हुए वह उसके ऊपर छाया हुआ था। उसने लाल रंग की छोटी टोपी और चमकदार भूरे जूते पहन रखे थे।

जैसे ही उसका परिचय करवाकर कुलु पीछे हटी, उसने अपना गला साफ़ किया और अपने चोगे को ठीक किया। उसने सहायता और मार्गदर्शन के लिए अल्लाह का और निमन्त्रण स्वीकार करने के लिए मेहमानों का धन्यवाद किया। "जैसा कि आप सब जानते हैं, हमारे धर्म इस्लाम में मुसलमान पुरुष को चार शादियाँ करने की इजाज़त है। अमीना मेरी चौथी पत्नी है। मेरा सिद्धान्त है : 'नई सफलता, नई पत्नी।'' उसके श्रोताओं के बीच कपड़ों की सरसराहट और फुसफुसाने की आवाज़ हुई और उसने गर्व से मुस्कुराकर चारों तरफ़ देखा। "बहुत साल पहले, अल्लाह की मदद से जब मुझे स्थानीय सरकारी गोदाम का प्रबन्धक बनाया गया था, तब मैंने अपनी पहली पत्नी से शादी की थी। दोबारा अल्लाह की मदद से जब मेरी उन्नति राज्य के वित्त मन्त्रालय के लेखाकार के पद पर हुई तब मैंने दूसरी शादी की। जब अल्लाह ने मुझे व्यापार का रास्ता दिखाया, तब मैंने तीसरी शादी की। अब उसकी सहायता से जब मैंने राज्य की विधानसभा में विधायक का पद जीता, तब मैंने चौथी शादी की।" अमीना की ओर देखते हुए उसने कहा, "तुम चौथी हो!"

कुछ मेहमानों ने तालियाँ बजाईं; दूसरे मुस्कुराए और हँसे। अल्हाजी हारून ने ख़ामोशी होने का इन्तज़ार किया, फिर कहा, "इस्लामी नियमों का कठोरता से पालन करते हुए मैं अपनी सभी पत्नियों को बराबर प्यार करता हूँ।"

उसके भाषण के बाद मेहमान टोलियों में बँट गए और उल्लास भरी बातें होने लगीं। भीड़ में घूम-घूमकर तारीफ़ों का आदान-प्रदान और बधाइयाँ स्वीकार करते हुए अमीना के कानों में जाने-पहचाने विषयों पर हो रही टूटी-फूटी बातचीत पड़ी—हाल की राजनीतिक सफलताएँ और असफलताएँ, आर्थिक सम्भावनाएँ, किसको कौन सा ठेका मिला, किसके पास सबसे नए मॉडल की गाड़ी या बिजली का साज-सामान है। सारा अहाता भरा हुआ था और सेविकाएँ ठण्डे पेय, बिस्कुट, भुना-तला गाय और मुर्गियों का मांस पेश कर रही थीं। जैसे ही अमीना छात्र-मित्रों की एक टोली की तरफ़ बढ़ी, उसने फातिमा को कहते हुए सुना : "वह बेईमान

है। अगर उसका चुनाव या नियुक्ति किसी और ऊँचे दफ़्तर में हो गई तब क्या होगा? वो फिर से शादी करने के लिए अपनी किसी एक पत्नी को तलाक दे देगा।" टोली के पास पहुँचकर अमीना सिर्फ मुस्कुराई और कुछ विद्यार्थियों के साथ सहज ढंग से बातचीत करने लगी।

जब पार्टी खत्म हुई तो अमीना ने ठण्डी साँस ली और आराम करने के लिए ऊपर चली गई। 'भगवान का शुक्र है पार्टी सफल रही,' कहते हुए वह अपने विशाल बिस्तर पर पसर गई। लेटे हुए उसने अपने कमरे का जायज़ा लिया, अपनी नज़र घुमाकर देखा रंगीन टेलीविजन, वीडियो रिकॉर्डर, फ्रिज, रेडियो, कैसेट-प्लेयर, अलमारी जो कई तरह के रंग और नाप की प्लेटों से भरी हुई थी; और कपड़ों की अलमारी जिसमें अलग-अलग मौकों के लिए अनगिनत पोशाकें थीं। उसने रात का खाना कमरे में मँगवाया और सोने के लिए गाउन बदल लिया।

काफी देर के बाद अल्हाजी हारून ने अन्दर आकर दरवाजा बन्द कर लिया। बिस्तर पर बैठकर जूते उतारते हुए उन्होंने कुछ सोचकर कहा, "अमीना, मैं पार्टी में यह घोषित करना भूल गया कि मेरी पत्नी होने के नाते एक घर और एक ज़मीन के टुकड़े पर तुम्हारा हक है। मैं आज बटूरा से भी मिला और उसे तुमसे जल्दी मिलने की उम्मीद है।" उसकी उदारता पर ताज्जुब करते हुए अमीना ने उसको धन्यवाद दिया। जब तक उसका पति जिन्दा और धनी रहेगा, वह जो भी चाहेगी पा सकेगी। इस आश्वासन के बावज़ूद उसे ऐसे तोहफों की इच्छा नहीं थी। उसने रोशनी बन्द की और उसके पास बिस्तर में लेट गया। "वह घर यहाँ से दूर नहीं है। ज़मीन का टुकड़ा भी दूर नहीं है। प्राथमिक पाठशाला के सामने, नदी के पास है।"

"धन्यवाद," अमीना ने फिर कहा।

"अल्लाह कितना मेहरबान हो सकता है,' थोड़ी सी चुप्पी के बाद अल्हाजी हारून ने कहा, "कुछ समय पहले तक हम एक-दूसरे के लिए अजनबी थे, आज हम पति-पत्नी हैं। अँधेरा होने पर भी मैं तुम्हारी खूबसूरती को महसूस कर सकता हूँ। उससे प्रकाश बिखरता है।"

अगले दिन अमीना ने जल्दी उठकर सुबह की पूजा की। उसने अपने सबसे बढ़िया कपड़ों में से चुनकर कुछ कपड़े पहने और दस बजे के करीब घर से निकल पड़ी। बाहर एक गहरे नीले रंग की रेंज रोवर खड़ी थी। जैसे ही वह पास पहुँची, किसी ने उसकी प्रशस्ति गाते हुए दरवाज़ा खोला। दरवाज़ा बन्द होने पर उसने ड्राइवर से कहा, "मुझे बटूरा के घर ले चलो।"

बटूरा का घर शहर के बाहरी हिस्से की तरफ़ था। गाड़ी एक लोहे के दरवाजे के सामने रुकी और अमीना ने एक क्षण के लिए खिड़की का शीशा नीचे किया। "विधानसभा में बहुमत पानेवाले नेता की पत्नी अमीना हारूना, बटूरा से यहाँ मिलने आई है," उसने कहा। गार्ड ने अपने रेडियो में संक्षेप में कुछ कहा, दरवाज़े खुले

और वे अहाते के कार पार्क की ओर चल पड़े। यहाँ से एक गार्ड जिस रास्ते से अमीना को घर की तरफ़ ले गया उसके दोनों तरफ़ पेड़ों की कतार थी। रास्ते में वे एक तरणताल और टेनिस कोर्ट के करीब से गुज़रे।

"आखिर मुझे तुमसे मिलकर बहुत खुशी हुई," बटूरा ने दरवाज़े पर अमीना का स्वागत करते हुए कहा। "अन्दर आओ और आराम से बैठो," कहते हुए वह उसको एक कमरे में ले गया जहाँ एक आदमी पहले से बैठा था। उसने अमीना से कुछ क्षणों के लिए माफ़ी माँगकर उस आदमी के साथ अपनी बातचीत फिर शुरू की। बाद में अमीना को पता चला कि उस आदमी का नाम मोहम्मद इदरिस था। उसकी रुचि उनकी बातचीत में नहीं थी, नज़र घुमाकर वह सजे हुए कमरे, उसके संगमरमर के फर्श और शानदार बिजली के झाड़ को देखने लगी।

"तुम्हारे पिताजी ने ऐसे शेयरों में पैसा लगाया जिनकी कीमत गिर गई है," बटूरा ने कहा।

"मेरी रुचि यह जानने में है कि उनके बैंक के खाते में क्या बचा है," मोहम्मद ने कहा।

"तुम्हारे पिताजी ने मेरी मदद से जो पैसा जमा किया था वो कई वर्षों तक नहीं निकाला जा सकता। मैंने उनको कई विकल्प सुझाए पर उन्होंने यही पसन्द किया। मैं उनके दस्तख़त किए हुए असली कागज़ पत्र दिखा सकता हूँ। तुम अगले दस साल में सिर्फ पच्चीस प्रतिशत निकाल सकते हो।"

"उन्होंने कहा था कि उनके पास लाखों रुपये थे।"

"सिद्धान्ततः पैसा उन्हीं का है, पर व्यवहार में अगले दस साल तक कोई भी, अगर वो भी जीवित होते तो वो भी पच्चीस प्रतिशत से ज़्यादा पैसा नहीं निकाल सकते थे," बटूरा ने समझाया।

"मैं नहीं समझ पा रहा। आपका मतलब है कि हम यह पैसा वापस नाइजीरिया नहीं मँगवा सकते?"

"तुम ठीक कह रहे हो। इस पैसे को वापस लाना लगभग नामुमकिन सा है," बटूरा ने मोहम्मद की तरफ़ देखते हुए कहा।

"मुझे माफ़ करना क्योंकि मैं इस समय व्यस्त हूँ। मेरा बेटा इसके बारे में सब कुछ समझा देगा। ल्यूकस, ल्यूकस," उसने आवाज़ दी। "इन्हें ले जाओ और समझा दो कि यह व्यापार कैसे चलता है।" निवेदक को विदा करते ही बटूरा का व्यवहार बदल गया और वो सहज भाव से अमीना की तरफ़ घूम गया। "तुम्हारा स्वागत है। आओ मेरे साथ चलो। मैं तुम्हें किसी से मिलवाना चाहता हूँ।" अमीना बटूरा के पीछे तरणताल की ओर गई, जहाँ बिकनी पहने एक अंग्रेज महिला छाया में लेटी हुई शराब पी रही थी। अमीना अटपटा महसूस करते हुए इधर-उधर देखने लगी पर बटूरा ने उसका नाम पौला बताते हुए अमीना से उसका परिचय करवाया।

राज्य में नागरिक प्रशासन की वापसी के मौके पर, राज्यपाल के शपथ-समारोह में फूलों की सजावट करने के लिए लन्दन निवासी यह फूलों की सौदागर खासतौर से आई थी।

"तुमसे मिलकर मुझे खुशी हुई," अपना धूप का चश्मा उतारते हुए पौला ने कहा। "मुझे तुम्हारे देश से और यहाँ के लोगों से प्यार हो गया है। मनोहारी स्थान है। लोग भी बहुत अच्छे हैं। व्यापार करने के अनेक अवसर है यहाँ," अपने गिलास में से घूँट लेते हुए पौला ने कहा। "मेरा खयाल है तुम भी व्यापार करती हो। यह बढ़िया है। हम दोनों साथ में काम कर सकते हैं।"

"मैंने अभी तक पक्का इरादा नहीं किया है," अमीना ने जवाब दिया। "बहरहाल तुमसे मिलकर प्रसन्नता हुई।"

बटूरा के साथ वापस स्वागत-कक्ष में जाने पर अमीना को राहत मिली। उसने अमीना को अपने बेटे के पास छोड़ा, जो पहले आए मेहमान को वापस भेज चुका था। ल्यूकस ने ठण्डे पानी की बोतलें और गिलास मँगवाए और अमीना के पास बैठकर दो गिलास भरे। मेज़ पर रखी कुछ पुस्तिकाएँ और कागज़ ठीक करते हुए उसने कहा, "मुझे अपने पिताजी से पता चला कि तुम हमारे साथ व्यापार करना चाहती हो। हम जो सेवाएँ प्रदान करते हैं, उनके बारे में मैं समझाता हूँ। मूलतः ये शुरू होती हैं राशि की व्यवस्था से और लोगों को अपना पैसा लगाने के बारे में सलाह देने तक व्याप्त रहती हैं। अगर लोग यूरोप में कहीं भी घर खरीदना चाहें तो हम अच्छे दामों में खरीदवा सकते हैं। हम डॉक्टरी जाँच का समय निर्धारित करवाते हैं, छुट्टियाँ मनाने का प्रबन्ध करते हैं और बढ़िया से बढ़िया स्कूलों में बच्चों का दाखिला करवाते हैं।" अपनी संक्षिप्त मुलाकात के अन्त में अपनी तरह-तरह की सेवाओं के बारे में उसने अमीना को कुछ पुस्तिकाएँ और कागज़ात की फाइलें दीं।

"मैं ये सब पढ़ने के बाद तुमसे सम्पर्क करूँगी," अमीना ने उसका धन्यवाद करते हुए कहा।

ल्यूकस ने अपने पिता को आवाज़ दी। वे अपना मोबाइल फोन हाथ में लिये अन्दर आए। अमीना से विदा लेते हुए उसने कहा, "मेरे खयाल से तुम फातिमा की मित्र हो। तुम मुझपर एक मेहरबानी कर सकती हो। मैं कुछ महीनों तक देश के बाहर रहूँगा, इसलिए तुम अगली बार जब उससे मिलो तो कह देना कि विश्वविद्यालय में होनेवाले वाद-विवाद के लिए उसने जो निमन्त्रण भेजा था मैंने वह स्वीकार कर लिया है। जब मैं लौटूँगा तो बौद्धिक वाद-विवाद के लिए ऊर्जा बटोर कर सम्पर्क करूँगा।" वह व्यंग्यपूर्वक मुस्कुराया और अमीना को फिर कुछ अजीब सा लगा; पर उसकी गाड़ी तक साथ जाता हुआ ल्यूकस साक्षात् शौर्य लग रहा था।

# 2

कई सप्ताह बीत गए। अमीना की पूजा-पाठ, खाने-पीने और सोने की दिनचर्या चलती रही और वह अपनी निष्क्रिय पर आरामदेह ज़िन्दगी का आनन्द लेती रही। उसका पति अमीर था, इसलिए उसके पास वो सब कुछ था जिसकी उसे चाह थी। आराम की ज़िन्दगी गुज़ारने वाली अमीना के पास शिकायत का कोई कारण नहीं था। इसके बावज़ूद वो इसे संक्रमण का दौर मानते हुए सोचती थी कि समय के साथ उसको कुछ मन लगाने वाला काम मिल जाएगा।

एक सुन्दर, रौशन शनिवार को अमीना ने विधायकों की पत्नियों के संघ की उद्घाटन सभा में भाग लिया। सभा का आयोजन विधानसभा की इमारत में हुआ था, जहाँ उसकी मुलाकात अपनी पार्टी में आए कुछ मेहमानों से हुई। सभा समाप्त होने पर उसका चुनाव सहायक सचिव के पद पर हुआ और वह खुशी-खुशी घर चली गई। अपने कमरे में पहुँचकर उसने दरवाज़े को अन्दर से बन्द कर लिया। अपना ब्लाउज़ उतारकर लम्बे शीशे के सामने खड़ी होकर वह अपने को निहारने लगी। यह उसकी पुरानी आदत थी। उसने अपने चिकने चेहरे को छुआ, "ईश्वर ने मुझे खूबसूरत बनाया, उसके लिए मैं उसका धन्यवाद करती हूँ। सौभाग्य से मुझमें वे सब अच्छाइयाँ हैं जिनकी ज़रूरत एक औरत को होती है। मैं सोचती हूँ मेरी रचना करते समय ईश्वर ने ज़्यादा समय लगाया होगा। सभा में उपस्थित उन सभी महिलाओं से मैं ज़्यादा सुन्दर हूँ।" दरवाज़े पर होनेवाली हल्की-सी दस्तक ने उसके ध्यान में बाधा डाली। उसने जल्दी से ब्लाउज़ पहना और दरवाज़ा खोला।

"हैलो महारानी, तुम कैसी हो?" कुलु ने मुस्कुराते हुए पूछा।

"मैं ठीक हूँ, और तुम?" अमीना ने उसको कमरे के अन्दर लाते हुए जवाब दिया।

"बहुत बढ़िया। सिर्फ तुम्हें बताने आई हूँ कि जल्द ही मैं यूरोप होती हुई, हज के लिए पवित्र स्थल जाऊँगी।"

"किस्मत वाली हो," मुस्कुराते हुए अमीना ने जवाब दिया।

"मेरी नई कम्पनी का पंजीकरण हो गया है।"

"कौन-सी?"

"पर्यटन एजेंसी। इस तरह के व्यापार में आजकल बहुत लाभ होता है, क्योंकि तीर्थयात्री साउदी अरेबिया जा रहे हैं।" कुलु ने एक पल के लिए रुककर कहा, "आशा है, अपने साथ पवित्र स्थल ले जाने के मेरे प्रस्ताव के बारे में तुम नहीं भूली होगी।"

"नहीं। जब मैं तैयार होऊँगी तो तुमसे कहूँगी।"

जैसे ही अमीना आराम करना चाहती थी, अरबी और कुरान के प्रसिद्ध अध्यापक की दूसरी पत्नी मायरो ने प्रवेश किया। वह मोटी, बातूनी और टेढ़ी टाँगों वाली महिला थी जिसको 'रेडियो बोकारो' कहा जाता था क्योंकि उसके पास हमेशा ताजा खबरों की जानकारी रहती थी।

"तुम किस्मत वाली महिला हो," मायरो ने आराम से बैठते हुए कहा।

"कैसे?" अमीना ने पूछा।

"यहाँ की ज़्यादातर औरतों की तुलना में तुम आराम से रहती हो।"

"ये तो अल्लाह की मरज़ी है," अमीना ने पलटकर कहा।

"तुम ठीक कह रही हो...क्या तुम लराई को जानती हो?"

"नहीं। वो कौन है?"

"एक युवा माँ जो कुछ समय से अस्पताल में है। कुछ महीने पहले अपने पहले बच्चे को जन्म देने के लिए वह अस्पताल में भर्ती हुई थी। बच्चे को जन्म देते समय उसने बहुत तकलीफ पाई। अब वो ऐसी तकलीफ से पीड़ित है जो छोटी उम्र में बच्चे को जन्म देने पर हो जाती है।"

"इससे मेरा क्या मतलब?" अमीना ने भृकुटि चढ़ाकर पूछा।

"कुछ नहीं। मुझे सिर्फ उसपर और उस जैसी और महिलाओं पर दया आती है। इनमें से अधिकतर अपनी बाकी की ज़िन्दगी ग़रीबी और उपेक्षा में गुज़ारती हैं। मैंने सोचा, तुम युवा और पढ़ी-लिखी हो, इसलिए इनके बारे में चिन्तित होंगी।" मायरो ने अमीना को पैनी नज़रों से देखा।

अमीना की प्रतिक्रिया विरक्तिपूर्ण थी। "मैं चिन्तित नहीं हूँ। हम सबकी जिन्दगियाँ और किस्मत अलग-अलग है। मैंने तो उनकी शादी इतनी छोटी उम्र में ज़बरदस्ती नहीं करवाई। मैं डॉक्टर नहीं हूँ और इतनी अमीर नहीं हूँ कि उनका ध्यान रख सकूँ। मेरी सलाह है कि तुम शहर के अमीर या राज्य के राज्यपाल, या किसी और प्रभावशाली व्यक्ति से मिलो।"

मायरो माननेवाली नहीं थी। "ये सब पुरुष हैं इसलिए बीमारी की गम्भीरता को नहीं समझेंगे।" उसने गम्भीरतापूर्वक समझाया।

"मैं कुछ नहीं कर सकती। ये तो भगवान की इच्छा है।"

कन्धा उचकाते हुए मारियो दूसरे स्थानीय मुद्दों पर शुरू हुई। जब अमीना

को लगा कि लिहाज़ में वो बहुत देर तक सुनती रही है, तो उसने कहा कि दिनभर की घटनाओं की थकान के बाद उसे आराम की ज़रूरत है, और मायरो चली गई। जैसे ही अमीना ने अपनी चोटी के बाल ढीले करने शुरू किए, उसे अहाते में एक जानी-पहचानी आवाज़ सुनाई दी। वो उसकी सहेली फातिमा थी, जो पहली पत्नी के दस वर्ष के पुत्र अब्दुल्लाही का पीछा कर रही थी। उसको उसे चिढ़ाना अच्छा लगता था। मज़ाक में वह हमेशा उसे अपना संकोची दूल्हा कहती थी। जब उसने अहाते के बीच में अमरूद के पेड़ के पास उसे पकड़ लिया, तो ज़ोर से बोली, "तुम्हारे पास मुझसे शादी करने के अलावा अब कोई रास्ता नहीं।" अब्दुल्लाही को छोड़ते हुए उसने दूसरी पत्नी की तीन वर्ष की बेटी ज़मीला को उठाया जिसने सराहते हुए उसके चेहरे को थपथपाया और तुतलाते हुए कहा, "तुम खूबसूरत हो, इसलिए तुम मेरे भाई की पत्नी बनोगी।"

"क्या यह लकड़हारे का बेटा गैम्बो है?" फातिमा ने अहाते में टेढ़ी टाँगों वाले करीब पाँच वर्ष के एक लड़के के बारे में एक औरत से पूछा।

"हाँ," उसकी माँ ने जवाब दिया।

"तो ये हमारे देश का होनेवाला राष्ट्रपति है," उसने मज़ाक किया।

"ये नामुमकिन है," मुस्कुराते हुए उसकी माँ ने जवाब दिया।

फातिमा ऊपर अमीना के कमरे में गई। "हम कैम्पस में बहुत व्यस्त रहे हैं," उसने खड़े-खड़े अमीना से न मिलने के लिए माफ़ी माँगते हुए कहा। "विद्यार्थी संगठन के चुनाव अभी हुए हैं और मेरा चुनाव उपाध्यक्ष के पद पर हुआ।"

"मुबारक हो!" राजनीति में रुचि न होते हुए भी अमीना ने अपनी मित्र को सच्चे मन से मुबारकबाद दी।

"धन्यवाद," फातिमा ने कहा। वह सोफे पर बैठी, अपनी लाल टोपी उतारी और अपने लम्बे बाल पीछे बाँध लिये।

"क्या तुम चोटी बनाने में मेरी मदद करोगी?" अमीना ने अपनी सहेली से पूछा। "कुछ ऐसी और चीज़ें भी हैं जिनके बारे में मैं तुमसे बात करना चाहती हूँ।"

"ठीक है, मेरे पास समय है।"

फातिमा नीचे जाकर बैठने के लिए लकड़ी का नक्काशी वाला एक मूढ़ा ले आई। एक छोटी-सी बालकनी में बाहर जाकर अमीना उसके पैरों के पास ज़मीन पर बैठ गई और फातिमा ने उसके बालों को दो हिस्सों में बाँटा। वह बोली, "अमीना चुनाव बहुत ही दिलचस्प थे और मैंने बहुत कुछ सीखा..."

"सुनो," अमीना ने बीच में टोका। "तुम्हें पता है इसमें मेरी कोई रुचि नहीं है। मैं राजनीति से डरती और नफरत करती हूँ।"

"चाहे तुम मेरी इस बात से सहमत हो या नहीं। हर व्यक्ति एक राजनीतिज्ञ होता है। दो ही विकल्प हैं, सक्रिय होना या निष्क्रिय रहना। अगर तुम अपने को

प्रभावित करनेवाली चीज़ों पर नियन्त्रण रखने की क्षमता नहीं रखोगी तो दूसरे तुम पर रखेंगे।"

बालकनी में अब्दुल्लाही के आने पर उनकी बात बीच में रुक गई। उसने शरमाते हुए फातिमा को कोला की कुछ गिरियाँ दीं और फातिमा ने बाँह से पकड़ उसे पास खींच लिया। अहाते में नीचे से देखनेवाली महिलाएँ हँसने लगीं। अब्दुल्लाही ने जूझकर अपने को छुड़वाया और भाग गया।

"तो फिर तुम अपने आपको किस तरफ़ समझती हो?" फातिमा ने आगे पूछा।

अमीना हक्की-बक्की थी और उसने अनिश्चितता से जवाब दिया, "मैं कह सकती हूँ कि मैं उस दल की हूँ जो बीच का रास्ता अपनाता है।" फातिमा ने ज़ोर से अमीना के बालों के एक गुच्छे को खींचा और अमीना ने विरोध किया। माफी माँगते हुए भी फातिमा ने अपना व्याख्यान ज़ारी रखा। "मुझे तुमको बताना ज़रूरी है कि राजनीति में बीच का रास्ता नहीं होता, मुंडेर पर नहीं बैठा जाता। या तो तुम वर्तमान स्थिति के साथ हो या उसके विरुद्ध हो। तुम या तो उसका समर्थन करो या उसे बेहतर बनाने के बारे में सोचो।"

अमीना चुप थी। उसे मालूम था कि फातिमा राजनीतिक मसलों में पूरी तरह डूबी हुई थी और उनके बारे में घण्टों बात कर सकती थी। एक बार शुरू हो जाए तो उसका ध्यान हटाना भी नामुमकिन था। इसके बावज़ूद अमीना की गर्मजोशी और साफ़गोई ने उसे प्रभावित किया और भाषण को उसने उसका साथ पाने का मुआवज़ा समझा।

"इस तरह से बने बालों में तुम ज़्यादा सुन्दर लगती हो। ये सचमुच तुम्हारे ऊपर बहुत अच्छे लगते हैं," बालों के आश्विरी गुच्छे को खत्म करने पर फातिमा ने कहा। उसने खड़े होकर हाथ सीधे किए।

"मुझे चिढ़ाना बन्द करो।"

"मैं चिढ़ा नहीं रही हूँ। आँखों वाला कोई भी तुम्हारी असाधारण सुन्दरता देख सकता है। एक अन्धा व्यक्ति भी तुम्हारा चेहरा छूने पर यही कहेगा। फिर भी, खूबसूरती तो औरत की ज़रूरत का सिर्फ एक हिस्सा है। उसको दिमाग की तेज़ी और मज़बूती की भी ज़रूरत होती है।"

"मेरी चोटी गूँथने के लिए धन्यवाद," अमीना ने फातिमा को ठण्डा पेय देते हुए और शीशे में अपने नए ढंग से बने बालों को देखते हुए कहा। कुछ चीज़ें थीं जिनके बारे में अमीना फातिमा से बात करना चाहती थी पर उसे महसूस हुआ कि फातिमा का मूड निजी विषयों पर चर्चा का नहीं था। उसने इन्तज़ार करने का फैसला किया। बल्कि उसने पूछा :

"ठीक है, माना कि औरतों की स्थिति सुधार माँगती है; तो क्या करना

चाहिए?'' फातिमा का चेहरा एकदम चमक उठा।

''बहुत कुछ करना चाहिए,'' उत्साहपूर्वक उसने जवाब दिया। ''शुरुआत करने के लिए विशेषाधिकारी लोगों को इसमें साथ लेना चाहिए।''

''ठीक है, मैं अपने पति से बात करके पूछूँगी कि क्या राज्य की विधानसभा महिलाओं की परिस्थिति के बारे में विचार कर सकती है?'' अमीना ने कहा।

''इस बात को भूल जाओ।'' फातिमा एकदम बोली। ''वो लोग कभी नहीं करेंगे।''

''परन्तु वो मुझसे प्यार करते हैं,'' अमीना ने आग्रहपूर्वक कहा।

''हाँ, वो करते हैं, पर वो अपने स्वार्थ के बारे में ज़्यादा सोचते हैं,'' फातिमा ने रुककर कहा, ''दूसरी तरफ़, बल्कि विधायकों की पत्नियों के संघ के माध्यम से महिलाओं की स्थिति को सुधारा जा सकता है। तुम कितने व्यवस्थित हो?''

''हाँ, हमारी संस्था की तो अभी शुरुआत ही है और हम अभी तो खासतौर से यही चर्चा करते हैं कि अपने पति का ध्यान किस तरह रखें, विधायक सम्पदा में उनके लिए बेहतर सुविधाओं और ऐसी दूसरी समस्याओं के लिए दबाव कैसे डालें। उनकी अगली मुलाकात यहीं होनेवाली है और अगर तुम चाहो तो मैं सदस्यों का ध्यान तुम्हारी चिन्ता के विषय पर दिला सकती हूँ। शायद हम अपने-अपने पतियों को प्रभावित कर नए कानून बनवा सकते हैं जिनसे महिलाओं के लिए ज़्यादा अनुकूल परिस्थितियाँ पैदा हों।''

''सुनो, वो सद्भावना के कारण बदलाव नहीं लाएँगे,'' फातिमा ने तर्क दिया। अपना नीचे का होंठ काटकर उसने सोचते हुए कहा, ''महिलाओं पर अत्याचार का एक खास कारण है हमारा अज्ञान। हमें लड़कियों के लिए अधिक पाठशालाएँ और निःशुल्क अनिवार्य शिक्षा की आवश्यकता है, पर यह योजना तो भविष्य के लिए है। तब तक अशिक्षा समाप्त करने के लिए हमें प्रौढ़ शिक्षा की विशेष योजनाएँ शुरू करनी चाहिए।''

''तुम्हारा क्या मतलब है?''

''हमें सबसे पहले महिलाओं को पढ़ना-लिखना और उसके बाद उनके नागरिक कर्तव्य और मानव अधिकारों और उनकी रक्षा करने के बारे में सिखाना चाहिए। अधिकतर महिलाएँ इस्लाम के बारे में समझती ही नहीं हैं। जो भी उनके पति, भाई और दूसरे लोग कहते हैं वो उसे स्वीकार कर लेती हैं और पारम्परिक मूल्यों और आदर्शों को इस्लाम के आदर्शों के साथ उलझा देती हैं। यदि स्त्रियों को सही मौलिक शिक्षा दी जाए तो वे समाज और उसमें अपनी स्थिति को बेहतर समझ पाएँगी।''

फातिमा जितना ज़्यादा बोलती गई, उतनी ही अमीना की दिलचस्पी बढ़ती गई। हालाँकि वह न तो निश्चित रूप से सहमत थी, न ही समझ पा रही थी,

फिर भी वह फातिमा का आदर करती थी और उसकी सोच को समझने की कोशिश कर रही थी। दो वर्ष पहले दोनों विश्वविद्यालय में मिली थीं और एक कमरे में साथ रही थीं। फातिमा उसकी सबसे भरोसेमंद और ईमानदार सहेली थी। मुँहफट होने की वजह से कभी वह संकट में पड़ जाती थी, फिर भी आसपास के सभी लोग उसकी सरलता और सच्चाई की सराहना करते थे। उसकी संवेदनशीलता को समझे बगैर कोई उसे नहीं जान सकता था। राजनीतिक दृष्टि से वह विश्वविद्यालय में, मानव अधिकारों और न्याय की बड़ी मुखर समर्थक थी। फातिमा अमीना को एकदम पसन्द आ गई, परन्तु कई मौकों पर जब फातिमा ने उसको राजनीति में खींचने की कोशिश की, अमीना पीछे हट गई। एक बार तो उसके भाषण की उग्रता से तंग आकर अमीना ने कमरा बदलने की धमकी भी दी। इसके बावज़ूद दोनों गहरी मित्र रहीं और अमीना को खुशी थी कि उसके विश्वविद्यालय छोड़ने के बाद भी दोनों ने आपस में सम्पर्क रखा गोकि दोनों के विचार पहले की तरह अभी भी नहीं मिलते थे।

"महिलाओं को शिक्षा की ज़रूरत किसलिए है?" अमीना ने सख्ती से पूछा। "मेरी तरफ़ देखो। शिक्षित होते हुए भी मैं पूरी तरह से एक गृहिणी हूँ। मैं उन सबसे सहमत हूँ जिनके विचार में महिलाओं के लिए शिक्षा, समय और पैसों की बर्बादी है।"

"क्योंकि तुम अपनी शिक्षा का उपयोग नहीं कर रही हो, इसका यह मतलब नहीं है कि महिलाओं को शिक्षित नहीं होना चाहिए। तुम अयोग्य नहीं हो, सिर्फ बेकार हो। तुम उपयोगी हो सकती हो और बनोगी।"

अमीना ने माफी माँगते हुए अन्तिम नमाज़ की तैयारी की। बाद में नमाज़ के आसन पर बैठकर उँगलियों से माला फेरते हुए उसने कहा, "रात को पैदल वापस जाना ठीक नहीं है। मैं सोचती हूँ कि अँधेरा होने से पहले तुम्हें घर चले जाना चाहिए।"

"चिन्ता मत करो। मैं अपना ध्यान रख सकती हूँ, "फातिमा ने उसे आश्वस्त किया। "मैं बलात्कारी या सशस्त्र चोर का सामना कर सकती हूँ। तुम्हें मालूम नहीं कि जूडो में मेरे पास काली पेटी है और मैं कराटे भी सीख रही हूँ?"

"मैं जानती हूँ," सिर हिलाते हुए अमीना ने कहा। "अरे हाँ, मैं बटूरा के घर गई थी और उन्होंने तुमको बताने के लिए कहा कि वाद-विवाद के लिए उन्होंने तुम्हारा निमन्त्रण स्वीकार कर लिया है। वो सब किसलिए है?"

फातिमा मुस्कुराई और काफी देर रुकने के बाद उसने समझाया : "मैं बटूरा को कुछ समय से जानती हूँ। वो मेरे पिताजी के बहुत निकट हैं, इसलिए उनके साथ मुझे अलग-अलग विषयों पर विचार-विमर्श करने का मौका मिला है। मेरा खयाल था कि हम दोनों के बीच होनेवाले वाद-विवाद से विद्यार्थियों को लाभ होगा।

मैंने सुझाव दिया कि इसका आयोजन किया जाए और एक निर्णायक समिति जीतनेवाले का नाम तय करे। बटूरा से बौद्धिक वाद-विवाद में हारने पर सवान्नाह की राजकुमारी को टोपी से सिर ढकने की ज़रूरत नहीं रहेगी। मैंने यह वायदा भी किया कि अगर मैं शब्दों के वाग्युद्ध में हार गई तो हमेशा के लिए साम्राज्यवाद की सेवा में लग जाऊँगी। लेकिन अगर बटूरा हार गया तो राजनीतिज्ञों पर दबाव डालकर उसे राजनीतिक कैदियों को छुड़वाना होगा और कुछ विद्यार्थियों की शिक्षा का खर्चा दिलवाना होगा। दूसरे शब्दों में, वह अपनी शक्ति और धन का प्रयोग जनता के हित के लिए करेगा। मैं इस वाद-विवाद के लिए उत्साहित हूँ और मेरा सुझाव है कि तुम वहाँ ज़रूर आना। मैं जानती हूँ कि तुम कुछ सीखोगी।''

''मुझे बटूरा के विषय में कुछ और बताओ। वास्तव में मैं उसके बारे में ज़्यादा नहीं जानती।''

''मैं कहाँ से शुरू करूँ?'' फातिमा ने कहा और कुछ पल के लिए रुक गई। ''बटूरा सबसे पहले नाइजीरिया में गृहयुद्ध के दौरान एक भाड़े के सैनिक के रूप में आया था। कहा जाता है कि वह विद्रोहियों से तो लड़ लिया पर नेताओं से उसका झगड़ा हो गया और वह केमरूँ से होता हुआ चला गया। कई महीनों के बाद बटूरा संघ सरकार के सैन्य सलाहकार के रूप में नाइजीरिया वापस आया। इस दूसरी बार वह युद्ध में शामिल नहीं था। यह माना गया था कि विद्रोहियों ने उससे सम्पर्क करके यह वायदा किया था कि अगर वे सफल हो गए तो वे उसे तेल के क्षेत्र का नियन्त्रण सौंपेंगे। उसने अपनी पाली बदल ली और वह विद्रोहियों के लिए शस्त्र और उपकरणों का सबसे बड़ा प्रदाता बन गया। अमुअहिया के युद्ध में घायल होने पर उसे पहले आइवरी कोस्ट और फिर यूरोप की एक राजधानी में ले जाया गया। जब लड़ाई का अन्त हुआ तब वो वहीं था। पूरी तरह से ठीक होने पर वह नाइजीरिया वापिस लौटा। वह अपनी कम्पनी फॉरच्यूना इंटरनेशनल लिमिटेड के साथ ठेकेदार और संघीय सरकार के पुनः निर्माण और राज्य निर्माण का सलाहकार बनकर आया।

''मौके का फायदा उठाने में वह इतना कुशल है कि जल्द ही तेल के व्यापार में बढ़त से पैदा होनेवाले वातावरण में शासक वर्ग को वह तरह-तरह की सेवाएँ प्रदान करने लगा था। 1980 के दौरान वह कई अफ्रीकी राज्यों के साथ व्यस्त हो गया। वह मोबूटू, सेसे सेको, जोनस साविम्बी और कुछ अन्य तानाशाहों का करीबी मित्र था। उसने अंगोलिया में गृहयुद्ध के दौरान विद्रोहियों को परामर्श दिया। वहाँ उसकी एक यात्रा के अवसर पर क्यूबन सैनिकों ने घात लगाकर उसके साथियों पर हमला किया जिसमें उसके कई सहायक अधिकारी मारे गए। वह बच गया लेकिन उसको बन्दी बनाकर लुआंडा के अस्पताल में रखा गया। कमांडो शासन की सेना की एक खास टुकड़ी ने रात के समय साहसी फौजी कार्रवाई करके उसे

मुक्त करवाया और दक्षिण अफ्रीका ले गए। अब तुम्हारी समझ में आ गया होगा कि मैं उसको एक स्वतन्त्र साम्राज्यवादी क्यों कहती हूँ।''

अमीना हैरान थी कि जिस संसार की मौजूदगी के बारे में उसे बहुत कम जानकारी थी, उसकी मित्र उससे कितने सहज रूप में परिचित थी। हैरानी से वह फातिमा की ओर देखकर सोचने लगी कि उसको यह सब जानकारी कैसे थी और इतने मनोयोग से वह इसका ध्यान क्यों रखती थी। उसने फातिमा को और करीब से देखा और अँधेरा होने के बावज़ूद गौर किया कि अपने सादे कपड़ों में वह कितनी जवान, साफ़-सुथरी और सजीव लग रही थी।

फिर भी उसने इतना ही कहा, ''मेरे खयाल से, तुम्हें घर जाना चाहिए।''

फातिमा ने उसे गम्भीर नज़र से देखा। ''अन्दर से क्या तुम अपने खाली और पराश्रित जीवन से सन्तुष्ट हो? तुम जवान हो, स्वस्थ हो और काम करने के लायक हो, पर कोई तुम्हें जीवन भर अपने घर में इसलिए रखता है क्योंकि तुम उसकी पत्नी हो, वो एक पुरुष है और तुम एक औरत। क्या तुम यही चाहती हो?''

उसके दिलचस्पी लेने के भाव ने अमीना को छू लिया पर वह फातिमा को खाली घूर सकती थी। ''मेरा सुझाव है कि तुम कोशिश करके इस इलाके की महिलाओं को संगठित करो। व्यापक अर्थ में उनको शिक्षा प्रदान करो। उनकी आँखें खोलो ताकि वे उस संसार को साफ़-साफ़ देख सकें जिसमें वे रह रही हैं। किसी ने एक बार कहा था, 'जब एक व्यक्ति पढ़ना सीख लेता है, तब वह हमेशा के लिए स्वतन्त्र हो जाता है।' तुम उनको दिखा सकती हो कि किस तरह से बेहतर, स्वस्थ और सुखी जीवन जिया जा सकता है। पर सुनो अमीना,'' फातिमा ने गहरी साँस ली, ''ये सब करने से पहले तुम्हें अपनी आँखें खोलनी चाहिए, अपनी जानकारी बढ़ानी चाहिए; संक्षेप में, तुम्हें मेहनत से पढ़ना चाहिए। जितना मैं तुम्हारे बारे में जानती हूँ, मुझे ईमानदारी से सलाह देने दो। अगर तुम अच्छी तरह से नहीं पढ़ोगी और काम में व्यस्त नहीं रहोगी तो उकताहट से इसी छत के नीचे प्राण दे दोगी।''

फातिमा खड़ी हुई और धीरे से दबे पाँव बन्द खिड़की की ओर चल दी। वहाँ खड़ी होकर ताले को छेड़ने लगी।

''तुम्हें डर नहीं लगता?'' अमीना ने पूछा।

''डर किस बात से?'' फातिमा ने घूमकर पूछा। ''मैं इस बात पर विश्वास करती हूँ। औरतों की ज़िन्दगी सुधारी जा सकती है और कोशिश करने से मैं नहीं डरती।''

कुछ देर रुककर उसने धीरे से कहा, ''तुम जानती हो मैं शादीशुदा थी और इसी तरह से रहती थी जैसे आज तुम रह रही हो। मेरा पहला पति बहुत अमीर

था और अपने हनीमून के लिए हम विदेश घूमने गए थे। उसके साथ शुरू के कुछ महीने खुशी और उत्साह से बीते; परन्तु जैसे-जैसे समय गुज़रा, सारी तस्वीर मेरे सामने साफ़ हो गई। मैं उसकी तीसरी पत्नी थी। जब मैंने जान लिया कि घरेलू हिंसा और अत्याचार, बेतरह क्रूरता, पिछड़े विचार, अकेलापन और खालीपन ही मेरा भविष्य है, मैंने घर छोड़ दिया। मैं अपनी बेटी को साथ लेकर बाहर निकल आई। मैंने अपने विवाह के समापन को खुशी से स्वीकारा। इस तरह से मैं वापस विश्वविद्यालय जा सकी, जहाँ हम मिले। उस अनुभव के बाद मैंने फैसला किया कि स्त्रियों की स्थिति के बारे में मैं जानकारी हासिल करूँगी और उसको बदलने की पूरी कोशिश करूँगी। मैंने कानून की शिक्षा ग्रहण करने का फैसला इसलिए किया ताकि मैं स्त्रियों के अधिकारों के लिए लड़ सकूँ और उनका बचाव कर सकूँ। मैं सामाजिक स्तर की सबसे ऊँची सीढ़ी पर थी, परन्तु वहाँ मुझे खुशी महसूस नहीं होती थी। मैंने धीरे-धीरे उतरकर समाज के उस स्तर पर आने का फैसला किया जो मेरा अपना था। मेरी अभिरुचि समाज के समतल भाग में है।

अहाते में हल्का-सा शोर सुनाई दिया। उसके बाद सीढ़ियों पर किसी के ऊपर चढ़ने की आहट हुई और फिर दरवाज़े पर हल्की-सी दस्तक सुनाई पड़ी। अल्हाजी हारून मुस्कुराते हुए अन्दर आए। उनके अभिनन्दन को स्वीकार करते हुए वह बोला, "मैं देख रहा हूँ कि पूरे दिन तुम दोनों गपशप करती रही हो।"

"विचार-विमर्श," फातिमा ने उसे सही करते हुए कहा।

"स्त्रियाँ गप लगाती हैं, पुरुष विचार-विमर्श करते हैं," हँसते हुए वह बोला। "ठीक है, तुम किस विषय पर बातचीत कर रही थीं?"

"स्त्रियों से सम्बन्धित विषयों पर," अमीना ने जवाब दिया।

"उसका मतलब है महिलाओं की स्थिति पर। इस समाज में पुरुष किस तरह उनका शोषण करते हैं और अपना अधिकार जमाते हैं," फातिमा ने खुलासा करते हुए कहा।

"तो क्या हुआ?" अल्हाजी ने आराम से पूछा। "पुरुषों का जन्म हुकूमत करने के लिए होता है; ईश्वर के विधान को तुम बदल नहीं सकतीं।"

"मैं सोचती हूँ मेरे जाने का समय हो गया है," फातिमा ने खड़े होते हुए कहा।

अचानक अल्हाजी हारून ने फातिमा से बैठने को कहा क्योंकि उसे फातिमा से बातचीत करना अच्छा लगता था। बातचीत का विषय बदलकर वह अपने भाई, लामिडो दाँ बकारो के बारे में बात करने लगा। उसका भाई विश्वविद्यालय में प्राध्यापक था और उस समय वह शासक पार्टी के विरोध में समाचार-पत्र में लेख लिखने के आरोप में हिरासत में था। "मैं जानता हूँ कि लामिडो को छुड़वाने के अभियान में तुम सक्रिय रूप से भाग ले रही हो। परन्तु उसके भाई के नाते मैं

कह रहा हूँ कि वो राजनैतिक कैदी नहीं, बल्कि एक देशद्रोही है।''

''लामिडो तो अपने नागरिक अधिकारों का इस्तेमाल कर रहा है। उसने कोई जुर्म नहीं किया। जो कुछ हो रहा है उसने सिर्फ उसका वर्णन किया : हाल में, हुए चुनावों में बेईमानी की गई थी; राज्य में भ्रष्टाचार, भाई-भतीजावाद और चापलूसी चल रही है। सबको मालूम है कि राजनीति विज्ञानी होते हुए इन सब बातों का वर्णन और विश्लेषण करना उसका कर्तव्य है।''

''यह नाइजीरिया है,'' अल्हाजी हारून बीच में टोककर बोले, ''शासन करनेवाली पार्टी का विरोध कोई होशोहवास में तो नहीं करेगा। एक भाई अपने दूसरे भाई की पार्टी की निन्दा क्यों करेगा?''

''प्रजातन्त्र में सभी को सोचने और बोलने की स्वतन्त्रता होती है।''

''परन्तु प्रजातन्त्र का अर्थ झूठ बोलना और अनादर करना तो नहीं है।''

''मैंने लेख पढ़ा—उसमें आक्रामक तो कुछ भी नहीं है। क्या इसका यह मतलब है कि जो भी तुम्हारी या शासक पार्टी की निन्दा करेगा उसे तुम कारावास में डाल दोगे?''

''हाँ, अगर मेरा पुत्र भी मेरी आलोचना करेगा तो मैं उसे जेल भेज दूँगा। मैं उसे कष्ट भोगने पर मजबूर कर दूँगा।''

''लामिडो को कब मुक्त किया जाएगा?''

''जब तक वह पश्चात्ताप नहीं करता तब तक वो वहीं रहेगा।''

''परन्तु उसे इस तरह से बन्दी बनाकर रखना क्या कानून के खिलाफ़ नहीं है?''

''मैं कानून से ऊपर हूँ,'' अल्हाजी हारून ने शरारत से मुस्कुराते हुए कहा।

''दन हाबू की क्या खबर है?'' फातिमा ने अल्हाजी हारून के एक करीबी रिश्तेदार के बारे में पूछा जो उसके हुक्म पर कारावास में था।

''वो भी देशद्रोही है। उसने दूसरी पार्टी के पक्ष में अभियान चलाया और वो हार गए। उसने विरोध किया और उसको सज़ा देनी पड़ी। कानून और व्यवस्था तो बनी रहनी चाहिए।''

''विरोध करना तो कानूनी अधिकार है।''

''यह नाइजीरिया है और यहाँ राजनीति इसी तरह से चलाई जाती है।''

फातिमा उठकर खड़ी हो गई। ''मैं सोचती हूँ कि अब सचमुच मेरे जाने का समय हो गया है,'' ज़ोर से कहती हुई वो कमरे से बाहर चली गई।

# 3

अगले तीन सप्ताह अमीना ने अपने कमरे में अकेले बिताए। वह चुपचाप रही, हर दिन गुज़रे हुए दिन का प्रतिरूप था। जब उसने एक युवा गृहिणी की निष्क्रिय ज़िन्दगी गुजारनी आरम्भ की, तब उसे निठल्लेपन के बारे में फिक्र होने लगी और उचाट रहने पर खिन्नता महसूस होने लगी। फिर भी, वह शिकायत नहीं कर सकती थी। उसके समाज में अधिकतर स्त्रियों की यही ज़िन्दगी थी, जिनको बड़े होने के साथ-साथ विश्वास दिलाया जाता था कि एक औरत की सबसे बड़ी ज़िम्मेदारी थी घर पर रहकर पति और परिवार की सेवा करना। उसका पति, जो घर का मालिक है, उसको वश में रखेगा और फैसला करेगा कि वो कब क्या करेगी। अपने पति की योजना के हिसाब से शायद उसको व्यापार में हिस्सा लेने की अनुमति पहली सन्तान को जन्म देने के बाद मिलेगी। 'अगर गर्भावस्था के महीने और जब तक बच्चा घर पर छोड़ने लायक होता है गिने जाएँ तो करीब-करीब दो वर्ष लग सकते हैं,' उसने असहाय भाव से सोचा। उसके मन में कुछ ऐसा करने की उत्कण्ठा थी जिससे उसे अपने जीवन की एकरसता से मुक्ति मिल सके।

एक ऐसे ही उबाऊ दिन फातिमा पहुँची; जब अमीना अपने कमरे में बैठी किसी खास चीज़ के बारे में नहीं सोच रही थी। वह अल्हाजी की तीसरी पत्नी के युवा पुत्र ईसा के साथ खेल रही थी। हमेशा की तरह ही उसने चेहरे पर कुछ खास शृंगार नहीं किया था। वह परेशान लग रही थी। एक-दूसरे से मिलने के बाद अमीना ने पूछा, "क्या परेशानी है?"

"इतनी बातें हैं। हमारे आने-जाने पर अनिश्चित समय तक रोकथाम लगा दी गई है और हमारे छह प्रमुख अधिकारियों को विश्वविद्यालय से निकाल दिया गया है—दनबाकी, अरेमु, जिबरिल, बागू, रशेल और तुम्हारा मित्र मुक्तार।"

अमीना उस संगठन के बारे में जानती थी जिसे प्रगतिशील विद्यार्थियों का आन्दोलन कहा जाता था। कैम्पस में वह एकमात्र क्रान्तिकारी संगठन था। "तुम क्या करोगी?" उसने धीरे से पूछा।

"सच में हम और कुछ नहीं कर सकते। सिर्फ सत्ता का तिरस्कार करके

आन्दोलन को शक्तिशाली बनाने के लिए कार्य कर सकते हैं।''

''क्या तुम्हें डर नहीं लगता?''

''नहीं, क्यों?'' फातिमा ने साहसपूर्वक कहा, ''मैंने आन्दोलन के प्रमुख का स्थान ग्रहण करते हुए उसके लिए प्रतिबद्धता की कसम खाई है।''

''तुम्हें सर्वशक्तिमान अल्लाह का धन्यवाद करना चाहिए कि तुम निकाले जानेवालों में से एक नहीं हो। तुम इस तरह के खतरे क्यूँ मोल लेती हो?''

''लड़ाई-झगड़े के समय अगर मैं कैम्पस में होती तो मुझे भी निकाल दिया जाता।'' फातिमा सहमत होकर कुछ देर के लिए चुप हो गई। फिर सोचते हुए उसने कहा, ''किसी भी चीज़ में सफल होने के बाद खतरा मोल लेना पड़ता है। हमें ऐसा करना पड़ता है अगर चलते जाना है।'' अपनी ही आवाज़ से डरते हुए फातिमा ने अमीना की ओर जल्दी से मुड़कर कहा, ''सुनो, मेरा एक सुझाव है।''

अपनी उँगलियाँ क्रॉस करती हुई वो और पास आई और अब उसके चेहरे पर खिली हुई मुस्कान थी। हमारे आन्दोलन की कुछ महिला सदस्याएँ शनिवार को कुछ घण्टों के लिए तुम्हारे कमरे में मिलेंगी। सिर्फ हम छह या आठ होंगी जिन्होंने मिलने की स्वीकृति दी है।

''नहीं,'' अमीना ने स्तब्ध होकर जवाब दिया।

''क्यों? हमें रसातल तक धकेल दिया गया है। हमारी मदद करो।'' फातिमा ने गिड़गिड़ाते हुए कहा।

''मैं इसके परिणाम से डरती हूँ,'' अमीना ने घबराकर कहा। फातिमा निराश हो गई, परन्तु उसने हार नहीं मानी। अमीना से नज़रें मिलाकर उसने समझाया, ''हम सिर्फ एक-दो घण्टे के लिए रहेंगे। तुम्हें किसी भी चीज़ में शामिल होने की आवश्यकता नहीं पड़ेगी। पुरुष कहीं और मिल लेंगे। कैम्पस में सुरक्षा कर्मचारी और खबरी हम पर कड़ी नज़र रखते हैं। हमें सावधान रहना पड़ता है। मान लो अमीना।''

''नहीं, यहाँ नहीं,'' अमीना ने ज़ोर देते हुए कहा। ''मुझे डर लगता है।''

''ठीक है,'' फातिमा ने ठहरी हुई आवाज़ में अपने लम्बे बालों में उँगलियाँ फिराते हुए कहा। ''ऐसे में, अगर हम आएँ, तुम या तो हमें बाहर निकाल देना अथवा पुलिस को बुला लेना।'' उसने अपना बटुआ उठाया और दरवाज़े की तरफ़ बढ़ी। ''तुम्हें याद दिलाने के लिए, वह बैठक शनिवार को सुबह दस बजे है। तब तक के लिए अलविदा।''

अमीना को परेशानी होने लगी। वह समझ नहीं पा रही थी कि फातिमा उसे अकेला क्यों नहीं छोड़ रही थी या उसके घर को गुप्त सभा के आयोजन का स्थान क्यों बनाया जा रहा था। वो नहीं जानती थी कि जब उसके पति को पता चलेगा कि उसका कोई सम्बन्ध एक ऐसे आन्दोलन से है जिसके माध्यम से विधान

में बुनियादी बदलाव लाने का प्रयत्न और क्रान्तिकारी विचारों का प्रचार किया जा रहा है, तो क्या होगा।

शनिवार को, अमीना और दिनों की अपेक्षा जल्दी सोकर उठ गई। ठण्डी बर्फीली हवा उसके दरवाज़े और खिड़की की झिरियों में से अन्दर आ रही थी और वो बिस्तर में अपने मोटे कम्बल के भीतर काफी समय तक बैठी रही। थोड़ी देर में नहाने और अपना कमरा साफ़ करने के बाद उसको यह जानकर शान्ति मिली कि उसके पति नाइजीरिया की राजधानी आबुजा गए थे। उसने खिड़की खोली और सूरज की किरणों ने कमरे को रोशन कर दिया। दस बजते ही जब वह व्याकुल होकर खिड़की के सामने वापस आई तो उसने देखा कि छह लड़कियाँ एक प्यूजो गाड़ी से बाहर निकलकर घर की ओर बढ़ने लगीं। घबराते हुए वह जल्दी से नीचे आई और वहाँ उसने फातिमा के साथ आई लड़कियों में से दो को पहचान लिया : उनमें से एक उसके साथ पार्टी में आई थी, और दूसरी बिल्किसु, राज्य के उपराज्यपाल की पुत्री थी जो माध्यमिक पाठशाला और विश्वविद्यालय में उसकी कक्षा में साथी रह चुकी थी। जब उन्होंने अमीना का और अहाते में खड़ी अन्य महिलाओं का अभिनन्दन किया और उनके बच्चों के साथ खेलने लगीं तब अमीना ने ज़बरदस्ती मुस्कुराते हुए उनका स्वागत किया। उन्होंने सादे कपड़े पहन रखे थे जैसे किसी सहज बात के लिए आई हों। ऊपर अपने कक्ष में अमीना ने अपने मेहमानों को चाय और बिस्कुट पेश किए। उधर फातिमा ने सभा की शुरुआत की : ''हमें यहाँ आने की अनुमति देने के लिए मैं अमीना का धन्यवाद करना चाहूँगी। इस सभा का उद्देश्य है उत्तरी नाइजीरिया में महिलाओं की स्थिति के बारे में चर्चा करना। हम सब जानते हैं कि हमारे नाइजीरिया के पारम्परिक समाज में जन्म से ही लड़कियों को घरेलू नज़रिये से और बोझ समझकर गृहिणी और माँ की भूमिका के लिए तैयार किया जाता है। उसकी परवरिश यह अहसास दिलाते हुए की जाती है कि उसके भाई उससे बेहतर हैं, उसके पति उसके मालिक और सभी पुरुष अधिक योग्य हैं। व्यक्तिगत और सामूहिक विकास के सभी अवसरों से वंचित किए जाने पर उसको अन्याय का अनुभव होता है और फिर उसे दो में से एक रास्ता चुनना पड़ता है—अपनी किस्मत को स्वीकार करे या उसके खिलाफ़ विद्रोह करे।

यह विषय अमीना के लिए नया नहीं था। जब वह फातिमा के साथ एक ही कमरे में रहती थी, उसने उसको बहुत बार ऐसे शब्दों को दोहराते हुए सुना था। परन्तु यहाँ तो दूसरी आवाज़ें भी इस विवाद में योग दे रही थीं।

''मुझे लगता है,'' बिल्किसु एकदम बीच में बोली, ''कि नाइजीरिया में अधिकतर औरतों के खिलाफ़ अत्याचार और भेदभाव की भावना बहुत अधिक है। जब एक औरत को एक ऐसी शोषक निर्मम पद्धति द्वारा मजबूर किया जाता है जिसके नेता कठोर और गैरज़िम्मेदार लोग होते हैं तब उसका जीवन व्यर्थ हो जाता है।''

''कष्ट सहने में कोई भेदभाव नहीं होता है,'' फातिमा ने सतर्क करते हुए कहा। ''हमें बहना नहीं चाहिए। पुरुष भी कष्ट सहते हैं।''

''परन्तु औरतों को दर्द का अहसास पुरुषों से ज़्यादा होता है,'' बिल्किसु ने बहस करते हुए कहा। ''नाइजीरिया में रहनेवाली एक आम औरत इतनी ख़राब परिस्थितियों में रहती है जहाँ उसे खुद को और अपने बच्चों को जीवित रखने के लिए संघर्ष करना पड़ता है। ऐसी स्थिति में, हम महिलाओं को अपने नेताओं के परामर्श का दर्शक मात्र बनकर नहीं रहना चाहिए, क्योंकि उनके द्वारा की गई आर्थिक अव्यवस्था का सीधा असर हम पर पड़ता है। हमारी रोज़मर्रा की आम ज़रूरतों को भी पूरा नहीं किया जाता। हमारे असली संभरक—पिता, भाई, पति लगातार इस खतरे का सामना कर रहे हैं कि या तो उन्हें काम से निकाल दिया जाएगा या बेईमान जमींदार उनकी ज़मीन हड़प लेंगे।'' सभा जैसे-जैसे चलती जा रही थी, विमर्श, पूर्व अनुमान के अनुसार रूप ले रहा था। और अमीना ये सब भुगत रही थी।

''उनके चालाक और परजीवी व्यवहार के कारण शासकों को पहचानना आसान हो जाता है,'' फातिमा कह रही थी।

''तुम जहाँ जाते हो वहीं तुम्हारा सामना घोर अयोग्यता, व्यापक भ्रष्टाचार, राजनीतिक धोखाधड़ी से होता है। अपनी घृणित चालबाजियों पर पर्दा डालने के लिए हाल में हुए आम चुनाव भी सिर्फ छलावा थे।''

''पिछले वर्ष सूखा पड़ा था,'' ग्लोरिया ने चिन्तित होकर कहा। ''इस साल अकाल पड़ सकता है और बहुत लोग मर सकते हैं, खासकर बच्चे। ऐसे समय पर अमीर लोग चमकदार गाड़ियाँ खरीद रहे हैं, महँगे घर बना रहे हैं, सन्देहास्पद कार्यों के लिए विदेश जा रहे हैं और अनेक विवाह करते जा रहे हैं। मैं सोचती हूँ कि जिस दुरवस्था में आज हम हैं उसके लिए बुजुर्ग वर्ग को ज़िम्मेदार ठहराना चाहिए। विकसित देशों में उन्होंने कम से कम अर्थव्यवस्था का विकास और राजनीतिक व्यवस्थाओं का पोषण करने में महत्त्वपूर्ण भूमिका निभाई है। इन राज्यों में जनता को समाज के विकास में योगदान देने की स्वतन्त्रता दी गई है। दुर्भाग्य की बात है कि अफ्रीका में स्थिति उलटी है। यहाँ एक भी देशभक्त बुर्जुआ मिलना मुश्किल है। वो सबके सब आलसी, धूर्त, अबोध, संदिग्ध, अहंकारी और गैरज़िम्मेदार हैं। जानबूझकर वे प्रगति के सभी मार्ग रोकते हैं और पिछड़े विचारों का प्रचार करते हैं।''

अमीना चुपचाप वहाँ से हट गई और नीचे रसोईघर में अपनी नौकरानी हउआ द्वारा बनाए गए भोजन का मुआयना करने के लिए चली गई। जब भोजन तैयार हो गया, अमीना ने उसे सात प्लेटों में परोसा और हउआ ने ऊपर ले जाने में उसकी मदद की। यहाँ, सभा एक ऐसी बहस के रूप में विकृत हो चुकी थी जिसमें सभी एक साथ एक समय पर बातचीत कर रहे थे। अमीना पानी लाई और सबको सूचना

दी कि भोजन तैयार है। हमेशा की तरह वह हैरान थी कि इस विवाद के लिए वे सब इतनी शक्ति और उत्साह कहाँ से लाती हैं। भोजन करने के बाद, प्लेटें धोने के लिए वह फिर नीचे चली गई। हउआ उसकी सहायता करने के लिए जल्दी से बढ़ी वे दोनों मिलकर काम कर ही रही थीं कि कुलु तेज़ी से अन्दर आई। जब वो एक-दूसरे का अभिनन्दन कर रही थीं, उन्हें अमीना के कमरे से ज़ोर से हँसने की आवाज़ें सुनाई दीं। कुलु परेशान दिखने लगी। ''ये फातिमा और उसकी सहेलियाँ हैं।'' अमीना ने समझाया।

''ओह फिर वही,'' कुलु ने खारिज करते हुए कहा। ''मैं तुमको बताने आई हूँ कि मैं जल्द ही कानो जा रही हूँ। मैंने पता किया है कि मेरा सामान हवाई अड्डे पर ज़ब्त कर लिया गया है। मुझे उम्मीद है कि बाद में मैं व्यापार के सिलसिले में लन्दन और फिर छुट्टी के लिए सर्दी में स्विट्ज़रलैण्ड जाऊँगी।''

''यह तो बहुत बढ़िया है,'' अमीना ने सहृदयतापूर्वक कहा।

कुलु ने बनावटी हँसी हँसते हुए कहा, ''तुम जल्द ही अपना व्यापार शुरू करोगी और हम प्रतियोगी भी बन सकते हैं। ऊपर बैठी लड़कियों की ओर ध्यान मत दो, और अपने दिमाग को व्यापार की ओर ही लगाओ।'' यह कहते हुए कुलु जल्दी से चली गई।

ऊपर, सभा समाप्त होनेवाली थी। फातिमा उन सबको उसी शाम विश्वविद्यालय में होनेवाली सौन्दर्य प्रतियोगिता और फैशन परेड के बारे में बता रही थी और साथ ही सौन्दर्य प्रतियोगिता में भाग लेने वाली कलाकारों के चलने के ढंग की नकल करके दिखा रही थी।

''मुझे विश्वास है कि अगर तुम भाग लोगी तो जीतोगी,'' बिल्किसु ने उपहास करते हुए कहा।

''नहीं, ये फैशन परेड के लिए ज़्यादा ठीक रहेगी,'' ग्लोरिया ने सुझाव दिया।

''क्या तुम भाग लोगी?'' रेबेका ने सवाल पूछा।

''नहीं, मेरे पास इन सब चीज़ों के लिए समय नहीं है,'' फातिमा ने जवाब दिया और एक पल के बाद बोली, ''शायद! लड़कियों को अच्छे शरीर और खूबसूरत पंखों की भी ज़रूरत होती है।''

जाने के लिए उठते हुए वे सब हँसीं। अहाते में फातिमा चुपचाप अब्दुल्लाही की ओर बढ़ी और उसे पीछे से एकदम से जकड़ लिया। ''मुझे अपने पति, मल्लाम अब्दुल्लाही को आपसे मिलवाने का गौरव और स्वाधिकार मिल रहा है,'' उसने सभी महिलाओं से कहा और उनसे बोली, ''मैं शादी के लिए तैयार हूँ। देखो, मेरी सहेलियाँ भी यहाँ हैं। क्या तुम तैयार हो?'' अब्दुल्लाही चुप थे और शरमा रहे थे। हँसते हुए लड़कियाँ अहाते के बाहर चली गईं।

''फातिमा मुझे अपना पति क्यों कहती है?'' अब्दुल्लाही ने अमीना से पूछा।

"क्योंकि वह तुमसे मोहब्बत करती है।"

"परन्तु वह उम्र में मुझसे कहीं ज्यादा बड़ी है। मैं उससे प्यार नहीं करता। वह बहुत खिलवाड़ करती है और वैसे भी वो एक कष्टदायक पत्नी होगी।"

"मैं उससे बदलने के लिए कहूँगी," अमीना ने मुस्कुराते हुए कहा।

अपने कमरे में अमीना ने देखा कि फातिमा उसके बिस्तर पर कुछ किताबें और पत्रिकाएँ छोड़ गई थी। उसने देखा कि अबुबकार तफावा बलेवा के उपन्यास 'शेहू उमर' के साथ एक संक्षिप्त पत्र लगा हुआ था। "दूसरे लोगों पर अत्याचार का सबसे निकृष्ट रूप है गुलामी। सैकड़ों वर्षों तक अफ्रीकी समाज पर गुलामों के लिए हमला हुआ, हमारी अर्थव्यवस्था को लूटा गया, हमारे शहर और गाँव विध्वस्त किए गए और हमारा विकास विलम्बित किया गया।" जैसा फैनन ने कहा था, "हर पीढ़ी को अपनी आपेक्षिक रूढ़िवादिता के बीच से अपने लक्ष्य का पता लगाकर या तो उसे पूरा करना चाहिए, या उसके साथ विश्वासघात करना चाहिए।" अपना लक्ष्य पूरा करने से पहले हमें अपने दिमाग को स्वतन्त्र करना होगा। अबुबकार तफावा बलेवा ने यह उपन्यास इसी समस्या पर रोशनी डालने के लिए लिखा था। मुझे उम्मीद है कि यह किताब तुम्हारे दिमाग को मुक्त करने में सहायता करेगी, फातिमा।

# 4

फातिमा सोकर जल्दी उठ गई। मौसम बदल गया था, और अचानक बहुत गर्मी हो जाने के कारण कमरे में घुटन थी। उसने खिड़की खोली और सुबह की ठण्डी हवा अन्दर आई। अपने आधे शरीर को ढके हुए बिस्तर में लेटे हुए वह उस सभा के बारे में विचार करने लगी जो उसके घर में उस दिन कुछ समय बाद में होनी थी। पिछली सभा से यह फर्क होगी और उसको इसमें भाग लेना होगा, पर वो क्या चर्चा करेंगे? समाज में विधायकों की पत्नियों की भूमिका होती...बकवास! विधायक की पत्नी अभी तक सिर्फ एक पत्नी ही है।

सभा की शुरुआत एक बजे तक होनी थी, परन्तु संस्था के सदस्यों ने अढ़ाई बजे तक भी आना शुरू नहीं किया था। सबसे पहले असाबे आ पहुँची। वह संस्था की सभापति और विधानसभा के अध्यक्ष की तीसरी पत्नी थी। वह करीब-करीब अमीना की उम्र की थीं और उन्होंने अँगुलियों में कई अँगूठियाँ और गले में नई चेनें पहनी हुई थीं। वे गर्व से कमरे में आईं, मुआयना करते हुए कुछ न बोलीं गोकि वह असन्तुष्ट लग रही थीं। सभा शुरू होने पर असाबे ने विचार-विमर्श शुरू किया जो मूलतया था एक वैधानिक की पत्नी के कर्त्तव्य और योगदान पर केन्द्रित था। अमीना को ये सब नीरस लगा, परन्तु वह चुपचाप बैठी सुनती रही।

जलपान के अवकाश के दौरान असाबे ने अमीना को व्यक्तिगत बातचीत के लिए नीचे बुलाया। अमीना मान गई, जबकि असाबे के बारे में कुछ ऐसा था जो उसे अच्छा नहीं लग रहा था। वह अहंकार था या आडम्बर। एकान्त स्थान ढूँढ़ते हुए असाबे की ओर देखते हुए अमीना ने सोचा, ''सिर्फ एक वैधानिक की पत्नी होने पर भी असाबे बहुत अहंकारी है।'' असाबे ने गहरी साँस ली, ''बहुत गर्मी है। क्योंकि मैंने अपनी त्वचा को गोरा किया है इसलिए मैं सूर्य को नहीं झेल पा रही हूँ।'' जब अमीना ने कोई टिप्पणी नहीं की तो वह फिर बोली, ''मैं देख रही हूँ कि तुम यहाँ चैन से नहीं हो। तुम्हें एकान्त की ज़रूरत है। अगर मैं तुम्हारी जगह होती तो मैं अल्हाजी से किराए पर मकान लेने को कहती या सरकारी इलाके में घर बनवा लेती। वो तो अमीर है और ये सब उपलब्ध कर सकता

है, पर पहल तुम्हें करनी होगी। मैं सरकारी इलाके में रहती हूँ और मेरा यकीन करो, वह बहुत बढ़िया है। वह एकान्त, शान्त और प्राकृतिक इलाका है। शाम के समय, अगर मैं टहलती हुई गॉल्फ क्लब तक नहीं जाती, तो मैं प्रायः पास के जंगलों में चली जाती हूँ।'' वह रुकी और अपनी चूड़ियाँ ठीक करते हुए आगे बोली, ''हम मण्डल अन्तर्राष्ट्रीय क्लब की महिला शाखा के गठन की कोशिश कर रहे हैं। राज्य के मुख्य न्यायाधीश की पत्नी, जो मजिस्ट्रेट भी है, अध्यक्ष के पद के लिए मुकाबला करेगी। मैं सचिव के पद के लिए मुकाबला करना चाहती हूँ, और कुलु उपप्रधान के पद के लिए। पर राज्य के पुलिस कमिश्नर की पत्नी और विश्वविद्यालय की एक प्राध्यापिका भी इस पद को पाने की कोशिश कर रही है जिसके पीछे मैं लगी हूँ। यह अमीर महिलाओं या नगर के प्रभावशाली पुरुषों की पत्नियों के लिए विशिष्ट क्लब होगा। इसकी सदस्यता सीमित होगी और बहुत थोड़े विधायकों की पत्नियों को शामिल होने के लिए निमन्त्रित किया जाएगा। इस बारे में तुम्हारा क्या खयाल है? क्या तुम किसी पद के लिए खड़ा होना चाहोगी? अगर ऐसा है तो हम अभियान शुरू कर सकते हैं, या इस बारे में कोई समझौता कर सकते हैं।''

''नहीं, आपका शुक्रिया,'' अमीना जवाब देते हुए मुस्कुराई।

''यह अच्छा है,'' असाबे ने चैन की साँस लेते हुए कहा, ''तुम सदस्य तो बनोगी ही और क्योंकि तुम शिक्षित और उद्यमी हो, हम तुम्हें भीतरी वृत्त में शामिल होने के लिए आमन्त्रित करेंगे।''

''हमें ऐसी संस्था की आवश्यकता क्यों है?''

''तुम समझो, ये हम धनी महिलाओं को एक छत के नीचे इकट्ठा करके हमारे सामान्य हित की रक्षा और समर्थन करेगी। इसके माध्यम से हम गरीबों की सहायता करने के साथ-साथ अपने हित भी साध सकते हैं।''

''मैं समझ गई। मैं इन्तज़ार करूँगी और देखूँगी।''

जब सभा समाप्त हो गई और अमीना अपने कमरे में अकेली रह गई, उसने उस सभा की तुलना विद्यार्थियों की सभा से की। विद्यार्थियों की पहली सभा के सदस्यों ने समाज में पाई जानेवाली समस्याओं को उठाया था, जबकि संविधायकों की पत्नियों का ध्यान सबसे अलग होकर अपने हित पर केन्द्रित था। असाबे ने तो उसको अहाता से बाहर जाने की सलाह भी दी थी। पर वह अपने खयालों में इतनी डूबी हुई थी कि उसने अल्हाजी को अन्दर आते हुए नहीं देखा।

अमीना उनका अभिनन्दन करने के लिए जल्दी से झुकी। उसने कई हफ़्तों से अपने पति को देखा नहीं था, क्योंकि अबूजा से वापस आने के बाद से वो विधायक की जागीर में ठहरा हुआ था। उसके पति ने उसके अभिनन्दन का उत्तर नहीं दिया तो अमीना ने ध्यान दिया कि वह नाराज़ लग रहा था और उसके प्रति

उदासीन बर्ताव कर रहा था। ''तुम्हारी यात्रा कैसी रही?'' उसने आदरपूर्वक पूछा। जब वह चुप रहा, तो उसने अपनी अँगुलियाँ मरोड़ते हुए अपना सवाल दोहराया। ''मुझे तुमसे एक गम्भीर विषय पर फैसला करना है,'' अल्हाजी हारून ने नाराज़गी से कहा, ''पर मेरे पास अभी समय नहीं है।'' भीषण उदासीनता ने उसको जकड़ लिया और वह काँप उठी। ''कहीं जाना नहीं,'' उसने चेतावनी दी और दरवाज़े की तरफ़ मुड़ गया।

अमीना सोचने लगी कि उसके इस अजीब व्यवहार का क्या कारण हो सकता है और उसे लगा कि विद्यार्थियों की गुप्त सभा ही वजह हो सकती है। पर किसी ने भी उसको सुना नहीं था। अमीना को लगा कि हो सकता है उसके बारे में शिक्षा संस्था में खबर फैल गई हो और अल्हाजी को सूचित कर दिया गया हो। वह पूरे दिन बेचैन और घबराई हुई रही। सिर्फ शाम होने पर हउआ ने अहाते में सुनी गुप्त बातचीत के बारे में उसे बताया, कि अमीना का गुप्त प्रेम सम्बन्ध अल्हाजी के ड्राइवरों में से बाला नाम के एक व्यक्ति के साथ चल रहा था। अपने नीचे के होठ को इतनी ज़ोर से काटा कि उसमें खून छलक आया फिर अपने झुके हुए सिर को धीरे से हिलाकर वह बोली, ''वो आखिर ऐसा सोच भी कैसे सकता है कि मैं ऐसा करूँगी?'' वह ऐसे किसी बाला को जानती तक नहीं थी। ऐसी दुर्भावपूर्ण कहानी कौन बना सकता है? और क्यों? उसका ध्यान अल्हाजी की तीसरी पत्नी जुम्माई की तरफ़ गया। हालाँकि वो खुलेआम लड़ी थीं, पर हाल ही में जुम्माई उसके प्रति द्वेषभाव के संकेत दे चुकी थी। एक ही अहाते में चार पत्नियाँ होने पर ऐसी स्थिति का होना स्वाभाविक था और अमीना को इस बात ने परेशान नहीं किया।

अब उसको चिन्ता यह थी कि न केवल परिवार में, बल्कि ज़िले में भी उसकी प्रतिष्ठा और सच्चाई पर इस कहानी का क्या प्रभाव पड़ेगा। बोकारो जैसी जगह में यह समाचार महिलाओं के बीच दावानल की तरह फैलेगा और यह निश्चित है कि इसमें कई झूठ जोड़े जाएँगे। उसने अन्दाज़ा लगाने की कोशिश की कि अल्हाजी की बुरी से बुरी प्रतिक्रिया क्या होगी। अगर उसने उसे तलाक दिया तो वह कहाँ जाएगी? किसके पास? वह कैसा जीवन था जिसमें उसपर ऐसे दोष लगाया जा सकता था। जैसे-जैसे समय गुज़र रहा था, वह सोच में डूबी इस निर्णय से पूर्व एक अपराधी की तरह बैठी थी। खैर ईश्वर सो नहीं रहा है। वह मेरी सहायता करेगा, उसने समर्पण करते हुए अपने आपसे कहा।

उस रात बाद में, अल्हाजी हारून की पहली पत्नी उससे मिलने आई। उससे आयु में बड़ी वह महिला चिन्तित लग रही थी और उसने कहानी के बारे में उसकी प्रतिक्रिया पूछी।

''मैं नहीं जानती, यह बिलकुल झूठ है,'' अमीना ने एकदम से कहा। ''ईश्वर

जानता है मैं सच्ची और बेकसूर हूँ।''

''हाल में तुम अकेली बाहर गई हो?'' वृद्ध महिला ने पूछा।

''नहीं। मैं ये भी नहीं जानती कि बाला कौन है।''

''फिर ये झूठ है,'' पहली पत्नी ने सिर हिलाते हुए कहा।

''तुम जानती हो, मैं अल्हाजी के साथ वर्षों से हूँ मैं तुम्हें बता सकती हूँ कि वे बेहद गुस्सैल हैं और हिंसक हो सकते हैं। वे बहुत ईर्ष्यालु भी हैं। हे मेरे भगवान, मुझे अपने शुरू के वर्ष याद हैं; उन्हें मेरा अपने पुरुष रिश्तेदारों से बातचीत करना भी बर्दाश्त नहीं था।''

अल्हाजी हारून के अन्दर आने पर दोनों नीचे झुक गईं। उसकी आँखें गुस्से से लाल थीं। कमरे के बीच में खड़े होकर उसने फिर से अमीना पर नाजायज़ प्रेम-सम्बन्ध का इल्ज़ाम लगाया। वह आँसुओं से भरी आँखों से उसको देखते हुए सिर्फ इनकार कर सकती थी। उसने गवाहों को बुलाने का सुझाव दिया। अमीना अपने पति को विश्वास दिलाने की कोशिश करती रही कि वह निर्दोष है, परन्तु वह गुस्से से भभकता और अपनी बात पर अटल रहा। जब उसने तलाता से हस्तक्षेप करने को कहा तो पहली पत्नी चिन्तित लगी पर चुप रही और अल्हाजी ने उसे कमरे से बाहर जाने का हुक्म दे दिया। उसने आज्ञा का पालन किया। उन्होंने अमीना का बायाँ कान कसके पकड़ा और उसमें चिल्लाकर कहा, ''अगली बार मैंने सुना कि तुम किसी से मिल रही हो, मैं तुम्हें जान से मार दूँगा। तुम समझीं?'' अमीना ने जैसे-तैसे ज़ोर से सिर हिलाया। वह आँसुओं से भीग चुकी थी। बाएँ कान को अभी भी पकड़े हुए उसने उसे फिर से धमकाया, ''अगर मैंने सुना कि तुमने किसी पुरुष को सराहा भी है, तो मैं इतना सदय नहीं रहूँगा जैसा मैं अभी हूँ। मैं तुम्हें सड़क पर बाहर निकाल कर फेंकने से पहले मारूँगा।''

उसके जाने के बाद, अमीना सोफे पर लेट गई और अपने सिर को हाथों से थामकर लगातार रोए जा रही थी। वह प्रेम और सुरक्षा के लिए रो रही थी और यह सोचकर रो रही थी कि अपनी जिस हिम्मत पर उसको गर्व था, वह किस तरह गायब हो गई थी। उसने दोबारा पूरे किस्से के बारे में सोचा तो उसे लगा कि वह प्यार और सहानुभूति से वंचित, अकेली और अपने आपसे नाराज़ है।

अगले दिन सोकर उठने पर उसका मन भरा हुआ था और दिमाग धुँधलाया हुआ। उसे बात करने के लिए, किसी की ज़रूरत थी भरोसा करने के लिए, जो उसे परामर्श और सान्त्वना दे सके। कोई ऐसा जो उसके करीब हो, ईमानदार और समझदार हो। वह चाहती थी कि कोई उससे कहे कि वह फिक्र न करे, क्योंकि ईश्वर की यही इच्छा थी और उसे भगवान पर भरोसा करना चाहिए। ''ओह! अगर मेरी माँ जिन्दा होतीं तो वे मेरी सबसे अच्छी सलाहकार होतीं,'' अमीना ने रोते हुए अपने से कहा। वह अपनी मुसीबतों और दर्द को उँड़ेलकर उनसे राहत चाहती

थी। वह बिस्तर से निकली, खिड़की तक गई और बाहर देखने लगी। उसे कुछ नज़र नहीं आया। वह मुड़कर जिधर भी देख रही थी, उसकी तकलीफ परछाईं की तरह उसका पीछा कर रही थी। उसने फिर फातिमा के बारे में सोचा। अपने आँसू पोंछे, तैयार हुई और हउआ से उसके साथ विश्वविद्यालय चलने को कहा।

जब अमीना ने हउआ को गाड़ी में छोड़ा और महिला हॉस्टल की ओर बढ़ी, तब खुले आसमान में सूरज तेज़ी से चमक रहा था। उसे फातिमा के दरवाज़े पर एक पर्चा लगा हुआ मिला : "दस मिनट में वापस आ जाऊँगी। कृपया इन्तज़ार करना—फातिमा। जब तक फातिमा वापिस आई, वह बालकनी में मानो एक घण्टे तक व्याकुल और अस्वस्थ महसूस करती हुई खड़ी रही। अपनी दुखद स्थिति के बावज़ूद वह इस बात को नज़रअन्दाज़ नहीं कर पाई कि फातिमा की आँखें लाल थीं और वह थकी हुई लग रही थी।

"ऐसा लगता है जैसे तुमसे आखिरी बार मिलने के बाद एक साल गुज़र चुका है," फातिमा ने आश्चर्यपूर्वक कहा। "ज़िन्दगी कैसी चल रही है?"

"बहुत बुरी," अमीना ने स्वीकार किया।

"क्यों?" फातिमा ने चिन्तित होकर पूछा।

"नीचे बैठो। मैं तुम्हें सब कुछ समझाऊँगी।"

अमीना वहाँ फातिमा के सामने बैठ गई। उसकी आँखों में आँसू भर आए, हाथ काँपने लगे, सिर झुक गया, और उसने जो कुछ भी हुआ था वह सब दोहरा दिया। "शक्तिमान ईश्वर जानता है और वही मेरा गवाह है, मैं हमेशा ईमानदार और वफादार थी और रहूँगी। मैं नहीं समझ पा रही कि मैं क्या करूँ," उसने सुबकते हुए बात खत्म की।

फातिमा कुछ देर चुप रही, पर जब वह बोली, उसकी आवाज़ में सहानुभूति थी। "मेरी प्रिय अमीना," उसने कहा, "मेरे दिल में तुम्हारे लिए जगह है, पर तुम्हें अपने लिए खुद खड़ा होना पड़ेगा। मेरा सुझाव है तुम अपने पिताजी को फौरन सब कुछ बता दो। उन्हें मालूम होना चाहिए कि तुम्हारे साथ क्या हो रहा है। वही एक ऐसे इनसान हैं जो अपने स्तर पर अल्हाजी से बात करके उनको सही दिशा दिखा सकते हैं।"

इस भेंट के बाद अमीना घर चली गई, थोड़ा धीरज धारण करके तब भी वह बहुत दुखी थी। उसको थोड़ी सलाह दी गई थी पर वह उसकी समस्याओं का समाधान नहीं था। उसने महसूस किया कि उसे समस्याओं के साथ ही जीना पड़ेगा। वह थकी और कमज़ोर महसूस कर रही थी, और जब उसने खाने की कोशिश की तो उसे भूख नहीं थी। 'हे भगवान!' वह अपने कमरे में अकेली रोती रही। "ईश्वर मेरी मदद करो! मेरी रक्षा करो।" सुबह होने तक वह जागती रही और भयभीत लेटी रही।

## 5

कई महीनों के बाद अमीना फातिमा और बटूरा के बीच वाद-विवाद सुनने के लिए विश्वविद्यालय गई। फातिमा से बातचीत करने की आशा में वह जल्दी चली गई और सबसे आगे की पंक्ति में बैठ गई। जब वह प्रतीक्षा कर रही थी तो उसने बटूरा के बेटे, ल्यूकस दनफुलानी को मुस्कुराते हुए अपनी तरफ़ आते देखा, ''तुम्हें दोबारा देखकर अच्छा लगा,'' उसने कहा और उसके साथ बैठ गया।

''जबसे तुम गईं, मुझे तुम्हारी कोई ख़बर नहीं मिली, आशा है सब कुछ ठीक है?''

''मैं ठीक हूँ। धन्यवाद।''

''मैं तुमसे मिलकर तुम्हें बताना चाहता था कि मेरे पिताजी तुम्हारे सामने एक प्रस्ताव रखना चाहते हैं।''

''सचमुच, क्या प्रस्ताव है?''

''वे राज्य सरकार द्वारा खनिज साधनों की व्यवस्था करने के लिए एक दल का संगठन करवाने का प्रयास कर रहे हैं। वे तुम्हें उस संघ का प्रबन्ध निदेशक बनाना चाहते हैं। हम विश्व को यह दिखाना चाहते हैं कि एक मुसलमान महिला ज़िम्मेदार पद पर रह सकती है। यह राज्य खनिज संसाधनों से सम्पन्न है और तुममें इन संसाधनों की व्यवस्था करने की दूरदर्शिता है।''

अमीना चौंक गई। ''यह आश्चर्य की बात है। मैं नहीं समझती कि मुझमें ऐसा काम करने का कौशल और जानकारी है।''

''कोई फर्क नहीं पड़ता। मैं मार्गदर्शन के लिए तुम्हारे आसपास रहूँगा। मैं ज़ोर देकर सुझाव देता हूँ कि तुम फौरन एम.बी.ए. की पढ़ाई के लिए दाखिला ले लो। जब तक तुम यह पढ़ाई खत्म करोगी, कम्पनी स्थापित हो चुकी होगी।''

अमीना अभी उसके प्रस्ताव पर विचार कर ही रही थी कि ल्यूकस उठा और अपने पिता से मिलने चला गया। वे सभा कक्ष के अन्दर आ रहे थे। उसी समय फातिमा आ पहुँची, अमीना का अभिवादन करते हुए वह बहुत उत्साहित लग रही थी। ''मुझे भरोसा है कि तुम्हें वाद-विवाद अच्छा लगेगा। जो भी बटूरा कहेगा उस पर ध्यान देना। क्या तुम मेरे निर्णायकों में से एक होना चाहोगी?''

"नहीं!" अमीना हँसी, "मुझे जल्दी लौटकर अल्हाजी के लिए भोजन पकाना होगा।"

जैसे ही वाद-विवाद के संचालक ताज रेहमान जो राजनीतिशास्त्र के प्राध्यापक थे खड़े होकर वातावरण शान्त होने की प्रतीक्षा करने लगे, चारों ओर सन्नाटा छा गया। "मिस्टर जॉन किंगफिशर का परिचय कराने में मुझे हार्दिक प्रसन्नता हो रही है। इन्हें हम बटूरा के नाम से जानते हैं। ग्रेट ब्रिटेन से आने के बाद, बटूरा ने अत्यधिक परिश्रम के साथ अपने अपनाए हुए देश के विकास के लिए कार्य किया है। उनका योगदान बहुत ज़्यादा रहा है, पर अधिकतर लोग उनकी कार्य-शैली का समर्थन नहीं करते। आज फातिमा एक चुनौती देगी और उसका जवाब माँगेगी। नौ सदस्यों की निर्णायक समिति फैसला करेगी कि कौन जीतेगा। पहले हम बटूरा को सुनेंगे।"

जब बटूरा बोलने के लिए खड़ा हुआ तो वातावरण शान्त था और लोग ध्यान लगाए थे। उसने कमरे में चारों तरफ़ देखा और फिर सीधे फातिमा की ओर देखकर बोला। "मैंने तीस वर्ष से अधिक, अपने वयस्क जीवन का बेहतरीन हिस्सा इस देश के बारे में सोचने, पसीना बहाने और उसकी उन्नति के लिए काम करने में गुज़ारा है। दुख होता है जब कुछ लोग, खासकर युवा वर्ग, मेरी कोशिशों की प्रशंसा नहीं करता। मैं अपने खिलाफ़ फातिमा द्वारा लगाए गए आरोपों को सुनने के इस मौके का स्वागत करता हूँ। मैं उससे पूछना चाहता हूँ, तुम मुझसे नफरत क्यों करती हो? क्योंकि तुम मेरी सफलता, धन और प्रभाव देख रही हो? या तुम्हारी नज़र में मैं पश्चिम का प्रतिनिधित्व कर रहा हूँ? आखिर तुम पश्चिम से नफ़रत क्यों करती हो? हमारे रंग, हमारी तकनीकी, हमारी स्वतन्त्रता, हमारे धर्म के कारण? मेरे द्वारा किए गए हर काम में तुम्हें नकारात्मकता क्यों नज़र आती है?"

बटूरा बैठ गया और फातिमा को अपना पक्ष प्रस्तुत करने का अवसर देकर प्रतीक्षा करने लगा। फातिमा उसके लिए तैयार थी।

"बटूरा, यह मसला व्यक्तिगत नहीं राजनीतिक है। मैं एक व्यक्ति के रूप में तुमसे घृणा नहीं करती। मैं पश्चिम में रह चुकी हूँ और मैं तुम्हारी स्वतन्त्रता की प्रशंसक हूँ, मैं विज्ञान और तकनीकी की सराहना करती हूँ। मैं तुम्हारे धर्म के खिलाफ़ नहीं हूँ। तुम्हारी त्वचा के रंग से भी मैं आश्वस्त हूँ। जिससे मैं नफरत करती हूँ, वो है पूँजीवादी प्रणाली और वह तरीका जिससे वह सारे संसार की जनता का शोषण करती है। मैं खासकर उस तरीके से नफरत करती हूँ जिससे पश्चिमी सभ्यता हमारे शासकों से मिलकर हमें उसी स्वतन्त्रता से वंचित करती है जिसका तुम लोग पोषण करते हो। मैं उस तरीके से नफ़रत करती हूँ, जिससे तुम हमारे नेताओं को, हमारी संस्थाओं को नष्ट करने के लिए प्रोत्साहित करते हो; और मैं तुमसे नफरत करती हूँ, क्योंकि तुम भ्रष्टाचार और हिंसा की संस्कृति को बढ़ावा देते हो; तुम शोषण व्यवस्था को प्रोत्साहित करते हो; हमारे मूल्यों का नाश करते

हो; संक्षेप में, तुम ही मृत्यु, विनाश और अभाव का कारण हो...''

डॉ. ताज रेहमान ने फातिमा को संकेत करके बैठने को कहा, और बटूरा फिर से खड़ा हो गया।

''सुनो फातिमा,'' उसने कहा, ''सबसे पहली बात है कि पूँजीवादी प्रणाली का कोई विकल्प नहीं है।'' उसने रुक-रुककर परन्तु जोकर देकर वाक्य को दोहराया, ''पूँजीवाद का कोई विकल्प नहीं है! ये समय विचारधारात्मक कल्पना का नहीं है। अगर तुम वास्तव में उन्नति करना चाहते हो, तो सिर्फ एक ही रास्ता है और वो है पूँजीवादी तरीका।''

फातिमा असहमति प्रकट करती हुई उछलकर खड़ी हो गई, ''एक दूसरा विकल्प है!''

बटूरा हँसा, ''मैं दूसरे विकल्प के बारे में जानना चाहता हूँ। किसी भी अफ्रीकी राज्य को विकास के लिए अन्तर्राष्ट्रीय मुद्रा कोष और विश्व बैंक की शर्तें निश्चित रूप से माननी चाहिए। लम्बे समय तक खुशहाली बनाए रखने का यही एक रास्ता है।''

''यह ढोंग है! ये नीतियाँ पश्चिमी राज्यों पर क्यूँ नहीं लागू होतीं। क्या ये नीतियाँ तुम्हें अपनी व्यवस्था के लिए बहुत अग्राह्य लगती हैं?''

''यहाँ कोई ढोंग नहीं है। अलग बीमारियों के लिए अलग-अलग दवाइयाँ होती हैं। किसी भी पद्धति में हराने और हारने वाले होते हैं। तुम्हारा दृष्टिकोण एकतरफ़ा है। मैंने अफ्रीका में बहुत से लोगों को धनवान बनाया, जिनमें तुम्हारे पिता और पहले पति भी शामिल हैं। मैंने मार्गदर्शन किया और अभी भी अनेक अफ्रीकी देशों को सार्थक विकास का रास्ता दिखाता हूँ। नाइजीरिया और सभी अफ्रीकी देशों में धन की समस्या नहीं है, बल्कि समस्या यह है कि उसे किस प्रकार खर्च किया जाए। समस्या ये नहीं है कि तुम्हारे पास साधन नहीं हैं, किन्तु तुम्हें उनकी व्यवस्था करना नहीं आता। अपने सभी विश्लेषणों में तुमने अफ्रीका की संकटपूर्ण स्थिति के लिए उपनिवेशवाद और साम्राज्यवाद को दोषी ठहराया है। तुम इन ऐतिहासिक तत्त्वों को आज की परिस्थिति के लिए दोष नहीं दे सकते। अधिकतर अफ्रीकी देश दशकों से स्वतन्त्र हैं, फिर भी तुम सुदूर अतीत को आज की दुरवस्था के लिए दोष देते हो। तुम अपनी गलतियों की जिम्मेवारी कब लोगे?''

''उपनिवेशवाद और साम्राज्यवाद हमारे इतिहास का हिस्सा हैं। अपने विश्लेषण में वर्तमान को समझने के लिए हमें उनकी ज़रूरत है। इतिहास की स्पष्ट समझ के लिए हमें इनकी ज़रूरत है।''

''तुम मुझपर अपने संसाधनों को चुराने का इल्ज़ाम लगाती हो। सौभाग्यवश अफ्रीका में विश्व के सभी प्राकृतिक संसाधन उपलब्ध हैं। नाइजीरिया में भी बहुत सारे प्राकृतिक संसाधनों की सम्पदा है।'' बटूरा ने अपना बैग खोला और छह छोटी बोतलें निकालीं। उसने उन्हें सँभालकर मेज़ पर रख दिया। उसने फातिमा को इशारे

से आगे आने को कहा। वह आगे आ गई। श्रोताओं की ओर मुड़कर उसने कहा, "ये इस राज्य में पाए जानेवाले खनिज संसाधनों के नमूने हैं। विश्वविद्यालय में एक भी वैज्ञानिक न इनको पहचान सकता था न ही इनका विश्लेषण कर सकता था। मैंने वैज्ञानिकों को वेतन दिया, ताकि वे आकर इनकी छानबीन करें और इनका उपयोग करें। मैं पूछ सकता हूँ, क्या तुम इनमें से केवल तीन के भी नाम बता सकती हो?"

फातिमा मुस्कुराई, "यह मेरा क्षेत्र नहीं है और मैं मानती हूँ कि मैं नहीं जानती कि ये क्या हैं।"

"देखा, इस मामले की सच्चाई यह है कि तुम मुझपर उस चीज़ को चुराने का इल्ज़ाम नहीं लगा सकतीं जिसके बारे में तुम्हें यह तक पता नहीं है कि वह तुम्हारे पास है," बटूरा ने तर्क देते हुए कहा। "ये सोना है, ये ताँबा है, ये एल्युमिनियम का खनिज है, यह लोहा है, ये एल्युमिनियम और ये है पीली बट्टी, क्या तुम जानती हो वह क्या है?"

"यूरेनियम," फातिमा ने कहा, "मुझे पता है कि आधा राज्य यूरेनियम की खानों पर बसा है।"

"अनुमान लगाना कि कौन-सी चीज़ कहाँ है, एक बात है। यह जानना कि तुम्हारे पास क्या है और उसको कैसे काम में लाया जा सकता है, दूसरी बात है।"

"तुम मुझपर शिक्षा को निरुत्साहित करने का आरोप लगाते हो। वह अनुचित है। मैंने स्कूल का नया पाठ्यक्रम बनाने में मदद की पर तुम्हारे नेताओं ने उसे नामंजूर कर दिया। अगर तुम्हारे आदरणीय नेता चाहते हैं कि मैं पुस्तकें, वैज्ञानिक उपकरण और कम्प्यूटर का आयात करूँ, तो मैं करूँगा। इसके बजाय राज्य के शिक्षा कमिश्नर ने हाल ही में अपने मन्त्रालय के लिए अपने देश में सत्ताईस कारों को आयात करने का ठेका मुझे दिया है। साथ में मुझे उनके लिए लन्दन में एक घर खरीदना है और अबूजा में उनके लिए एक हवेली बनवानी है। एक अजीब लेकिन सच बात ये है कि तुम्हारे नेता अपने बच्चों तक को शिक्षित नहीं बनाते!"

"अब हम स्वास्थ्य की तरफ़ ध्यान दें। तुमने कई अवसरों पर मुझ पर वैज्ञानिक तरीके से जाति विनाश का आरोप लगाया है। मैं इस मौके का फायदा उठाकर कुछ बातें स्पष्ट करना चाहता हूँ। तीन साल पहले पश्चिम की दो फार्मेसी कम्पनियों ने राज्यपाल की अनुमति से दो दवाइयों का परीक्षण किया। इस परीक्षण की अनुमति देने के लिए उसको पैसा दिया गया था। दुर्भाग्यवश, इनमें से एक परीक्षण भयंकर रूप से गलत साबित हुआ और बहुत से लोग मारे गए, खासकर स्त्रियाँ और बच्चे। सचमुच मुझे इसके लिए बहुत दुख है, परन्तु मुझे इसके लिए ज़िम्मेदार नहीं ठहराया जा सकता। ये परीक्षण राज्यपाल की जानकारी और सहमति से किए गए थे। वह पश्चिम में प्रशिक्षित डॉक्टर है और खतरों के बारे में भलीभाँति जानता है। इसलिए यह जनसंहार नहीं था, क्योंकि मारने का कोई इरादा नहीं था।"

"अगर यह सच है तो मारे जानेवालों के परिवारों को हरज़ाना क्यों नहीं दिया गया?" फातिमा ने पूछा।

"जो कम्पनी इसके लिए ज़िम्मेदार है मैं उनसे पैसा दिलवाने की बातचीत के आखिरी चरण पर हूँ। बहुत जल्द, हर पीड़ित व्यक्ति के लिए मुआवज़ा दिया जाएगा," बटूरा ने जवाब दिया।

"तुमने ये परीक्षण यूरोप में यूरोपियों के ऊपर क्यों नहीं किए?"

"ये दवाइयाँ टिपिकल बीमारियों के लिए हैं," बटूरा ने सीधे फातिमा की ओर देखते हुए कहा। "तुम फिर मुझपर दमनकारी शासन को समर्थन देने का आरोप लगा रही हो। यह सच नहीं है। मैं उन शासन प्रणालियों को समर्थन देता हूँ जो स्थिरता को बढ़ावा देती हैं। अफ्रीका तभी विकसित हो सकता है, जब वहाँ शान्ति और स्थिरता हो, जब सैनिक शासन प्रणालियाँ विनियोग और विकास के लिए अनुकूल अवसर प्रदान करने के लिए तैयार हों।

"देखो अकाल और भुखमरी है, फिर भी, मुझसे राज्यपाल की साठवीं वर्षगाँठ के लिए क्या खरीदने को कहा गया है? एक नया जैट, जबकि जो मैंने तीन वर्ष पहले खरीदा था उसकी हालत एकदम ठीक है, और वह उसका इस्तेमाल भी बहुत कम करता है। परन्तु मैं उनपर हुक्म नहीं चला सकता। मैं सिर्फ उनके आदेश का पालन कर सकता हूँ। वो चाहते हैं कि मैं उनके लिए एक नया महल बनवाऊँ, दो वर्षों में तीसरा! राज्य में हर अमीर और हर पारम्परिक नेता के लिए एक नई लम्बी गाड़ी और नए महल जल्द ही बनवाए जाएँगे। ये तुम्हारे नेताओं की प्राथमिकताएँ हैं, मेरी नहीं। ये सब कड़वे सच हैं, और कितना भी आदर्शवाद इनको बदल नहीं सकेगा।

"फातिमा, मैं सचमुच तुम्हारी हिम्मत, रचनात्मक क्षमता और बुद्धिमत्ता की सराहना करता हूँ। बदकिस्मती से तुमने ग़लत दल का साथ देने का फैसला किया है। तुम्हारी वैचारिक कल्पना से कुछ हासिल नहीं होनेवाला। हमसे हाथ मिलाओ तो तुम्हें अपनी मेहनत का फल मिलेगा। मेरा सपना है फातिमा को अपनी क्षमताओं का असली दुनिया में उपयोग करते हुए देखना। फैसला तुम्हारे हाथ में है। दिखा दो कि तुम नारेबाज़ी के अलावा और क्या कर सकती हो!"

फातिमा तिरस्कारपूर्वक हँसी। "मैं स्वीकार करती हूँ कि तुम ताकतवर हो, पर इसका यह मतलब नहीं है कि मैं तुम्हारे साथ मिल जाऊँगी। मेरा एक मिशन है, और मैं अपने सिद्धान्तों के साथ कभी समझौता नहीं करूँगी। मैं पूँजीवाद की सेवा में स्वादिष्ट भोजन का सेवन करने के बजाय अपने सम्मान की रक्षा करते हुए सिर्फ पानी पीकर खाली पेट सोना पसन्द करूँगी।"

अमीना ने अपनी घड़ी देखी कि घर जाकर अपने पति के लिए भोजन पकाने का समय हो रहा था।

# 6

बिना कोई काम किए कई दिन और हफ़्ते निकल गए। अमीना एक बेकार स्त्री की ज़िन्दगी जीती रही। उसे हमेशा किसी ऐसी चीज़ की प्रतीक्षा रहती थी जो शायद कभी नहीं होनेवाली थी। विश्व के उस छोटे कस्बे में ही सिमटकर रहते हुए, जहाँ उसका जन्म और परवरिश हुई, उसे लगने लगा कि मानसिक और शारीरिक रूप से उसका क्षरण हो रहा था। वह सोचने लगी कि इस तरह जीने का क्या अर्थ है और कुछ करने के लिए तरसने लगी, परन्तु उसकी समझ में नहीं आ रहा था कि वह क्या हो सकता है।

उसने प्रण कर लिया कि अब वो संविधायकों की पत्नियों के संघ की और किसी सभा में भाग नहीं लेगी, क्योंकि उसे लगा कि वे सब स्त्रियाँ सिर्फ बेमतलब गपबाजी करने वालों का झुंड मात्र थीं। उसने सर्किल इण्टरनेशनल क्लब के महिला कक्ष की सदस्या बनने के निमन्त्रण को भी अस्वीकार कर दिया, क्योंकि वह भी उसे बेईमानों और शेखीखोरों की एक लक्ष्यहीन टोली लगती थी। उसकी व्यापार करने की योजना भी स्थगित हो गई, क्योंकि बटूरा एक सड़क दुर्घटना में उलझ गया। इस बीच उसने विद्यार्थियों के बारे में अभी तक कोई फैसला नहीं किया था, क्योंकि वह भले ही उनके साथ सहज रहती थी, पर उसे उनकी बातचीत में दिलचस्पी नहीं थी। अपने पति से उसका बहुत कम सरोकार रहता था। उनकी एक-दूसरे से अंतरंग बातचीत भी शायद ही होती हो क्योंकि उसने अपने पिता को जो घटित हुआ था उसके बारे में सूचना दे दी थी, और यह सुनकर उन्होंने अल्हाजी की आलोचना की थी। उसकी अपने बाहरी रूप में भी रुचि नहीं रही थी, और बाहर निकलते हुए भी उसने महँगे वस्त्र पहनना और शृंगार करना छोड़ दिया था। अब वह घण्टों आईने के सामने खड़े होकर अपनी खूबसूरती के लिए ईश्वर की सराहना नहीं करती थी। तीसरी पत्नी के अलावा, जिसने अमीना को बदनाम किया था, अहाते में बाकी सबके साथ अमीना के ताल्लुकात अच्छे थे। कभी-कभी वह एकदम अकेला महसूस करती, और तब सबको शक की निगाह से देखने लगती थी। ऐसे मौके पर वह कमरे में बन्द होकर रो लेती थी। ऐसी

निराशा की स्थिति में उसने उन पुस्तकों की तरफ़ रुख किया जो उसे फातिमा ने दी थीं।

एक ऐसे ही ऊब भरे दिन, वह नीचे गई और अमरूद के पेड़ के नीचे खेलते हुए बच्चों में शामिल हो गई। जल्दी ही घने काले बादल पूरे आसमान पर छा गए और तेज़ हवा से मिट्टी और सूखी पत्तियाँ उड़ने लगीं। बच्चे अन्दर की ओर भागे पर अमीना उनके पीछे धीरे-धीरे गई। अमीना ऊपर जाकर अपने कमरे में वापस जाने से पहले बालकनी में खड़ी होकर आसमान में धीरे-धीरे घिरते हुए बादलों को देखने लगी। वह सीधी लेटी हुई सूनी आँखों से छत की तरफ़ देख रही थी, कि उसे बातें करने और सीढ़ियों पर चढ़ने की आहट सुनाई दी और फातिमा और पाँच अन्य लड़कियाँ अचानक अन्दर घुसीं। जब फातिमा ने उस उत्तेजित समूह का परिचय अमीना से करवाया वह तब भी हाँफ रही थीं। "ये सब हमारे आन्दोलन की नई सदस्य हैं। हमने कैम्पस में एक के बाद एक, कई सभाओं का आयोजन किया...परन्तु कल सुरक्षा कर्मचारियों ने हमें लगभग पकड़ ही लिया, इसलिए हमने आज यहाँ मिलने का फैसला किया। कहीं हम तुम्हें परेशान तो नहीं कर रहे?"

"तुम्हारा हमेशा स्वागत है," कहते हुए अमीना ने उन्हें बैठने का निमन्त्रण दिया।

शुरू की गपशप के बाद उन्होंने गम्भीर विषयों की तरफ़ ध्यान दिया। फातिमा ने सुझाया, "हम अपनी बातचीत चालू रखते हैं, पुरुष और समाज पर," और वह अपना व्याख्यान शुरू करने के लिए खड़ी हो गई, "अगर हम इतिहास में जाकर देखें कि देशों का उत्थान-पतन कैसे हुआ है तो हमको उस दार्शनिक से सहमत होना चाहिए जिसने एक बार कहा था, "कि सब कुछ गतिशील है, स्थिर कुछ भी नहीं रहता।" जब फातिमा बोल रही थी, अमीना सोचने लगी कि आखिर उन लड़कियों की समस्या क्या थी। आन्दोलन पर रोक लगाए जाने के बावज़ूद वे पुरुष और समाज पर बातचीत करने के लिए छिपकर मिलती थीं। अमीना के विचार में ये सबसे ज़्यादा ज्वलन्त समस्याएँ नहीं थीं। वह चुपचाप बाहर निकली और बालकनी में जाकर खड़ी हो गई। बादल छँट गए थे और सूरज तेज़ी से चमक रहा था। उसे फातिमा की आवाज़ सुनाई दी, "जैसे-जैसे लोगों ने नए अनुभव और जानकारी हासिल की, उन्होंने कुछ बुनियादी सवाल पूछने शुरू कर दिए। लोगों के लिए सामाजिक बदलाव के बारे में समझना बहुत महत्त्वपूर्ण हो गया। यह जानना कि यह बदलाव क्यों आ रहे हैं और इसके लिए कौन ज़िम्मेदार है। यहाँ धर्म का सवाल आता है। धर्म कहता है कि इस संसार में सभी कुछ ईश्वर द्वारा बनाया गया है, सभी कार्य-व्यापार पहले से तय हैं।"

परेशान होने के बावज़ूद अमीना ने बड़े ध्यान से फातिमा की बात सुनी। "धर्म के अनुसार ईश्वर का विधान है कि कुछ लोग निकम्मे होते हुए भी धनवान

होंगे, जबकि दूसरे लोग जीवन भर मेहनत करके भी दयनीय निर्धनता में जिएँगे, कुछ लोग शक्तिशाली होंगे और बाकी कमज़ोर, इन सबसे बढ़कर यह कि पुरुष महिलाओं से श्रेष्ठ होते हैं। विधाता का यह समादेश है कि जो उनके आदेश का पालन करेगा वह स्वर्ग में जाएगा, जबकि जो उनका अनादर करेंगे या आज्ञा का उल्लंघन करेंगे वो सदा-सर्वदा नरक भोगेंगे।''

रेबेका और फातिमा के बीच गरमागरम बहस छिड़ गई। अमीना रसोईघर में गई, जहाँ पहली पत्नी तलाता भोजन पका रही थी। ''भोजन पकाने की चिन्ता मत करो। मुझे लगा कि तुम अपने मेहमानों के साथ व्यस्त हो, इसलिए मैं तुम्हारे लिए पकाने का काम कर रही हूँ,'' उसने कहा।

''यह आपका बड़प्पन है,'' अमीना ने उत्तर दिया।

''क्या ये फातिमा और उसकी सहेलियाँ हैं?'' तलाता ने पूछा।

''हाँ, वो थोड़ी देर के लिए यहाँ आई हैं।''

''ठीक है,'' तलाता ने अमीना के करीब जाते हुए कहा।

''मुझे बताओ, वह दुबारा विवाह कब करेगी या नहीं करेगी?''

''सच पूछो, तो मैं नहीं जानती।''

''उससे क्यों नहीं पूछतीं, या उसे सलाह क्यों नहीं देती? उसके जैसी उम्र की लड़की के लिए अकेले रहना बहुत बुरा है,'' तलाता ने सचमुच चिन्ता करते हुए पूछा।

''मेरे खयाल से यह उसका अपना मामला है,'' अमीना ने कन्धा उचकाते हुए कहा।

''अल्हाजी का पिछले कुछ दिनों में तुम्हारे साथ कैसा व्यवहार रहा है,'' तलाता ने विषय बदलते हुए पूछा।

''मुझे नहीं मालूम। मैं काफी समय से उनसे नहीं मिली हूँ।''

''मैंने सुना है वे आज आ रहे हैं।'' उसने अमीना की तरफ़ देखा।

''यह बहुत अच्छी बात है कि तुमने अपने पिताजी को बता दिया। उम्मीद है कि इसका फायदा होगा...जब अल्हाजी क्रुद्ध होते हैं, तो सिर्फ ईश्वर ही हमारी मदद कर सकता है।''

''वे मुझसे मिलने नहीं आते हैं, इसलिए मुझे उनका इन्तज़ार नहीं है।''

मेरे खयाल से जुम्मई एक चुड़ैल है। वह सचमुच तुमसे नफरत करती है और उसने यह बात छुपाने की कभी चिन्ता नहीं की। वह बहुत ईर्ष्यालु है। मुझे विश्वास है कि वह खुद मेरी जगह होने की कल्पना भी नहीं कर सकती, परन्तु मेरी परवरिश तो इसी तरह हुई है। मेरे लिए तो अल्हाजी की जितनी अधिक पत्नियाँ होंगी मुझपर उतना ही घर का काम और कम बोझ होगा,'' तलाता ने कन्धा उचकाते हुए कहा।

"अस्सलाम मालेकम," एक महिला की आवाज़ बीच में सुनाई दी। बिल्किसु चेहरे पर उज्ज्वल मुस्कान लिए दरवाज़े में आ खड़ी हुई।

"आमिन अलाइक्कुम वासलाम," अमीना ने जवाब दिया। "तुम कैसी हो?"

"बहुत बढ़िया," बिल्किसु ने मुस्कुराते हुए कहा।

"तुम जाओ और अपने मेहमानों की देखभाल करो, मैं जल्दी ही भोजन लेकर आती हूँ," तलाता ने अमीना से कहा।

बिल्किसु के साथी जब वापिस ऊपर पहुँचे तो उसने उनसे कहा, "मुझे उम्मीद है कि आप मेरी आज रात की पार्टी के बारे में नहीं भूले होंगे।"

"तुम पार्टी का आयोजन क्यों कर रही हो?" रेबेका ने पूछा।

उसका हमेशा गम्भीर दिखनेवाला चेहरा दिलचस्पी से जीवंत हो उठा था। "सिर्फ मज़े के लिए," बिल्किसु ने बैठते हुए कहा। "वास्तव में यह हमारी सगाई की पार्टी है।"

"अमीना, क्या तुम इस पार्टी में शामिल होगी?" फातिमा ने पूछा।

"क्या तुम पागल हो?" अमीना ने तत्काल उत्तर दिया, गोकि वह जानती थी कि फातिमा सिर्फ मज़ाक कर रही थी। "अगर मेरा पति मुझे तलाक देगा तो क्या तुम मेरे लिए दूसरा ढूँढ़ दोगी?"

"नहीं, मेरे पास कोई भी फालतू नहीं है," फातिमा ने हँसते हुए कहा। दूसरी लड़कियाँ भी आ गईं। हउआ प्लेटों में खाना ले आई और सबने चुपचाप खाना शुरू कर दिया। बिल्किसु ने थोड़ा-सा खाकर फिर प्लेट नीचे रख दी, उसे ढका और हलके से मुस्कुराते हुए अमीना को बताने लगी, "मैंने अभी खाया था, इसलिए मैं ये खाना खत्म नहीं कर सकती। आशा है, तुम्हें बुरा नहीं लगेगा।"

"फिक्र मत करो, सब ठीक है।"

"हाँ कोई भी लड़की जो अभी-अभी अपने मंगेतर के घर से आई हो, भूखी नहीं हो सकती," फातिमा ने टिप्पणी की।

"इस बात से तुम्हारा कोई मतलब नहीं है," बिल्किसु ने जवाब दिया।

अमीना को उनका दोस्ताना रिश्ता मनोरंजक लगता था और इस बात से उसे ईर्ष्या होती थी कि वे दूसरों के मज़ाक और टिप्पणी से ज़रा भी क्रोधित नहीं होती थीं। भोजन के बाद अमीना ने प्लेटें हटा दीं और बिल्किसु ने बातचीत फिर से शुरू की।

"अफ्रीका में सारे नहीं तो काफी राज्यों में स्वतन्त्रता पाने के बाद पूँजीवाद के विकास का लम्बा रिकार्ड है," उसने कहा।

"कैसी स्वतन्त्रता?" अमीना ने बीच में टोका।

"मेरा मतलब है राजनैतिक स्वतन्त्रता। ध्वज और राष्ट्रगान की स्वतन्त्रता।"

वह खतरनाक सामान्यीकरण था, क्योंकि अधिकतर राज्यों में आर्थिक

स्वतन्त्रता नहीं है," फातिमा ने ज़ोर देते हुए कहा।

"हम विकास करने की चेष्टा में पीछे की ओर जा रहे हैं। एक आम अफ्रीकी सैकड़ों वर्ष पीछे है। जनता मज़दूर और किसान बेहद भुखमरी में रहते हैं, लाखों के पास खाने के लिए भोजन नहीं है, बच्चे गम्भीर रूप से अल्पपोषित हैं, और स्वास्थ्य सेवा व्यवस्था अविश्वसनीय रूप से पिछड़ी हुई है।"

"वास्तव में, अफ्रीका के बारे में सोचकर मैं रोती हूँ," फातिमा ने गम्भीर आवाज़ में कहा। उसके सभी राज्य चिन्ताजनक आर्थिक संकट में हैं, जबकि उसके सारे नेताओं की गिनती विश्व के सबसे धनी लोगों में होती है। अपने प्यारे देश को देखो...चारों ओर अपराधियों के गिरफ़्त में है। बेईमान नेताओं ने लाइबीरिया को भी गिरफ़्त में लिया हुआ है; सिअरा लेओन हिंसा के उत्सव का सामना कर रहा है; बर्बरता के कारण कोंगो का पतन हो गया है।"

बिल्किसु ने शान्त आवाज़ में कहा, "जैसा कि आप जानती हैं, नाइजीरिया एक वर्गीय समाज है और वर्गों के निर्माण की प्रक्रिया अभी भी ज़ारी है।"

अमीना प्लेटें इकट्ठी करके नीचे चली गई। उसे लगा कि उसने बहुत ज़्यादा सुन लिया था। जब वह कमरे में वापस गई, तब भी वे नाइजीरिया के अलग-अलग वर्गों के बारे में चर्चा कर रहे थे।

"व्यापारी, पारम्परिक शासक, धार्मिक नेता, अवकाश-प्राप्त सिविल अधिकारी—ये सब पश्चिमी पूँजीवादी राज्यों के पीछे दौड़नेवाले कुत्ते और उनकी हाजिरी बजानेवाले नौकर," फातिमा ने कहा। "मेरे पहले पति और मेरे पिता भी इनमें शामिल हैं।"

बिल्किसु ने सहमति जताते हुए कहा, "कुछ लोग उसकी खतरनाक और दुष्ट प्रकृति के कारण उसको शासक वर्ग का 'विध्वंसक' अंग कहते हैं। उसके सदस्य सबसे चालाक, देशभक्ति से विहीन संदिग्ध और दमनकारी किस्म के हैं। अपने वश में आई सत्ता और अर्थव्यवस्था में उसकी नाजुक प्रकृति के कारण वे प्रतिदिन बेशरमी से जनता की पूँजी को हड़पते हैं। देश की सम्पत्ति को वे सीधे और अकेले या इस वर्ग के अन्य सदस्यों के साथ मिलकर लूटते हैं। शक्तिशाली और दमनकारी शासनों को मज़बूत बनाने के लिए वे अन्तर्राष्ट्रीय पूँजीवादी देशों का सक्रिय सहयोग लेते हैं," उसने मुस्कुराते हुए कहा। "किस्मत या बदकिस्मती से मेरे पिताजी भी वहाँ उन्हीं में शामिल हैं।"

वे सब हँसीं। "अमीना के पति भी इसी वर्ग में शामिल हैं," फातिमा ने कहा। जैसे ही दरवाज़े पर ज़ोर की दस्तक हुई और अल्हाजी हारून अन्दर दाखिल हुए, अमीना ने झिझककर नीचे देखा। गुस्से से उनकी त्योरियाँ चढ़ी थीं, पर लड़कियों को देखते ही उनके चेहरे का भाव एकदम बदल गया और वो मुस्कुराने लगे। अमीना सहित, सभी लड़कियों ने घुटनों के बल बैठकर विनम्रता से उनका अभिनन्दन किया। उनकी ओर देखकर वह मुस्कुराया।

"कृपया मेरे मेहमान बनकर बैठ जाइए और अपना ही घर समझिए। बिल्किसु तुम कैसी हो?"

"हम सब ठीक हैं।"

"मैं अभी-अभी तुम्हारे पिताजी को विदा करके हवाई अड्डे से लौटा हूँ। वे हज के लिए पावन भूमि गए हैं। वहीं से वे लन्दन जाएँगे जहाँ उनको राज्य के प्रतिनिधि की हैसियत से ऋण के अनुबन्ध और करारनामे पर हस्ताक्षर करने हैं। वैसे मैं देख रहा हूँ कि तुम सब व्यस्त हो।"

"हाँ," बिल्किसु ने जवाब दिया।

अमीना बहुत घबराई हुई थी, इसलिए उनकी तरफ़ देख नहीं पा रही थी, पर बिल्किसु ने बात ज़ारी रखते हुए कहा, "हम परिवार में इस्लाम के योगदान पर चर्चा कर रहे थे।"

"वाह! बहुत खूब! मुझे खुशी है कि तुम न केवल अल्लाह के वचनों का प्रवचन कर रही हो, बल्कि मेरी पत्नी को भी शिक्षा दे रही हो।"

"अल्हाजी," फातिमा बीच में बोल उठी, "हम इस निष्कर्ष पर पहुँचे हैं कि धर्म जीवन का मुख्य स्रोत है। हमने मान लिया है कि धर्म निर्दयी को दयालु बनाता है, उनको अन्तरात्मा देता है, जो शायद उसके अभाव में स्पष्ट रूप से सोच नहीं पाते और निराश लोगों में आशा का संचार करता है।"

"अल्लाहो अकबर! अल्लाहो अकबर! ईश्वर सच में महान है," उन्होंने खुश होते हुए कहा। "अगर फातिमा ऐसा कह सकती है, तो इस संसार में कुछ भी नामुमकिन नहीं है। ईश्वर महान है। उन्होंने सबकी तरफ़ सन्तुष्ट होकर देखा। "तुम्हारे पास ज़रूरत का सब कुछ है?"

"हाँ," सबने एक साथ कहा।

"बढ़िया, परन्तु भविष्य में तुम्हें कोई भी समस्या आए, तो मेरे पास आने में हिचकिचाना नहीं। मुझे लगता है कि मैं तुम्हें परेशान कर रहा हूँ।"

"नहीं, नहीं," फातिमा बोली। "हम वास्तव में समाप्त कर चुके हैं और जानेवाले हैं।"

"अल्लाह तुम सबको निःस्वार्थ सेवा का फल दें।" उन्होंने प्रार्थना की।

"आमीन," वे सब बोलीं।

जैसे ही वे बाहर जाने लगे, फातिमा ने उनसे बैठने को कहा। "मैं आपसे धर्म के विषय में कुछ पूछना चाहूँगी," उसने मज़ाक के स्वर में कहा।

अल्हाजी हारून हिचकिचाए, फिर नम्रतापूर्वक बैठ गए।

"क्या आप नहीं सोचते कि आज हमारे देश में जो कुछ भी हो रहा है, उसे देखकर कोई भी आस्थावान व्यक्ति घबरा जाएगा या मूर्च्छित हो जाएगा या दोनों ही?" फातिमा शान्त स्वर में शुरू हुई। "मेरा मतलब है कोई भी विश्वास करने

वाला! क्या हम धर्म के बारे में ज़बानी जमा खर्च नहीं करते? इस देश में मुस्लिम जनसत्ता सबसे ज़्यादा पिछड़ी क्यों है? अफ्रीका में, पूरे संसार में? क्यों?"

अल्हाजी ने सावधानी से जवाब दिया, "यह सर्वशक्तिमान अल्लाह की मर्ज़ी है।"

"ये हमारे शासकों की मर्ज़ी है," फातिमा ने हिम्मत से सीधे उनकी आँखों में देखते हुए कहा। "हमारे शासकों ने कुशासन द्वारा हमें इस आखिरी सिरे तक पहुँचाया है। हम एक-दूसरे की सहायता करने से इनकार करते हैं। हम एक-दूसरे से बहुत ज़्यादा नफरत करते हैं। उदाहरण के लिए, तुमने इतने सारे युवा और अक्लमंद लोगों, मुसलमान भाइयों को कैद करवाने का हुक्म दिया, सिर्फ इसलिए, क्योंकि उनके विचार अलग हैं। तुम और तुम्हारे मित्र धर्म के सिद्धान्तों का सक्रिय प्रचार क्यों नहीं करते?"

"क्या तुम्हारी बात का मतलब यह है कि हम पाखण्डी है?"

"बिलकुल नहीं! मैं यह कह रहा हूँ कि इस्लाम के पास अच्छी हिदायतों की नेमत है। यदि मुसलमान लोग उनमें से 25 प्रतिशत का भी पालन करें, तो हम वैसी स्थिति में नहीं होंगे, जिसमें हम आज हैं।"

"25 प्रतिशत करने के बजाय, ज़्यादातर लोग 25 प्रतिशत कम करते हैं," बिल्किसु ने उसकी बात में जोड़ा।

अल्हाजी परेशान लगे पर बोले, "मैं उस सर्वशक्तिमान अल्लाह पर विश्वास करता हूँ। मैं एक दिन में पाँच बार नमाज़ पढ़ता हूँ। मैं रमज़ान के महीने में रोजे रखता हूँ, मैं हर साल हज करने जाता हूँ, मैं गरीबों को दान देता हूँ; क्या ये सब वो नहीं है जो लिखा है? आखिर तुम और क्या चाहती हो?"

अमीना ने साँस रोक ली, पर फातिमा को कोई बात नहीं रोक सकी। "ये कहाँ लिखा है कि जिन लोगों के विचार अलग हों उनको तुम बन्दी बना लो? ये कहाँ लिखा है कि तुम्हें जनता की पूँजी को निजी उपयोग में लाना चाहिए?" उसने जवाब का इन्तज़ार किया, पर अल्हाजी चुप रहे। "जहाँ तक मैंने पश्चिम में देखा है, वहाँ इस्लाम का प्रचार बिना मुसलमानों के होता है, जबकि मुस्लिम देशों में मुसलमान बिना इस्लाम के ही होते हैं। पश्चिम में जवाबदेही है, ईमानदारी से ज्ञान की खोज, साफ़-सुथरापन, मानव जीवन के प्रति आदर, सम्पत्ति और शालीनता आदि सब कुछ है। मुसलमानों से भरे हुए हमारे समाज को देखो—और यहाँ तुम्हें क्या नज़र आता है? लक्ष्यहीनता, भ्रष्टाचार, लालच, निकम्मापन, अज्ञान और दमन।"

"परन्तु पश्चिम में वे शराब पीते हैं, वे नमाज़ नहीं पढ़ते और एक पत्नी से ज़्यादा विवाह नहीं कर सकते।" अल्हाजी ने विरोध किया।

"पर फिर भी तुम अपना जीवन और पैसा उनके हवाले करते हो। बीमार

होने पर इलाज़ के लिए उन्हीं के पास जाते हो। जब तुम्हारे पास धन होता है तो तुम अपने लिए उन्हीं के पास जमा करते हो।'' फातिमा ने नफरत से सिर हिलाया। अल्हाजी हारून शालीनता से खड़े हुए और मुस्कुराते हुए बाहर चले गए। फातिमा ने तनाव दूर करते हुए नम्र आवाज़ में कहा, ''यह जगह आज सभा के लिए सुरक्षित नहीं है। विशिष्ट शत्रु आसपास घूम रहा है।'' अमीना भी लम्बी हँसी में शामिल हो गई।

''चलो मेरे पिता के घर चलते हैं, क्योंकि वो लन्दन गए हैं,'' बिल्किसु ने सुझाव दिया।

''पर क्या वो पहले मक्का नहीं जा रहे?'' अमीना ने पूछा।

''अल्हाजी ग़लत समझ रहे हैं। वो उन सन्देहास्पद कर्ज़ों पर दस्तखत करके लूट का माल अपने और अपने साथियों के खाते में जमा करने के लिए पहले लन्दन जा रहे हैं, वहीं से धर्म क्षेत्र की तरफ़ बढ़ जाएँगे,'' बिल्किसु ने समझाया।

''जहाँ सर्वशक्तिमान अल्लाह उनके गुनाहों के लिए उनको माफी देगा, जबकि राज्य की जनता मजबूर होकर इन कर्जों का भुगतान करेगी। हरामज़ादे।'' फातिमा बोली।

''पर वो तुम्हारे पिता हैं, तुम उनका परित्याग नहीं कर सकतीं,'' रेबेका ने ज़ोर देकर कहा।

''मैं उनका परित्याग नहीं कर रही। मैं सिर्फ सच्चाई का सामना कर रही हूँ। मैं जानती हूँ वो क्या करते हैं, वे सब क्या करते हैं। वैसे भी, मैं बड़ी हो गई हूँ और जल्द ही मेरी शादी हो जाएगी,'' बिल्किसु ने अच्छी तरह मुस्कुराते हुए कहा।

''ध्यान रखना,'' फातिमा ने चेतावनी दी, ''तुम एक धोखेबाज़ आदमी को दूसरे धोखेबाज़ के लिए छोड़ रही हो—राजनीतिज्ञ के पास से फौजी के पास जा रही हो। हर फौजी शासन करना चाहता है, गोकि उनका प्रशिक्षण अमेरिका या ब्रिटेन में हुआ है, जहाँ सैनिक बिलकुल अलग भूमिका का निर्वाह करते हैं। यहाँ आने पर वो अपनी बन्दूक का इस्तेमाल लोगों में दहशत पैदा करने के लिए करते हैं।''

''आओ, हमारे चलने का समय हो गया है,'' बिल्किसु ने अमीना की बेचैनी देखते हुए कहा। जैसे ही वह चली, फातिमा ने अमीना को किताबों से भरा एक बैग दिया। अपने बिस्तर पर लेटकर उसने राहत महसूस की।

# 7

यह समझने के लिए कि फातिमा में अल्हाजी को चुनौती देने का साहस कहाँ से आया, अमीना ने ज़्यादा पढ़ना शुरू कर दिया। उसने एक समाचार-पत्र और पत्रिकाएँ बेचनेवाले के साथ तय करके अपने पसन्दीदा रविवार के समाचार-पत्र में करीब-करीब सभी समाचार और लेख पढ़ लिए। उसने फ्रैंज फैनन की किताब 'द रेचेड ऑफ द अर्थ' को भी पढ़ने की कोशिश की जो उसे फातिमा ने दी थी। परन्तु उसे कुछ शब्दों और विचारों के साथ जूझना पड़ा। खासकर इस रविवार को जब उसने कुछ पत्र और पुस्तकें पढ़ने की कोशिश की तो एकाग्रता की कमी के कारण वह बिस्तर में लेट गई और उसने अपने सोच को भटकने की छूट दे दी।

अन्त में उसने अपनी तस्वीरें देखने का फैसला किया। उनको देखते हुए उसने पहले के दिन याद किए, पुराने मित्र, रिश्तेदार, परिचित व्यक्ति और स्थान। कुछ लोग जो हाल तक ही उसे अपने निकट लगते थे, अब उनकी यादों में इतनी दूर थे, जैसे किसी दूसरे ग्रह के निवासी हों। उनमें से एक खास व्यक्ति ने उसको गहरी सोच में डाल दिया। यह बात थी उसकी क्लास के साथी मुक्तार खालिद को लेकर, उसके मेट्रीकुलेशन के दिन की जब उसने अपना मेट्रीकुलेशन गाउन पहना हुआ था। मुक्तार उसका करीबी दोस्त था, प्रेमी नहीं, परन्तु उनका नाता संक्षिप्त पर यादगार रह चुका था। वह पहली बार उससे प्राथमिक शिक्षण के दौरान मिली थी। एक शाम नमाज़ के बाद, वो और फातिमा का प्रेमी, दनबाकी, उनसे मिलने उनके कमरे में आए। दनबाकी ने उनको विद्यार्थी संघ के चुनाव में खड़े होने के अपने इरादे के बारे में सूचना दी। फातिमा को दनबाकी का चुनाव अभियान सलाहकार नियुक्त किया गया था और उसने मुक्तार का परिचय अपने मुख्य अभियान अफ़सर के रूप में करवाया। अमीना को याद आया कि मुक्तार कितना चुप और शर्मीला था, और वह हैरान होती थी कि इतने शरीफ लड़के को इस प्रकार का कार्यभार कैसे सौंपा जाएगा जो कि आमतौर पर शिक्षा संस्थान में ठगों और आवारा लड़कों से जुड़ा रहा है। अभियान के दौरान वह उसको रोज देखती थी और दनबाकी ने अन्त में राष्ट्रपति का पद जीत लिया।

चुनाव के बाद, मुक्तार उससे कभी-कभी मिलने आता था और हमेशा यही समझाता था कि वह राजनीतिक क्रियाकलाप में व्यस्त था। वह अच्छा खिलाड़ी भी माना जाता था। उसे वह एक बुद्धिमान, अच्छे स्वभाव वाले महत्त्वाकांक्षी व्यक्ति के रूप में याद था। जब उसे एक विशेष विरोधी अभियान में भाग लेने के लिए विश्वविद्यालय से निकाल दिया गया था, तो उसे लगा कि उसके साथ बेहद अन्याय किया गया है। वह बहुत युवा था जब उससे उसकी पढ़ाई-लिखाई, उसके जीवन का बहुमूल्य रत्न छीन लिया गया था, जिससे वह बहुत स्नेह करता था। उन्हें सिर्फ एक वर्ष के लिए उसको निलम्बित कर देना चाहिए था। उसने सोचा, ''मुझे इसे रोकने के लिए कुछ करना चाहिए था। शायद मुझे राजनीति में साहसिक कर्मों से उसको निरुत्साहित करके पढ़ाई-लिखाई पर ध्यान देने की सलाह देनी चाहिए थी; परन्तु वह नहीं सुनता। वह ज़िद्दी नहीं था, पर वह भी फातिमा की तरह प्रतिबद्ध था। खैर, वह अभी भी जवान आदमी है। उसके आगे सब कुछ है। वह अभी भी अपने जीवन के उस भाग को सुधार सकता है, जिसमें दरार आ गई है। किसे मालूम है? ऐसा करने से उसके सामने दूसरे अवसर भी आ सकते हैं।'' अमीना मन ही मन हँसी। उसे एक वायदा याद आया जो उन्होंने मैट्रिक पास करने के समारोह के एकदम बाद आपस में किया था—विश्वविद्यालय की उपाधि प्राप्त करने के दिन एक साथ फोटो खिंचवाने का। 'बेचारे हम, हममें से किसी ने भी उपाधि प्राप्त नहीं की। अगर मैं उससे फिर मिलूँ, उसके बारे में कुछ और जानूँ, उसको प्रोत्साहित करूँ, उसके लिए अपनी चाह और चिन्ता व्यक्त करूँ तो मुझे अच्छा लगेगा। अगर वह मुझसे प्रेम करता था, तो उसने इस बारे में कभी कुछ नहीं कहा, पर मैं उससे प्रेम करती थी। मैं करीब-करीब रोज़ उसके सपने देखती थी—वह बहुत आकर्षक था—सुडौल, शिष्ट; एक आदर्श पति। वह दिखावा करता था कि वह नहीं जानता कि मैं उससे प्रेम करती हूँ, परन्तु उसने यह भाँप लिया होगा।' वह खड़ी हो गई, आँखों में लगभग आँसू भरते हुए उसने सारी तस्वीरें वापस डिब्बे में डाल दीं।

अचानक उसको फातिमा द्वारा दिए गए इश्तेहार की याद आई और उसने उसे दीवार पर टाँगने का फैसला किया। उसने उसे खोला, सीधा किया और अपने कमरे में एक अच्छा स्थान चुन लिया।

## पैगम्बर मुहम्मद का विदाई प्रवचन

(सला-अल्लाहु अल्लाइही व-सल्लम)

> सुनो लोगो, जैसे तुम इस महीने, इस दिन, इस शहर को पवित्र मानते हो वैसे ही हर मुसलमान की ज़िन्दगी और सम्पत्ति को एक पवित्र न्यास समझो। जो माल तुम्हारे सुपुर्द किया गया हो उसे उसके अधिकारी व्यक्तियों को

लौटा दो। किसी को कष्ट न दो ताकि कोई तुम्हें कष्ट न पहुँचाए।
कभी सूद न लो, सूद लेना तुम्हारे लिए वर्जित है।
गरीबों की सहायता करो, उनका तन वैसे ही ढको, जैसे तुम अपना ढकते हो। याद रखो! एक दिन अल्लाह के सामने पेश होकर तुम्हें अपने कर्मों की जवाबदेही करनी होगी।
इसलिए सावधान रहना! मेरे जाने के बाद, सच्चाई के रास्ते से भटक न जाना लोगो! मेरे बाद न कोई पैगम्बर या प्रचारक आएगा और न ही किसी नए पंथ का जन्म होगा।
यह सच है कि अपनी औरतों के बारे में तुम्हारे कुछ अधिकार हैं पर उनका भी तुम पर अधिकार है। उनके साथ अच्छा सलूक करना, क्योंकि वे ही तुम्हारा सहारा हैं।
मेरे वचनों पर ध्यान देना। मैं अपने पीछे दो बातें छोड़कर जा रहा हूँ, कुरान और अपना उदाहरण, अगर तुम इनके दिखाए रास्ते पर चलोगे तो कभी असफलता नहीं मिलेगी।
मेरी बात ध्यान से सुनो! ईश्वर की उपासना करो, नमाज़ पढ़ो और रमज़ान के महीनों में रोज़ा रखो, और अपनी सम्पत्ति दान में दे दो!
सब आस्तिक लोग बन्धु हैं, सबके एक जैसे अधिकार हैं और एक जैसी जिम्मेदारियाँ।
किसी को किसी दूसरे से वह कुछ भी लेने का अधिकार नहीं है, जो वह खुद अपनी मर्ज़ी से देने की इजाज़त नहीं देता।
कोई किसी दूसरे से ऊँचा तब तक नहीं हो सकता जब तक वह गुणों में ऊँचा न हो।
वे सब जो मेरा प्रवचन सुन रहे हैं, वे मेरे वचनों को औरों तक पहुँचाएँगे और फिर वे सुननेवाले उन्हें और आगे पहुँचाएँगे। शायद सुननेवालों में जो आखिरी होंगे वे मेरे वचनों को उनकी अपेक्षा बेहतर समझेंगे जो सीधे मेरे मुँह से सुन रहे हैं।

तभी दरवाज़े पर दस्तक हुई। "अस्सलाम आलेकुम अमार्या! मैं अन्दर आ सकता हूँ?" छोटे से अब्दुल्लाही ने पूछा।

"आमीन आलेकुम व-स्सलाम," उसने जवाब दिया और उसे अन्दर आने दिया।

"अमार्या, फातिमा फिर कब आ रही है?" अब्दुल्लाही ने पूछा।

"तुम्हारी पत्नी को कल या उसके अगले दिन आ जाना चाहिए, पर तुम अगर उससे सचमुच मिलना चाहते हो तो मैं विश्वविद्यालय जाकर उसको ढूँढ़ सकती हूँ।"

"नहीं, इतना ज़रूरी नहीं है। मैं सिर्फ जानना चाहता था कि उसकी और उसकी बेटी की उम्र कितनी है।"

"खैर, यह तुम दोनों के बीच की बात है। मैं किसी के पारिवारिक मामले में नहीं पड़ूँगी," उसने उसको चिढ़ाया। "आपका मतलब है कि आप नहीं जानते कि आपकी पत्नी कितने साल की है?"

"वह न तो है और न कभी मेरी पत्नी बनेगी," उन्होंने दृढ़तापूर्वक, पर मुस्कुराते हुए कहा। "अमार्या, मैं तुमसे कुछ सवाल पूछना चाहता हूँ।"

"मैं तुम्हारे पूछने से पहले ही तुम्हें अपनी उम्र बता दूँगी।"

"नहीं, मुझे उसमें दिलचस्पी नहीं है। मैं सिर्फ जानना चाहता हूँ कि आजकल तुम ज़्यादा समय तक क्यों सोती रहती हो। क्या तुम बीमार हो?"

"मैं स्वस्थ हूँ। चिन्ता करने के लिए धन्यवाद। जहाँ तक मेरे शारीरिक बदलाव का और मेरे सोने का सवाल है—यह फातिमा से पूछो।"

"नहीं, तुम मुझे क्यों नहीं बता सकतीं?"

"ध्यान से सुनो! जब एक स्त्री सन्तान को जन्म देनेवाली होती है, उसको ज़्यादा नींद की ज़रूरत होती है।"

"धन्यवाद," उसने कहा और बाहर भाग गया।

अब्दुल्लाही अहाते में रहनेवाले बच्चों में से अमीना के सबसे करीब था। वह लगातार ऐसे सवालों के जवाब ढूँढ़ता रहता था, जिनके बारे में वह अपने पिता और अहाते में रहनेवाले दूसरे लोगों से नहीं पूछ सकता था। वह उसको एक शिक्षित और ऐसा इनसान मानता था जो उसको जवाब देने को तैयार रहती थी। हाल ही में उसने कुछ ऐसे सवाल पूछे थे जिनके उत्तर उसको अभी देने बाकी थे। "मेरे पिता यह क्यों कहते हैं कि मैं कभी भी किसी स्त्री पर भरोसा न करूँ? क्या यह सच है कि स्त्रियाँ, कुत्ते और गधे नमाज़ में बाधा डालते हैं? स्त्रियों को पुरुषों के साथ मस्जिद में नमाज़ पढ़ने की इजाज़त क्यों नहीं है? मेरी बहनों को अरबी और इस्लामी पाठशालाओं में क्यों नहीं भेजा जाता?" अकेली होने पर, अमीना फिर से अपनी गर्भावस्था और अपनी माँ के बारे में सोचने लगी। वे एक मजबूत इरादे वाली मेहनती महिला थीं। वे पहली पत्नी थीं, और वे सिर्फ अपने ही नहीं परिवार में सभी बच्चों से प्यार करती थीं। उनको अमीना से बहुत स्नेह था, उन्होंने उसे पास से और ध्यान से बड़े होते देखा था। वो जो कुछ भी करती थी उसमें उनकी दिलचस्पी थी। वे उसकी आलोचना नहीं करती थीं, बल्कि ज़रूरत पड़ने पर सही रास्ता दिखाकर ऐसे प्रोत्साहित करती थीं जैसे एक माँ ही अपने बच्चे को कर सकती है। वह अमीना के पिता को परिवार के किसी भी बच्चे पर हाथ उठाने नहीं देती थीं। वे अमीना से कहती थीं, "गर्व करो कि तुम एक लड़की हो और अपना आदर करो, तभी दूसरे तुम्हारा आदर करेंगे।" अमीना को याद था कि जब

प्राथमिक पाठशाला में परिवार में सबसे पहले अमीना ही पढ़ने गई थी, उस समय किस तरह उन्होंने उसको प्रोत्साहित किया था।

उसकी दो बड़ी बहनों को सिर्फ विवाह करने की अनुमति दी गई थी, परन्तु उसकी मॉ ने शिक्षा के महत्त्व के बारे में बहुत कुछ कहा और अमीना के पिता को उसे पाठशाला भेजने के लिए बाध्य किया। वे ज़ोर देकर कहती थीं कि अगर तुम शिक्षित हो, तो तुम धनवान भी हो सकते हो और तुम अपनी और दूसरों की मदद कर सकते हो। परन्तु सबसे खास बात यह है कि तुम संसार को बेहतर समझ सकते हो। प्राथमिक पाठशाला में जाने के बाद अमीना ने सबसे पहला काम यह किया कि उसने अपनी माँ को उनका नाम लिखना सिखाया। ओह! वह बहुत प्रसन्न और उत्साहित थीं। शुरू में उन्होंने टेढ़े-मेढ़े ढंग से लिखा, पर बाद में बहुत सीधा और साफ़, मरियामू। प्राथमिक शिक्षा खत्म हो जाने पर अमीना की माँ चाहती थीं कि वह अपनी पढ़ाई ज़ारी रखे, और उसके पिता ने भी विरोध नहीं किया। परन्तु माध्यमिक शिक्षा पूरी करने के बाद घर में झगड़ा हो गया। अमीना के पिता ने ज़ोर दिया कि उसे एकदम विवाह करना चाहिए, जबकि उसकी माँ कहती थीं कि उसे विश्वविद्यालय जाना चाहिए। अपनी बेटी को एक शिक्षित महिला के रूप में देखना उनका सपना था। जब उसके पिता ने उनसे सलाह किए बगैर उसका विवाह एक आदमी से करने की कोशिश की, तो अमीना को उसी चंगुल में फँसता देखने के बजाय जिसमें वे खुद अपनी दूसरी बेटियों के साथ फँसी थीं, उन्होंने घर छोड़ने का फैसला कर लिया। "वह बुरा समय था," अमीना ने याद किया। "पिताजी ने दहेज इकट्ठा करके मेरे विवाह की तारीख पक्की कर दी थी पर माँ ने साफ़ इनकार कर दिया। मैंने सचमुच भागने की योजना बना ली थी, परन्तु मेरे पास जाने के लिए कोई जगह नहीं थी और अपनी माँ के साथ मैं सुरक्षित महसूस कर रही थी। पिताजी ने पैसा लौटा दिया पर उन्होंने कसम खा ली कि न तो मेरी स्कूल की फीस भरेंगे और विश्वविद्यालय में जाने पर भी मुझे पैसे नहीं देंगे। पूरी तरह गृहिणी होने की वजह से मेरी माँ के पास आमदनी का कोई ज़रिया नहीं था। विश्वविद्यालय में मेरी पहले वर्ष की पढ़ाई के लिए उन्हें अपनी ज़्यादातर कीमती चीज़ें बेचनी पड़ीं। मेरी बहनों ने भी मदद की। जितना भी प्यार, स्नेह और आदर एक बेटी, पालन-पोषण करनेवाली माँ को दे सकती है उतना मैंने उन्हें देने की कोशिश की। एक शाम उन्होंने जो कहा वो मुझे अभी भी याद है, "अमीना तुम ज्ञान और रोशनी का प्रतीक हो, तुम एक लम्बे पेड़ की तरह हो जो चारों तरफ़ दूर तक देख सकता है। तुम्हारे स्वप्न सुन्दर और अच्छे हैं, पर क्या तुम उन्हें पूरा कर सकती हो?" मैंने कहा कि मैं कर सकती हूँ, गोकि मेरी समझ में नहीं आया कि वो कहना क्या चाहती थीं। फिर वह मनहूस सोमवार आया, जब अंकल अली ने विश्वविद्यालय आकर मुझे बताया कि माँ की मृत्यु हो गई थी।

उस सदमे से निकलने में कई हफ़्ते लग गए, और मैं उस कमी को अभी तक पूरा नहीं कर पाई। मुझे लगा कि मैं एक ऐसी नाव में बैठी थी जो नदी के बीच में पहुँचकर उलट गई। ऐसे मौके का फायदा उठाकर मेरे पिता ने शादी के लिए मुझे मना लिया। उन्होंने मुझे सीधे अल्हाजी हारून के सुपुर्द कर दिया। कल्पना करो, अल्हाजी से मेरी पहली मुलाकात हमारी शादी के दिन हुई! पर अपनी माँ की आत्मा की शान्ति के लिए कुछ करने की मेरी कसम एक दिन पूरी होगी। उनके जीवित रहते, उनकी इच्छा पूरी करने के लिए मेरे पास काफी पैसा नहीं था, परन्तु अगर मेरी बेटी हुई...यह स्वप्न देखते हुए वह सो गई।

जब वह सोकर उठी तो कमरे में गर्मी और अँधेरा था। उसने खिड़की खोली, पर्दे उड़ाती हुई ठण्डी हवा अन्दर आई। आसमान में काले बादल छाए हुए थे। गरजते बादलों और चमकती बिजली से डरकर अमीना खिड़की से हट गई। उसने कमरे में रोशनी की और देखा कि उसके लिए थोड़ा-सा भुना गोश्त, कोला की पाँच गिरियाँ और फल रखे थे। उसने अन्दाज़ लगाया कि जब वह सो रही थी, उसके पति अन्दर आए थे।

बारिश शुरू हो गई, पहले बूँदा-बाँदी और फिर धुआँधार। छत पर बारिश गिरने का शोर और सीटी बजाती हुई हवा खिड़की के अन्दर आ रही थी। खिड़की बन्द करके जैसे ही वह घूमी, उसके पति अन्दर आ गए। उसकी किताबें उठाकर उनकी ओर देखते हुए वो मग्न लग रहे थे, मानों उसमें दिलचस्पी लेने की तैयारी में हों।

''मैं देख रहा हूँ कि तुम काफी किताबें पढ़ रही हो,'' अल्हाजी हारून ने कहा। ''यह अच्छा विषय है,'' इस्लाम में बहुविवाह प्रथा के बारे में लिखित लेख की तरफ़ उन्होंने इशारा किया।

''हाँ, मैंने यह पढ़ा है,'' वह अनिच्छा से बोली।

''और यह?'' 'यूरोप ने अफ्रीका को अविकसित कैसे किया' लेख हाथ में उठाते हुए उसने पूछा। ''ये वॉल्टर रोडने कौन है?'' अटकते हुए उन्होंने नाम का उच्चारण किया।

''फातिमा ने किताब पढ़ी है और इसके बारे में वह जानती है,'' अमीना ने चतुराई से जवाब दिया।

''पैटल्स ऑफ ब्लड...डेविल ऑन द क्रास' (रक्त की पंखुड़ियाँ...क्रास पर शैतान) ये सब किसके बारे में हैं?''

''ये कीनिया के लेखक न गुगी वा थियोन्गो द्वारा लिखित उपन्यास हैं।'' उसने उन्हें समझाया।

''क्या फातिमा यह सब पढ़ती है?'' कुछ और लेखों के नाम देखते हुए अल्हाजी हारून ने पूछा, ''अगर वो इतनी मोटी किताब को सँभाल सकती है, तो

वह जिद्दी लड़की है," उन्होंने 'कार्ल मार्क्स' कृत 'दास कैपिटल' के ऊपर उँगली रखकर पूछा, "तुम इसको पढ़ने में कितना समय लगाओगी?"

"मैंने इसको पढ़ने की कोशिश की, परन्तु समझ न सकी। मेरे खयाल से यह व्यापार के विषय में है, अपने पैसों की व्यवस्था किस तरह करनी चाहिए।"

"अच्छा है। इसे पढ़कर समझने की कोशिश करना, क्योंकि जल्द ही तुम व्यापार में शामिल होने वाली हो।"

"पर तुम जानते हो मैं गर्भवती हूँ," उसने आश्चर्यपूर्वक कहा।

"हाँ मैं जानता हूँ," एक और किताब उठाते हुए उन्होंने कहा। "यह दक्षिण अफ्रीका के बारे में है, मैं जानता हूँ यह नेल्सन मंडेला हैं। इसीलिए मुझे अपने राष्ट्रपति अच्छे लगते हैं। तुम्हें मालूम है, उन्हें जाति-भेद पद्धति से नफ़रत थी।"

अमीना ने जतलाने की कोशिश की कि नाइजीरिया में भी भेदभाव और असमानता थी, परन्तु अब उसकी रुचि खत्म हो गई थी। किताबें रखकर वह कमरे से बाहर चला गया। अमीना किताबें ठीक से लगा ही रही थी कि कुलु अन्दर आई। उसने महँगे और रंग-बिरंगे दो कपड़ों के ऊपर एक रेशमी ब्लाउज़ पहन रखा था।

"तुम इसमें खूबसूरत लग रही हो," अमीना ने उसकी तारीफ की। "क्या तुमने ये कानो में खरीदा?"

"नहीं, ये लागोस से आया है," शेखी मारते हुए उसने जवाब दिया।

"ब्लाउज़ महँगा लगता है," अमीना ने छूकर कहा।

"मुझे सुसंस्कृत चीज़ें पसन्द आती हैं," कुलु ने तत्काल कहा। "मेरी यात्रा सफल रही। मैंने अपना सामान सफाई से निकाला और कानो में दोबारा बेच दिया।"

"यह अच्छा हुआ।"

कुलु बोलती गई—अनाथालय शुरू करने की अपनी योजना के बारे में, नई गाड़ी खरीदने, तरणताल और 'सौना' बनवाने के बारे में। बदले में अमीना ने उसे अल्हाजी और अपने बीच में हुए मतभेद के बारे में बताया। कुलु की प्रतिक्रिया तेज़ी से हुई।

"अमीना, गलती तुम्हारी है। तुम अनुभवहीन हो; पैसों से सब कुछ खरीदा जा सकता है, यहाँ तक कि प्यार और सुख भी। दिम्बी गाँव में मेरा एक दवाई बाँटने वाला आदमी है। वह तुम्हें मोती, कुछ और बनाई गई चीज़ें और इत्र दे सकता है, जिनके इस्तेमाल से अल्हाजी तुमसे प्यार करेगा और तुम शान्ति से जीवन बिता सकोगी। हम जुम्मे के दिन चलते हैं," उसने ज़ोर देकर कहा।

अमीना की तरफ़ से प्रतिक्रिया न होने पर उसने कड़ी नज़र से उसको देखा और फिर अपने मनपसन्द विषय 'फातिमा' के बारे में चर्चा शुरू कर दी, "वह खतरनाक है। मुझे पछतावा है कि मैंने कभी उस बेवकूफ से दोस्ती की थी। उसके

पास खूबसूरती और पैसा है, परन्तु वह उनका इस्तेमाल करना नहीं चाहती। इसके बजाय वो एक दढ़ियल, गँवार और उजड्ड लड़के, दनबाकी से प्रेम करती है, जिसकी कोई महत्त्वाकांक्षा नहीं है। वे सिर्फ़ कैम्पस पर अशान्ति फैलाना जानते हैं। अमीना, मैं तुम्हें ईमानदारी से सलाह देना चाहती हूँ; फातिमा की बातें सुनकर उसके चक्कर में नहीं पड़ना। मैं जानती हूँ कि वह क्या कर सकती है। वह एक शैतान की तरह है। फातिमा अपनी जहरीली बातों से तुम्हें यकीन दिला सकती है कि दूध काला होता है, इसलिए अपना बहुत ध्यान रखना।''

कुलु ने, मानो ऊबकर अपना बैग उठाया और उसमें से नोटों का बंडल निकालकर गिनने लगी। अमीना ने उसे पूरा बंडल गिनते हुए देखा, फिर वह बोली, ''मुझे पैसे गिनना अच्छा लगता है, यह मेरा शौक है।''

तभी उन्हें सीढ़ियों पर पैरों की आहट सुनाई दी, फिर दरवाज़े पर एक दस्तक और फिर एक जानी-पहचानी आवाज़; ''मैं खूबसूरत हूँ, इसलिए मैं सीधे अन्दर आऊँगी,'' फातिमा मुस्कुराती हुई अन्दर आई। उसने कुलु को अपने रुपये पकड़े हुए देखा तो वह हँस पड़ी। ''हे भगवान! मुझे तुम पर तरस आता है, कुलु। तुम मुझे अपनी तरह चोर समझती हो? इसकी तरफ़ देखो, अपने पैसों को इस तरह कस के पकड़ रखा है जैसे कोई उस पर डाका डालनेवाला है।''

''देखो...मैं यहाँ कोई गड़बड़ नहीं चाहती,'' अमीना बीच में बोल उठी।

''क्या ये तुम्हारी आज की लूट है?'' फातिमा ने पूछा।

''ये मेरी सम्पत्ति है,'' कुलु तुनककर बोली।

''हमारे समाज में सम्पत्ति को चोरी करके बढ़ाया जाता है, और चोरी करना तुम्हारा पेशा है,'' वह कहती चली गई।

''तुम झूठी हो! मैंने इसे पाने के लिए मेहनत की है। यह मेरे पसीने की कमाई है।''

''किसका पसीना? तुम गैरकानूनी तौर पर सामान का आयात-निर्यात करती हो, ठेकों की रकम को बढ़ाती हो, भोले लोगों को छलती हो, खुलेआम चोरी करती हो और कहती हो कि ये तुम्हारा पसीना है, पाखण्डी कहीं की।''

''उससे तुम्हारा कोई मतलब नहीं।''

''मतलब है...।''

''अपने बारे में सोचो, कैसे उन लड़कों के पीछे भागती हो?''

''या तो तुम अपनी भाषा सुधार लो, नहीं तो मैं तुम्हें बहुत बुरी तरह मारूँगी,'' फातिमा तेज़ी से आगे बढ़ी और कस के कुलु का कॉलर पकड़ लिया।

''देखो, मैं यहाँ किसी तरह की गड़बड़ नहीं चाहती,'' अमीना ने अपनी बात फिर से दोहराई।

जब फातिमा ने उसको छोड़ दिया तो कुलु ने कहा, ''तुम मेरी धन-दौलत

से जलती हो।''

जैसे ही अपना दिमाग ठण्डा करने के लिए फातिमा ने पानी का घूँट भरा, कुलु ने गाना शुरू कर दिया :

कुछ लोग मुझसे जलते हैं
कुछ लोग मुझसे जलते हैं
कुछ लोग मुझसे जलते हैं
जलते हैं, मेरे पैसों की वजह से!

फातिमा का गला रुँध गया। अपनी छाती को मलते हुए उसने जैसे तैसे कहा, ''ध्यान से सुनो, कुलु, तुम जानती हो अगर मैं चाहूँ तो तुमसे और तुम्हारे पति से ज़्यादा अमीर हो सकती हूँ, फिर मुझे जलने की क्या ज़रूरत है?''

कुलु खड़ी हो गई और दरवाज़े की तरफ़ चली, अमीना उसके पीछे-पीछे चल पड़ी। इससे पहले कि वो चली जाए, फातिमा ने झिंझोड़ते हुए कुलु को पीछे खींचा और उसकी आँखों में घूरकर देखा।

''कुलु मैं जानती हूँ कि अमीना को मिलने के बहाने तुम यहाँ क्या करने आई हो, और मैं इस मौके पर वो सब कहूँगी जो मैं सोचती हूँ। मुझे तुम्हारी सभी हरकतों से नफ़रत है, खासकर जिस तरह से तुम उन भोले लोगों को छलती हो जो तुम पर पूरा भरोसा करते हैं। अगर मेरी ज़रा भी चलती तो तुम जैसे लोग गोली से मार दिए जाते।''

''तुम मुझे नहीं उकसा सकतीं,'' कुलु ने दुष्टता से मुस्कुराते हुए जवाब दिया। ''तुम सिर्फ नारे लगा सकती हो। मेरी सलाह है कि अपने पागलपन के लिए तुम्हें एक मनोरोग-चिकित्सक से मिलना चाहिए। तुम एक मायावी दुनिया में रहती हो और क्रान्ति की बात करती हो। इस देश में क्रान्ति कभी नहीं हो सकती। अगर मेरा बस चलता तो मैं तुमको, उन तथाकथित समाजवादियों को, कैम्पस के उग्रवादियों को सब को ठीक कर देती! तुम सब समाज में रोग की तरह हो।''

कुलु ने अपने को फातिमा की गिरफ़्त से छुड़ाया, फातिमा और अमीना को एक-दूसरे की तरफ़ घूरकर देखते हुए छोड़कर कमरे से बाहर चली गई।

''तुमने इतनी गाली-गलौज क्यों की?'' अमीना ने हैरान होकर पूछा।

''मैं उससे नफरत करती हूँ,'' फातिमा ने कहा। फिर वह थोड़ी मृदु हो गई। ''अगर मैंने तुम्हें नाराज़ किया है तो मुझे माफ़ करना। उसकी किस्मत अच्छी है कि हम दोनों इस कमरे में मिले। अगर हम तटस्थ जगह पर मिलते तो कहानी कुछ और ही होती।''

''तुम उसके साथ क्या करतीं?'' अमीना ने घबराते हुए पूछा।

''मैं उसके बदसूरत चेहरे पर कराटे चॉप मारने का अभ्यास करती। चपटी नाक का क्या हाल है?'' उसने अल्हाजी हारून की तरफ़ इशारा करते पूछा।

"वो ठीक हैं। कुछ देर पहले वो मेरे लिए खाना लेकर आए थे। उन्होंने किताबें देखीं।"

"उन्होंने क्या कहा?"

"कुछ खास नहीं। उन्होंने मुझे 'दास कैपिटल' पढ़ने की सलाह भी दी। वो यह भी नहीं जानते कि इस किताब का विषय क्या है।"

"ये तो अच्छा ही है," फातिमा ने ज़ोर से हँसते हुए कहा।

अमीना ने मसालेदार भुने गोश्त को खोला और दोनों ने खाना शुरू कर दिया। कुछ ही मिनटों में मायरो अन्दर आई, दोनों से दुआ-सलाम करके ज़मीन पर बैठ गई और जैसी उम्मीद थी, ज़िले की सबसे ताजा खबरों का बखान करने लगी। हालाँकि वह बहुत तेज़ी से, बिना रुके और वाक्यों को बिना क्रम से लगाए बोलती जाती थी, फिर भी, जो भी वह कहती थी वह बातें मज़ेदार लगती थीं। सबसे पहले उसने शहर में फैले सेरिबरल स्पाइनल मनिन्जाइटिस (गर्दन तोड़ बुखार) संक्रामक रोग के बारे में बात की। "माना जाता है कि पचास से अधिक लोग एक सप्ताह में मर गए हैं। आज सुबह मेरी सौतेली बेटी की भी मृत्यु हो गई।"

"काश सर्वशक्तिमान अल्लाह हम सबको ऐसी जानलेवा बीमारियों से बचाएँ, और उसकी आत्मा को शान्ति प्रदान करें।" अमीना ने प्रार्थना की।

"सुनो," फातिमा ने गोश्त का टुकड़ा निगलते हुए कहना शुरू किया, "इस जानलेवा बीमारी का इलाज़ हो सकता है। ज़्यादातर लोगों की मृत्यु अस्पतालों की दुःखद स्थिति के कारण होती है।"

मायरो ने स्वीकृति में सिर हिलाया, और एक दूसरी महिला का किस्सा सुनाने लगी जिसकी मृत्यु उसी दिन अपने पति से झगड़ा हो जाने की वजह से हो गई थी। वह एक बढ़ई की पत्नी थी। कल उसके पति ने भोजन खरीदने के लिए उसे बीस नायरा दिए। वह बोली कि महँगाई की वजह से वो काफी नहीं थे। कुछ मिनट तक दोनों में बहस हुई, फिर वह उसके पीछे बाहर उसके काम करने के छप्पर तक चली गई। उसने उसको परदे में रहने की वजह से वापस अन्दर जाने का आदेश दिया, पर उस पर जरा भी असर नहीं हुआ। क्रोध में, उसने अपना एक औज़ार उसके सिर पर दे मारा। आज उसकी मृत्यु अपने घर में हो गई। अमीना ने ठण्डी साँस ली, पर फातिमा अपने विश्लेषण के साथ तैयार थी।

"ये सब बे-ठिकाने क्रोध करने के मामले होते हैं। बदकिस्मती की बात यह है कि वर्ग, व्यवसाय और प्रतिष्ठा का लिहाज किए बिना औरत इसका शिकार होती है," फातिमा ने कहा। "एक आदमी पीड़ित होता है और उसका सही कारण न जानने की वजह से वह कुंठित और क्रोधित हो जाता है। उसका क्रोध लगातार बढ़ता जाता है, पर वह उसको अपने अन्दर घोंटता रहता है और जब उसको कोई और क्रोधित करता है तब वह अपना पूरा गुस्सा उसपर निकाल देता है। इससे

यह स्पष्ट होता है कि हिंसा के ज़्यादातर हादसे गरीबों में पाए जाते हैं और इसका शिकार खासकर कमज़ोर वर्ग ही होता है।"

"लराई वापस आ गई है," मायरो ने बात काटते हुए कहा।

"लराई कौन है?" अमीना ने पूछा।

"मैंने तुम्हें बताया था, वो एक किसान की पत्नी है जिसको कुछ महीने पहले अस्पताल में भर्ती करवाया गया था।"

"हाँ, मुझे याद आ गया, अब वह कैसा महसूस कर रही है?"

"वो किस्मत वाली है, अभी भी जीवित है, परन्तु अभी तक उसका रक्तस्राव होता है," मायरो ने उठते हुए कहा।

"मुझे दूसरी जगह भी जाना है। शुभरात्रि, भगवान तुम्हारी रक्षा करें।"

अमीना ने अपनी चोटी खोलनी शुरू कर दी।

"चपटी नाक के बारे में जानती हो, क्या वो बाद में नहीं आएगा?" फातिमा ने पूछा।

"नहीं, वो विधायक की रियासत में रहता है।"

"मुझे बताओ, ये लराई कौन है और उसको क्या हुआ?" फातिमा ने पूछा।

"वह उन छोटी उम्र की लड़कियों में से है, जिनके कम उम्र में बच्चे होने से उनके मूत्राशय में ख़राबी हो जाती है," अमीना ने जवाब दिया।

फातिमा ने कसकर उसके हाथ पकड़ लिए और ज़ोर देते हुए कहा, "कोशिश करके उससे मिलने चली जाना। शायद तुम उसकी सहायता कर सकोगी। मेरी दादी यह कहती थीं, कि तुम और लोगों के स्वप्न पूरे करवाओ और सर्वशक्तिमान अल्लाह तुम्हारे स्वप्न साकार करेंगे।"

"मैं कोशिश करूँगी," अमीना ने कुछ परेशान होते हुए वायदा किया। "दनबाकी का क्या हाल है?"

"ओह! मेरा मंगेतर ठीक है।"

"क्या उन्होंने अपनी दाढ़ी मुँडवा ली।"

"नहीं, वह उसके साथ आकर्षक लगते हैं। वास्तव में, मुझे वह अच्छी लगती है।"

"तुमने भविष्य की योजनाओं के बारे में बातचीत की है?"

"हाँ बातचीत की है। दनबाकी मुझसे शादी करना चाहते हैं, लेकिन मैं अभी शादी करने के खिलाफ़ हूँ। पर मैं उनके साथ खुश हूँ और शायद समय बीतने के साथ मैं उनका प्रस्ताव मान लूँगी।" फातिमा थोड़ी रुकी, फिर गहरी सोच में आँखें बन्द कर उसने कहा, "कुछ ही समय में मैं उस आदमी से शादी करूँगी जिससे मैं प्रेम करती हूँ। मैं आशा करती हूँ और प्रार्थना करती हूँ कि हमें सन्तान का सुख मिले।"

"क्या तुमने हाल में मुक्तार को देखा?" अमीना ने पूछा।

"अरे हाँ! वो कल कैम्पस में था। उसने अपनी हार्दिक शुभकामनाएँ भेजी हैं।"

"वो कैम्पस में क्या कर रहा था?"

"वो रेबेका से मिलने गया था," फातिमा ने मुस्कुराते हुए कहा। "ठीक है, मैं तुम्हें सच बताती हूँ। वह एक समाचार-पत्र के साथ एक पत्रकार के रूप में काम करता है और वहाँ एक विशेष घटना के सिलसिले में सूचना इकट्ठी करने गया था। बाद में वह अपनी नई प्रेमिका से मिलने गया था," फातिमा ने समझाया। उसने अपनी सहेली के मुख पर जो भाव आए वह नहीं देखे, और दोनों ने अपनी बातचीत ज़ारी रखी। साथ ही दोनों रात की ताज़ी हवा और साफ़ आसमान में तैरते तारों के दृश्य का आनन्द ले रही थीं। फिर अमीना ने अपनी आखिरी नमाज़ पढ़ी और दोनों बालकनी में बैठकर अमीना के बालों की चोटी बनाने की तैयारी में लग गईं। इस अंतरंग पल में अमीना ने वह बात पूछने का फैसला किया जो उसके मन पर पहले से हावी थी।

"फातिमा, ईमानदारी से बताओ, किताबें पढ़ने में तुम्हें क्या मिलता है?"

फातिमा ने कुछ पल सोचा। "किताबें पढ़ने से हमें जीवन और लोगों के बारे में ज़्यादा जानकारी मिलती है। किताबों से मन हलका होता है, नज़रिया साफ़ होता है। गलत धारणाएँ दूर होती हैं और हमें यह महसूस होता है कि हम मानव जाति का एक हिस्सा हैं। संक्षेप में किताबें मेरी मार्गदर्शक हैं; वे मुझे अहसास दिलाती हैं कि मैं संघर्ष में अकेली नहीं हूँ। मैं संसार को बेहतर समझ पाती हूँ, चीज़ों के बारे में और संसार किस तरह घूमता और बदलता है, इस बारे में वे मेरी समझ को बढ़ाती हैं, ताकि अगर मैं संसार को अपने मुताबिक न बदल पाऊँ, तो कम से कम यह जान सकूँ कि इससे पहले कि वो मुझे बदले या कुचल दे, मैं रास्ते से हट जाऊँ। परन्तु हमें आलोचनात्मक दृष्टि से पढ़ना पड़ता है, क्योंकि हमारे पुस्तकालयों में ज़्यादातर किताबों में हमें अपेक्षित प्रेरणा और जानकारी नहीं मिलती। बहुत-सी तो खाली होती हैं..."

"ठीक है, अब काफी हो गया," अमीना ने टोकते हुए कहा। "तुम्हारे और बटूरा के बीच वाद-विवाद में कौन जीता?"

"मैं जीती," फातिमा ने मुस्कुराकर कहा।

"कितने अफसोस की बात है कि तुम आखिर तक न रुक सकीं, यह मेरा सबसे बढ़िया प्रदर्शन था। सब कुछ एक बहाव में चलता गया और दर्शकों को बहुत अच्छा लगा। नौ निर्णायकों में से सात ने मेरे पक्ष में अपना मत दिया।"

"और उसके वायदे का क्या हुआ?"

"वाद-विवाद समाप्त होते ही, उन्होंने मुझे बधाई दी और मुझसे राजनीतिक

बन्दियों की सूची माँगी। अगले दिन मैंने उनको सूची दी और वे सीधे राज्यपाल के पास गए और किसी तरह से, कुछ ही घण्टों में सब लोग रिहा कर दिए गए।''

''विस्मय की बात है ना? कितने लोगों को छोड़ा गया?''

''ईमान वाले बारह बन्दियों को।''

''वज़ीफे के बारे में क्या हुआ?''

''वो शायद ज़्यादा दिलचस्प बात है। उन्होंने विद्यार्थियों की शिक्षा का भार उठाने का वचन दिया है, परन्तु अभी तक हम निवेशकी के बारे में फैसला नहीं कर पाए हैं। उन्होंने मुझसे वज़ीफे के न्यास की ज़िम्मेदारी सँभालने के लिए कहा है। मैं अपना प्रस्ताव अगले सप्ताह पेश करूँगी पर अभी मेरी समझ में नहीं आ रहा कि मैं उसे क्या नाम दूँ। इस समय, उसे 'आयशा फाउंडेशन' कहा जाता है। उन्होंने राज्य के पुस्तकालयों और पाठशालाओं के लिए पुस्तकें खरीदने के लिए बहुत सारा पैसा एक तरफ़ कर दिया है। अब हम व्यापार करेंगे।''

''तो, तुम बटूरा के साथ काम करने के लिए तैयार हो।''

''अगर राज्य में लोगों को इससे फायदा होगा, तो अवश्य।''

''मुझे सचमुच विश्वास नहीं था, कि वो कुछ करेगा।''

''मैं जानती हूँ कि मैं बटूरा के प्रति कठोर हूँ, परन्तु यह खेल हम दोनों को पसन्द है। वह बहुत सिद्धान्तवादी, समझ-बूझ वाला और सहनशील है। काश हम बटूरा से कुछ सीख पाते।''

दोनों एक पल के लिए चुप बैठी रहीं, फिर फातिमा ने कहा, ''मैं सोचती हूँ कि यह जानने के लिए कि हमारी परम्परा क्या है, अनिवार्यतः मुस्लिम कानून क्या है और कौन-से अरबी रीति-रिवाज़ हमारे समाज में अपनाए गए हैं, हमें अपने अतीत का विश्लेषण अवश्य करना चाहिए। पिछले कुछ वर्षों में इन सबको मिला दिया गया है और बदकिस्मती से नारी के लिए हर दृष्टिकोण से स्थिति प्रतिकूल है।'' फातिमा एक पल के लिए रुकी और फिर बोली, ''मायरो ने जो कहानियाँ सुनाईं वो दिल को छू लेने वाली थीं, परन्तु वो कोई नई बातें नहीं हैं। हिंसा की घटनाएँ यहाँ रोज होती हैं, पर मैं चाहती हूँ कि तुम इस बात पर गौर करो कि हत्यारे या तो स्वतन्त्र घूमते हैं और अगर गिरफ़्तार कर भी लिए जाएँ, तो भी आखिर में न्यायालय उनको बरी कर देते हैं। कानून महिलाओं के अधिकारों के बारे में बिलकुल अन्धा है।''

फातिमा ने थोड़ा रुककर फिर धीरे से कहा, ''अमीना, तुम दर्शक बनकर नहीं बैठ सकतीं। इस सबका प्रभाव हम सब पर पड़ता है, और यह हमारी ज़िम्मेदारी है कि इस प्रणाली को बदलने की और महिलाओं की हैसियत में बदलाव लाने की कोशिश करें।''

''अस्लाम आलेकुम'' दरवाज़े पर दस्तक देने के बाद किसी ने कहा।

''माराबा द ज़ुआ! तुम्हारा स्वागत है,'' अमीना ने जवाब दिया। दाढ़ी और सफ़ेद होते बालों वाला एक वृद्ध पुरुष, जो अल्हाजी हारून का रिश्तेदार है, धीरे से अन्दर आया।

''मैं तुम सबका अभिनन्दन करने आया हूँ। मैं दूसरी पत्नियों का अभिनन्दन कर चुका हूँ। मैं बूढ़ा हूँ फिर भी मैं ऊपर चला गया।''

''आने के लिए आपका धन्यवाद। कृपया बैठिए।'' वृद्ध पुरुष बैठ गए और उन्होंने फातिमा की तरफ़ देखा। ''जो तुम कह रही थीं वो मैंने सुना,'' वे बोले, ''कृपया बात ज़ारी रखो।'' जब फातिमा मुस्कुराई पर चुप रही, तो वे हँस पड़े। ''मैं बूढ़ा और निश्छल हूँ, मुझसे कोई खतरा नहीं,'' कन्धा उचकाते हुए उन्होंने कहा। अमीना ने फातिमा की तरफ़ देखा, वह मुस्कुराई और उसने अपना उपदेश ज़ारी रखा।

''तो अमीना, लोग इन्तज़ार कर रहे हैं, लराई जैसी लड़कियों से लेकर, गलियों में अधनंगे भिखारियों तक, अभी तक अजन्मे बच्चों तक। एक पूरी पीढ़ी हमसे कुछ ठोस कार्य की आशा रखती है, क्योंकि हम विशेष सुविधा सम्पन्न शिक्षित वर्ग के लोग हैं। गोकि यह कार्य कठिन है और इसके लिए काफी हद तक त्याग करना पड़ेगा, फिर भी यह हमारा काम है। हमारी महिलाओं के रहन-सहन की तरफ़ देखो। गलियों में पड़े बच्चों को देखो! हमारे शासकों ने हमारे साथ विश्वासघात किया है, हमारे बुजुर्गों को नाकाम और अशक्त कर दिया गया है।''

बूढ़े व्यक्ति ने धीरे से खाँसकर यह ज़ाहिर किया कि वह कुछ कहना चाहता था। ''मैं तुम्हारी हिम्मत की दाद देता हूँ,'' उन्होंने फातिमा से कहा। ''जो भी तुमने कहा सब सच है...परन्तु तुम्हारे सुझाव अच्छे होने पर भी तुम्हारे हाथ बँधे हुए हैं।'' वे खड़े हो गए। ''तुम देख सकती हो मैं बूढ़ा हूँ, बहुत बूढ़ा, मैं समझता हूँ अस्सी साल से ऊपर। मैं कह सकता हूँ कि हमारी पीढ़ी किस्मत वाली थी, जिसकों ऐसे नेता मिले जो न केवल धार्मिक, ईमानदार और अपनी प्रजा की बात सुननेवाले थे बल्कि उन्होंने देश को समृद्ध भी किया। आजकल के नेता भगवान से नहीं डरते, अपनी प्रजा की बात नहीं मानते, इसलिए समृद्धि हमें छोड़ चली है। अपनी ज़िन्दगी से मुझे यही शिकायत है कि जिस हालत में मैंने संसार को पाया था उससे कहीं बदतर हालत में मैं इसे छोड़कर जा रहा हूँ और मैं कुछ भी नहीं कर सकता। सर्वशक्तिमान अल्लाह तुम सबको सही रास्ता दिखाए। ईश्वर करे तुम्हारी रात चैन से गुज़रे।'' वे धीरे-से चले गए। अमीना ने उन्हें नीचे तक पहुँचाना चाहा पर उन्होंने मना कर दिया।

''फिक्र मत करो, मुझे जल्दी नहीं है। मैं धीरे-धीरे नीचे चला जाऊँगा।''

''तुमने उनकी बात सुनी?'' फातिमा ने पूछा। ''हमारे बुज़ुर्गों की वाणी ज्ञान सम्पन्न है।''

"अच्छा, तुम्हारे खयाल से क्या किया जा सकता है?" अमीना ने पूछा।

"बहुत कुछ!" फातिमा ने गम्भीरतापूर्वक कहा। "अपने ओहदे की वजह से तुम्हें आदर मिलता है। जैसा मैंने कुछ समय पहले सुझाया था, एक संस्था की स्थापना करो। परन्तु अच्छी तरह सोच लेना कि यह काम सबसे अच्छे तरीके से कैसे किया जा सकेगा। अच्छे विचार अपने आप ही लोगों की झोली में आकर नहीं गिरते, उनका विकास तो दिमाग में करना पड़ता है। एक कहावत है कि सबसे बड़े पक्षी का जन्म एक छोटे से अण्डे से होता है। अगर तुम कुछ नहीं करोगी, तो यहाँ रहनेवाली महिलाएँ तुमसे मिलने आएँगी, तुम्हारी प्रशंसा और चमचागिरी करेंगी पर तुम्हारा आदर सिर्फ़ इसलिए करेंगी, क्योंकि तुम अल्हाजी की पत्नी हो। तुम्हारे पास सिर्फ एक चीज़ अपनी है–तुम्हारा व्यक्तित्व। अल्हाजी की परछाईं बनकर मत चलो। अपना व्यक्तित्व खुद बनाओ और उसका उपयोग उनके फायदे के लिए करो, जिनके पास किसी तरह की शक्ति नहीं है। अपने पड़ोस में रहनेवाली महिलाओं को अपने पास बुलाओ, उनको संगठित करो, शिक्षित करो और उनको यह महसूस कराओ कि वे इनसान हैं, तभी वे एक व्यक्ति के रूप में तुम्हारा आदर करेंगी। अगर तुम यह कर लो, तो बोकारो की मौजूदा और आनेवाली पीढ़ी तुम्हें कभी नहीं भूलेगी। परन्तु अगर तुम उनके कष्टों की तरफ़ न देखकर आँखें मूँद लोगी या उनके कष्ट देनेवालों के साथ हाथ मिला लोगी, तो बोकारो की दोनों–यह और अगली पीढ़ी तुम्हें कभी माफ़ नहीं करेगी।" अमीना सुनती रही, पर वह फातिमा से वाकिफ थी और उसे अभी तक पूरी तरह विश्वास नहीं हो पाया था कि फातिमा कोई सार्थक बात कहकर योगदान दे सकती है। "फातिमा स्वप्न देखनेवालों में से है," उसने अपने आप से कहा। "वह ऐसा सुझाव देती है जो पहले कभी नहीं किया गया हो। मेरी समझ में नहीं आ रहा कि मैं शुरू कहाँ से करूँ।" उसने ज़ोर से कहा, "सोने का समय हो गया है।" उसने अपना रात का गाउन पहना, फातिमा उस सोफे पर लेटी हुई जम्हाई ले रही थी, जहाँ वो यहाँ आने पर हमेशा सोती थी। उसने उसे ओढ़ने की चादर दी, अपने बिस्तर में घुसी और लाइट बन्द कर दी।

# 8

अगले दिन सुबह जब अमीना सोकर उठी, वह तब भी कायल नहीं हुई थी। गोकि फातिमा उससे वायदा चाहती थी, पर वह ज़रूरत पड़ने पर सिर्फ एकआध महिला की सहायता करने के लिए तैयार हो सकती थी। फातिमा एकदम निराश होकर गई, परन्तु उस दिन बाद में, अमीना और हउआ मायरो के साथ लराई से मिलने गईं। जब वे आराम से धीमी चाल से चल रही थीं, अमीना ने अपने चारों तरफ़ गलियों और मकानों की तरफ़ देखा। उसे पहली बार महसूस हुआ कि शहर के इस भाग की ये छोटी-छोटी गलियाँ कितनी गन्दी और बदबूदार हैं। चारों तरफ़ असह्य बदबूदार और सड़ते हुए पानी भरे गड्ढे थे। मिट्टी और सूखी घास-फूस से बने जर्जर मकान जिनमें बहुत छोटी-छोटी खिड़कियाँ थीं। उसने जिधर भी देखा, उसे गरीबी नज़र आई। वे उस झोंपड़ी में पहुँचीं जहाँ लराई रहती थी। यह मिट्टी से बनी नाटी-सी झोंपड़ी थी जिसके चारों तरफ़ एक नीची दीवार थी। एक पुराने भूरे रंग के कपड़े के पर्दे को हटाकर गर्म और अँधेरी झोंपड़ी में पहले मायरो ने उसके पीछे अमीना ने प्रवेश किया। उस जगह से बासी और नमी की गन्ध आ रही थी। ज़मीन पर, एक धँसी आँखोंवाली लड़की लेटी हुई थी। जाहिर था कि वह दर्द के कारण कराह रही थी। उसके पास ही एक बड़े सिर वाला छोटा-सा बच्चा लेटा हुआ था, जिसके भूरे बाल थे और बाहर को निकली हुई बड़ी आँखें थीं। दुबले और कमज़ोर, माँ और शिशु दोनों ही असहाय लग रहे थे। अमीना को देखकर, लराई ने उठकर बैठने की कोशिश की, रोते हुए शिशु को पास लाकर अपनी छाती से लगाया, जो सिर्फ एक लटकता हुआ, दुबला खाली मांस का टुकड़ा था। बालक ने उसे एकदम पकड़ा, अधमुँदी आँखें लिए वह ललचाकर उसे चूसने लगा, परन्तु तसल्ली न होने की वजह से वह बीच-बीच में रोने लगता था। अपनी लाचारी को याद करके लराई रोने लगी। बालक को जन्म देते समय उसका मूत्राशय बिगड़ गया था और अब उसकी पीड़ा असह्य और स्थायी हो गई थी।

"तुम्हारी उम्र कितनी है?" अमीना ने लड़खड़ाती आवाज़ में पूछा।

"मुझे नहीं मालूम। शायद पन्द्रह साल।"

''ऑपरेशन के बाद क्या हुआ?''

''मैं अस्पताल में उन लड़कियों के साथ रही जिनके मूत्राशय बिगड़ गए थे।''

''तुम्हारे पति की क्या खबर है?''

''जब मैं अस्पताल में थी, उन्होंने एक दूसरी लड़की से शादी कर ली,'' लराई ने फुसफुसाकर कहा।

''उसके बाद क्या हुआ? मेरा मतलब अस्पताल में,'' अमीना ने आगे पूछा।

''अस्पताल के अधिकारियों ने हमें निकाल दिया। पहले हम एक अधबनी इमारत में रहे, पर बारिश की वजह से मुझे यहाँ वापस आना पड़ा।''

''तुम वहाँ कैसे जिन्दा बची रहीं, मेरा मतलब सड़कों पर?''

''हम आसपास से गुज़रनेवालों की दया पर निर्भर थे।''

''तुम्हारा पति तुम्हारे साथ अब कैसा सुलूक करता है?''

''वो कभी-कभी हमें खाना दे देता है, पर यह भी उसके मूड पर निर्भर है। वह अपनी नई ब्याहता के साथ रहता है, और कहता है कि मुझमें से बदबू आती है और मैं गन्दी हूँ।''

''सुबाहनालिल्लाही,'' अमीना ने सिर हिलाते हुए कहा। लराई के सूखे हुए गालों पर आँसू बहने लगे। ''हे भगवान! मैं तुमसे भीख माँगती हूँ,'' लराई ने प्रार्थना की, ''कृपया मेरी जान ले लो। इस तरह जीने से तो मरना ही बेहतर है। मैंने ऐसा क्या किया है? भगवान! मैंने ऐसा क्या जुर्म किया है, जिसके लिए मुझे यह सजा मिली है?''

''रुक जाओ। इस तरह की प्रार्थना मत करो, रो मत, तुम्हारी गलती नहीं है, तुम ऐसा नहीं कर सकतीं और तुम पर दोष नहीं लगाना चाहिए। तुमने अपनी ज़िन्दगी का रास्ता नहीं चुना। मुझे यकीन है, अगर तुम्हें मौका मिलता तो तुम यह नहीं चुनतीं,'' अमीना ने लराई के हाथों को पकड़कर सहानुभूतिपूर्वक कहा। यह उसके लिए पहला मौका नहीं था जब वो किसी को दुख उठाते हुए देख रही थी, परन्तु उसने पहले इतने पास से नहीं देखा था और पहली बार उस पर इसका असर हुआ था। वह सोचने लगी गर्भावस्था के महीनों के बारे में, प्रसव-वेदना, ऑपरेशन, बच्चे का जन्म, दर्द...पीड़ा, उपेक्षा और मानसिक पीड़ा के दिन, अकेलेपन की रातें, उसने देखा किस तरह ये सब दुख लराई के गाल, उसके पूरे शरीर, यहाँ तक कि उसकी आत्मा को भी खा गए थे। पर, अमीना ने सोचा, उसने अपने को जीवित रखा है, भले ही वह टूट गई और बुढ़िया गई है। ''अभी भी उम्मीद है,'' अमीना के हाथ काँपने लगे। यह खयाल उसको लगातार चौंकाता रहा कि कुछ लोग दूसरों के प्रति कितने क्रूर और निर्मम हो सकते हैं। उसने लराई को आश्वासन दिया, ''चिन्ता मत करो, यह भगवान की मर्ज़ी है, उनमें आस्था और

भरोसा रखो। वो मदद करेंगे। क्या तुम पूजा करती हो?''

''नहीं! मैं कभी कुरान-स्कूल नहीं गई, पर मैं ईश्वर से भीख माँगती हूँ कि वो हमारी ज़िन्दगी ले लें।''

''नहीं! ऐसी प्रार्थना कभी नहीं करना!'' अमीना ने धीरे से डाँटा।

''परन्तु मुझे बताइए, हमारे लिए दुख भोगने के सिवाय और क्या बचा है?''

जाते समय, अमीना ने लराई को कुछ पैसे दिए और उससे वायदा किया कि वह उसकी मदद के लिए कोई रास्ता ढूँढ़ निकालेगी।

अल्हाजी द्वारा दिए गए घर में अमीना ने जल्दी से एक कमरा तैयार करवाया और लराई अपने बच्चे के साथ वहाँ आ गई। अमीना लराई को एक गैरसरकारी अस्पताल में भी ले गई, जहाँ उसका ऑपरेशन हुआ। वह उसकी इतनी आभारी थी कि वह आए दिन अमीना से मिलकर उसके बताए हुए कामों में उसका हाथ बँटाने लगी और अमीना लराई और उसके बच्चे को बराबर खाना-कपड़े देती रही। अल्हाजी के मकान में अमीना खुद भी नीचे की मंज़िल पर उस कमरे में रहने के लिए चली गई जो मेहमानों के लिए आरक्षित रहता था। उसने साफ़ शब्दों में कह दिया था, ''मैं गर्भवती हूँ और सीढ़ियाँ चढ़ने में मुझे तकलीफ होती है।''

उसे इस बात की उम्मीद तो थी ही। सुबह की नमाज़ की आवाज़ उसको अभी भी परेशान कर रही थी। बिस्तर में काफी देर तक लेटे हुए वह कई चीज़ों के बारे में सोचती रहती थी। फातिमा और उसकी मण्डली और उनकी सभाएँ; कुलु और उसका व्यापार; लराई और उसकी बेटी। वह इस बात से हैरान थी कि फातिमा और उसकी सहेलियाँ सामाजिक बदलाव लाने के लिए इतनी कटिबद्ध क्यों थीं। उन्हें किस बात का सन्तोष होता था? आर्थिक लाभ में उनकी कोई रुचि नहीं थी, क्योंकि वे पहले से ही धनवान थीं। क्या कारण थे जो उन्हें ऐसे अन्य महिलाओं, सामान्य जनता, जातिवाद और अन्य मुद्दों के बारे में चिन्तित करते थे। वो कोई भी बदलाव लाने के लिए क्या कर सकते थे? आन्दोलन पर रोक लगाने के बावज़ूद नए सदस्य अब भी शामिल हो रहे थे और पुराने सदस्य भी मिलते रहते थे। अमीना ने महसूस किया कि वो खुद भी विवाद के मुद्दों को ज़्यादा साफ़-साफ़ देखने लगी थी।

फातिमा ने जो सुझाव दिया था, उसने उस पर सोचा, महिलाओं की एक ऐसी संस्था जो उनकी व्यवस्था करे, उन्हें शिक्षा दे और मदद करे। उसने इस विचार को अपने दिमाग से निकालने की कोशिश की; इससे महिलाओं की निजी समस्याओं

को नहीं सुलझाया जा सकता, यह तो सिर्फ सामूहिक समस्याओं से निपट सकता है। उस तरह के संगठन का इससे ज़्यादा क्या असर हो सकता है? साथ ही वह यह भी सोचने लगी कि अगर वह लराई को अकेला छोड़ देती तो उसका क्या होता।

बिजली चमकी, उसके बाद ज़ोर से बादल गरजे। कुछ ही पल बाद बारिश होने लगी और बड़ी-बड़ी बूँदें टीन की छत पर पटापट गिरने लगीं। अमीना ने बड़ा करके फ्रेम की गई उस तस्वीर को देखा, जो मैट्रीकुलेशन के दिन खींची गई थी। वहाँ वो, गाउन पहनकर बीच में खड़ी थी। फातिमा भी गाउन में उसके बाएँ तरफ़ थी, और राबी दाईं तरफ़। राबी ने स्नातक स्तर तक शिक्षा पूरी करके शादी की और उसके बाद कानून की पढ़ाई करके उसने वकालत शुरू कर दी।

अमीना ने महिला संगठन शुरू करने के बारे में फिर से सोचा। वह बिस्तर पर पड़ी करवटें बदलती रही, और खुद को यकीन दिलाने की कोशिश करती रही कि यह शुरू करके देखने लायक है। वह देख रही थी कि महिलाएँ कितना दुख उठा रही थीं, और जहाँ तक उसका अपना सवाल था, उसके लिए खाली और आश्रित रहना मुश्किल था। अमीना ने फातिमा से यह कहने का फैसला किया कि वह मदद करने के लिए तैयार थी, भले ही सिर्फ एक सहायक की हैसियत से। उस शाम जब फातिमा अन्दर आई, अमीना स्नान कर रही थी। वह पसीने से लथपथ थी। हाँफते हुए वह बताने लगी, "पेट्रोल की कमी है और जनता के यातायात के साधन ठप हो गए हैं। मैं विश्वविद्यालय से पैदल चलकर आई हूँ," और वह हाँफते हुए सोफे पर गिर पड़ी।

"मुझे पहले अपनी नमाज़ पढ़ने दो," अमीना ने गुज़ारिश की।

"करती जाओ। प्रार्थना करो कि भगवान कहीं से पेट्रोल भेजे।"

अपनी प्रार्थना करने के बाद अमीना फातिमा के सामने बैठ गई। "तुम पेट्रोल के बारे में क्या बता रही थीं?" उसने पूछा।

"तीन दिन से शहर में पेट्रोल की नियमित सप्लाई नहीं हो रही है," फातिमा ने कहा। अमीना की प्रतिक्रिया की प्रतीक्षा न करते हुए वह कहती गई, "हमारे बेईमान और गैरज़िम्मेदार नेताओं का दावा है कि विश्व के बाज़ार में सामान की भरमार है और विदेशी मुद्रा की कमी है। पर इससे यह साफ़ नहीं होता कि तेल की कमी क्यों है, जबकि इस देश में तेल का उत्पादन होता है।"

"राज्य की विधानसभा ने वायदा किया था कि वह तेल की कमी के कारणों के बारे में तहकीकात करेगी। कुछ सदस्य जमाखोरों को दोष दे रहे हैं," अमीना ने अपना मत दिया।

फातिमा ने पंखा चलाया, जो शोर करता हुआ घूमने लगा। "जमाखोरों को सब अच्छी तरह जानते हैं। उनमें कुछ विधायक हैं जो पेट्रोल पम्पों के मालिक

भी हैं। यह अभाव महँगाई के लिए नकली ढंग से पैदा किया गया है...'' फातिमा बोलते हुए अचानक से रुक गई। उसको याद आया होगा कि अल्हाजी हारून भी कुछ पेट्रोल पम्पों के मालिक हैं।

''मुझे भूख लगी है,'' उसने ऊँघते हुए कहा।

''टिलोटी, मेरे पास सिर्फ उबले अण्डे हैं, परन्तु और खाना जल्द ही तैयार हो जाएगा,'' अमीना ने उठते हुए कहा।

''क्या तुम ये नाम भूली नहीं हो?'' टिलोटी एक उपनाम था जो फातिमा के बड़े भाई ने उसको दिया था।

''नहीं, अभी तक नहीं,'' अमीना ने मुस्कुराते हुए कहा।

''चलो एक खेल खेलते हैं,'' अमीना ने सुझाव देते हुए एक अण्डा खुद उठाया और दूसरा अमीना को दिया। उन्होंने अण्डों को एक-दूसरे से टकराया और फातिमा के अण्डे में दरार आ गई। उसको तसल्ली नहीं हुई और उसने सुझाया कि अण्डों की दूसरी तरफ़ का इस्तेमाल होना चाहिए। निस्सन्देह उसे आशा थी कि हिसाब बराबर हो जाएगा। उन्होंने दोबारा कोशिश की और उसका अण्डा फिर टूट गया।

''तुम निश्चित रूप से बिलकुल जीत गई हो,'' उसने हलके से मुस्कुराकर पराजय स्वीकार कर ली।

मायरो बाद में शाम को आ गई, हमेशा की तरह उसके पास नई कहानियाँ थीं। ''एक महिला की आज अपने पति के साथ लड़ाई हो गई और उसके पति ने तीन बार दोहराया कि उनकी शादी का अन्त हो गया है। वो इस इलाके की नहीं है और उसके पास रहने के लिए कोई जगह नहीं है, इसलिए वो बाज़ार में सोएगी क्योंकि उसके पास अपने गाँव वापस जाने के लिए पैसे नहीं हैं।''

अमीना ने जवाब देने से पहले गहरी साँस ली, उसे मालूम था कि वह बाद में नहीं मुकर सकती, ''हम जल्दी ही कुछ करेंगे,'' उसने कहा। ''फातिमा, मैंने महिला संघ की स्थापना के तुम्हारे सुझाव के बारे में और विचार किया और मैं यह प्रयोग करने के लिए तैयार हूँ। पर जरा रुको, ''उसने फातिमा की उत्तेजित प्रतिक्रिया देखते हुए कहा, ''तुम्हें यह समझना होगा, मेरी भूमिका सिर्फ समर्थन देने तक सीमित रहेगी। ठीक है?''

''ठीक है,'' फातिमा ने खुशी से ताली बजाते हुए जवाब दिया। ''वाह! यह तो अच्छा समाचार है! एक बड़ा कदम उठाया गया है; बाकी बाद में होगा। धन्यवाद। यह बहुत अद्‍भुत, आश्चर्यजनक बात है।''

# 9

कुछ हफ़्तों के बाद, अमीना लराई और हउआ के साथ मायरो से मिलने गई, जो बीमार थी। गली में, उन्होंने दो लड़कों को एक तीसरे लड़के को पीटते हुए देखा। तमाम और लोगों की तरह, अमीना उनके पास से गुज़रकर आगे जा चुकी थी, फिर वह एकदम से रुकी और वापस घूम गई। उसने हउआ और लराई से उनको अलग करने के लिए कहा और जब वे अलग हुए, तब पीटनेवाले दोनों लड़के खड़े होकर प्रसन्नतापूर्वक हाँफने लगे, और उनका शिकार रोने लगा। उसके गिरते हुए आँसू उसकी नाक से बहते खून के साथ मिलकर बहने लगे। वे सब कुरान-स्कूल के शिष्य थे–अल्मजिराई–जो घूम-घूमकर भोजन की भीख माँगते थे। गन्दे, खुरदरे और फटे कपड़े उनके सूखे बदन पर लटके हुए थे। उनकी पतलून इतनी फटी हुई थी कि उनकी पिछाड़ी बाहर निकल रही थी, उनके पैर सूखी लकड़ी जैसे पतले थे, और उनके बाल घुँघराले और उलझे हुए थे। हाथों में टूटे-फूटे, रंग-रोगन किए कटोरे लिये, वे ऐसे लड़कों की छोटी-सी टोली का एक हिस्सा थे जो घरों के आसपास जमघट बनाकर बचे-खुचे खाने की भीख माँगते हैं।

"तुम इसको क्यों पीट रहे हो?" अमीना ने उनमें से एक से पूछा।

"कुछ दिन पहले हम खाने के लिए भीख माँगने गए और इसके कटोरे में हमें थोड़ा-सा खाना मिला," उसने रोते हुए लड़के की तरफ़ इशारा करते हुए जवाब दिया। "खाना मिलते ही यह एकदम भाग गया और अकेले ही खा गया। आज हमने इसे पकड़ लिया और सज़ा देने के लिए पीटा।"

अमीना भौचक्की रह गई। "लड़को कृपा करो। मैं भगवान के नाम पर तुमसे इल्तिजा करती हूँ, भोजन के लिए दोबारा कभी मत लड़ना। बल्कि तुम्हें आपस में सहयोग करते हुए एक-दूसरे की मदद करनी चाहिए।" उसने उनको अलग-अलग दिशा में जाने का आदेश दिया। पर जब उसने उन दोनों को किसी और मौके पर उसे ठीक करने की कसम खाते हुए सुना तो उन्हें वापस बुलाकर उसने भोजन के बदले कुछ सिक्के दे दिए। वो सन्तुष्ट होकर खुशी-खुशी चले गए। सड़क पर आगे बढ़ते हुए अमीना ने अपने चारों तरफ़ नई नज़र से देखा।

उसके सामने एक-एक करके कई नए सवाल आ खड़े हुए। कुछ लोग गरीबी और दरिद्रता में क्यों रहते थे, जबकि दूसरों के पास सब कुछ था? सभी इनसान एक-दूसरे को सहयोग क्यों नहीं देते और एक-दूसरे की मदद क्यों नहीं करते? सबके पास एक रहने लायक मकान क्यों नहीं होता? इतने सारे लोग भूखे क्यों रहते हैं, जबकि सबके लिए काफी भोजन उपलब्ध है? क्या चीज़ है जो अपनी जानकारी का लाभ उठाकर सब लोगों को अपने जीवन की बुनियादी ज़रूरतें पूरी करने से रोक रही है। हमारे नेताओं ने इन मामलों पर थोड़ा-सा या बिलकुल भी ध्यान क्यों नहीं दिया?

जैसे ही वे वहाँ पहुँचे, उसने उस घर को ध्यान से देखा, जिसमें मायरो रहती थी। मिट्टी से बना टीन की छत वाला वो घर, आसपास के घरों से बेहतर नहीं था। घर के सामने एक छप्पर के नीचे, मायरो के पति के नेतृत्व में अलमजिराइयों का एक समूह, लकड़ी की लिखनेवाली तख्तियाँ लिये किसी कविता का पाठ कर रहा था। अमीना को एकदम से याद आया कि फातिमा ने एक बार कुरान-स्कूलों का वर्णन करते हुए कहा था कि ये चिरस्थायी अज्ञान का सबसे अच्छा नमूना हैं, "ये कुरान का पाठ उत्तरीय गाय की तरह करते हैं, ये चबाते हैं, परन्तु हज़म नहीं करते।" एक बूढ़ा अन्धा आदमी हाथ में चिकना-सा डण्डा और खाली कटोरा लिये, भीख माँगने के लिए जाने की तैयारी में, प्रवेश द्वार के पास बैठा था। घर में घुसने से पहले अमीना ने उससे दुआ-सलाम करके कुछ सिक्के उसके कटोरे में डाले, और उसने उसका धन्यवाद किया।

थकी और कमज़ोर लगने के बावज़ूद मायरो ने स्नेहपूर्वक उनका स्वागत किया। जिस कमरे में वो बैठी थी उसी में छह बच्चे पतली खिचड़ी के एक कटोरे के चारों तरफ़ घेरा बनाकर बैठे थे। एक-एक करके वो कटोरे में से खाकर कटोरा अगले को पकड़ाते जा रहे थे। अमीना ने दुखी होकर अपना सिर हिलाया। ऐसा लग रहा था कि पहली बार उसका सामना गरीबी के बारे में सुनी-सुनाई बातों से हो रहा था, बड़े फूले हुए पेट, पतली गर्दनें और टाँगें, बड़े सिर, खुरदरी और मैली त्वचा।

ज़्यादातर लड़के भिखारी थे, और लड़कियाँ पहले से सड़कों पर निकलकर व्यापार करने में लगी थीं। भविष्य में उनके लिए क्या रखा था? उनमें से लगातार मज़दूर, पानी ढोनेवाले, लकड़ी काटनेवाले, चोर, ठग, बदमाश और लती लोगों की सप्लाई होती थी। अगर उनको पढ़ना और लिखना, सिखाया जा सके तो क्या होगा? यदि उनको विशेष व्यवसायों के लिए प्रशिक्षित किया जा सके तो क्या होगा? उनके इस दशा में रहने से किसका फायदा हो रहा था? क्या यह अमीरों या उनके प्रतिनिधियों या सरकार की ज़िम्मेदारी नहीं थी कि उनके लिए बेहतर जीवन जीने के अवसर जुटाए जाएँ। अमीना यह सोचे बिना नहीं रह पा रही थी कि उन सबका

जीवन उसके अपने जीवन से कितना हटकर था। बृहस्पतिवार की उस शाम नमाज़ अदा करने के बाद, अमीना मन ही मन कुछ सकारात्मक काम करने की तरफ़ कदम बढ़ा ही रही थी कि उसकी कमर को सब तरफ़ से दर्द ने जकड़ लिया। घबराकर उसने तलाता को आवाज़ दी, जिसने मुस्कुराकर उसे आश्वस्त किया कि उसको बच्चा होनेवाला है। अमीना को एक गैरसरकारी चिकित्सालय में ले जाया गया, जहाँ शुक्रवार की सुबह उसने एक बालक को जन्म दिया। एक सप्ताह के बाद, पारम्परिक नामकरण संस्कार के दौरान उस बालक का नाम अब्दुलरशीद रखा गया।

अब्दुलरशीद के जन्म की वजह से महिलाओं के संघ की संरचना में अमीना के भाग लेने में थोड़ी रुकावट आ गई, परन्तु योजना फिर भी आगे चलती रही। बिल्किसु ने अपने पिता से उसके पंजीकरण के लिए सहायता माँगी, और इस बीच उस आन्दोलन ने, जिसकी फातिमा भी सदस्य थी, एक नया विभाग बनाया, जिसको 'बोकारो सहायता दल' नाम दिया गया। मुस्लिम विद्यार्थियों के समुदाय ने यह स्वीकार कर लिया कि इस्लामी और अरेबिक कक्षाओं के लिए जितने भी अध्यापकों की ज़रूरत होगी वो उनकी व्यवस्था करेंगे। इस काम के लिए नर्सों और दाइयों के संघ ने भी सहायता करने का प्रस्ताव रखा। परन्तु अमीना अभी भी तैयार नहीं थी। बोकारो ने तसल्ली से इन्तज़ार किया क्योंकि अमीना अपने बालक की देख-रेख में पूरी तरह लगी हुई थी। एक दिन वह बिस्तर में लेटी अपने बेटे को दूध पिला रही थी तभी अल्हाजी हारून अन्दर आए, सोफे पर बैठे और उससे माँग की, कि वह बोकारो महिला संघ और विधायकों की पत्नियों के संघ में से एक को चुन ले।

"पहले बोकारो," उसने बिना हिचकिचाए दृढ़ता से कहा।

"फिर क्या तुम्हारी काम करने या व्यापार करने की योजना को स्थगित कर देना चाहिए?"

"जिसमें आपकी खुशी हो।"

उसने थोड़ी देर सोचा और फिर चला गया।

जब उसके पति ने पहली बार सुना तो उसके बाद उसकी गुस्से से भरी जो प्रतिक्रिया हुई उसे देखकर अमीना उससे आगे कोई और कदम उठाने की उम्मीद कर रही थी। वैसे तो वह तब तक काफी शान्त हो चुका था, जब अमीना ने उससे कहा, कि बिल्किसु कार्यभार सँभाल लेगी और संघटन का लक्ष्य सिर्फ शासन करनेवाली पार्टी के कार्यक्रम को लागू करना होगा—एक ऐसी पार्टी जिसका वह खुद कट्टर सदस्य था। बिल्किसु द्वारा दी गई चेतावनी अभी भी अमीना के दिमाग़ में ताजा थी। औरतों को व्यवस्थित करते समय हमें उस पतनशील जागीरदार वर्ग और उभरते पूँजीपतियों का सामना करना पड़ेगा, जो इसका विरोध करेंगे या इसे

नुकसान पहुँचाने की कोशिश करेंगे। हमें दृढ़संकल्प करना चाहिए। "तुम हमें आगे बढ़ने का संकेत करो और तुम आश्चर्यचकित रह जाओगी।" अमीना ने उन्हें आगे बढ़ने का इशारा किया और अब वह अचम्भे के इन्तज़ार में थी। फिर फातिमा के साथ भी कुछ चर्चा हुई थी, "अमीना शुरू करने की तारीख तय करो। हम तैयार हैं।"

"तुम्हें इन्तज़ार करना पड़ेगा। मैं अभी भी बहुत कमज़ोर हूँ," अमीना ने तर्क दिया।

"तुमने एक महीने आराम किया है और अभी भी और समय चाहिए?" फातिमा ने उलट वार किया। "खेतों में काम करनेवाली औरतों के बारे में सोचो जो गर्भावस्था में पूरे समय खेतों में काम करती हैं और शिशु को जन्म भी वहीं देती हैं। ज़्यादातर एक सप्ताह के बाद वापस काम पर भी लौट आती हैं।"

कुलु ने भी अपना योगदान दिया था। उसने ऐक्टिविस्ट महिलाओं के साथ सम्बद्ध होने के खतरों के बारे में बताते हुए अमीना को संगठन के खिलाफ़ प्रेरित करने की कोशिश की। "अगर ये लड़कियाँ ज़िन्दगी का लुत्फ उठाना नहीं जानतीं, इसका यह मतलब नहीं है कि तुम भी अपने आपको वंचित रखो। अपने को देखो, तुम जवान और खूबसूरत हो। महिलाओं की समस्याओं का बोझ उठाना तुम्हारा काम नहीं है। क्या तुम्हें दिखाई नहीं देता कि किस तरह लोग अपने जीवन का लुत्फ उठा रहे हैं?" उसने अमीना को प्रेरित करने की कोशिश की थी।

"कुलु, मैं बिलकुल कुछ नहीं कर पा रही हूँ। मैं कोशिश करके सहायता करना चाहती हूँ। खैर ये सिर्फ एक प्रयोग है।"

"इस संसार में सब कुछ पहले से तय है। यह लिखा हुआ है कि सब कुछ उसी तरह से होगा जिस तरह से होता चला जा रहा है। सर्वशक्तिमान ईश्वर के सामने हम अशक्त हैं," कुलु ने ज़ोर देते हुए कहा। जैसी उम्मीद थी, महिला संघ के विचार ने बोकारो में काफी हलचल मचा दी। राज्य का शासक वर्ग शुरू में इसके खिलाफ़ था, परन्तु बाद में उन्होंने इस शर्त पर इसे स्वीकार कर लिया कि इस संघ को पार्टी का महिला विभाग बनना होगा। विरोधी पार्टी ने संघ को समर्थन देते हुए तर्क दिया कि महिलाओं को इसे संघटित करने की स्वतन्त्रता मिलनी चाहिए। धार्मिक संस्थाओं और अन्य समुदायों में मतभेद था। कुछ ने इसको अपवित्र और इस्लाम के उपदेशों के खिलाफ़ माना। दूसरों ने साफ़ कह दिया कि अगर ये धार्मिक कार्यक्रम भी शामिल करेंगी और धार्मिक उपदेशों का विरोध नहीं करेंगी, तो महिलाओं को सम्बद्ध होने की स्वतन्त्रता होनी चाहिए।

बोकारो में समाज की प्रकृति, महिलाओं की व्यापक आधार वाली संस्था बनाने के लिए सर्वोत्तम परिस्थितियाँ मुहैया नहीं कर पा रहा था। वो ऐसा इलाका था जिसमें लोगों की पहचान धार्मिक, जातीय, राजनीतिक और पारिवारिक बन्धनों के

पेचीदा संजाल में बँधी थी, एक ऐसा देश जहाँ अन्याय और भेदभाव को बड़े ध्यान से सामाजिक और आर्थिक व्यवस्था की नींव में बुना गया था। इससे भी कहीं आगे, एक देश जिसमें पुरुषों की बेरोज़गारी और विकासहीनता इतनी अधिक थी कि लिंग-भेद शोषण की बाँबी की ऊपरी नोक भर जैसा था। जहाँ गरीबी सबसे खास मुद्दा था, वहाँ स्त्रियों की पीड़ा और असमानता ढकी और विस्मृत पड़ी थी, और महिलाओं के उद्धार की इच्छा को ज़ाहिर करना भी पाप समझा जाता था। इस प्रकरण में, महिलाओं की संस्था को शुरू करने की बात से ही बहुत अधिक दिलचस्पी जाग्रत हो गई, और जब तक सब कुछ तय होकर उसकी शुरुआत का समय आया, बोकारो के लोगों की उम्मीदें बहुत बढ़ गई थीं।

बोकारो महिला संस्था की आरम्भ से पहले की सभा विश्वविद्यालय में हुई। पहुँचने पर, अमीना को बोकारो सहायता दल के सदस्यों से मिलवाया गया। वो सात थे—चार लड़कियाँ और तीन लड़के, जिनका नेतृत्व बिल्किसु ने किया। अमीना सभी लड़कियों से पहले मिल चुकी थी। बिल्किसु ने घोषणा की कि संघटन का अधिकृत पंजीकरण समुचित राज्य मन्त्रालय के साथ कर दिया गया था। उसने चिट्ठी पढ़कर सुनाई और फिर एक फाइल में रखकर अमीना को दे दी। गोकि उसको सम्पादक बनना था, अमीना वहाँ हो रही बहस के दौरान चुप रही। रखे गए हर प्रस्ताव के साथ उसका समर्थन नहीं था, परन्तु वह यह सोचकर बहुत खुश थी कि संघटन के जरिए उसका सम्पर्क दूसरी महिलाओं से होगा और उसका अकेलापन खत्म हो जाएगा। आखिर उसे एक मौका मिल रहा था जब वह लोगों और उनके विचारों के निकट सम्पर्क के माध्यम से अपनी प्रतिभा और काबिलियतों को खोज पाती—एक ऐसा मौका जिससे वह अपने आन्तरिक गुणों के संसार के सामने प्रकट कर सकती थी। अगर इस सबमें से कुछ भी अनुकूल और स्थायी निकलता तो उसकी कीर्ति में वृद्धि अवश्य होती। अब नज़र आ रहा था कि उसके आनेवाले दिन ज़्यादा सुख से गुज़रने वाले थे।

सभा दो घण्टे तक चली, जिसमें समारम्भ के समारोह की तारीख़ तय की गई। अमीना को वहाँ जाकर स्वयं एक भाषण देना था। ''नमस्कार, और जल्द मिलेंगे,'' चलने से पहले उसने प्रसन्नता से मुस्कुराते हुए कहा। घर पहुँचने तक सारे रास्ते वह मुस्कुराती रही।

# 10

"तुम अब शादीशुदा हो और तुम्हारे पति तुम्हारे मालिक हैं। हर तरह से उनकी आज्ञा का पालन करो, क्योंकि शादी एक गम्भीर और पवित्र रिश्ता होता है। तुम्हें मानना होगा, कि जो भी तुम्हारे पति कहते हैं वो सही है और वही करना होगा जो वो तुमसे करने को कहते हैं। पति की इज़्जत उसी तरह होती है जैसे हमें बनानेवाले सर्वशक्तिमान भगवान के लिए इज़्जत होती है..." एक दृढ़, साफ़ आवाज़ ने सपने में उससे कहा। वो जाग उठी, कमरे में चारों तरफ़ देखा और अपने बच्चे को छूकर फिर से आँखें बन्द कर लीं। आमतौर पर उसे सुबह सपने देखना अच्छा लगता था, जबकि वो जानती थी कि ये सपने अहाते के और उसके आसपास से आने वाले शोर से जुड़े हुए होते थे, मुर्गों की आवाज़ें, चिड़ियों का गाना, मोटरगाड़ियों के हॉर्न, अज़ान की आवाज़ें चिल्लाहट और कोलाहल। वो करीब एक घण्टे तक इन आवाज़ों के बीच तब तक सो सकती थी, जब तक ये परेशान करनेवाली पैरों की आवाज़ और कभी-कभी खटखट की आवाज़ में बदल नहीं जाते थे।

उस दिन वह बाकी दिनों से जल्दी सोकर उठ गई और बिस्तर में लेटी रही। वह घबराई हुई थी पर उत्साहित थी। उस दिन शनिवार था, समारोह के समारम्भ का दिन। सुबह की दैनंदिन क्रियाओं से निबटने के बाद, वह अपने कमरे में बैठ गई। वह पूरी तरह शान्त महसूस नहीं कर रही थी। एक बजे के बाद, वह जल्दी से नहा-धोकर सावधानी से तैयार हो गई। उसने सादे कपड़े पहने; एक रंग-बिरंगा ब्लाउज़ और लुंगी। उसने हलका-सा मेकअप किया। जैसे ही वह सिर पर कपड़ा बाँधने लगी, बिल्किसु अन्दर आई और उससे उत्साह के साथ बोली, "हम स्कूल की तरफ़ जा रहे हैं। यह भाषण है जो फातिमा ने तुम्हारे लिए तैयार किया है।" उसने पलंग पर एक फाइल छोड़कर कहा, "बाद में मिलती हूँ।"

अमीना की घबराहट बढ़ गई। बिल्किसु चली गई, और वो बैठकर अब्दुलरशीद को दूध पिलाते हुए सोचने लगी कि लोगों के सामने खड़े होकर वह कैसे बोलेगी। जब वह तैयार हो गई तो उसने अब्दुलरशीद को अपनी बहन रकिया को सौंप

दिया और खुद बाहर चली गई।

प्राथमिक स्कूल के सामने जब वह सफ़ेद मर्सडीज़ से उतरी तो उसने फातिमा और बोकारो सहायता दल के सदस्यों को आखिरी तैयारियाँ करते हुए देखा। बहुत-सी महिलाएँ इकट्ठी थीं। प्रधान अध्यापक के दफ़्तर के सामने एक तम्बू गाड़ दिया गया था, जो हरे रंग की तिरपाल से ढका हुआ था और हवा के झोंकों के साथ झूम रहा था। यह इन्तज़ाम उन आमन्त्रित मेहमानों के लिए था, जिनके लिए सलीके से आरामदेह कुर्सियाँ लगाई गई थीं। तम्बू के सामने मैदान में औरतों के लिए बेंच और कुर्सियों की कतारें लगी थीं। अभी तक आधी कुर्सियाँ ही भरी थीं। अमीना ने चारों तरफ़ देखा। सूचना और प्रसारण मन्त्रालय की गाड़ी पास में खड़ी थी, जिस पर लाउडस्पीकर लगे थे। ''घबराओ मत,'' बिल्किसु ने उसे सलाह दी। ''तुम्हें जल्दी ही भीड़ के सामने बोलने की आदत हो जाएगी। सहज रहो, और अगर तैयारी करना चाहती हो, तो मेरा सुझाव है कि अपना भाषण तुम दो-चार बार पढ़ लो, ताकि तुम्हें यकीन हो जाए कि तुम सब कुछ जानती हो।''

ज़्यादातर आमन्त्रित मेहमान देर से पहुँचे। जब अमीना बैठकर अपने भाषण को बार-बार पढ़कर अभ्यास कर रही थी, तभी मुक्तार सहसा भीड़ में से निकल आया। उसे लगा कि उसका दिल तेज़ी से धड़कने लगा और उसकी घबराहट भी बढ़ गई। अमीना ने उसकी तरफ़ देखा, उसने गहरा नीले रंग का सफारी सूट पहन रखा था, जिसकी वजह से उसके आकर्षक नाक-नक्श और भी उजागर हो रहे थे। उसे लगा कि वह पहले से ज़्यादा कमज़ोर दिखाई पड़ रहा था। वह अनुमान लगाने लगी कि क्या कोई उसकी देखभाल करता होगा। जब वह और निकट आया तो वह उससे सैकड़ों सवाल पूछना चाहती थी पर उसे बहुत संकोच हो रहा था। उसने सोचा कि कहीं उसके आसपास के लोगों को उसके बर्ताव में कोई फर्क तो नज़र नहीं आ रहा था। उसने मुक्तार की तरफ़ देखा। मुक्तार की टकटकी अमीना के भीतर गहराई तक ऐसे उतरती चली गई कि वह वहीं लगभग बेहोश होकर गिरने को हो गई। उसने आँखें झुकाकर अपने को सँभाला। वह कुछ बोला, जो उसने नहीं सुना पर वह ज़बरदस्ती मुस्कुराने लगी।

''तुम कैसे हो? जीवन कैसा चल रहा है?'' उसने अपनी आवाज़ को यथासम्भव सन्तुलित रखने की कोशिश की।

''मैं ठीक हूँ, धन्यवाद, और तुम?''

''मैं ठीक हूँ,'' वह बोली।

''फिक्र मत करो, मैं अपना ध्यान खुद रख रहा हूँ। मुझे उम्मीद है कि मैं जल्दी ही दूसरे विश्वविद्यालय में अपनी आगे की शिक्षा ज़ारी रख सकूँगा।''

''मैं ईश्वर से तुम्हारी मदद करने के लिए प्रार्थना करूँगी। तुम इतने दुबले क्यों हो?'' पूछते हुए उसकी आवाज़ में अभी भी घबराहट थी।

"तुम जानती हो मैं कभी भी मोटा नहीं रहा हूँ," उसने मुस्कुराते हुए कहा।

"जाओ बैठ जाओ। मैं जानती हूँ कि हम आखिरी बार नहीं मिल रहे हैं," अमीना ने कहा।

वह मुड़कर चल दिया।

अमीना ने नज़र चुराकर उसकी तरफ़ देखा। वह सोचने लगी कि उसके शान्त और अपारदर्शी, पर निश्चित रूप से आकर्षक चेहरे के पीछे क्या उथल-पुथल चल रही थी। बिल्किसु ने उसके पास आकर कहा, "अमीना, प्रोग्राम के हिसाब से, तुम राष्ट्र गान और प्रार्थना के बाद भाषण दोगी। अपने ऊपर भरोसा रखो। तुम्हें सिर्फ सावधान कर रही हूँ कि तुम्हें अपनी आवाज़ लाउडस्पीकर में से सुनाई देगी। घबरा मत जाना।"

उसके पति, उस मौके पर मुख्य अतिथि थे। जब वे और ज़्यादातर आमन्त्रित मेहमान आ चुके थे, बिल्किसु ने माइक्रोफोन के पास जाकर उसका परीक्षण किया और सबका स्वागत किया। सूचना मन्त्रालय के एक अधिकारी ने उसके संकेत पर राष्ट्र गान बजाया। सब खड़े हो गए। राष्ट्र गान के बाद मुस्लिम विद्यार्थी समुदाय के एक सदस्य ने उद्घाटन-प्रार्थना का संचालन किया। फिर बिल्किसु ने बोकारो महिला संस्था की संस्थापिका और समायोजिका, मल्लामा अमिनातु हारून को बीज भाषण देने के लिए आमन्त्रित किया।

अमीना को इसी पल का डर था। वह खड़ी होकर सावधानी से माइक्रोफोन की तरफ़ चल पड़ी। वहाँ पहुँचकर उसने चारों तरफ़ नज़र घुमाई तो देखा कि चेहरे उसकी तरफ़ घूमे हुए थे। सबकी घूरती नज़र को देखकर वह काँपने लगी। उसका दिल ज़ोर से धड़कने लगा, और उसके हाथों के कागज़ हिलने लगे। मुँह सूख जाने के बावज़ूद जब उसने ज़बरदस्ती बोलने की कोशिश की, तो उसे यह महसूस करके हैरानी होने लगी कि उसकी आवाज़ कितनी अजीब और अस्वाभाविक सुनाई पड़ रही थी।

"हमारा ख़ास लक्ष्य है बोकारो की महिलाओं के आर्थिक, सामाजिक और शैक्षिक स्तर को ऊँचा उठाना...जिससे वे एक सच्चे और प्रगतिशील समाज को बनाने में अधिकाधिक उपयोगी भूमिका निभा सकें।

"...हम यह मानकर चलते हैं कि स्थानीय, नागरिक और देशीय जीवन में महिलाओं की भागीदारी उनकी अपनी मुक्ति के लिए ज़रूरी है..." उसने सिर उठाया तो महसूस किया कि सभी आँखें उसपर टिकी हुई थीं। उसकी तरफ़ देखनेवाले उन तमाम लोगों का असर इतना गहरा था कि उसे लगा जैसे वे सब उसके नग्न शरीर को परख रहे हों। उसका ध्यान फिर अपने भाषण की तरफ़ लौटा। जब उसने दोबारा शुरू किया, तो उसे ज्ञात हुआ कि वह बीच के कुछ अनुच्छेद छोड़कर, जो कुछ भी पढ़ा जा रहा था वही पढ़ती चली गई थी।

महिलाओं के दमन, शोषण, उत्पीड़न और उपेक्षा की ऐतिहासिक परम्परा को देखते हुए हम महसूस करते हैं कि महिलाओं के बीच से अशिक्षा को ख़त्म करना बहुत ज़रूरी है। मैं आपको अरेबिक की दो महत्त्वपूर्ण कहावतें याद दिलाना चाहती हूँ: ''पैसा नहीं, दिमागी शक्ति वास्तविक सम्पत्ति होती है'' और ''वह देश जहाँ महिलाएँ अशिक्षित हैं, एकपंखी चिड़िया की तरह होता है।'' उन्नति करने के लिए हमें महिलाओं को शिक्षा देनी चाहिए। अगर महिलाएँ शिक्षित नहीं होंगी तो पूरा समाज अँधेरे में रहेगा।

''...हम स्थानीय, राज्य और केन्द्रीय सरकार से ज़ोरदार अनुरोध कर रहे हैं कि वह इन क्षेत्रों पर खास ध्यान दें; कार्यक्षेत्र में महिलाओं और पुरुषों की समानता; काम करनेवाली महिलाओं के लिए, चाहे वे अविवाहित हों या विवाहित, पूरा समर्थन और सुरक्षा; हर स्तर पर बालिकाओं को शिक्षा के लिए प्रोत्साहन; कम उम्र में और ज़बरदस्ती के विवाह को निरुत्साहित करना; घरेलू हिंसा के खिलाफ़ कड़े कानून; सभी योग्यता प्राप्त महिलाओं के लिए रोजगार का पूरा प्रबन्ध...एक कहावत है : ''अगर तुम एक वर्षीय योजना बना रहे हो तो मक्का लगाओ अगर तुम एक दशक की योजना बना रहे हो, तो एक पेड़ लगाओ अगर तुम जीवन भर की योजना बना रहे हो, तो लोगों को शिक्षा दो।'' हमने बोकारो के भविष्य के लिए योजना बनाने का फैसला किया है। हम एक बेहतर, खुशहाल और समृद्ध बोकारो देखना चाहते हैं, इसलिए हमने महिलाओं को शिक्षित करने का फैसला किया है। अगर महिलाओं की समस्या को नहीं सुलझाएँगे, तो स्थानीय, राजकीय और राष्ट्रीय समस्याओं को नहीं सुलझाया जा सकता। धन्यवाद।''

# 11

बोकारो महिला सभा के प्रारम्भ के बारे में काफी चर्चा हुई। विरोधी दल ने उसका स्वागत करते हुए उसे 'आगे बढ़ता हुआ बड़ा कदम' कहा, जबकि शासक दल ने अमीना और उसके समर्थक दल द्वारा की गई माँगों का ज़ोरदार विरोध किया। अमीना का भाषण उसके पति की नज़र में भी खरा नहीं उतरा। उसने बाद में अमीना के साथ झगड़ते हुए यह सवाल उठाए कि उसने अपना इस्तेमाल क्यों होने दिया और सरकार पर हमला क्यों किया। थोड़ा डरने की वजह से, और कुछ उनके लिए इज़्जत के कारण वह अपनी सफाई में न तो कुछ कह सकी और न ही उसने कहने की कोशिश की। उनके हमले ने उसके आत्मविश्वास को कमज़ोर कर दिया और सोचने लगी कि उसके मामलों में उन्हें दखल देने की क्या ज़रूरत थी। वह वही सब क्यों कहे जो उसके पति और दूसरे लोग सुनना चाहते थे? अमीना ने दोपहर के समय अपनी बहन को विदा किया और प्राथमिक पाठशाला गई जहाँ प्रौढ़ शिक्षा अभियान कार्यक्रम के पहले सबक की शुरुआत होनी थी। कक्षा तीस वर्ष से ज़्यादा उम्र की महिलाओं की एक टोली से भरी थी। उन सबने बैठकर मेजों के नीचे पैर फैला लिये और उत्सुकता से इन्तज़ार करने लगीं। अमीना की तरह, महिलाएँ घबराई हुई परन्तु उत्साहित लग रही थीं। अमीना समर्थन दल के पाँच सदस्यों के साथ महिलाओं की उत्सुक नज़रों के सामने खड़ी थी। कमरे में एक पल के लिए अजीब-सी चुप्पी छा गई। एक लम्बा, दुबला विद्यार्थी छोटी बाँह की कमीज़ और जीन्स पहने आगे आया और उसने अपना परिचय करवाया।

''मैं मुआज़ु दनलामी, राजनीतिशास्त्र का विद्यार्थी हूँ। हमने बोकारो शिक्षा योजना में तब तक भाग लेना स्वीकार किया है, जब तक हमें स्थायी अध्यापक नहीं मिल जाते। अगर हम सफल हो गए तो हम दूसरे कस्बों और शहरों में चले जाएँगे। हमें विश्वास है, कि इस तरह से ज़्यादा महिलाएँ हमारी जानकारी से लाभ उठा पाएँगी। हम अल हसन शिक्षा मॉडल का इस्तेमाल करेंगे जिससे छह महीने से कम समय में एक अशिक्षित को शिक्षित किया जा सकता है।

''जैसा आप सब जानते हैं, शिक्षा किसी भी समाज के लिए महत्त्वपूर्ण है।

पैगम्बर मुहम्मद (भगवान उनकी आत्मा को शान्ति दें) के शब्दों को दोहराते हुए कहा गया है, "ज्ञान की खोज करना हर मुसलमान का परम कर्तव्य है।" जो महिलाएँ किसी भी कारण से फिलहाल कक्षा में नहीं आ सकतीं, उनके लिए हमारी योजना है कि हम अपनी महिला सदस्यों को पढ़ाने के लिए उनके घर भेजेंगे।"

कुछ देर रुककर, मुआज़ु ने एक बड़ा सफ़ेद चोगा और पगड़ी पहने, दाढ़ी मुँड़ाए भोले चेहरे वाले विद्यार्थी की तरफ़ इशारा करके कहा, "ये मूसा-अल-अहमद हैं। ये और मुस्लिम विद्यार्थी समाज के दो सदस्य अरबी भाषा और इस्लामी ज्ञान की शिक्षा देंगे। एक के बाद एक उसने दूसरे अध्यापकों से मिलवाया। 'स्वास्थ्य शिक्षा' एक विषय है जिस पर हम ज़्यादा समय लगाने की उम्मीद करते हैं। रेबेका बोकारो स्वास्थ्य योजना की प्रभारी है। दो नर्स, दो दाइयाँ और दो स्वास्थ्य निरीक्षक भाग लेने के लिए मान गए हैं। वे तुम्हें अपने आप को साफ़ और स्वस्थ रखना और अपनी चारों तरफ़ सफाई रखना सिखाएँगे। गर्भवती महिलाओं और दूध पिलानेवाली माताओं पर वो खास ध्यान देंगे," रेबेका ने धीरे से उसके कान में कुछ कहा और उसने मुस्कुराकर सिर हिलाया। "मैं सामान्य शिक्षा को लेकर तुम्हें अलग-अलग जाति के लोगों के जीवन, उनके विचार और उनके शासन के तरीकों के बारे में बताऊँगा। मैं, अपने देश, महाद्वीप और संसार के सामने मौजूद समस्याओं के बारे में भी बातचीत करूँगा।"

उसने संसार का एक बड़ा नक्शा बोर्ड पर लगाया और अमीना कक्षा में पीछे की तरफ़ जाकर दीवार के सहारे खड़ी हो गई। एक लम्बा फुटा पकड़कर मुआज़ु दनलामी ने शुरू किया, "यह संसार का नक्शा है। एक सौ अस्सी से ज़्यादा देश हैं, हर एक का अपना राज्यक्षेत्र, आबादी और सरकार है। बहुत-सी जातियाँ, भाषाएँ, जनजातियाँ और राष्ट्रीयताएँ हैं।" उसने उन्हें संसार के बसे हुए और निर्जन इलाके दिखाए। "ये अफ्रीका है, ये हमारा देश नाइजीरिया है, ये हमारा नगर है, जहाँ इस समय हम हैं। तो तुम देख सकते हो किस तरह से हम एक बड़े संसार का हिस्सा हैं।"

"मास्टर जी, कुछ लोग कहते हैं कि विश्व गोल है," एक महिला बोली।

"हाँ, वह गोल है। यह तो सिर्फ एक नक्शा है। तुम्हें भूगोल पढ़ाया जाएगा, एक ऐसा विषय जिससे तुम्हें यह सब बातें समझ में आएँगी। तुम्हें यह भी बताया जाएगा कि बारिश किस तरह होती है और मौसम अलग क्यों होते हैं।"

"मास्टर जी, मक्का कहाँ है?" पीछे की लाइन में बैठी एक बीच की उम्र की महिला ने पूछा।

मुआज़ु हँस पड़े और उसे सामने आकर नक्शे पर देखने को कहा। उन्होंने उसे साउदी अरब, मक्का और मदीना दिखाए। उसने उनको धन्यवाद दिया।

"एक दिन वहाँ जाकर तीर्थ करना मेरा सपना है।"

"तुम्हारा सपना पूरा हो," मुआज़ु ने प्रार्थना की। करीब एक घण्टे बाद प्रारम्भिक कक्षा समाप्त हुई। थोड़े समय बाद, दूसरी कक्षाएँ शुरू हो गईं। यद्यपि बोकारो महिला सभा की कोई स्थायी कक्षाएँ, अध्यापक या राज्य कोष नहीं था, फिर भी संस्थापकों ने ठान रखा था कि इस योजना को चालू रखेंगे। कुछ पुरुषों ने अपनी पत्नियों को भाग लेने से मना कर दिया, जबकि कुछ दूसरी महिलाएँ शामिल होने से पहले देखना चाहती थीं कि यह योजना कैसे आगे बढ़ रही थी। अमीना की ज़िन्दगी खालीपन से सक्रियता की तरफ़ बढ़ी। वह ज़्यादातर संस्था को सक्रिय बनाए रखने के तरीकों के बारे में सोचने लगी।

प्रारम्भिक पाठ के कुछ दिनों बाद, अमीना अपने बेटे के साथ सोफे पर बैठी थी जब बिल्किसु और फातिमा अन्दर आईं। उन्होंने पहले पाठ में न आने के लिए माफी माँगी और कहा कि वो पढ़ाने के कुछ उपकरण लेकर आई थीं। उसके घर का कमरा महिला सभा के मुख्य कक्ष के रूप में इस्तेमाल किया जा रहा था। उसने उसे एक मेज़ और छह कुर्सियों से सजाया था और दैनिक समाचार-पत्र और पत्रिकाओं का प्रबन्ध किया था।

बिल्किसु ने उसकी गाड़ी में बैठे एक जवान आदमी से धीरे से बात की। वो गत्ते के कुछ डिब्बे और एक इश्तहार निकालकर लाया। उसने अमीना को दिखाने के लिए इश्तहार को ऊपर उठाया। "मैं दनलादी हूँ, ललित कला का विद्यार्थी और ग्लोरिया का मित्र। मैंने यह तुम्हारी संस्था के लिए पेंट किया है और अब यह तुम्हें भेंट कर रहा हूँ।" अमीना ने उसे प्यार से स्वीकार किया और उसे करीब से देखा। उसे खूबसूरती से तीन खास रंगों में रंगा गया था—हरा, लाल और काला—इसमें पढ़ते और काम करते हुए महिलाओं की छवि दिखाई गई थी। इनके नीचे था सिद्धान्त वाक्य, महिलाओ!—पढ़ो, काम करो और अपने जीवन को सुव्यवस्थित करो! अमीना ने उसे बार-बार धन्यवाद दिया, और बिल्किसु ने गत्ते के डिब्बे खोलकर उसे पाठ्य पुस्तकें, लेखन पुस्तिकाएँ, चॉक की डंडियाँ और अन्य चीज़ें दिखाईं। "यह सब तुम्हारी हैं," उसने खुशी से कहा।

"हम बहुत आभारी हैं," अमीना ने पुलकित होकर कहा। जब बिल्किसु दनलादी के साथ चली गई, तब अमीना ने फातिमा की ओर चिन्तित होकर देखा।

"तुम्हें क्या तकलीफ है? तुम इतनी थकी हुई लग रही हो।"

"मेरे सिर में बहुत ज़्यादा दर्द है।"

"मैं तुम्हें गोलियाँ देती हूँ," अमीना ने प्रस्ताव रखा।

"नहीं, नहीं, धन्यवाद। मुझे थोड़े आराम की ज़रूरत है।"

"हमारी संसदीय सभा थी जो सुबह तक चली और मैं बहुत कम सो पाई," फातिमा ने जम्हाई ली।

"तुम थोड़ी देर यहाँ सो सकती हो। मैं तलाता के कमरे में रहूँगी।"

दोपहर में काफी समय तक सो लेने के बाद फातिमा ताजा और ज़्यादा स्वस्थ लगने लगी और वह खाने के लिए रुक गई। घर उतना ही जीवंत हो गया जितना सदा ऊर्जा भरने वाली फातिमा के आसपास होने से होता था। वह बच्चों के साथ खेलने लगी और महिलाओं के साथ मज़ाक करने लगी।

"अमीना, हमें एक उपकार की ज़रूरत है," फातिमा ने जाने के लिए तैयार होते हुए धीरे से कहा।

"हम घरेलू हिंसा पर एक छोटी-सी सभा का आयोजन कर रहे हैं और हम शहर से महिलाओं को आमन्त्रित करेंगे। हमें बहुत ज़्यादा लोगों के आने की आशा नहीं है पर हम कैम्पस पर नहीं मिलना चाहते, इसलिए हम संस्था के किसी एक कमरे को इस्तेमाल करना चाहेंगे। परन्तु उसी स्थिति में यदि इससे कोई बाधा नहीं होगी।"

"ठीक है। सभा कब होगी?"

"आठ मार्च को, अन्तर्राष्ट्रीय महिला दिवस।"

"बहुत बढ़िया! तुम आ सकती हो," अमीना ने गद्गद होकर कहा।

"मेरे पास एक और सुझाव है," अमीना बोलती चली गई। "हम शाम के दूसरे पहर में संस्था के सदस्यों के लिए एक व्याख्यान का बन्दोबस्त कर सकते हैं। मैं अफ्रीकी महिलाओं के सामने आनेवाली समस्याओं के बारे में बोल सकती हूँ।"

"मुझे कोई आपत्ति नहीं है। मैं उनसे कह दूँगी।"

आठ मार्च को, फातिमा और कुछ और लोग, अमीना के साथ, बोकारो महिला सभा के प्रमुख स्थान के एक कमरे में इकट्ठे हुए। फातिमा आगे एक लड़की के साथ खड़ी हो गई। जिसका झुका हुआ सिर काले बुरके से ढका था। फातिमा ने कहा, "यह साउदी है, जो घरेलू हिंसा की शिकार है। यह हमारे मानवीय और शान्त कहे जानेवाले समाज के, उन भयानक वाकयों के बारे में बताने यहाँ आई है जो इसके ऊपर गुज़रे हैं।"

साउदी धीरे बोल रही थी। उसकी आवाज़ में हिचकिचाहट और घबराहट थी। वह डरी हुई थी और बोलते हुए रो रही थी। आँसू बहाते हुए वह सिर्फ यह फुसफुसा पा रही थी, "जबसे मैंने इससे शादी की है मुझे चैन नहीं मिला है। वह मुझे हमेशा मारता रहता है। उसे सिर्फ कोई बहाना चाहिए, जैसे भोजन स्वादिष्ट नहीं है...मैंने ठीक से उसका स्वागत नहीं किया, इत्यादि। मेरा पति, मेरी बेटी के सामने, कोई भी चीज़ जो उसके हाथ लगती है, उसी से मुझे मारता है। वैसा ही होता है जैसा मेरी माँ के साथ होता था। माँ और बच्चे डरे रहते हैं," वह और ज़ोर से रोने लगी।

"हमें घाव दिखाओ," फातिमा ने विनती की, "उन्हें छुपाओ नहीं।" साउदी ने संकोच किया, तो बिल्किसु ने उसके पास जाकर धीरे से उसका बुरका उठाया

और उसके मुँह पर लगे ताजे जख़्म, सूजे होठ और आँखों के चारों तरफ़ पड़े नील दिखाए। साउदी ने अपने आप शरीर के बाकी हिस्सों पर लगे जख़्म दिखाए। बिल्किसु ने कहा, "बहुत-सी महिलाएँ इस तरह के जख़्म शर्म और डर की वजह से छुपाती हैं। परदे की प्रथा इस तरह के जंगलीपन को छुपाने में मदद करती है, क्योंकि ज़्यादातर महिलाओं को बाहर से नहीं देख सकते और यह नहीं जान सकते कि वो किस हद तक जख़्मी हैं। जिनके पति उन्हें बाहर नहीं जाने देते वो तो बिना इलाज़ करवाए इन जख़्मों के साथ ही जीवन व्यतीत करती हैं।"

"क्या तुम वापस जा रही हो?" अमीना ने साउदी से पूछा।

साउदी ने जवाब दिया, "हाँ, मेरे पास जाने के लिए कोई और जगह नहीं है।"

"काश सर्वशक्तिमान अल्लाह, जो दयालु, कृपालु और संवेदनशील हैं तुम्हें इतनी शक्ति और हिम्मत दें कि तुम अपने तथाकथित पति की बर्बरता को सह सको," फातिमा ने प्रार्थना की।

बिल्किसु खड़ी हो गई। "मैं तुम्हें विश्वास दिलाती हूँ कि तुम्हारे पति को कभी पता नहीं चलेगा कि तुमने हमसे बात की है और आगे जब भी तुम्हारे साथ कुछ हो, कृपया हमसे या अमीना से यहाँ सम्पर्क कर लेना।" साउदी ने उनसे विदा ली और बिल्किसु ने उसे बाहर तक आकर छोड़ा।

"इसने अभी हमारे सामने एक बर्बरताग्रस्त महिला का चित्र पेश किया है। मैं ऐसे आतंक से बची हूँ, इसलिए अपने आपको बहुत भाग्यशाली मानती हूँ, परन्तु अब मुझे अपने समाज पर रोना आता है, क्योंकि वह इस बर्बरता को माफ़ कर देता है," फातिमा ने कहा।

"समस्या यह है कि ज़्यादातर महिलाएँ कमज़ोर हैं और उनमें आत्माभिमान की भी बहुत कमी है, इसलिए वे बनी-बनाई शिकार हैं," बिल्किसु ने अन्दर आते हुए कहा।

"आह! क्योंकि तुम्हें फौजी मेजर ने कभी नहीं मारा?" रेबेका ने पूछा।

"न अभी तक मारा है और आगे कभी न मारने का वायदा किया है।"

"उन वर्दी वाले जानवरों पर कभी भरोसा मत करना," फातिमा बीच में बोल पड़ी।

"कम से कम अभी तक उसके पास इनसान का दिल है।"

"ज़रा मुक्तार कोशिश करके तो देखें या तो हम एक-दूसरे की पिटाई कर देंगे या मैं उसे बुरी तरह से मार गिराऊँगी," रेबेका ने शेखी मारी। "मैं चाहती हूँ ऐसा कभी न हो। वह बहुत भोला और सुन्दर है और मार खाने लायक नहीं है। वह मेरे लिए बहुत मूल्यवान है। वह तो प्यार पाने के लिए ही बना है।"

"बात यह है कि अगर एक स्त्री एक पुरुष से मोहब्बत करती है तो वह

उसकी मार भी सह लेगी। कितनी असंगत बात है।'' बिल्किसु ने हँसते हुए कहा।

''मेरी समझ में नहीं आता,'' फातिमा ने फिर से चर्चा के विषय पर लौटने की कोशिश की, ''समाज की इस बुराई के सामने महिलाएँ अपने आपको अशक्त क्यों महसूस करती हैं, और हम इसे स्वीकार ही क्यों करते हैं।''

''जो पुरुष ऐसा करते हैं वो कायर होते हैं। जो दूसरे आदमियों का सामना नहीं कर पाते, वे उनके बदले सजा हमें देते हैं,'' बिल्किसु ने समझाया।

''हम सबको अपने आपको दोषी मानते हुए इस स्थिति को बदलने की ज़िम्मेदारी उठानी चाहिए,'' फातिमा ने ज़ोर देते हुए कहा। ''यह तो सिर्फ एक लड़की है, वह ईश्वर ही जानता है कि ऐसी कितनी हज़ारों और होंगी जो अत्याचार और पशुता को सह रही होंगी। हमें बहुत काम करना है।''

शाम को, फातिमा को सुनने के लिए बड़ी संख्या में महिलाएँ इकट्ठी हुईं। अमीना हउआ, लराई और उसके बेटे के साथ फिर से पैदल स्कूल तक गई। अभी तक गर्मी थी, फिर भी इतनी सारी महिलाओं के बाहर आने से उन्हें बहुत प्रसन्नता हुई। फातिमा और अमीना पसीने से लथपथ महिलाओं के सामने एक मेज़ के पीछे बैठ गईं, और बिल्किसु ने खड़े होकर उनका स्वागत किया।

''गुड ईवनिंग! आज हम सब, बोकारो में पहली बार अन्तर्राष्ट्रीय महिला दिवस मनाने के लिए इकट्ठे हुए हैं। इस दिन, संसार भर की महिलाएँ अपनी समस्याओं पर ध्यान देकर उनका हल निकालने की कोशिश करती हैं। इससे ज़ाहिर है कि हम अकेली नहीं हैं। हम सबकी सामान्य समस्याओं पर ध्यान दिलाने के लिए फातिमा आज अफ्रीकी महिलाओं की ख़ास समस्याओं के बारे में हमसे बातचीत करेंगी। मुझे विश्वास है कि तुम सब उन्हें अच्छी तरह जानती हो, और आशा है कि उनकी बात तुम्हें पसन्द आएगी।'' फातिमा ने खड़े होकर अपना ब्लाउज़ और ओढ़नी ठीक की। वह अच्छी वक्ता थी, शान्त और आश्वस्त। उसने मुस्कुराकर बोलना शुरू किया :

''पुरुषों की कहानियों में हम सुनते हैं कि महिलाएँ बहुत खूबसूरत होती हैं और पुरुष को कैसे आराम देती हैं, पर इस बात की कोई चर्चा नहीं होती कि वे खुद कितना कष्ट उठाती हैं। किसी समाज में, महिलाओं ने कुछ बातों में स्वतन्त्रता हासिल की है, परन्तु कुछ दूसरे प्रसंगों में, वे घरेलू काम से बँधे हुए कैदियों की तरह हैं। अफ्रीका में हमने गोरे औपनिवेशिक शासन में कष्ट उठाए और हम अभी भी कष्ट उठा रहे हैं, जबकि ज़्यादातर अफ्रीकी राज्य राजनीतिक स्वतन्त्रता हासिल कर चुके हैं। अफ्रीका की अधिकतर पौराणिक संस्कृतियों में पुरुष की प्रभुता है, जहाँ कुल मिलाकर महिलाओं का उन मामलों पर भी वश नहीं है जिनका असर खुद उन पर पड़ता है। नाइजीरिया में हमारी तरफ़ के हिस्से में इस्लाम, जो महिलाओं की मुक्ति का पक्षधर माना जाता है, उसकी व्याख्या धार्मिक नेताओं

ने महिलाओं का दमन करके उन्हें पराधीन रखने के अर्थ में की है। ''कई अफ्रीकी संस्कृतियों में महिला की हैसियत ऐयाशी और घरेलू कामकाज के लिए एक वस्तु, एक बिकाऊ चीज़, बच्चे पैदा करने की एक मशीन की है। ज़्यादातर अफ्रीकी महिलाएँ दिन के समय दासियाँ और रात को महारानियाँ होती हैं।'

फातिमा ने अपने पर्स में से एक रूमाल निकाला, मुँह पोंछा और बोलना ज़ारी रखा, ''हमारे समाज में पुरुष की प्रभुता पर काबू पाना बहुत मुश्किल होगा, क्योंकि समय के साथ वह मज़बूत होती चली गई। उसे कानून का समर्थन और धर्म का आशीर्वाद मिला हुआ है। परन्तु अगर हम उठकर लड़ें तो शायद यह मुमकिन है। अगर हम अपने मूल अधिकारों और स्वतन्त्रता को पाने की आशा पुरुषों से करेंगे तो वह हमें कभी नहीं मिलेगी।

''मैं तुम सबसे बोकारो महिला संस्था को समर्थन देने का आग्रह करती हूँ। सभी कक्षा में उपस्थित रहने की कोशिश करो और जहाँ भी हो सके अपना योगदान दो। अपनी समस्याओं को छुपाने की बजाय एक-दूसरे के साथ बाँटो। अपने विचारों को बाँटो, अपने सवाल पूछो। अमीना और दूसरे प्रबन्धक यहाँ आपसे खुलकर और सच्चाई के साथ बातचीत करने के लिए आए हैं। हमारे लोग कहते हैं, जो व्यक्ति सवाल पूछता है वो कभी भटक नहीं सकता! धन्यवाद!''

प्राथमिक स्कूल के एक अध्यापक, सिदिकातु लावल ने एक सीधा-सा सवाल पूछा, ''पुरुषों की प्रभुता पर काबू पाने के लिए उन्हें क्या करना चाहिए?'' फातिमा ने बिल्किसु के साथ सलाह की और फिर से खड़ी हो गई।

''महिलाओं के रूप में हमें अपने संघर्ष को पूरे समाज को बदलने के व्यापक संघर्ष के साथ जोड़ देना चाहिए। परन्तु हमें पहले महिलाओं के रूप में एकजुट होना चाहिए। उसके बाद काम करने के अधिकार और समान मुआवज़े के लिए जबरदस्त संघर्ष और छोटी उम्र में शादी के खिलाफ़; हर स्तर पर शिक्षा के अधिकार के लिए और घरेलू हिंसा के खिलाफ़ लड़ना चाहिए...संक्षेप में, आर्थिक, सामाजिक और राजनीतिक अवसरों का बँटवारा दोबारा होना चाहिए और यह तभी हो सकता है जब इस पतनशील भ्रष्ट और पुरुष-प्रभुता सम्पन्न नव-उपनिवेशी व्यवस्था को उखाड़ फेंका जाए।''

## 12

बोकारो की महिलाओं की सबसे पहली योजना थी बोकारो स्वास्थ्य परियोजना के अन्तर्गत 'बोकारो साफ़ रखो कार्यक्रम' में भाग लेना। शनिवार के दिन सुबह बाहर निकलकर उन्होंने अपने मकानों के भीतर और सड़कों पर फैले कचरे को साफ़ करने के लिए बहुत मेहनत की। यह करते हुए उन्हें पता चला कि कचरे से निबटने की कोई व्यवस्था नहीं थी। कुछ विद्यार्थी स्थानीय सरकारी सचिव, अल्हाजी इब्राहिम के पास गए जिसने उन्हें किसी भी तरह की मदद देने से इनकार कर दिया। उसका कहना था कि महिलाओं को कचरे को ठिकाने लगाने की व्यवस्था पहले से ही करनी चाहिए थी। अमीना बहुत नाराज़ हुई। वो यह नहीं समझ पा रही थी कि एक सरकारी कर्मचारी ऐसी बात के लिए मदद करने से खुलेआम क्यों मना कर रहा था, जिसका लक्ष्य वातावरण को बेहतर बनाना था। शाम को उसने इस घटना के बारे में फातिमा को बताया। "जैसा बर्ताव उसने किया मैं उससे उसकी आशा नहीं कर रही थी। हम तो सिर्फ अपने ज़िले को साफ़ रखने की कोशिश कर रहे थे।"

"इस देश की एक ख़ास समस्या यह है कि जो जितने ज़्यादा उच्च स्तर पर रहता है वह उतना ही ज़्यादा गैरज़िम्मेदार हो जाता है। जिस व्यक्ति को नदी के स्वतन्त्र बहाव को देखते रहने के लिए नियुक्त किया जाता है, वो ही जानबूझकर उसमें रुकावट पैदा करता है और इस बात के लिए शायद उसे राष्ट्रीय पुरस्कार से सम्मानित भी किया जा सकता है," फातिमा ने कड़वाहट के साथ कहा।

जब अमीना पढ़ रही थी, अब्दुलरशीद और फातिमा उसके कमरे में सो गए। वह इतनी मग्न थी कि कुलु के अन्दर आने पर उसका ध्यान नहीं गया। उन्होंने धीमी आवाज़ में एक-दूसरे का अभिवादन किया, फिर कुलु अमीना को खींचकर बाहर ले गई।

"हम दोपहर बाद अपने घर में एक छोटी-सी बैठक की व्यवस्था कर रहे हैं। मैं माफ़ी चाहती हूँ, बहुत ज़्यादा व्यस्त होने की वजह से मैं तुमको पहले नहीं बता सकी।"

"मुझे नहीं लगता कि मैं आ सकूँगी," अमीना ने दृढ़ता से कहा।

"ओह! तुम क्या कर रही हो?"

"कुछ नहीं," अमीना ने कुलु की आँखों में देखा और कहा, "क्या तुम्हारे पति वहाँ होंगे?"

"ज़रूर। ओह! मैं माफी चाहती हूँ। मैं तुमको बताना भूल गई कि उन्होंने अपनी गलती मान ली है और वायदा किया है कि कचरे को निबटाने के लिए कल वो एक गाड़ी और कुछ कर्मचारी भेजेंगे।"

"ठीक है, मैं वहाँ मिलूँगी," अमीना ने उसे आश्वस्त किया।

"फातिमा को मत बुलाना," कुलु ने धीरे से आगाह किया। "वह जगह उसके लिए नहीं है, जहाँ उसने बोया नहीं वहाँ वो काट नहीं सकती।"

उसकी मुस्कुराहट से अमीना जान गई थी कि वह कुलु और उसकी तरह की अन्य लड़कियों से दूर होती जा रही थी और फातिमा और उन आम महिलाओं के करीब आ रही थी जिनसे वह रोज़ मिलती थी।

कुलु दिखावे और प्रदर्शन की, उपभोग की बिन्दास ज़िन्दगी जी रही थी। इसका प्रमाण थे उसके पहननें के कपड़े और उसके दरवाज़े पर कतार में खड़ी गाड़ियों की नुमाइश। उसने अपने दस कमरों वाले बंगले के सामने के दरवाज़े पर अमीना का स्वागत किया। अभी तक कुछ ही मेहमान आए थे, उसने सफाई दी : "यह पार्टी सिर्फ हमारे कुछ करीबी दोस्तों और व्यापार के साझीदारों की मेहमाननवाज़ी के लिए की गई है। बहुत जल्दी मेरा होटल खुल जाएगा, और मैं चाहूँगी वे सब उसको बढ़ावा दें।"

"अच्छा," अमीना ने सहज स्वर में कहा।

"दूसरी बात, जब होटल का काम शुरू हो जाएगा, तब मैं चाहती हूँ कि मैनेजर का एक पद तुम सँभालो। मैंने यह बात तुमसे पहले नहीं कही, क्योंकि फातिमा सामने थी। उसके भीतर का शैतान इतना प्रबल है कि मुझे डर था कि वह तुम्हें इतना अच्छा प्रस्ताव ठुकराने के लिए प्रेरित करेगी।"

"क्या। तुम यकीनन चाहती हो कि मैं ही उसकी देख-रेख करूँ?" अमीना ने हैरानी से पूछा।

"मैं निश्चित हूँ। मैं देख रही हूँ कि तुम्हारे पति तुम्हें और तुम्हारे समय को बेकार गँवा रहे हैं।"

"पर मुझे कोई अनुभव नहीं है।"

"फिक्र मत करो, मैंने एक हिन्दुस्तानी, मिस्टर कुमार, को काम पर रखा है, जो शुरू में सारी व्यवस्था करेंगे। तुम एक या दो साल उसकी सहायक रहोगी,

सिर्फ काम का अनुभव पाने के लिए, उसके बाद तुम सारी व्यवस्था की ज़िम्मेदारी ले लोगी।''

अभी वे इस विषय पर बातचीत कर ही रहे थे जब एक भारी-भरकम, जवाहरात से लदी महिला ने दखल दी। जब वह कुलु को एक तरफ़ ले गई, अमीना ने उसकी बड़ी लाल आँखों और भड़कीले हाव-भाव को देखा। वह नशे में थी और अपने भड़कीले मेकअप और छोटे घुँघराले बालों में जोकर लग रही थी।

जब वह चली गई तब कुलु ने कहा, ''वो महिला, श्रीमती जौय, महिला व्यापारी है। वह कई होटलों की मालिक है। मुझे उन वेश्याओं के साथ हमदर्दी होती है जिन्हें वह अपने कमरे किराए पर देती हैं।''

अमीना स्तब्ध रह गई। ''तुम्हारा क्या मतलब है?''

''वह बहुत ज़्यादा किराया लेती है। मेरा इरादा कम भाड़ा लेने का है।''

''यह होटल साधारण ग्राहकों के लिए ही है न?''

''यह दोनों के लिए है। इसके दो खण्ड हैं, एक आम आवास के लिए, और दूसरा वेश्याओं के लिए। देखो अमीना, वेश्याओं के वहाँ होने से बहुत लोग होटल में रहने के लिए आकर्षित होंगे। मैं आशा करती हूँ कि एक खण्ड दूसरे खण्ड के काम आएगा।''

''परन्तु, धार्मिक दृष्टि से क्या यह बुरा नहीं है?''

''हो सकता है, परन्तु लगातार ईश्वर से प्रार्थना करो और वे तुम्हें माफ कर देंगे। आखिरकार, ज़्यादातर अमीर मुसलमान या तो प्रमुख शराब के कारखानों में साझीदार होते हैं या वे खुद ही शराबी होते हैं। क्या तुम्हें नहीं मालूम कि ज़्यादातर पुरुष जो वेश्याओं के ग्राहक होते हैं वे मुसलमान हैं? इस्लाम में, सूदखोरी एक जुर्म है, पर मुझे एक धनी पुरुष दिखाओ जो इसका लाभ नहीं उठाता। देखो, ऐसे में व्यावहारिक होना चाहिए।''

विधायकों की पत्नियों की संस्था की प्रधानाचार्य, असाबे ने कुलु के पास जाकर सौहार्द से उसका अभिवादन किया। उसने अमीना को ऐसी रुखाई से घूरा जैसे उससे पहले कभी न मिली हो। अमीना मुस्कराकर चल दी। अकेली खड़े-खड़े उसने अल्हाजी इब्राहिम को उस बड़े कमरे के दूसरी तरफ़ देखा और उनकी नज़रें मिलीं। उसने मुस्कुराकर अपना सिर हिलाया, परन्तु वह जल्दी से मुड़ गई।

बीच की उम्र की एक महिला जो विशिष्ट दिखाई पड़ रही थी, मुस्कुराती हुई अमीना के पास आई। ''नमस्ते, मेरा नाम श्रीमती लादी अब्दुल्लाही है, मैं एक वकील हूँ।''

''मैं अमीना हारून हूँ, बोकारो महिला संस्था की समायोजिका।''

''मेरे पति तुम्हारे बारे में बहुत कुछ कहते हैं,'' श्रीमती लादी ने सच्चे उत्साह के साथ कहा।

''तुम्हारे पति कौन हैं?'' अमीना ने उत्सुक होकर पूछा।

''वे विश्वविद्यालय में एक प्राध्यापक हैं और तुम्हारी संस्था में उनकी बहुत रुचि है।''

''मेरे खयाल से मैं उनसे कभी नहीं मिली,'' अमीना ने जवाब दिया।

''वो फातिमा और बिल्किसु को अच्छी तरह जानते हैं। वे सोचते हैं कि तुम्हारी संस्था आनेवाली कई बातों के लिए आदर्श है। वे तुम्हारे ऊपर एक किताब लिखने के बारे में सोच रहे हैं।'' आगे की बातचीत में कुलु के आने से रुकावट आ गई और श्रीमती अब्दुल्लाही चली गई।

काला सूट पहने और बो टाई लगाए, कटी हुई मूँछोंवाला, एक युवक धीरे से झुका, कुलु का अभिवादन किया और थोड़ी-सी बातचीत के बाद चला गया। वह शहर के कम उम्र के करोड़पतियों में से है, कुलु ने धीरे से कहा। ''उसके बहुत सारे मकान और गाड़ियाँ हैं और वह अभी तक अकेला है। वह एक चतुर व्यापारी है।''

''तुम्हारा क्या मतलब है?''

''वह ज़रूरत की चीज़ों को आयात करके उनका संग्रह करता है। वह चावल और नमक की बोरियाँ दोबारा बनवाता है।''

''मेरी समझ में नहीं आया कि तुम्हारा 'दोबारा बोरी बनवाने' से क्या मतलब है।''

''वह पहली बोरी में से चावल की मात्रा कम करके नई बोरी में भरता है,'' कुलु ने समझाया।

''क्या इस वजह से तुम उसे चतुर कह रही हो?''

''नहीं, सिर्फ यही नहीं है। वह ठेकों की रकम बढ़वाने में, घूस देने में, जाली कागज़ात तैयार करने, आदि में बहुत माहिर है। उसकी एक फैक्टरी है जो बन्द हो चुकी है, पर वह लगातार उस फैक्टरी के नाम पर आवेदन पत्र देकर आयात के लिए लाइसेंस हासिल करता है। मशीनों और कच्चे माल के बजाय वह नकली सामान, बढ़िया आरामदेह गाड़ियों आदि का आयात करता है। अब वह तेल के क्षेत्र में पैसा बना रहा है। वह विदेशी और उन जहाज़ी कम्पनियों के साथ साँठ-गाँठ करता है, जो गैरकानूनी ढंग से कच्चा तेल उठाती हैं और बदले में उसको फी सैकड़ा उसका हिस्सा देती हैं। वह अपना पैसा लाइचेन्स्टाइन और लक्ज़मबर्ग में रखता है। उसका खयाल है कि वहाँ के बैंक ज़्यादा होशियार हैं। मुझे विश्वसनीय सूत्रों से पता चला है कि वो और लूकस दनफुलानी राज्य के खनिज संसाधनों की देखभाल करेंगे।''

''यह बात दिलचस्प है,'' अमीना ने घूँट-सा पीते हुए बुड़बुड़ाकर कहा। ''यह काम तो मैं सचमुच करना चाहूँगी पर बटूरा और मेरे पति की आपस

में बिलकुल नहीं बनती।''

तभी साफ़-सुथरे और लाल टोपी पहने एक तन्दुरुस्त आदमी ने उनकी तरफ़ बढ़कर अभिवादन किया। अमीना ने उसे पहचान लिया। वह उसके पति का व्यापार में साथी था। जब वह जा रहा था तो कुलु ने पूछा, ''तुम उस आदमी को जानती हो या नहीं?''

''हाँ, पर बहुत अच्छी तरह नहीं।''

''मैं तुम्हें बताती हूँ कि वह धनवान कैसे बना। जब वह एक मन्त्रालय में भण्डारी था उसने अपनी सुपुर्दगी में सौंपी गई सब चीज़ें बेच दीं और उस इमारत में आग लगा दी।''

अमीना अपने चेहरे का भाव छुपा नहीं पाई। ''क्या?'' उसने ज़ोर से पूछा और अविश्वास से उसका मुँह खुला रह गया।

''यह सच है। जब वह लेखाकार था, तब उसने राज्य के कोष में हेरा-फेरी की और इस्तीफा दे दिया। एक सप्ताह बाद, उसके पुराने दफ़्तर में, इस मामले में सम्बन्धित सभी कागज़ात एक रहस्यपूर्ण आग में जल गए।''

''मुझे विश्वास नहीं हो रहा।''

''यह हुआ था। मेरे पति ने मुझे सब कुछ बताया था। इससे भी बड़ी बात यह है कि इस आग के धन्धे में वह अकेला नहीं है। अब वह सबसे धनवान व्यापारियों में से एक है और वह जल्द ही संसदीय चुनाव लड़ना चाहता है।''

एक जवान महिला ने धीरे से कुलु के कान में कुछ कहा। कुलु पार्टी के शुरू होने की घोषणा करने के लिए चल दी। अमीना ज़्यादा अजीब-सा महसूस करने लगी और उसने जाने की गुज़ारिश की, पर कुलु ने उससे ठहरने की विनती की। वह कुछ अटपटा-सा महसूस करती हुई कोने में खड़ी होकर मेहमानों को उत्साहपूर्वक बातचीत करते हुए देखने लगी। अमीना की नज़र राबी से मिली। वह पहले विश्वविद्यालय में उसके साथ कमरे में रही थी, और अब कुछ मेहमानों के साथ बातचीत में लगी थी। राबी ने आँख चुराई और जैसे ही अमीना उसकी ओर जाना चाहती थी, राबी आराम से दूसरी तरफ़ चल दी। सिगरेट का धुआँ और तरह-तरह के इत्र की खुशबू का मिश्रण वातावरण में बढ़ता जा रहा था और उसका जी एकदम मिचलाने लगा था। तभी उसने देखा कि अल्हाजी इब्राहिम उसके पास खड़े होकर कुछ महिला अतिथियों से बातचीत कर रहा था। और वह एक तरफ़ हट गई; परन्तु कुलु ने फिर से उसे संकेत करके बुला लिया।

कुलु ने एक भारी-भरकम बड़ी उम्र की महिला से परिचय कराते हुए कहा, ''यह मिस नोजी हैं, जो सामान्य अस्पताल में नई मुख्य फार्मेसिस्ट हैं।''

''बोकारो स्वास्थ्य योजना का क्या हो रहा है?'' उसने अहंकार से पूछते हुए अमीना को ऊपर से नीचे तक देखा।

“अभी तक, ठीक है,” अमीना ने सावधानी से जवाब दिया।

“मैं कहती हूँ, महिलाओं को व्यवस्थित करने के लिए मैं तुम्हारी हिम्मत की दाद देती हूँ।”

अमीना नहीं समझ पाई कि इसका क्या मतलब समझे, और कुलु के साथ थोड़ी-सी बातचीत करके वह महिला चली गई।

“मैं इसके करीब रहना चाहती हूँ,” कुलु ने धीरे से फुसफुसाया। “मैं जल्दी ही शहर में एक दवाखाना खोलना चाहती हूँ।”

“तुम्हारा मतलब है तुम अस्पताल की दवाइयाँ दवाखाने में इस्तेमाल करोगी?”

“नहीं सीधे नहीं। मैं उनके लिए पैसा ज़रूर दूँगी,” अमीना ने समझाया। “पर मुझे बताया गया है कि वह ज़्यादा पैसे लेती है।”

“दवाइयों और डॉक्टरी उपकरणों का सीधा आयात क्यों न किया जाए?”

“निजी दवाखानों पर बहुत ज़्यादा टैक्स लगाया जाता है, इसलिए उन्हें राज्य के अस्पतालों पर निर्भर रहना पड़ता है।”

“तुम टैक्स का भुगतान करके जो उसके ऊपर की रकम है वो मरीज़ों से क्यों नहीं लेते?”

“राज्य के अस्पताल से डॉक्टरी सामान लेना ज़्यादा आसान है। यह करने के लिए कागज़ी कार्यवाही के बारे में फिक्र नहीं करनी पड़ती।”

अमीना बहुत झेल चुकी थी और वह जाने के लिए विनती करने लगी। इस बार कुलु मान गई। बाहर बाग में, उन्हें एक वृद्ध पुरुष मिला जिसने एक लहराता हुआ सफ़ेद चोगा, और एक चमकता हुआ साफ़ा पहन रखा था और उसके हाथ में पूजा के मोतियों की लम्बी माला थी। उसने देर से आने के लिए कुलु से माफी माँगी।

जैसे ही वह पास से गुज़रा, अमीना ने एकदम पूछा, “और ये कौन हैं?”

“यह दिम्बी गाँव के ज़िला प्रधान हैं। इन्हें ‘शक्तिशाली देनदार’ कहा जाता है। कुछ साल पहले इन्होंने एक बैंक से करोड़ों रुपये का कर्ज़ा लिया था। वह कर्ज़ा इतना ज़्यादा था कि बैंक उनकी मेहरबानी पर निर्भर हो गया। बाद में कर्ज़ा लौटाने से उन्होंने साफ़ इनकार कर दिया और बैंक दिवालिया हो गया।”

जाते समय, अमीना ने कुलु का शुक्रिया अदा किया पर यह बात साफ़ कर दी कि वह होटल की नौकरी नहीं करना चाहेगी और अलविदा कहते हुए वह गाड़ी की तरफ़ चल पड़ी।

जब अमीना पहुँची, तब फातिमा अपने कमरे में अब्दुलरशीद को एक बड़ी प्लास्टिक की चिलमची में नहला रही थी। अब्दुलरशीद खूब मुस्कुरा रहा था, पर जैसे ही फातिमा ने उसे पानी से बाहर निकाला वह रोने लगा। अमीना ने उसे

लिया और उसे पोंछकर कपड़े पहनाने के लिए वापस फातिमा को पकड़ा दिया। उसने फातिमा को पार्टी के बारे में बताया, पर फातिमा को आश्चर्य नहीं हुआ। "जो तुमने देखा और सुना है वो तो सिर्फ एक बाँबी की नोक के बराबर है। मैंने इससे ज़्यादा देखा है और कहीं ज़्यादा बुरा सुना है।" उसने मुँह में दबाए सेफ़्टी पिन को निकाला और अब्दुलरशीद की नैपी में ध्यान से लगाते हुए पूछा, "अगर वह एक प्रतियोगिता होती, और तुम न्यायाधीश होतीं, तो तुम किसको पुरस्कार देतीं?" उसने अब्दुलरशीद को, अमीना को पकड़ा दिया।

"कुलु को ही!"

"क्यों?"

"क्योंकि वह इस बारे में सच्ची है," अमीना ने कहा, और अपने बच्चे को अपना दूध पिलाना शुरू कर दिया।

"क्या तुम्हें अल्हाजी ए बी दनसाकी से मिलने का मौका मिला?"

"नहीं।"

"वह करीब दस साल के लिए शिक्षा कमिश्नर थे। कुछ साल पहले बटूरा ने उनके लिए लन्दन में एक घर खरीदा था। वह उससे प्रभावित नहीं हुए। उन्हें वह बहुत छोटा लगता था। पर उसे वह इलाका बहुत अच्छा लगा और सोच सकती हो उसने क्या किया?"

"नहीं।"

"उसने पूरी सड़क खरीद ली। जो पैसा बच्चों को पढ़ाने में यहाँ खर्चना था, उसका इस्तेमाल लन्दन की एक पूरी सड़क खरीदने के लिए किया गया। यह कहानी का अन्त नहीं है। आखिर में सम्पत्ति के दलालों ने उसे ठग लिया। उसने अनुबन्ध के कागज़ों में लिखे छोटे अक्षर ठीक से नहीं पढ़े थे, जिनके अनुसार तीन साल तक उन घरों में वह खुद नहीं रहने पर वे मकान वापस पहले मालिकों को मिल जाने थे। वह तीन साल बाद वहाँ पहुँचा और पुलिस ने उसे निकाल दिया।" फातिमा ने सिर हिलाया। "कुलु के पति के बारे में जानती हो? क्या तुम जानती हो कि उसने अपना पैसा कैसे बनाया? दस साल से ज़्यादा समय तक वो और बटूरा पूरे अफ्रीका में हथियार और गोले-बारूद बेच रहे थे। वो युद्ध और झगड़े को जानबूझकर बढ़ावा दे रहे थे, ताकि दोनों पक्षों को हथियार बेच सकें। बाद में वो अलग हो गए और अब वो चुपचाप स्थानीय सरकार के सचिव के पद पर बैठे हैं। हमारे इन तथाकथित शासकों के बारे में बताते हुए मैं पूरी रात बिता सकती हूँ। मैं अपना मूड ख़राब नहीं करना चाहती।"

"तुम्हारे पति के बारे में? मेरा मतलब है, वो धनवान कैसे बने?" अमीना ने पूछा।

"यह एक लम्बी और मज़ेदार कहानी है, पर मैं इसे संक्षेप में बताऊँगी।

उन्होंने एक राजदूत के रूप में शुरुआत की और लन्दन में मेरे पिता के साथ काम किया। वहाँ से उन्हें हवाई अड्डे के प्राधिकारी के पद पर भेज दिया गया। वहाँ उन्होंने शिकायत की कि यहाँ अधिक वेतन नहीं मिल रहा था, और कोशिश करके वे बन्दरगाह पदाधिकारी के पद पर चले गए और वहाँ से रेल निगम में। वहाँ दस वर्ष तक वे मुख्य प्रबन्धक थे और यहीं पर उन्होंने लाखों रुपये बनाए। उस दौरान सरकार ने अस्सी प्रतिशत देश को आधुनिक रेल नेटवर्क से जोड़ने की लम्बी-चौड़ी योजना बनाई। इस योजना में ढेर-सा पैसा डाला गया, पर आज नज़र घुमाकर देखो तो नज़र आएगा कि एक भी पटरी नहीं बिछाई गई। जो कुछ पहले से बना हुआ है उसकी भी देख-रेख नहीं होती। योजना के लिए उसे सरकार और विदेशी बैंकों से पैसे मिले, परन्तु अन्त में कुछ न हुआ। करीब-करीब सारा पैसा सीधे उसके और उसके साझेदारों के खाते में गया।''

''वो अपना पैसा किस पर खर्च करता है?''

''उसे तेज दौड़नेवाली गाड़ियों से मोह है। आबुजा, मायदुगुरी, न्यूयार्क और लन्दन में उसके पूरे गैरेज गाड़ियों और थोड़ी-सी फरारियों से भरे हैं। यूरोप में कहीं कहीं उसकी कुछ नौकाएँ भी हैं, और वह चित्र भी इकट्ठे करता है। वह खेले बिना नहीं रह सकता और शेयर बाज़ार में भी उलझा रहता है। एक रात, मैंने उसे याद दिलाया कि जब वह मरेगा, तो उसको सिर्फ एक सफ़ेद कपड़े में दफनाया जाएगा। उसे इतना गुस्सा आया कि उसने मुझे खूब मारा।''

अब्दुलरशीद अब सो गया था। ''फातिमा, मुझे अब याद आता है कि हमारे समाज में इस श्रेणी के चोरों, झूठों, दगाबाजों आदि के बारे में तुम क्या कुछ कहती थीं। तुम तर्क देती थीं कि सम्पत्ति चोरी और डकैती से बनाई जाती है। आज मेरी समझ में आता है कि तुम्हारा क्या मतलब था,'' अमीना ने टिप्पणी की।

फातिमा ने अपना बैग उठाया। ''पवित्र बाइबिल ने कुछ कहा है...''

''यह मत कहना कि तुमने बाइबिल पढ़ी है...'' अमीना बीच में बोल पड़ी।

''नहीं! पूरी नहीं। मैंने कुछ रोचक हिस्से पढ़े हैं, जिनमें से मुझे एक पसन्द आता है, जिसमें कुछ ऐसा कहा गया है, 'हर ऐसे व्यक्ति को जिसके पास कुछ हैं, और भी दिया जाएगा, और उसके पास भरपूर होगा, लेकिन जिसके पास नहीं होगा, उससे जो होगा, वह भी छीन लिया जाएगा।' ''

''क्या यह पूँजीपतियों द्वारा शोषण को उचित ठहराता है?'' उसने पूछा।

कुछ पल की गहरी सोच के बाद, फातिमा एकदम उत्तेजित हो गई। ''मैं तुम्हें बताना भूल गई कि मुझे जिबरिल बाला मुहम्मद स्मृति व्याख्यान के मौके पर बोलने के लिए आमन्त्रित किया गया है। विषय है 'ज्ञान और समाज', और उसका सीधा प्रसारण टेलीविजन के दो चैनल और राज्य के रेडियो पर होगा। उपराज्यपाल, छह कमिश्नर जिनमें राज्य के शिक्षा कमिश्नर भी होंगे, मुख्य

न्यायाधीश, उपकुलपति और विभागों के सात प्रमुख और कैम्पस के सैकड़ों विद्यार्थी मौजूद होंगे। अब तक मुझे यह सबसे बढ़िया मौका मिला है और मैं संकल्प करके इसका लाभ उठाऊँगी। मैंने संचालकों को अपना भाषण पहले से देने को मना कर दिया है। क्या तुम उसका सार सुनना चाहोगी?''

''ज़रूर।''

फातिमा ने अपने बैग में से कुछ कागज़ निकाले। वह खड़ी हो गई और जाकर फ्रिज में से पानी की बोतल निकालकर एक गिलास भर लिया। उसने पानी का घूँट भरकर अपना गला साफ़ किया और पढ़ने से पहले अपने सिर की लाल टोपी को ठीक किया :

''जिस किसी को अन्तर्राष्ट्रीय मामलों में थोड़ी भी रुचि होगी उसे मालूम होगा कि कुछ पश्चिमी देशों का हमारे दैनिक जीवन पर बहुत गहरा असर है। पिछले कुछ दशकों में हमारे निजी मामलों में उनकी दखलन्दाज़ी बढ़ती गई है और वह एक खतरनाक स्तर तक पहुँच रही है। निस्सन्देह यह स्थिति उनकी आर्थिक, राजनैतिक और सैनिक शक्ति की वजह से है। उनकी मज़बूती का आधार क्या है? इतनी शक्ति कहाँ से आती है? उनकी शक्ति का मूल कारण है, ज्ञान का उत्पादन करके उसका उपयोग करने की उनकी काबिलियत।

''हमारे यहाँ हर साल सात महीने से ज़्यादा समय बारिश होती है, फिर भी हम नहीं जानते कि उस पानी को इकट्ठा और साफ़ करके उसके संचयन की व्यवस्था कैसे की जाए। हमें एक दिन में दस घण्टे से ज़्यादा समय के लिए धूप मिलती है, फिर भी हम सूर्य की ऊर्जा का लाभ नहीं उठा पाते। हमारे पास कुछ बेहद उपयोगी पौधे, जड़ें और फूल हैं, फिर भी हम अपनी दवाइयाँ खुद नहीं बना सकते। हमारे पास खाली ज़मीन और खाली हाथ हैं, फिर भी हम अपना पेट अपने आप नहीं भर सकते। हम सड़कें क्यों नहीं बना सकते? हम कपड़े क्यों नहीं बना सकते? हम अपना संगठन इस तरह से क्यों नहीं कर सकते जिससे हमारे लोग फलें फूलें। इतने सारे सवाल। साथ ही हमारे पास इतने सारे विश्वविद्यालय और परीक्षण संस्थाएँ भी हैं।

''हमारे विश्वविद्यालय ज्ञान उत्पन्न करने के नज़रिये से नहीं बनाए गए हैं; वो ऐसे स्थान हैं जहाँ अज्ञान बाकायदा पैदा होता है और बढ़ता चला जाता है। ज्ञान उत्पन्न करने के लिए हमें सबसे पहले सच बोलना सीखना चाहिए। विज्ञान की समृद्धि वहाँ नहीं हो सकती जहाँ लोग अन्धविश्वासी और भाग्यवादी होते हैं। अपनी भारी ज़रूरतों के जवाब पाने के लिए हमें अपने विश्वविद्यालयों और ऊँची शिक्षा की संस्थाओं पर निर्भर रहना चाहिए। पर इसके लिए हमारे राजनीतिज्ञों में नए विचारों को स्वीकार करने की विनम्रता होनी चाहिए। इस बीच, हमारे ज़्यादातर शासक किसी भी भाषा में न तो पढ़ सकते हैं और न ही लिख

सकते हैं।

"ऐसी प्रणाली को समझने के लिए जहाँ बटूरा जैसे लोग पैदा होते हों, हमें पश्चिमी इतिहास, पश्चिमी दवाइयों, पश्चिमी दर्शनशास्त्र, पश्चिमी साहित्य, पश्चिमी मनोविश्लेषण और पश्चिमी आर्थिक पद्धतियों को समझना पड़ेगा।

एक हाउसा कहावत है, 'हन्जिम जिमिना अक्वाई नाची, अक्वाई न ज़ुबरवा'। इसका मतलब है, 'एक शुतुरमुर्ग की अँतड़ियों में, कुछ ऐसी चीज़ें होती हैं जो तुम खाते हो और ऐसी चीज़ें भी होती हैं जो तुम फेंक देते हो।' भले ही हम उनसे सहमत न हों, फिर भी हमें दूसरों के विचारों को सहन करना चाहिए। हमें लोगों के योगदान की प्रशंसा करके उन्हें उचित पुरस्कार देना सीखना चाहिए। हमें ऐसी स्थिति बनानी चाहिए जो लोगों की सबसे बेहतरीन अच्छाइयों को सामने ला सके।

"समाज में सबको ज्ञान की तरफ़ अपना रुख करना चाहिए। हमें खाली धार्मिक ज्ञान ही नहीं, बल्कि सब तरह के ज्ञान को पाने की इच्छा पैदा करनी चाहिए। हमें तर्क करना, चिन्तन करना, आविष्कार करना और नवीकरण करना सीखना चाहिए। अपने को शिक्षित करने में, अपनी अर्थव्यवस्था का विस्तार करने में, अपनी संस्कृति का विकास करने में अपनी असफलता के लिए हमें अपने अनिवेशी अतीत को ज़िम्मेदार नहीं ठहराना चाहिए।

"हमें ज्ञान का इस्तेमाल अपने आसपास की भयानक गरीबी पर काबू करने के लिए करना चाहिए, क्योंकि कहीं की भी गरीबी हर जगह की खुशहाली के लिए खतरा होती है। ऐसा क्यों है, जबकि न तो हमारे धर्म, न ही हमारी संस्कृतियाँ बेईमानी, अज्ञान, आलस्य और दम्भ को बरदाश्त कर सकते हैं?

"जब तक हम दूसरों द्वारा बनाए और सम्पन्न किए गए ज्ञान पर निर्भर रहेंगे, तब तक हम उनके अधीन रहेंगे जो अक्लमन्दी से ज्ञान का उपयोग करते हैं। इस बात से मुझे अपने अच्छे दोस्त बटूरा की याद आती है। जब तक अपने संसाधनों को खोजने, उनका इस्तेमाल करने, विकास करने और बेचने के लिए हम बटूरा पर निर्भर रहेंगे, हम हमेशा उसके गुलाम बने रहेंगे। जानकार होने की वज़ह से बटूरा में वह शक्ति है, जिससे वह हममें से हर एक को घुमा-फिरा सकता है।

"हमें बटूरा से सीखना चाहिए। वह उपलब्धि और रचनात्मकता की बहुत अधिक सराहना करता है। यह कहने के बाद, महिलाओ और पुरुषो, कृपया, बटूरा पर कभी भरोसा मत करना। उसकी एक गुप्त कार्य-सूची है। बटूरा के कोई स्थायी दोस्त या दुश्मन नहीं हैं, सिर्फ स्थायी स्वार्थ हैं।

"हर विकसित समाज इस आधार पर फला-फूला है कि उसने किस तरह से उत्पादन किया, उसको बढ़ाया और ज्ञान का इस्तेमाल किया। एक समय था जब मेरे पूर्वज, अरब के लोग, धरती पर बाकी सभी लोगों से श्रेष्ठ थे, क्योंकि

वे ज्ञान पैदा करते थे। वे नक्षत्र-विद्या में इतने आगे थे कि उन्होंने सितारों की खोज करके उनको नाम दिया। आज अरब में ऐसे लोग बहुत कम हैं जो एक साधारण-सा नक्शा भी पढ़ सकते हैं!

"जिबरिल बाला मोहम्मद एक बुद्धिजीवी कर्मठ अध्यापक थे। उन्होंने एक ज्ञान केन्द्रित समाज के निर्माण के लिए संघर्ष किया। उन्होंने एक बार मुझसे कहा था कि उनके जीवन का लक्ष्य था सच्चाई और ज्ञान की खोज। आओ हम सब बाला के पथ पर चलें।

"अज्ञान, गुलामी की तरफ़ ले जाता है, ज्ञान, स्वतन्त्रता की ओर। ज्ञान ही शक्ति है।

"मेरी बात सुनने के लिए आपका बहुत धन्यवाद।"

# 13

पिछले कुछ हफ़्तों से, अमीना के दिमाग में एक विचार बार-बार घूम रहा था : अगर तुम लोगों को खाना दोगे तो वो उसे खा लेंगे। अगर तुम उन्हें साधन दोगे, तो वो अपना पेट खुद भरेंगे। उसे अपने एक ज़मीन के एक टुकड़े का खयाल आया, जो खाली पड़ा था। महिलाओं को खाद्य पदार्थ उगाना सिखाया जा सकता था, और वो खेती करके पैदावार का आपस में बँटवारा कर सकती थीं। उसने सोचा कि ऐसी और महिलाएँ भी होंगी, जिनके पास बंजर ज़मीन होगी, और वो भी शायद सहकारी खेती आन्दोलन के विचार का स्वागत करें। अगर महिलाएँ मिलकर... एक ऐसे आन्दोलन को रूप दें, जिसमें सबके साधन इकट्ठे किए जाएँ...गरीब लोग अलग से काम करें और अपनी मेहनत का लाभ उठा सकें...सहकारिता ही इसकी कुंजी है।

"गुड डे मैडम," की आवाज़ से उसके खयालों में विघ्न पड़ा और फातिमा और बिल्किसु भीतर आईं।

"यह तुम्हारे लिए है," बिल्किसु ने अब्दुलरशीद को कपड़ों और खिलौनों से भरा एक थैला देते हुए कहा, "मैं कानो गई थी, और खास तुम्हारे लिए खरीदकर लाई हूँ।" वह उस तरफ़ झुकी जिधर वो लेटा था और एक खिलौना हिलाने लगी। अब्दुलरशीद ने खुशी से किलकारी भरी और उसे उसके हाथ से पकड़ लिया। "दनबाकी ने अपनी शुभकामनाएँ भेजी हैं," फातिमा ने गर्व से कहा। "कल रात मैं उसके साथ थी।"

"वह कैसा है?"

"ओह! बढ़िया है," फातिमा ने पानी का घूँट भरते हुए कहा।

"मुक्तार और रेबेका का क्या हाल है?"

"वह अभी भी दोस्त हैं। लेकिन...!" बिल्किसु ने गहरी साँस लेकर कहा।

"लेकिन क्या?" अमीना ने पूछा।

"उनकी एक समस्या है। वो उससे प्रेम करती है, पर ऐसा लगता है कि वो शायद उससे उतना प्रेम नहीं करता, जितना वो करती है," बिल्किसु ने कहा।

"इस बात को समझाना ज़रा मुश्किल है।"

"रेबेका मेरे साथ ठण्डेपन से पेश आ रही थी, क्योंकि मुक्तार मुझसे मिलने लगातार आता है और उसका खयाल है कि उसका और मेरा प्रेम-सम्बन्ध चल रहा है," फातिमा ने बताया। "पर पिछले कुछ दिनों से वह उससे मिलने ज़्यादा जाता है। वह बहुत ईर्ष्यालु और असुरक्षित है। सच तो यह है कि मुक्तार ने अभी तक किसी गम्भीर वायदे का संकेत भी तो नहीं किया है और खासकर रेबेका को इसी बात की फिक्र है।"

"इस समय राबी कहाँ है?" अमीना ने पूछा।

"वह ठीक है और उसकी एक बेटी है, जिसका नाम जमीला है।"

"मैंने उसे कुलु की पार्टी में देखा था, पर उसने मुझे अनदेखा कर दिया। मैं सचमुच उससे बनाकर चलना चाहती हूँ।"

"हाँ, तुम ठीक कर रही हो," फातिमा ने स्वीकृति में सिर हिलाया। "ज़िन्दगी बहुत छोटी होती है, इसलिए छोटी-छोटी बातों पर लड़ना नहीं चाहिए। मैं उससे तुम्हारी मुलाकात करवाने की कोशिश करूँगी, पर राबी को जितना जानती हूँ, वह तुमसे मिलने की इच्छुक नहीं होगी।"

"समय कैसे भागता है," अमीना सोच रही थी। अमीना ने उन्हें सहकारी योजना के अपने विचार के बारे में बताया।

"यह ऊँचा सोच है, लेकिन मैं..." बिल्किसु ने वाक्य अधूरा छोड़ दिया। "मैं इस विचार का स्वागत करती हूँ, लेकिन इसकी सफलता के बारे में मैं आशावान नहीं हूँ।"

"क्यों?" अमीना ने सवाल किया।

"देखो, इस ज़िले और राज्य के धनवान लोग चुपचाप बैठकर तुम्हें इस तरह के आन्दोलन की व्यवस्था नहीं करने देंगे। वे उसको ध्वस्त करने के लिए कुछ भी करेंगे। वे इतने असुरक्षित और तंग नज़र वाले हैं कि उन्हें इसमें अपने धन और शक्ति के लिए संकट दिखाई पड़ेगा।"

"फातिमा, मेरे ख़याल से तुम मुझे ग़लत समझ रही हो," अमीना ने गम्भीर होकर कहा। "मैं यह नहीं कह रही हूँ कि मैं सभी किसानों, बेकार नई पीढ़ी और मज़दूरों को संगठित करूँगी, और सिर्फ गिनती की महिलाओं को। मुझे ऐसी कोई वजह नज़र नहीं आ रही, जिसके कारण दोनों वर्ग, समाज के फायदे के लिए मित्र भाव से सहयोग नहीं कर सकते। हमें जगह और जिम्मेदारियों को बाँटना सीखना चाहिए।"

बिल्किसु ने हँसकर कहा, "हमारे शासक कुछ भी आपस में बाँटने के लिए तैयार नहीं हैं।"

"ठीक है। हम अच्छे से अच्छा करने की कोशिश करेंगे," फातिमा ने अमीना

एक बेटी है और मैं अभी भी पढ़ रही हूँ।'' फातिमा ने अपने बैग में से कुछ तस्वीरें निकालीं और अब्दुल्लाही को दिखाईं जो बहुत ही उत्सुक लग रहा था। ''यह मेरे दादा हैं अपने कुरान-स्कूल के सामने अपने विद्यार्थियों के साथ। यहाँ वो अपने विशाल पुस्तकालय के सामने हैं। वो कहते थे, 'किताबों के बग़ैर घर खिड़कियों के बिना कमरे जैसा होता है।' तालाब के पास खड़ीं ये मेरी दादी हैं। यह मेरे पिता हैं, अमेरिका के भूतपूर्व राष्ट्रपति के साथ व्हाइट हाउस में, यहाँ वो लन्दन में भूतपूर्व प्रधानमन्त्री के साथ हैं, यहाँ वो मेरे साथ टोकियो में हैं, जब वो नए राजदूत के रूप में अपना परिचय-पत्र पेश कर रहे थे और यहाँ हम साउदी अरेबिया में हैं। मैं शुआ-अरब हूँ! मेरा कबीला चाड लेक के किनारे मिल सकता है, गोकि अब तो वो कहीं भी मिल सकते हैं।''

''तुम्हारे माँ-बाप अब कहाँ हैं?''

''वो माइदुगुरी में हैं।''

''और तुम्हारी बेटी?''

''वह उनके साथ है।''

''तुम्हारे दूसरे मित्र कहाँ से हैं?'' अब्दुल्लाही ने अमीना से पूछा।

''रेबेका ज़ुरु से है। उसके पिता एक वरिष्ठ पुलिस अफसर हैं। ग्लोरिया ज़न्गौन कताफ़ से है। उसके पिता एक किसान हैं। बिल्किसु अज़ारे से है। उसके पिता राज्य के उप-राज्यपाल हैं।''

''तुम मुझे और कहानियाँ कब सुनाओगी?'' अब्दुल्लाही ने पूछा।

''बहुत जल्द, मैं तुम्हें अली बाबा और चालीस चोरों की कहानी सुनाऊँगी। क्या तुम्हें 'द अरेबियन नाइट्स' में बाबा अब्दुल्लाह की कहानी पसन्द आई?''

''हाँ, मुझे मज़ेदार लगी।''

''तुम्हें कहानी का मतलब समझ में आया?''

''नहीं।''

''फिर अपने पिता से कहो कि वो तुम्हें समझाएँ,'' फातिमा ने मुस्कुराते हुए कहा।

''मैं कहूँगा। तुम्हारा बहुत धन्यवाद,'' उसने कहा और बाहर भाग गया।

''कुछ समय पहले मेरी अब्दुल्लाही से बातचीत हुई थी,'' अमीना ने याद किया। ''उस वक्त मैं सिर्फ प्रसन्न हुई थी, पर बाद में मुझे उसका तात्पर्य समझ आया। हमने जीवन और लोगों के बारे में सामान्य बातचीत की। उसने मुझसे कहा कि इस संसार में अच्छे और बुरे लोग हैं, धनी लोग अच्छे हैं, गरीब बुरे हैं। उसने तर्क दिया कि धनी इसलिए अच्छे हैं क्योंकि वे गरीबों का पेट भरते हैं। वो पवित्र तीर्थयात्रा करते हैं, लगातार प्रार्थना करते हैं, चोरी नहीं करते, अच्छे कपड़े पहनते हैं और अपने बच्चों को अच्छा आचरण सीखने के लिए स्कूल भेजते हैं!

के लिए किया गया है। हमारे देश में यह बात छुपी नहीं है कि खेती-बाड़ी की बहुत सालों से उपेक्षा की गई है। अपनी खेती-बाड़ी की समस्याओं को सुलझाने के लिए सहकारी संस्था सबसे अच्छे तरीकों में से एक है। वे ग्रामीणों के नगरों की तरफ़ प्रयाण को रोक सकते हैं। साथ ही तमाम सामाजिक, राजनीतिक और आर्थिक समस्याओं में रुकावट डाल सकते हैं।

जैसे ही अमीना को लगा कि उसकी कही हुई काफी बातें अनावश्यक थीं, उसने रुचि लेना छोड़ दिया। वह चाहती थी कि वो सिर्फ यह बताएँ कि उसका सुझाव काम करेगा या नहीं। उधर प्रोफेसर अब्दुल्लाही इस बात पर गौर नहीं कर रहे थे कि वो उनकी बात समझ पा रही थी या नहीं।

ईजिप्ट के पूर्व राष्ट्रपति, अब्दुल नासर ने कहा था कि सहकारी अवधारणा की कमज़ोरी है, देश के ग्रामीण इलाके में शोषक वर्ग का मौजूद होना, जो हमेशा सशक्त और बुनियादी बदलाव को रोकने की कोशिश करेंगे। फातिमा की तरफ़ सीधे देखते हुए उन्होंने कहा, "मुझे तुमको चेतावनी देनी है। तुम्हारे सहकारी आन्दोलन को शायद ऐसी समस्याओं का सामना करना पड़ेगा। सहकारी आन्दोलन अनेक समस्याओं को सुलझा सकता है। हाशिये पर पड़े किसानों और आलसी श्रमिक वर्ग का संगठन किया जा सकता है, या वो अपने को सहकारी संस्था के रूप में संगठित कर सकते हैं। यह उनको न केवल राजनीतिक लूटपाट और गुण्डागर्दी से दूर रखेगा, बल्कि आर्थिक रूप से भी सहायता करेगा, और जैसे-जैसे सहकारी संस्थाएँ बढ़ेंगी, उनके सदस्य भी समझदार होंगे और..."

"हमारा सहकारी आन्दोलन केवल महिलाओं को शामिल करना चाहता है," अमीना ने बात काटते हुए कहा।

"उस स्थिति में," वह माफ़ी माँगने के बाद बोला, "तुम्हारी खास समस्या संचालन के क्षेत्र में होगी। शुरू करने के लिए तुम ज़मीन कहाँ से लाओगे?"

"मेरे पास थोड़ी-सी है," अमीना ने जवाब दिया।

"तुम्हें पौध, खेती-बाड़ी के औज़ार, मशीनें और अन्य साधन कहाँ से मिलेंगे?"

"कृषि मन्त्रालय में कर्मचारी संघ के सदस्यों से मैं मिल चुकी हूँ और उन्होंने हमें साधन और तकनीकी सहायता देने का वायदा किया है," अमीना ने जवाब दिया।

"मैं समझ गया," उन्होंने प्रभावित होकर कहा।

"तुम्हारा मतलब क्या है?" अमीना ने फातिमा से सवाल किया।

"ऐसा है, कम से कम एक साल तक वे मुफ़्त में खेती-बाड़ी करेंगे, हमें ज़रूरत की पौध, तकनीकी, ड्राइवर...आदि देंगे। हमने स्वीकार किया है कि अगले साल से हम या तो सभी साधन किराए पर लेंगे या सब कुछ कम दाम पर खरीद

लेंगे," फातिमा ने समझाया।

"क्या तुमने योजना बनाई है, जिसके हिसाब से तुम्हारी को-ऑपरेटिव अपनी व्यवस्था करेगी?"

"मैं इस समय उसी के बारे में काम कर रही हूँ," अमीना ने जवाब दिया।

"फिर तुम्हें किसका इन्तज़ार है?" उन्होंने ज़ोर से पूछा।

"विशेषज्ञ की सलाह और फिर पंजीकरण," फातिमा ने शान्त होकर जवाब दिया।

"मुझे पहली बात में तुम्हारी मदद करने में खुशी मिलेगी," उसने उन्हें भरोसा दिलाते हुए अपना बैग उठाया। फिर विदा करते हुए वो चला गया। जैसे ही उसकी गाड़ी निकली, अमीना हँस पड़ी! विशेषज्ञ की सलाह जैसा कुछ नहीं था। सिखाने के बजाय उसने मुझे उलझन में डाल दिया। यह अच्छी किस्मत है कि तुम साथ में थीं। वरना मैं उसको वापस भेज देती! क्या सभी विशेषज्ञ उसके जैसे होते हैं?

"उनकी तुलना में वह बेहतर है। कम से कम उसने तुम्हारी मेहनत को सराहा, हमसे मिलने को तैयार हो गया और कुछ फायदे की बातें बताईं। ज़्यादातर प्राध्यापकों को वस्तुतः कुछ नहीं आता। किताबों में जो भी लिखा है, उसे रटकर प्रवचन करने के समय तोते की तरह उसको दोहराते हैं। काम से हटकर, कुछ अपनी बुद्धि शराब में डुबो देते हैं और कुत्तों की तरह लड़कियों के आगे-पीछे घूमते हैं; फर्क सिर्फ यह है कि कुत्तों का मौसम होता है और इनका वो भी नहीं।" फातिमा ने टिप्पणी की।

अमीना हँसी और कुछ देर बाद वे वापस सहकार्य विषय पर आ गईं। "मुझे शायद एक मौका नज़र आ रहा है।"

"बहुत बढ़िया, इस देश में बहुत मौके मिलते हैं। मैं सुन रही हूँ।"

"सब महिलाएँ पकाना जानती हैं।"

"सही है।"

"इस समय वे बड़ी मात्रा में बेकार हैं।"

"यह भी ठीक है।"

"हम इस साधन को इस्तेमाल कर सकते हैं।"

"कैसे?" अमीना अब उत्सुक और उत्तेजित हो गई थी।

"कुछ महिलाएँ सिर्फ अपने लिए खाना पकाती हैं। मेरे दिमाग में एक व्यापार योजना है, जिसके अनुसार महिलाओं को अन्ततः सम्मान देनेवाले काम शुरू किए जा सकते हैं।"

"मुझे समझ में नहीं आ रहा।"

"मैं चाहती हूँ कि मैं महिलाओं का एक दल बनाकर उनसे मूल पदार्थ इकट्ठे करवाऊँ, जैसे डबलरोटी के लिए दही, फ़्यूरा (पके हुए आटे के गोले), मासा (आटे

का एक छोटा गोल केक) और अन्य पदार्थ। वो घर पर खाना पकाने के बाद तैयार पदार्थ सहकारी संस्था को दे सकते हैं। उन्हें उनकी मेहनत के लिए पैसे अवश्य मिलेंगे। फिर हम एक-दूसरे दल द्वारा इस भोजन को पैक करवाकर बेचने का काम करवाएँगे और इनको भी इस काम के लिए वेतन दिया जाएगा।'' अमीना कुछ देर के लिए चुप हो गई, क्योंकि वह नहीं समझ पा रही थी कि वह क्या कहे। ''मैं सोच रही हूँ कि जब तुम और तुम्हारे मित्र यहाँ नहीं रहोगे तो हम यह काम किस तरह ज़ारी रखेंगे। जल्द ही तुम अपनी शिक्षा पूरी करके चले जाओगे, पर मैं यहीं रहूँगी। मैं उन तरीकों के बारे में सोच रही हूँ, जिनसे हम उसी को बढ़ा सकें जो हमने अब तक हासिल किया है। मैं महिलाओं को व्यापार में शामिल करना चाहती हूँ। मुझे डर है कि अगर हम अपने लिए खुद पैसा नहीं कमाएँगे, हमारा अन्त भिक्षाजीवी जैसा होगा, सारा समय पैसे के लिए भीख माँगने में गुज़र जाएगा।''

''हाँ, मैं तुमसे सहमत हूँ।''

''मैं चाहूँगी कि यह सहकारी संस्था आत्मनिर्भर हो। मैं व्यापार-केन्द्रित सहकारी संस्था चाहती हूँ, जो फायदे के लिए सेवाएँ और सामान प्रदान करें। अगर हम पैसा नहीं बनाएँगे तो सहकारी संस्था नहीं चल पाएगी। आनेवाले कुछ वर्षों में मैं इसी के लिए काम करूँगी। अगर हम एक खाद्य पदार्थ में सफल होंगे, मैं दोबारा दूसरे पदार्थ के लिए कोशिश करूँगी। अगर हम एक ज़िले में सफल होंगे, मैं दूसरे में कोशिश करूँगी। स्कूलों का उदाहरण लो; मेरा इरादा है कि विद्यार्थियों के लिए पौष्टिक भोजन का इन्तज़ाम करने के लिए अगले साल के अन्त तक मैं इस शहर के हर स्कूल में एक छोटी-सी दुकान शुरू करवा दूँ। सारा मुनाफा इसी योजना में दोबारा लगाया जा सकता है।

''कई ऐसी महिलाएँ हैं, जिन्हें देसी पारम्परिक दवाइयों के बारे में अच्छी जानकारी है और इस बात की भी कि जड़ों, पत्तियों, फूलों और पेड़ों की छाल का इस्तेमाल किस तरह किया जा सकता है। मैं उनकी काबिलियत को काम में लाकर उनसे इकट्ठी दवाइयाँ बनवाकर सहकारी संस्था को बेचना चाहती हूँ। उन्हें इसके लिए पैसा अवश्य दिया जाएगा...इस समय लराई उनसे बातचीत कर रही है। ये महिलाएँ पैसा कमा सकेंगी, जिसकी इनके परिवार वालों को बहुत ज़्यादा ज़रूरत है। शुरू करने के लिए पैसा कैसे आएगा, इस बारे में मैंने नहीं सोचा, पर मैं पता लगा लूँगी।''

''अमीना, कृपा करके, चाहे कितना भी लालच क्यों न हो, सरकार, बटूरा या शासक वर्ग के किसी भी सदस्य से थोड़ा-सा भी पैसा स्वीकार नहीं करना। उनका धन गलत तरीकों से कमाया गया है और बुरा पैसा अच्छे विचारों को भ्रष्ट करता है। उनका पैसा तुम्हारे विकास में बाधा डालेगा।''

''परन्तु तुमने मुझसे एक बार कहा था कि 'हराम को हलाल' में बदलने

की इजाज़त है।"

"हाँ, मैंने कहा था," अमीना ने मुस्कुराते हुए कहा।

"फिर भी, मेरी सलाह है कि तुम बैंक से पैसा उधार लो। इसका अर्थ होगा कि कठोर आर्थिक अनुशासन की ज़रूरत पड़ेगी। हमें अपने और दूसरों के सामने साबित करना होगा कि हममें व्यापार चलाने की योग्यता है। और कृपा करके लराई और उस जैसी अन्य लड़कियों को सब फैसलों और बातचीत में शामिल करना न भूलना। तुम्हें अगली पीढ़ी के बारे में ज़रूर सोचना चाहिए।"

"बिल्कुल, लराई और मैंने कुछ दिन पहले इस बारे में बातचीत की थी और वह बहुत उत्साहित है। उसने इस बारे में ज़िले की महिलाओं से बातचीत शुरू कर दी है और वह यहाँ परीक्षण योजना चलाना चाहती है। लराई और माध्यमिक स्कूल की बिण्टा नाम की एक अध्यापिका, ज़िले की महिलाओं द्वारा लिखित कविताओं और छोटी-छोटी कहानियों की किताबें इकट्ठी कर रही हैं। वो कहानियाँ सुनाने के ऐसे कार्यक्रम का आयोजन कर रही हैं, जो एक सप्ताह तक चलेगा। यह पूरी तरह से उनका अपना सुझाव है। वह इन कविताओं और कहानियों को छपवाने की सम्भावना के बारे में मुक्तार से बात करना चाहती है।"

"यह बहुत बढ़िया है।"

"क्या तुम हदीजा को जानती हो?"

"नहीं। वो कौन है?"

"वह बोकारो से, आहार-विज्ञान में स्नातकोत्तर कक्षा की छात्रा है। हम अपने यहाँ पैदा होनेवाले पदार्थों के उपयोग से किस तरह अपना आहार बेहतर बना सकते हैं, इस बारे में अनेक सुझाव लिए वह कुछ दिन पहले यहाँ आई थी। वो हमारे साथ उन्हें लागू करके देखना चाहती है। वह मायरो के साथ काम करेगी।"

जब दोनों महिलाएँ घर की तरफ़ वापस चलने लगीं, उस समय आसमान में एक भी बादल नहीं था। जब अमीना ने सिर उठाकर ऊपर की ओर देखा तो टीन की छत वाले एक घर की ओर से इतनी तेज़ चमक कौंधी कि कुछ पल के लिए उसे अपनी आँखें बन्द करनी पड़ीं। साल का यह सबसे गर्म समय था, बहुत कम लोग सड़कों पर नज़र आ रहे थे और जो निकले भी थे, उन्होंने पेड़ों की छाँव में शरण ले ली थी। सूरज अस्त होने के इन्तज़ार में भेड़-बकरियाँ, कुछ मुर्गे-मुर्गियाँ, छाया में निश्चल खड़े थे। उनकी पलकें झुकी थीं, चोंच खुली और ज़ुबाँ लटकी हुई थी। धीरे और चुपचाप चलते हुए अमीना ने कहा, "गर्मी फिर से असह्य हो रही है।"

कम्पाउण्ड के पास उन्हें रेबेका मिली। उसने हलके नीले रंग की, छोटी बाजू वाली उठे कॉलर की कमीज़, डेनिम स्कर्ट और चमड़े की सैंडिल पहनी थीं। उसने

मुस्कुराकर अमीना का अभिवादन किया।

"मैं अभी स्वास्थ्य मन्त्रालय से आ रही हूँ। कुछ स्वास्थ्य कर्मचारी अगले शनिवार की सुबह टीका लगवाने के अभियान की व्यवस्था करने के लिए मान गए हैं, पर यह मुफ़्त में नहीं होगा।"

"इसमें कितना ख़र्चा होगा?"

"उतना ज़्यादा नहीं। वैसे, हमने उसके लिए भुगतान कर दिया है।"

"तुम्हारी यह बात अच्छी है। तुम्हारे पास पैसे कहाँ से आए?"

"बहुत ज़्यादा नहीं, और उसके लिए हमें आर्थिक सहायता मिल चुकी है।"

"यह टीका किस बीमारी को रोकने के लिए है?" फातिमा ने पूछा।

"पर तुम तो उस सभा में थीं," रेबेका ने कहा।

"उस बातचीत में तुम भी शामिल थीं और अब तुम सवाल पूछ रही हो।"

फातिमा ने माफ़ी माँगी।

"किसको रोकने के लिए है?" अमीना ने पूछा।

"सेरिब्रोस्पाइनल मेनिनजाइटस।"

"उसके लिए सही समय है," अमीना ने धीमी आवाज़ में कहा।

अमीना को समझ में नहीं आ रहा था कि वह फातिमा और रेबेका के सम्बन्धों में जो खिंचाव आ गया था, उसके बारे में क्या करे। वह उनके बीच मेल करवाना चाहती थी। जैसे ही वह रेबेका की तरफ़ बढ़ी, उसने उसे कहते हुए सुना, "गुड बाय, मैं तुमसे शनिवार की सुबह मिलूँगी।"

"गुड बाय और धन्यवाद," अमीना ने जवाब दिया।

# 14

अमीना उस सैनिक की तरह अनुशासित जीवन बिता रही थी, जो लड़ाई की तैयारी में लगा होता है। वह सुबह सोकर उठी, खुद स्नान किया और अपने बेटे को नहलाया, कमरा साफ़ किया और फिर हेडक्वार्टर्स की तरफ़ चल दी। वहाँ उसने या तो रेडियो सुना, किताबें और अखबार पढ़े या सभाएँ नियोजित कीं। शाम को वह स्कूल गई और कक्षाओं पर नज़र रखी। यह सब कठिन था पर उसने अपने 'कर सकती हूँ' के हौसले पर डटे रहने का फैसला किया था। उसे मालूम था कि जैसे ही और अध्यापिकाएँ और महिलाएँ इसमें सक्रिय रूप से भाग लेने लगेंगी, यह कठिन-कार्यक्रम आसान हो जाएगा। उसको यह यकीन था कि बोकारो महिला संघ को सफल बनाने के लिए उसे यह कीमत चुकानी पड़ेगी।

वह जितनी ज़्यादा उलझती गई, उसने अपने आपको महिलाओं के जीवन के कई पहलुओं का सामना करते हुए पाया। बृहस्पतिवार की एक शाम को, स्कूल से थककर, जब वह घर पहुँची, तभी लराई रोती हुई अन्दर आई। उसकी बेटी को करीब एक सप्ताह पहले अस्पताल में किसी ऐसे रोग के लिए दाखिल किया गया था, जिसके लक्षणों से उसकी ठीक पहचान नहीं हो पा रही थी। रोते हुए लराई इतना ही कह पाई, "मेरी बेटी मर गई है। उसकी मृत्यु कुछ देर पहले अस्पताल में हुई थी।" अमीना ने उसको धैर्य बँधाने और इन्तज़ाम करवाने में सहायता करने की कोशिश की।

शनिवार की सुबह, जैसे ही अमीना घर से बाहर निकली, उसे अपने घर के सामने महिलाओं और बच्चों की भीड़ दिखाई दी। वह उसका मनपसन्द दृश्य था। रेबेका और इन्तज़ार में खड़े पाँच स्वास्थ्य कर्मचारियों की तरफ़ बढ़ते ही उसका प्रेमपूर्वक अभिवादन किया गया। रेबेका ने सुझाव दिया कि अमीना को जनसमूह को सम्बोधित करना चाहिए। अनिच्छा के साथ, अमीना ने खाली बोकारो ही नहीं, बल्कि पूरे राज्य में मेनिनजाइटिस का सामना करने की ज़रूरत के बारे में थोड़ी-सी बातचीत की। उसने उनकी ज़ोरदार सहायता और साथ देने के लिए सहायता-दल का भी धन्यवाद किया। एक स्वास्थ्य कर्मचारी ने काफी विस्तार में उन सबसे अच्छे

घरेलू उपायों की चर्चा की, जिनकी सहायता से हम इस रोग को फैलने से रोक सकते हैं। जब वह बातचीत कर रहा था, उसी समय बिल्किसु ने अपनी कार धीरे से भीड़ के पास ले जाकर खड़ी कर दी। फातिमा और मुक्तार गाड़ी से बाहर निकले। अमीना का दिल तेज़ी से धड़कने लगा। भाषण सुनने की बजाय वह नज़रें चुराकर सफ़ेद काफतान पहने मुक्तार को देखने लगी। उसने देखा, मुक्तार ने दाढ़ी बढ़ा ली थी।

अमीना को सूई लगवाना कभी पसन्द नहीं था, परन्तु अब बिना भय और दर्द की अभिव्यक्ति किए, उसे हिम्मत से टीका लगवाना पड़ रहा था। जैसे ही उसे टीका लगने वाला था, मुक्तार पहुँच गया और कर्मचारियों से उसके लिए रुकने को कहा। उसने कैमरा ठीक करके उनसे शुरू करने को कहा। उसने कई बार कैमरे का बटन दबाया। अमीना को टीका लगने के बाद, महिलाओं ने लाइन बना ली और एक के बाद एक सबने टीका लगवा लिया। वह विद्यार्थियों के पास जाकर खड़ी हो गई और मुक्तार उसकी तरफ़ बढ़ा। कुछ पल तक वो चुपचाप निश्चल खड़े रहे। उसने भीड़ को देखा और अमीना ने सिर झुका लिया। फिर सिर उठाकर उसने पूछा, "तुम्हारा जीवन कैसा चल रहा है?"

"मैं ठीक हूँ और जैसा तुम देख रही हो काम में लगा हूँ।"

"क्या रेबेका अच्छी तरह तुम्हारा ध्यान रख रही है?"

"आह! वो सिर्फ एक मित्र है। हाँ, अपनी तरफ़ से पूरी तरह कोशिश कर रही है," उसने जैसे-तैसे जवाब दिया। "तुम्हारे पति का क्या हाल है?"

"वो ठीक हैं। विधायकों की रियासत में रहते हैं।"

"महिलाओं के साथ तुम्हारा कैसा चल रहा है? कोई मुश्किल होती है?"

"बिलकुल भी नहीं।"

"ये तो अच्छा है। मैं अपने अखबार के लिए तुम्हारा इण्टरव्यू करना चाहता हूँ...अभी।"

"नहीं, अभी नहीं और शायद कभी नहीं।"

"क्यों?"

"मैं यह नहीं कर पाऊँगी।"

एक पल के लिए चुप्पी छा गई। अमीना ने शरमाते हुए उसकी ओर देखा।

"मुक्तार, तुम अपनी दाढ़ी क्यों नहीं मुँड़ा लेते? यह तुम्हारे ऊपर अच्छी नहीं लगती।"

"घर पहुँचते ही करवा लूँगा," हैरान होते हुए मुक्तार ने वायदा किया।

"और दनबाकी से कहना वो भी मुँड़वा ले।"

"हाँ हाँ। मैं उसे बता दूँगा तुमने ऐसा कहा है, पर मैं जानता हूँ वो नहीं करवाएगा।"

''क्यों नहीं?''

''वह फातिमा से ज़्यादा अपनी दाढ़ी से प्यार करता है।''

वह हँसे और सबके साथ जाकर खड़े हो गए।

''यह कर्ज़ मंज़ूर नहीं हो सकता। नाइजीरिया बिकाऊ नहीं है।'' उसने बातचीत के बीच में मुक्तार को कहते हुए सुना। ''हमें उनपर ज़ोर डालना पड़ेगा, हम उन्हें आधुनिक गुलामी के हाथों बेचने नहीं दे सकते।''

फातिमा ने अमीना के पास जाकर जो कुछ हो रहा था, उसके बारे में समझाया।

''हमारे इन सनकी और लक्ष्यहीन शासकों के अधीन केन्द्रीय सरकार अन्तर्राष्ट्रीय मुद्रा कोष से और ज़्यादा कर्ज़ लेना चाहती है और हम इसके खिलाफ़ हैं...''

मायरो ने हस्तक्षेप किया और लड़कों के एक झुंड की तरफ़ इशारा करते हुए बोली, ''कुछ महिलाएँ पुरुषों और लड़कों को टीका लगवाने नहीं दे रही हैं।''

''सबको टीका लगवाओ। लड़कों और पुरुषों को भी,'' अमीना ने आदेश दिया।

दोपहर तक अभियान समाप्त हो गया। जब मुक्तार बिल्किसु की गाड़ी की तरफ़ बढ़ा, रेबेका भी मुस्कुराते हुए वहाँ पहुँची। अमीना ने टीके की व्यवस्था के लिए अपना आभार व्यक्त किया और रेबेका ने उसे दोबारा आश्वासन दिया कि अमीना की सफलता देखने के लिए विद्यार्थियों से जो बन पड़ेगा वो करेंगे। गाड़ी की तरफ़ भागते हुए रेबेका ने कहा, ''हमने अभी-अभी, अगले शनिवार दोबारा आकर बचे हुए लोगों को टीका लगाने की व्यवस्था की है।

''मुआज़ु दनलामी ने सहकारी आन्दोलन के फार्म भरे हैं और प्रोफेसर ईदी अब्दुल्लाही ने ज़मानती के फार्म पर दस्तख़त किए हैं। इसका मतलब है कि तुम्हारे सहकारी आन्दोलन का आधिकारिक पंजीकरण हो गया है,'' फातिमा ने पुष्टि की। ''मुआज़ु ने कुछ कृषि सम्बन्धी विद्यार्थियों से बात की, जो सहयोग देने के लिए मान गए हैं।''

''धन्यवाद! मैं नहीं जानती थी कि विद्यार्थी इस हद तक मदद कर सकते हैं।''

''कुछ ज़रूर कर सकते हैं। ख़ास समस्या यह है कि इनमें आवश्यक नेतृत्व की कमी है और जिनके पास सुझाव हैं उनके पास कार्यान्वित करने का साधन नहीं है। जैसे ही किसी चीज़ की शुरुआत होगी इन्हें सक्रिय किया जा सकता है।''

''तुम्हारे और रेबेका के बीच कैसा चल रहा है?''

''ठीक! कल रात मुक्तार विश्वविद्यालय में था और हमने पूरा मामला निपटा

लिया। मेरे विचार से उसकी प्रतिक्रिया ज़रूरत से ज़्यादा हो गई। वह असुरक्षित महसूस करती है और नहीं चाहती कि कोई भी मुक्तार के निकट आए। वह उसके प्रेम में इतनी पागल है कि वास्तविक स्थिति पर उसकी पकड़ छूट गई है। कुछ दिनों से तो स्थिति इतनी गम्भीर हो गई है कि अगर कोई मुक्तार का नाम भी लेता है, तो वह काँपने लगती है। उसके लिए सब कुछ जैसे रुक जाता है—वह ध्यान नहीं लगा पाती, वह कुछ नहीं कर सकती!"

"और ग्लोरिया?"

"हाँ! ग्लोरिया और दनलादी के बीच कुछ समस्याएँ आ रही हैं। वह उससे शादी करना चाहती है पर दनलादी के माता-पिता उसके सामने कानून का सवाल उठा रहे हैं—वो उसका धर्म बदलवाना चाहते हैं, क्योंकि वह क्रिश्चियन है।"

"क्या वो यह करने को तैयार है?"

"वह उससे इतना ज़्यादा प्रेम करती है कि उसके लिए कुछ भी कर लेगी पर उसके अपने माता-पिता उसके धर्म-परिवर्तन के खिलाफ़ हैं, गोकि वे मुसलमान से उसकी शादी करने के खिलाफ़ नहीं हैं।"

"पूरी बात बहुत उलझ गई है।"

"हाँ, दनलादी के माता-पिता अवास्तविक हो रहे हैं। वह भूल रहे हैं कि इस्लाम में धर्म बदलना ज़रूरी नहीं है।"

"रेबेका और मुक्तार की क्या खबर है?"

"अरे हाँ! मिश्रित धर्मों के बीच सम्बन्धों का एक और किस्सा। मुक्तार के माता-पिता रेबेका को बहुत पसन्द करते हैं, वे उनके सम्बन्ध के खिलाफ़ नहीं हैं। परन्तु रेबेका के माता-पिता उसके मुसलमान से शादी करने के विचार के खिलाफ़ हैं। मुक्तार के माता-पिता इतने समझदार हैं कि उन्होंने कोशिश की, कि धर्म-भेद का प्रभाव उनके और रेबेका के सम्बन्ध पर न पड़े। रेबेका और मुक्तार की माँ एक-दूसरे के बहुत करीब हैं और दोनों की आपस में अच्छी बनती है। रेबेका अब बहुत मुसीबत में है क्योंकि मुक्तार से सम्बन्ध बनाए रखने की उसकी जिद की वजह से उसके माता-पिता ने उसे निकाल दिया है। दूसरी तरफ़, मुक्तार अभी शादी के लिए तैयार नहीं है। मैं जानती हूँ कि मुक्तार उससे प्रेम नहीं करता। मेरा खयाल है कि मुख्य समस्या यह है कि रेबेका मुक्तार के लायक नहीं है।"

"बिल्किसु के बारे में क्या खबर है?"

"किस्मत वाली लड़की है। उसके मंगेतर की अभी तरक्की हुई है और जल्द ही वे दोनों शादी कर रहे हैं।"

"तुम्हारी और दनबाकी की क्या स्थिति है?"

"हम दोनों एक-दूसरे से प्रेम करते हैं, और उसके माता-पिता, जिनसे मैं हाल ही में मिली हूँ, हमारे सम्बन्ध के खिलाफ़ नहीं हैं। मेरे माता-पिता अब मेरे

लिए फैसला नहीं ले सकते। मैं अब आज़ाद हूँ।'' फातिमा ने शेखी से कहा। ''हम दोनों भी शादी के बारे में बातचीत करते रहे हैं। शायद हम अगले महीने ही गठबन्धन कर लेंगे।''

''अरे, यह तो अच्छा समाचार है, तुम कहाँ शादी करोगे?''

''माइदूगुरी में, मेरे माता-पिता के घर पर। फिर हम उसके रिश्तेदारों से मिलने लोकोजा जाएँगे।''

''मैं इस अवसर की प्रतीक्षा कर रही हूँ और तुम्हें सुखी विवाहित जीवन के लिए बधाई देती हूँ।''

''बहुत धन्यवाद।''

तभी अल्हाजी हारून की आवाज़ गूँज उठी। वह रशीद के साथ अन्दर आया, जिसके गालों पर सूखे आँसुओं के निशान थे। ''मुझे टीका नहीं लगाया गया है,'' उसने मज़ाक़ में टिप्पणी की।

''अगले हफ़्ते दोबारा व्यवस्था की जाएगी,'' फातिमा ने कहा।

''मैं बहुत स्वस्थ हूँ।''

''तुम्हें पता है, अमीरों को भी बीमारियाँ होती हैं।''

''वो क्या है?''

''मुझे यकीन है, तुम जानते हो।''

## 15

कुलु की बीमारी के बारे में सुनकर जब अमीना उससे मिलने हउआ के साथ पैदल निकली, उस समय सूरज आसमान से ओझल हो चुका था। नमाज़ का वक्त था और सड़कें खाली थीं, सिर्फ एक-आध रोशनी इधर-उधर चमकती नज़र आ जाती थी। वो आराम से पतली गलियों में से चलती जा रही थीं जो आगे जाकर चौड़ी सड़कों पर मिल गईं। छोटे और जुड़े हुए मकानों के बीच से निकल वे बड़े आलीशान मकानों के सामने पहुँचीं जो चारों तरफ़ से दीवारों से घिरे बड़े मैदानों के बीच बने थे, इनकी देखभाल ध्यान से पार्कों की तरह की गई थी। अमीना उनकी भीतरी शानोशौकत की कल्पना करने लगी। हवा में भी समृद्धि और सौन्दर्य की महक थी।

कुलु अपने पति के साथ इन्हीं में से एक, दो मंज़िले शानदार मकान में रहती थी, जिसके चारों तरफ़ लताओं से ढकी लोहे के जंगले की बाड़ थी। अमीना के गेट के पास पहुँचते ही, दो खूँखार अलसेशियन कुत्ते ज़ोर से भौंकते हुए और वातावरण की शान्ति भंग करते हुए, गेट की तरफ़ दौड़े। एक फ़्लड लाइट ने अमीना और हउआ को अन्धा कर दिया, तो मजबूरन उन्हें अपनी आँखें ढकनी पड़ीं। जैसे ही कुत्तों ने भौंकना और गेट पर कूदना ज़ारी रखा, गेट पर लगे एक लाउडस्पीकर में से कुलु की आवाज़ आई, "कृपया इन्तज़ार करो, मैं आ रही हूँ।"

कुछ मिनट बाद, अँधेरे में चाबियों के खनकने की आवाज़ सुनाई दी, फिर दरवाज़ा खुलने की आवाज़ आई और कुलु के सामने आते ही उन्हें चैन मिला। एक लम्बा रेशमी नाइट गाउन पहने, हाथ में टॉर्च लिए, वह धीरे से उनकी तरफ़ बढ़ी। उसने गेट खोलकर उन्हें अन्दर आने का निमन्त्रण दिया पर अमीना ने उससे पहले कुत्तों को बाँधने के लिए कहा।

"तुम क्यों डर रही हो?" कुलु ने पूछा।

"मैं इनसानों पर भरोसा कर सकती हूँ, जानवरों पर नहीं।"

"क्या तुम सोचती हो कि मैं अपने घर में तुम्हें खतरे में डालूँगी?"

अमीना कुत्तों के साथ अन्दर नहीं जाना चाहती थी। उसने धीरे से कहा,

“फिर हम कल दोपहर के समय आ जाएँगे, जब चौकीदार अपनी ड्यूटी पर रहेंगे।”

कुलु ने झिझकते हुए कुत्तों को बाँधा। उन्होंने भौंकना बन्द कर दिया था और अब अपनी दुम हिला रहे थे। जैसे ही उसके मेहमान अन्दर आए, कुलु ने दोबारा गेट पर ताला लगा दिया और समझाने लगी, “इस इलाके में बहुत चोर हैं। अगर ध्यान नहीं रखा जाए तो पलक झपकने से पहले कोई चुपके से अन्दर घुस जाएगा।” जैसे ही लोग आसपास से गुज़रते थे, कुत्ते बीच-बीच में भौंकने लगते थे। सहसा हउआ चिल्लाई और बिना स्कर्ट के आगे की तरफ़ भागी। दोनों में से एक कुत्ते ने छलाँग मारकर उसकी कमर से स्कर्ट को खींच लिया था। कुलु ने कुत्ते के खुले मुँह से निकालकर उसे हउआ की तरफ़ फेंकते हुए कहा, “यह तो बस तुम्हारे साथ खेल रहा था।” वे चुपचाप सीमेंट की पटरी पर चलने लगीं जो अच्छी तरह रौशन थी और उसके दोनों किनारों पर फूल लगे थे। जैसे ही वे दूसरे गेट के पास पहुँचीं, कुलु ने पूछा, “तुम कार में क्यों नहीं आईं?”

“मेरा चलने का मन कर रहा था। क्यों?”

“मैं बिजली से गेट खोल देती और गाड़ी यहाँ खड़ी की जा सकती थी,” कुलु ने समझाया।

“माफ़ करना, मैं नहीं जानती थी,” अमीना ने माफी माँगते हुए कहा।

दूसरे गेट के बाद, जिस पर पहले वाले की तरह अमीना ने एकदम ताला लगा दिया, उसने खिसकने वाला दरवाज़ा खोला और उनके कमरे के अन्दर आते ही उसमें भी ताला लगा दिया। अपनी सैंडिलें उतारकर वे सैटी पर बैठ गईं।

बैठक बहुत बड़ी और हवादार थी और कीमती फर्नीचर और पेंटिंग्ज से सजी थी। दोनों तरफ़ पाँच-पाँच कुर्सियाँ एक-दूसरे के सामने रखी थीं। उनके सामने एक बड़ी आराम कुर्सी, काँच की एक छोटी मेज़ और एक भारी सुनहरी ऐशट्रे अलग से खड़ी थी। दो एयर कंडीशनरों के चलने से हवा बिलकुल ठण्डी थी। फर्श रंग-बिरंगे कालीनों से ढका हुआ था। दीवारों पर राज्य के भूतपूर्व और वर्तमान प्रधानों के बड़े-बड़े चित्र टँगे थे, और पोलो की वर्दी में, हाथ में सुनहरी कप पकड़े, घोड़े पर बैठे अल्हाजी इब्राहिम की एक पेंटिंग लगी थी। बीच के नाप के फ्रेम में लगा एक और चित्र टँगा था, जिसमें सफ़ेद काफ़्तान और सफ़ेद टोपियाँ पहने विद्यार्थियों का एक समूह था और उसके नीचे बड़े अक्षरों में छपा था 'बोकारो भूतपूर्व लड़कों का संघ'।

कुलु ने घर की नौकरानी को बुलाने के लिए रिमोट का एक बटन दबाया।

“अब तुम्हारा क्या हाल है?” अमीना ने पूछा।

“बेहतर है। कुछ दिन पहले मेरा स्वास्थ्य बहुत ख़राब हो गया था। इसी वजह से कुछ समय से मैं काफी पूजा-पाठ कर रही हूँ।” उसने वीडियो रिकॉर्डर पर रखी पवित्र कुरान की एक खुली पुस्तक की तरफ़ इशारा किया। “मैं ईश्वर

से प्रार्थना करती हूँ, कि वो मुझे लम्बी आयु दें, ताकि मैं उनके द्वारा दी गई धन-दौलत का लुत्फ़ उठा सकूँ।''

''तुम्हारे डॉक्टर ने क्या कहा?''

''उन्होंने कुछ नहीं कहा, सिर्फ लम्बे समय के लिए मुझे आराम करने की सलाह दी।'' उराने अमीना से धीरे से फुसफुसाकर कहा, ''मुझे लगता है कि मुझे हाइपरटेंशन है। ईश्वर मुझे माफ करें, क्योंकि अकेला वही है जो सब कुछ जानता है।''

''तुम्हारे पति कैसे हैं?'' अमीना ने पूछा।

''ठीक हैं पर वे बहुत व्यस्त हैं। जल्द ही स्थानीय सरकार के चुनाव होनेवाले हैं और शासक दल के पक्ष में उन्हें ज़ोर-शोर से अभियान चलाना होगा। अगले आम चुनाव में वो सेनेटर के पद के लिए लड़ना चाहते हैं।''

उनके सामनेवाला दरवाज़ा खुला और अल्हाजी इब्राहिम एक वृद्ध पुरुष के साथ अन्दर आए। अल्हाजी इब्राहिम दुबले और आम कद वाले थे, और बेदाग सफ़ेद चोगा और लाल टोपी पहने हुए थे। जैसे ही वे एक आराम कुर्सी में बैठे, बूढ़ा आदमी उनके पास ज़मीन पर बैठ गया। अल्हाजी इब्राहिम ने अपनी पूजा की माला काँच की मेज़ पर रख दी और सिगरेट सुलगा ली। बूढ़ा आदमी कोला गिरी का एक टुकड़ा चबाने लगा।

अमीना सबसे पहले अल्हाजी इब्राहिम का अभिनन्दन नहीं करना चाहती थी। हाल ही में एक रेडियो इण्टरव्यू में अल्हाजी ने उसके द्वारा सरकार के खिलाफ़ किए गए कार्यों की निन्दा खुलेआम की थी और कसम खाई थी कि वह महिला संस्था को ध्वस्त कर देंगे।

कमरे में चुप्पी छाई थी। दीवार पर टँगी सिर्फ एक घड़ी के चलने की धीमी आवाज़ सुनाई दे रही थी। अपनी सिगरेट का कश लेते हुए आखिर वे बोले, ''तुम्हारा स्वागत है।''

''हम तुम्हारी बीमार पत्नी से मिलने आए थे,'' अमीना ने कहा।

''वह बीमार तो नहीं है। फिर भी, आने के लिए शुक्रिया...तुम्हारी संस्था का क्या हाल है?''

''वो ठीक है।''

''जब तुम समय निकाल सको, मैं तुमसे अपने दफ़्तर में मिलना चाहूँगा। हमारे पास स्वैच्छिक संस्थाओं के लिए चावल के कुछ कट्टे हैं। आकर अपना हिस्सा ले जाना।'' अपनी सिगरेट के आखिरी हिस्से को उन्होंने ऐशट्रे में दबाया। ''मैं चाहता हूँ, चावल लेने के बाद तुम मेरे लिए एक तारीख तय करो जब मैं महिलाओं से कुछ कह सकूँ। मैं कट्टे भेंट करते समय बातचीत करना चाहूँगा...''

''क्यों?'' अमीना ने हैरानी से पूछा।

"मैं उनके नागरिक अधिकार और कर्तव्य, और पाश्चात्य प्रजातन्त्र के लाभ के बारे में उन्हें सम्बोधित करना चाहता हूँ और आनेवाले स्थानीय सरकारी चुनाव में वोट देने के बारे में उन्हें सीख देना चाहता हूँ।"

"क्या एक महिला चुनाव लड़ सकती है?" अमीना ने पूछा।

"संविधान के अनुसार महिलाएँ लड़ सकती हैं, परन्तु व्यवहार में यहाँ कभी ऐसा नहीं हुआ। आनेवाले चुनाव में भी यहाँ ऐसा होने की उम्मीद नहीं है। वैसे भी शासक दल के पास कोई खाली सीट नहीं है।" वह मुस्कुराया। "महिलाओं को अपनी बारी के लिए इन्तज़ार करना होगा।" उसने कई बार सिर हिलाया।

टेलीफोन बजा और अल्हाजी इब्राहिम ने यान्त्रिक और अस्वाभाविक आवाज़ में उसका जवाब दिया। सर्वशक्तिमान ईश्वर महान है! अल्लाहो अकबर!

लम्बी बातचीत के बाद उन्होंने ऊँची आवाज़ में कहा। "अमीर की गाड़ी आखिरकार आ गई है।"

"फोन पर कौन था?" अमीना ने पूछा।

"राज्य सरकार का सचिव।"

"अमीर की गाड़ी किस मॉडल की है?"

"अमेरिका के जेनरल मोटर्स द्वारा बनाई गई एक ख़ास नमूने की लिमोज़ीन।"

"उसके पास कितनी गाड़ियाँ हैं?" कुलु ने आगे पूछा।

"दस," उसने धीरे से खाँसते हुए कहा।

अल्हाजी इब्राहिम उत्तेजित होकर और खुलकर बात करने लगा। "अमीना, मैं चाहता हूँ कि तुम मेरी गाड़ी देखो जो एक हफ़्ते पहले आई थी। मैंने तभी ले ली थी जब मैं अमीर के लिए सरकारी गाड़ी बुक करवाने गया था। वह परिवर्तनीय और बहुत आरामदेह मर्सडीज़ है, पर खेद की बात यह है कि हमारी सड़कें बहुत ख़राब हैं। खैर, यह तो फालतू गाड़ी है और क्योंकि मैं इसका इस्तेमाल बहुत कम करता हूँ, मेरा खयाल है कि यह कुछ वर्षों तक तो चलेगी। मैं अपनी पत्नी जैसा नहीं हूँ जो अपने भीतरी वस्त्र की तरह गाड़ियाँ बदलती है। महिलाएँ कभी सन्तुष्ट नहीं होतीं। क्या तुम जानती हो कि कुलु अगर आज एक गाड़ी और ब्रेज़ियर खरीदेगी, तो वह ब्रेज़ियर से पहले गाड़ी बदलेगी?" वह ज़ोर से हँसा, एक और सिगरेट सुलगाई और अमीना से बोला, "दूसरों के साथ इधर-उधर जाने के बजाय क्या तुम अपने पति से अपने लिए गाड़ी खरीदने को कह सकती हो?"

"यह पैदल आई है," कुलु ने अपने पति से कहा।

वह अविश्वासपूर्वक हँसा और सुझाव दिया कि अमीना को व्यायाम करने के लिए गौल्फ-क्लब में पंजीकरण करवा लेना चाहिए।

"मैं महिलाओं के साथ बहुत व्यस्त हूँ," उसने जवाब दिया।

"अमीना," वह शान्तिपूर्वक बोला, "मैं तुम्हारे कार्यक्रम बहुत ध्यान से देख रहा हूँ और ईमानदारी से सुझाव देना चाहता हूँ कि तुम्हें पुनः विचार करना चाहिए। जो तुम महिलाओं के साथ कर रही हो। उससे मैं वास्तव में प्रभावित नहीं हूँ, पर क्योंकि तुम मेरी पत्नी नहीं हो, मैं न नियन्त्रण कर सकता हूँ, न तुम पर हुकुम चला सकता हूँ।"

"अल्हाजी, तुम्हारी सलाह के लिए धन्यवाद, मैं जानती हूँ मैं क्या कर रही हूँ और मेरा सुझाव है कि तुम मुझे मेरे हाल पर छोड़ दो," उसने जवाब दिया।

"मैं तुम्हें अकेला नहीं छोड़ सकता, क्योंकि एक तो तुम्हारे ये कार्यक्रम कुछ हद तक मेरे स्थानीय सरकारी सचिव के पद पर असर डालते हैं और दूसरे मैं मुसलमान हूँ।" वह ठहर गया। उसके इस कथन ने अमीना को बेचैन कर दिया, ख़ासकर जब उस बूढ़े आदमी ने भी मुस्कुराकर सिर हिलाया। अल्हाजी इब्राहिम ने बात बढ़ाते हुए कहा, "हमारे धर्म, इस्लाम का मतलब है पूर्ण समर्पण। सर्वशक्तिमान अल्लाह की इच्छा के सामने हमें अर्पण करना होता है। हमारे धार्मिक नेताओं को महिला संघ अच्छा नहीं लगा है। जबकि मैंने यह समझाने की पूरी कोशिश की है कि हम प्रजातन्त्र में रहते हैं, फिर भी तुम्हारे द्वारा किए गए कार्य गुमराह करने की कोशिश समझे गए हैं।"

"देखो अमीना, तुम्हारी शादी एक बहुत ही धनवान व्यक्ति के साथ हुई है। तुम आराम से बैठकर उसके दिए हुए सुखों का भोग क्यों नहीं करती हो? गरीब महिलाओं को लेकर अपने आपको परेशान करने से कहीं नहीं पहुँचोगी। उनके जीवन को बदलने के लिए तुम कुछ नहीं कर सकतीं। हमेशा ऐसा ही रहा है, और आगे भी ऐसा ही रहेगा। हमारे समाज में हम सर्वशक्तिमान अल्लाह द्वारा दिया गया जीवन जीते हैं। तुम्हें बदलाव लाने के लिए पहल या कोशिश नहीं करनी चाहिए। बदलाव लाने का अधिकार सिर्फ सर्वशक्तिमान अल्लाह के पास है। वह जानता है कि हमारे लिए सबसे अच्छा क्या है। सिर्फ एक चीज़," उसने ज़ोर देते हुए कहा, "जो तुम कर सकते हो, वो है कि अल्लाह से सहायता और मार्गदर्शन के लिए प्रार्थना करो।"

अल्हाजी इब्राहिम के पास बैठे वृद्ध पुरुष ने सिर हिलाकर समर्थन किया और कुलु ने उठकर महिलाओं को अपने कमरे में आने का निमन्त्रण दिया। उसने वीडियो टेप अन्दर डाला, एयर कंडीशनर चलाया और बोली, "मेरे खयाल से जबसे भीतरी सजावट करनेवालों ने फर्नीचर बदला है, तब से तुम यहाँ नहीं आई हो।"

"यह सब सामान कहाँ से आया है?"

"खिड़की के पर्दे फ्रांस से हैं, कालीन मोरोको से, पानी का पलंग अमेरिका से, पेंटिंग्स इटली से और सारी बिजली की मशीनें जापान से हैं।"

कुलु, अमीना और हउआ को कमरे में छोड़ गई और उसके जाते ही एक

जवान नौकरानी ट्रे लेकर अन्दर आई। ट्रे में दो ढकी प्लेटें, गिलास, पानी से भरा मग और चम्मच रखे थे। उसने उसे एक मेज़ पर रखा और अमीना का अभिनन्दन किया। जैसे ही वह जाने के लिए उठी, अमीना ने उसे रोक लिया। उसकी गर्दन पर लगे ताज़े ज़ख्म की तरफ़ इशारा करते हुए उसने पूछा, "तुम्हारी गर्दन पर ये क्या हुआ?" लड़की जवाब देने से डरने लगी तो अमीना ने उसे दिलासा दी कि उन दोनों की बातचीत के बारे में वह नहीं जान पाएगी। आखिर वह बताने लगी, हर पल उसकी आँखें दरवाज़े की तरफ़ घूम रही थीं।

"कल मैंने ग़लती से कुत्तों के लिए अलग रखा हुआ मांस खा लिया और कुलु ने मुझे मारा," वह बुड़बुड़ाई और बाहर भाग गई।

अमीना और हउआ ने चुपचाप एक-दूसरे की तरफ़ देखा। वे भोजन की तरफ़ मुड़ीं और जब कुलु अन्दर आई तब वे खा रही थीं।

"क्या तुमने व्यापार करने का फैसला कर लिया है?" कुलु ने अमीना से पूछा।

"नहीं, अभी तो नहीं, मुझे महिलाओं के साथ काम करना अच्छा लगता है।"

"अपना समय बर्बाद मत करो। अमरीकी कहते हैं, समय ही धन है। इन महिलाओं को भूल जाओ और व्यापार शुरू करके उसका पूरा लाभ उठाओ। क्या तुम यह कहावत भूल गई हो कि 'बहती गंगा में हाथ धो लो'।"

"महिला संस्था अभी भी एक बालक के समान है और मैं उसे स्वस्थ और मज़बूती से बढ़ते देखना चाहती हूँ।"

"तुम्हें इससे कोई फायदा नहीं होगा। तुम अपना समय, पैसा और प्रतिभा ऐसे लोगों पर बर्बाद नहीं करो, जो न कभी समझ सकते हैं और न ही अपने को सुधार सकते हैं।"

"नहीं, वह आत्मनिर्भर हो जाएगी और मुनाफे में चलेगी," अमीना ने कहा, गोकि उसे स्वयं इस बात पर पूरी तरह विश्वास नहीं था।

"कैसे?"

अमीना एक पल के लिए चुप रही फिर वह ऐसा जवाब ढूँढ़ने लगी जो कुलु को तसल्ली दे सके। "हमारे पति चाहेंगे कि सभी चुनावों में महिलाएँ शासक दल को अपना वोट दें। मेरा खयाल है तुम्हारे और मेरे पति कपड़ा बनाने की एक मिल शुरू करना चाहते हैं, ताकि महिलाओं को सीधे वेतनभोगी कामगारों में तब्दील किया जा सके।"

"यह तो बहुत बढ़िया है। मैं तुमको इतनी तेज़ और कर्मठ नहीं समझती थी," प्रसन्नमना कुलु ने कहा।

"तुम्हारी बेटी का क्या हाल है?" अमीना ने बातचीत का विषय बदलते हुए पूछा।

"ठीक है। वह बहुत बुद्धिमान है।"

"क्या तुम्हारा और बच्चे पैदा करने का इरादा है?"

"हाँ करना चाहती हूँ, पर अभी नहीं, क्योंकि मैं बहुत व्यस्त हूँ। मैं गर्भावस्था और व्यापार को मिला नहीं सकती। पाँच वर्ष पहले जब मेरी बेटी मेरे गर्भ में थी, उस समय मेरा करीब-करीब दिवाला निकल गया था।"

कुलु सीटी से एक धुन बजाने लगी और अपना सिर और पिछाड़ा हिलाने लगी। "वो दिन गुज़र गए जब लड़कियाँ लड़कियाँ थीं। अब वे खिलौने और बटुआ हैं। जब मैं विश्वविद्यालय में थी, मैं नाचती थी। अभी भी मैं क्लब में नाचती हूँ।" वह कमरे के बीच में धीरे से नाचने लगी।

"मुझे बताओ, क्या मेरे पति भी क्लब में नाचते हैं?" अमीना ने पूछा।

"माई डियर, तुम मुझसे वह नहीं सुनोगी। शायद कोई और तुम्हें बता दे। वह ज़्यादा समय क्लब के पोलो विभाग में बिताता है। तुम्हारे पति पोलो के अच्छे खिलाड़ी हैं, पर उनके घोड़े कमज़ोर और थके हैं।"

"आसपास के गाँवों में घोड़े हैं।"

"बेचारी नासमझ अमीना," कुलु ने हँसते हुए कहा। "पोलो के लिए घोड़े बाहर के कई देशों से मँगवाए जाते हैं, खासकर अर्जेण्टीना से। उन्हें खरीदने और यहाँ लाने में हजारों डॉलर लग जाते हैं। वो एक ख़ास नस्ल के होते हैं, ख़ास खुराक लेते हैं, उन्हें एयरकंडीशनर लगे हुए ख़ास अस्तबल में रखना चाहिए और उनकी देख-रेख के लिए जानवरों के विशेषज्ञ डॉक्टर की ज़रूरत पड़ती है।"

"पोलो एक खतरनाक और महँगा खेल होता है, और यह सारा धन जो घोड़ों को खरीदने, यहाँ पहुँचाने और उनकी देख-रेख में खर्चते हैं, इस राशि का इस्तेमाल पाठशालाएँ और दूसरे सुख-सुविधाएँ मुहैया करने में, या गरीबों को भोजन और कपड़े देने के लिए किया जा सकता है," अमीना कहे बिना न रह सकी।

"तुम राजनीति की बात करने लगी हो। मैं राजनीतिज्ञ नहीं हूँ," कुलु ने कहते हुए अमीना की तरफ़ गुस्से से देखा। उसके बाद वह जल्दी ही वापस चल दी।

अहाते में, लराई ने अमीना को सूचना दी कि उसकी गैरहाज़िरी में फातिमा उससे मिलने आई थी क्योंकि अगले दिन वह किसी ज़रूरी काम से अपने शहर जा रही थी। अब्दुलरशीद सो रहा था। अमीना कपड़े बदलकर उसके साथ लेट गई। अँधेरे कमरे में उसे तरह-तरह के खयाल आने लगे। वह कुलु और उसके पति के विलासमय जीवन के बारे में सोचने लगी।

वह तरह-तरह की महँगी गाड़ियाँ खरीदते हैं, हज़ारों डॉलर के घोड़े, राज्य के कोष से पैसा लेते हैं, जबकि अस्पतालों में दवाइयाँ तक नहीं होतीं। उनके पास महँगे घर हैं, जबकि पाठशालाएँ बहुत कम हैं। कुलु के पति ने हमें चावल लेने

के लिए भी आमन्त्रित किया था। वाह! बेचारा धनवान देश! हमारा देश जिसके अपने पास इतने जन और प्राकृतिक संसाधन हैं, विदेशी चावल पर क्यों निर्भर है, जिसके लिए अपने ही लोग भिखारी बनकर कतार में खड़े हैं? स्थानीय सरकारी सचिव अपने इलाके के लिए निर्धारित रकम से अपने लिए कार कैसे खरीद सकता है? सिर्फ़ सबसे महँगी गाड़ियों के समूह का मालिक बन जाने से एक पिछड़े हुए देश के एक शहर का एक अमीर, दुनिया के करोड़पतियों की बराबरी कैसे कर सकता है? जल्द ही उन्हें उसके लिए एक निजी जेट विमान खरीदना पड़ेगा।

जिसकी जनता रोज़ भुखमरी और बीमारियों का शिकार होती हो और वह इस बारे में कुछ न करता हो, ऐसे व्यक्ति के बारे में यह कैसे सोचा जा सकता है कि उसमें कोई भी सद्गुण है? हाँ! कहीं न कहीं कुछ तो गलत है।

# 16

दूर से बादल के गरजने की आवाज़, बारिश के मौसम के शुरू होने की सूचना देने लगी। पिछले कुछ महीनों से बहुत गर्मी पड़ रही थी, परन्तु जल्दी ही बारिश पड़ने की सम्भावना थी। सूखे और निश्चल वातावरण में बादल घिरे हुए थे। ये साल की पहली ज़ोरदार बारिश होगी। लोगों को बारिश की ज़रूरत थी : हवा और घरों को ठण्डक देने के लिए; कुएँ और नदियाँ भरने के लिए; संक्षेप में, सूखे इलाके को नया जीवन देने के लिए बरसात की ज़रूरत थी। बारिश लोगों के लिए बहुत मायने रखती थी। वह उनके जीवन चक्र का हिस्सा थी।

बारिश के मौसम के शुरू होने का कोई निश्चित समय नहीं था। पिछले कुछ वर्षों की तरह, इस साल भी बारिश आने में देर हो रही थी, इसलिए लोग सर्वशक्तिमान अल्लाह की विशेष पूजा कर रहे थे। पिछले साल अमीर और धार्मिक नेताओं के अनुरोध पर लोगों ने यह पूजा शहर के बाहर रखी थी। यह मानना था कि इस पूजा के बाद एकदम बारिश होगी, परन्तु बारिश नहीं हुई। दो दिन के बाद, एक धार्मिक समुदाय ने सुझाव दिया कि कब्रिस्तान का मुआयना करके खुली कब्रों को ढक देना चाहिए। यह विश्वास किया जाता था कि खुली कब्रें बादलों को डराकर भगा देती हैं। यह काम बड़ी निष्ठा से किया गया, फिर भी बारिश नहीं हुई। पाँचवें दिन, शहर में वेश्याओं और शराबियों को निशाना बनाते हुए उनके विरोध में परम धार्मिक समुदायों ने प्रदर्शन किया। उन्होंने शराबखानों और होटलों में घुसकर अन्दर बैठे लोगों की पिटाई की और शराब की बोतलें नष्ट कर दीं। वेश्याओं को उनके कमरों में बुरी तरह मारा गया। इन कट्टर धार्मिक समुदायों का मानना था कि बारिश के देर से आने की वजह अनैतिकता, अभद्रता और अश्लीलता थी। फिर भी बारिश नहीं आई। बारिश विशेष पूजा के दो हफ़्ते बाद शुरू हुई।

अमीना ने आसमान में व्यर्थ घिरे काले बादलों की तरफ़ देखा और प्रार्थना करने लगी। प्रमुख समस्याएँ जो उसे परेशान करनेवाली थीं, गर्मी और वर्षा का अभाव नहीं थीं। उसका बेटा बीमार था। वह खिड़की के पास खड़ी बाहर देखते

हुए सोचने लगी कि अल्हाजी हारून कब आएँगे। उसने उन्हें बहुत दिनों से नहीं देखा था और अपने बेटे को अब दवाखाने ले जाने के लिए उसे उनकी बुरी तरह ज़रूरत थी। उसके पास ड्राइवर नहीं था और वह विधायक की जागीर में उसके निमन्त्रण के बिना नहीं जा सकती थी।

वह शुक्रवार का दिन था और बहुत धीमी चाल से घिसट रहा था। जब एक ड्राइवर ने अमीना को बताया कि अल्हाजी हारून ने शाम के समय फोन करने का वायदा किया था, क्योंकि वह उससे बात करना चाहते थे, तो उसकी शंका और बेचैनी बढ़ गई। जैसे-जैसे समय बीतता गया, अब्दुलरशीद की हालत बिगड़ती गई। जो गोलियाँ उसने उसे खाने को दी थीं, उसने उनकी उलटी कर दी। शाम होने तक पूरे ज़िले पर घने बादल घिर आए थे। अब उसका बेटा तेज़ी से काँपने लगा था। उसने एक ड्राइवर से उन्हें विधायक के निवास पर ले जाने की विनती की, परन्तु ड्राइवर ने कहा कि उसकी गाड़ी में पंचर हो गया था। निराश और परेशान होकर, वह अपने कमरे में बैठकर यह फैसला करने की कोशिश करने लगी कि उसको क्या करना चाहिए। वह विधायक की जागीर तक जाने के लिए बाहर जाकर टैक्सी लाने का खतरा नहीं लेना चाहती थी। उसकी सारी उम्मीद अब अल्हाजी के आने पर टिकी थी। धूल का गुबार उड़ाती, तेज़ हवा चल रही थी, जिससे उसकी आँखों के सामने खिड़की भड़भड़ाकर बन्द हो गई। बाहर उसको हवा के चलने की आवाज़ सुनाई दे रही थी।

"अब वह कैसा महसूस कर रहा है?" दूसरी पत्नी, लराबा ने पूछा।

"पहले से बहुत बुरा नहीं, पर फिर भी ख़राब," अमीना ने जवाब दिया।

"क्या तुमने उसे कोई दवा दी है?"

"हाँ, परन्तु उसने वह उलट दी। मैं अल्हाजी के आने का इन्तज़ार कर रही हूँ, ताकि हम दवाखाने जा सकें।"

"और बारिश होनेवाली है, इसलिए वो शायद न आएँ। वो हमेशा कहते हैं कि वो व्यस्त हैं।"

"हे ईश्वर, अल्हाजी को इसी वक्त भेज दीजिए," अमीना ने प्रार्थना करते हुए कहा।

लराबा ने, उसे अपने बेटे को एक खास गोली देने की सलाह दी।

"हउआ कहाँ है?" अमीना ने पूछा।

"उसे मैंने अपनी बहन के पास भेजा है।"

"मैं दवाई खरीदकर लाने के लिए किसे भेजूँ?"

"बाहर कुछ लड़के हैं।"

अमीना ने लदान को, जो लकड़ी काटनेवाला था, बुलाकर पैसे और एक खाली पैकेट देकर कहा, "कृपया केमिस्ट के पास जाकर ये गोलियाँ ले आओ।" कमरे

में उसने अपने बेटे को कम्बल ओढ़ा दिया। बिजली कड़ककर चमकी और दहलाने वाली गर्जना ने पूरे ज़िले को हिलाकर रख दिया। अमीना डर गई और पवित्र कुरान की कुछ आयतें दोहराने लगी।

"अमार्या, मैं वापिस आ गया हूँ," लदान ने गेट से चिल्लाकर कहा।

"यहाँ ले आओ," उसने अपने बेटे को सँभालते हुए कहा, जो उलटी कर रहा था। लदान ने उसे गोलियाँ दे दीं। जैसे ही वह जाने के लिए मुड़ा अमीना ने उससे विनती की, "कृपया इसे मेरे लिए पकड़ लो, ताकि मैं इसको गोलियाँ खिला सकूँ।" उसने रोते हुए बच्चे को ले लिया। उसने एक कप में पानी डाला, एक गोली निकाली, और लदान से नीचे बैठकर अपने बेटे को कसकर पकड़ने को कहा। उसने गरम पानी से आधे भरे हुए एक चाय के चम्मच में गोली डाली और उसके घुलने का इन्तज़ार करने लगी। जब उसने कड़वा घोल उसके मुँह में डाला तो अब्दुलरशीद झटके से हिला और रोने लगा। बादल गरजने की आवाज़ के बीच, उसे जुम्मई को बुलाते हुए अल्हाजी की आवाज़ सुनाई दी। लदान उलझन में पड़ गया और डरने लगा। अमीना ने उसे भरोसा दिलाया कि वह अपने पति को सब कुछ समझा देगी।

"यह क्या चल रहा है?" अल्हाजी की आवाज़ ने कमरा हिलाकर रख दिया। "मेरे घर में क्या चल रहा है?"

अमीना ने अपने बेटे को दवाई पिलाना ज़ारी रखा। अब्दुलरशीद बेमन से कड़वा घोल निगल रहा था और उसे बाहर उलटने की कोशिश कर रहा था। उसने उसे गुनगुना पानी दिया, जो वह जल्दी से पी गया। वह खड़ी हो गई। "अब्दुलरशीद बीमार है और मैं उसे कुछ दवाई दे रही हूँ।"

"यह लड़का यहाँ क्या कर रहा है, मेरा बिस्तर गन्दा कर रहा है?" अल्हाजी हारून लदान की तरफ़ इशारा करते हुए गुस्से से चिल्लाया।

"यह मेरे लिए गोलियाँ खरीदकर लाया और अपने बेटे को दवाई खिलाते समय मैंने इससे उसको पकड़ने के लिए कहा। मैं एक साथ दोनों काम नहीं कर सकती। रशीद रो रहा था और छटपटा रहा था।" उसने समझाते हुए अब्दुलरशीद को लदान से ले लिया। लदान जल्दी से उठा और जाने लगा, परन्तु अल्हाजी हारून ने उसे रोक लिया।

"एक शादीशुदा औरत के कमरे में तुम बिना उसके पति की इजाज़त के कैसे घुसे?" उसने लदान से पूछा।

"इन्होंने मुझसे सहायता माँगी और मैंने कर दी," वह डरते हुए बोला।

"तुम झूठे हो!" अल्हाजी गरज पड़ा।

"यह सच है," अमीना अब्दुलरशीद को चुप कराते हुए बोली।

"सर्वशक्तिमान ईश्वर ही मेरा गवाह है। सचमुच, मैं सिर्फ मदद कर रहा

था...'' गाल पर एक चाँटा पड़ते ही लदान चुप हो गया। वह पीछे की तरफ़ लड़खड़ाया।

''वल्लाही, तल्लाही, मैं तो सिर्फ इनकी मदद कर रहा था,'' वह इतना ही कह पाया।

''चुप रहो,'' अल्हाजी ने क्रूरता से आँखें चमकाते हुए कहा। ''तुम लोग अपने गन्दे काम छुपाने के लिए ईश्वर के नाम का इस्तेमाल करते हो।'' उन्होंने अमीना की तरफ़ मुड़कर हिकारत से कहा, ''मैंने तुम्हारी प्रेमलीला के चरचे सुने हैं, अब मैंने तुम्हें रंगे हाथों पकड़ लिया है।''

''अल्हाजी, वल्लाही तल्लाही...'' लदान दलील पेश करने ही लगा था, परन्तु एक ज़ोर का घूँसा उसकी छाती में आकर लगा। वह अपना सन्तुलन खो बैठा और कराहता और गिड़गिड़ाता हुआ गिर पड़ा। जब अल्हाजी ने उसे कई बार बुरी तरह लतिआया, अमीना जान गई कि अब उसका गुस्सा उसकी तरफ़ घूमेगा। अपने बेटे को ध्यान से बिस्तर में लिटाते हुए उसने कोशिश की कि अपने तेज़ी से धड़कते दिल को काँपते वक्ष के भीतर चुपचाप थमने का आदेश दे सके।

''अल्हाजी, कृपया समझने की कोशिश कीजिए, हउआ आसपास नहीं थी, रशीद गम्भीर रूप से बीमार है, मैं परेशान थी और मुझे सिर्फ मदद चाहिए थी, इसलिए मैंने इससे मदद माँग ली। अल्लाह और पवित्र मोहम्मद के नाम पर...''

''चुप रहो,'' वह गरजा। गुस्से से उसके होठ फड़कने लगे : ''यह सब मेरी समझ में नहीं आता।'' उसने अमीना को चाँटा मारा। जैसे ही अमीना रोने लगी, उसने लदान को दरवाज़े से बाहर भागते हुए देखा। अल्हाजी हारून ने उसे दोबारा चाँटा मारा। तीसरे थप्पड़ से उसने आड़े होकर अपना बचाव कर लिया। अल्हाजी की मांसपेशियाँ मज़बूत थीं। उन्होंने उसे मारने के लिए दूसरे हाथ का इस्तेमाल किया। वह अपना मुँह ढककर रोने लगी। एक घूँसा उसके पेट में आकर लगा। वह नीचे झुकी और पीछे की तरफ़ लड़खड़ा गई। कुछ ही सेकेण्ड में दो घूँसे उसके सिर पर पड़े। वह दोनों हाथों का प्रयोग कर रहा था। वह ज़मीन पर गिरी, और उसका सिर अलमारी में जा लगा। बीच-बीच में बिजली चमकने और बादल गरजने के साथ, टीन की चादर पर आवाज़ करती हुई, बारिश पड़नी शुरू हो गई।

''तुम अब घर के मालिक, अपने पति और पारम्परिक मूल्यों का आदर करना सीख जाओगी। इससे भी ज़्यादा, तुम सर्वशक्तिमान अल्लाह का आदर करना सीख लोगी! मैं जल्दी वापस आऊँगा।''

''हम एकदम बेकसूर हैं,'' वह सिसकने लगी, पर वो जा चुका था।

उसने अपने सिर के दुखते हुए हिस्से को छुआ। उसे अब्दुलरशीद के रोने की आवाज़ सुनाई दे रही थी, तभी तलाता, लराबा और हउआ कमरे में आईं और

अमीना को घेरकर खड़े होने में उसकी मदद करने लगीं।

बारिश तेज़ हो गई, बादलों के गरजने की आवाज़, लगातार सुनाई देने लगी। अल्हाजी हारून बारिश में पूरी तरह सराबोर वापस आया, और गुस्से से उन सबको कमरे से निकलने का हुक्म दिया।

"तुम सोचती हो मैंने तुम्हारे दहेज का भुगतान इसलिए किया था कि तुम पुरुषों को मेरे कमरे में बुलाकर गन्द फैला सकती हो?" वह एकदम आगे बढ़ा। "ऐसा क्या चाहती हो जो मैंने तुम्हें नहीं दिया है? तुम खुलेआम मेरा अनादर क्यों करती हो? तुम मुझे नीचा क्यों दिखाती हो? यह प्रतिष्ठा का सवाल है!"

"मैं बेकसूर और वफ़ादार हूँ..." अमीना ने विनयपूर्वक कहा।

"यह सच नहीं है..."

"अल्हाजी, तुम्हारा बेटा बीमार है। देखो...क्या तुम्हारे ड्राइवर ने तुम्हें नहीं बताया?"

"चुप रहो! इस बात का विश्वास मुझे कैसे होगा कि यह मेरा बेटा है?"

"हे मेरे ईश्वर, अल्हाजी, ऐसे मत कहो! यह तुम्हारा ही है! कृपया हमारी मदद करो। कृपया मदद करो। यह मर रहा है!" अमीना ने हताश होकर विनती की।

"यह तुम्हारा आखिरी मौका है। अगली बार अगर मुझे तुम पर दुराचरण का शक हुआ, तो मैं तुमको सड़क पर निकाल फेंकूँगा।"

जो भी हो रहा था, अमीना उसपर विश्वास नहीं कर पा रही थी। वह लगातार रोते हुए, भयभीत होकर उसकी तरफ़ देखने लगी।

"मैं तुम्हें अपने पति की आज्ञाकारिणी होना सिखा दूँगा," उसने कहा और अमीना की तरफ़ ऐसे बढ़ा जैसे एक हट्टा-कट्टा पहलवान कमज़ोर पहलवान पर चढ़ाई कर रहा हो। "यह चाबुक देखो," उसने गर्व से उसे दिखाया, "यह खासतौर पर बेवफा और बेईमान पत्नियों के लिए बनाया गया है।" उसने उसे ऊपर उठाया और उसकी पीठ पर दे मारा। अमीना असहनीय दर्द के कारण चिल्ला पड़ी और दया की भीख माँगने लगी, परन्तु उस पर ताबड़तोड़ चाबुक पड़ने लगे। वह बचने के लिए भागी पर दरवाज़ा किधर था उसे यह भी दिखाई नहीं दिया। वह अलमारी से जा टकराई और उसका कोना उसकी बाईं आँख के पास लगा। उसने घबराहट के कारण दोनों आँखें बन्द कर लीं, शीशे में जा लगी और गिर पड़ी। वह उठने की कोशिश करने लगी, पर अल्हाजी ने उसे गर्दन से पकड़ा और जो आखिरी बात उसने महसूस की वह यह थी कि उसका मुँह दीवार में ज़ोर से दे मारा।

जब उसे होश आया, कमरे में अँधेरा था और दरवाज़ा खुला था। उसको बाहर बारिश और हवा का शोरगुल सुनाई दे रहा था। दरवाज़ा बन्द करने और अपने बच्चे को ढकने के लिए अमीना ने खड़े होने की कोशिश की पर उसके पैर लड़खड़ाए

और वह फिर से नीचे लुढ़क गई। वह लेटे हुए प्रार्थना करने लगी, "ईश्वर, कृपया मेरी मदद के लिए किसी को भेज दो।" अपने आँसू पीते हुए, वह दर्द के साथ खिसकती हुई पलंग तक पहुँची पर उसके ऊपर नहीं चढ़ पाई। वह अब्दुलरशीद की धीरे से रोने की आवाज़ सुन रही थी, परन्तु उस तक पहुँच नहीं पा रही थी। माँ और उसका बच्चा दोनों अँधेरे में रोते रहे। वह दर्द के साथ खिसकती हुई दरवाज़े की ओर बढ़ी और मदद के लिए चिल्लाई, किन्तु बारिश के शोर ने उसकी आवाज़ को दबा दिया।

फर्श पर लेटी अमीना तब जागी, जब उसने लराबा को चिल्लाते हुए सुना, 'हे मेरे भगवान, यह मर गया है! रशीद मर गया है!' जैसे-जैसे अहाते की दूसरी महिलाएँ अन्दर आईं, अमीना हक्की-बक्की होकर उनकी तरफ़ देखने लगी। लराबा बालक को गोद में उठाए चिल्लाकर मदद के लिए रो रही थी। लराई ने उठने में अमीना की मदद की, और अपनी दाईं आँख से उसने अब्दुलरशीद को आखिरी साँस लेते हुए देखा। जब तलाता उसके शरीर को कमरे के बाहर ले गई, अमीना बिस्तर में गिरकर, हताश होकर सिसकने लगी।

किसी और के द्वारा दी गई गोली खाकर सो जाने के बाद जब अमीना उठी तो जो हो चुका था, उसे उस पर विश्वास नहीं हो रहा था। वह उम्मीद करने लगी कि वह सब एक दुःस्वप्न हो, पर साथ ही हैरान होकर वह कड़वाहट के साथ सोचने लगी कि उससे गलती कहाँ हो गई थी और इतने बड़े हादसे को रोकने के लिए वो क्या कर सकती थी। जब महिलाएँ उसके पास सहानुभूति व्यक्त करने आईं, तो उसने अपना सिर ढक लिया और यह कहते हुए उनसे जाने को कहा कि वह जल्द ही ठीक हो जाएगी। वह नहीं समझ पा रही थी कि अल्हाजी की प्रतिक्रिया इतनी तीव्र क्यों हुई थी और वह उसकी स्थिति को समझने की कोशिश क्यों नहीं कर रहे थे। उसने प्रार्थना की, "हे ईश्वर, मुझे इस अनिश्चित, परेशानी और संकटों से भरे जीवन से मुक्ति दो। मुझे सदय या निर्दय मृत्यु के जरिए उठा लो। मुझे निष्प्राण और भयभीत जीवन कितने समय तक व्यतीत करना है? हे भगवान, आप लोगों के दिमाग में विवेक और समझदारी, और उनके दिलों में औरों के लिए लगाव और प्रेम क्यों नहीं भर देते?"

उसकी बाईं आँख के पास एक मोटा खून का थक्का बन गया था, उसके होठ सूज गए थे और आँखें लाल हो गई थीं, और पूरे शरीर पर घाव थे। बहुत ज़्यादा कमज़ोरी की वजह से वह उठ नहीं पा रही थी और बिस्तर में लेटकर धीरे से रो रही थी। उसका सिर दुख रहा था। वह अपना सिर दोनों हाथों पर टिकाकर, बिना आँसू पोंछे रोए जा रही थी। वह इसलिए रो रही थी, क्योंकि उसकी माँ और बेटे की मृत्यु हो गई थी; इसलिए रो रही थी, क्योंकि उसके पति ने उसे बेरहमी से मारा था और अपमानजनक नामों से पुकारा था। वह इसलिए रो रही थी क्योंकि

उसे समझ में आ गया था कि इस घर में वह कितनी असहाय और अरक्षित हो गई थी। यह जानते हुए कि वह स्वामिभक्त और बेकसूर थी, वह पूरी रात शोक मनाती और कराहती रही।

दो हफ़्तों तक अमीना गहरे शोक में डूबी रही और अपमानित महसूस करती रही। उस भयानक रात की यादें तीव्र और ताजा थीं। वह आगबबूला पर कमज़ोर थी। उसको उनका असभ्य व्यवहार याद था और वह यह भी नहीं भुला पाई थी कि किस तरह से उन्होंने उस पर और उनके बेटे पर अपने बल और गुस्से का बेवजह इज़हार किया था। यह बात अलग है कि वे उसे वफ़ादार, आज्ञाकारी और निष्ठावान बनाने में सफल हो गए थे। उस निर्णायक रात के बाद वह पहली बार मुस्कुराई थी, हालाँकि व्यंग्यपूर्वक। ऐसा पहली बार हुआ कि वह अपने मृत बेटे की तस्वीर को देख कर रोई नहीं। वह बहुत कम समय जिया था, सिर्फ छह महीने से थोड़ा ऊपर, और उसकी मृत्यु बहुत दुखद ढंग से हुई। उसे याद आ रहा था, जब अल्हाजी उसे मार रहा था, वह प्रार्थना कर रही थी और मर जाना चाहती थी। रशीद गुज़र गया और उसका जीवन चलता रहा।

खिड़की की तरफ़ जाते हुए उसकी सूजी हुई लाल आँखें आँसुओं से चमक रही थीं। बादल नीचे लटक आए थे और ठण्डी हवा चल रही थी। उसका शारीरिक दर्द तो सहनीय होता जा रहा था, परन्तु उसके आँसू यह सोचकर रुक नहीं रहे थे कि वह अपने आप को अपने बेटे की मृत्यु के बारे में कैसे समझा पाएगी। जीवन अस्थायी क्यों होता है? हम मौत से क्यों डरते हैं? लोगों को चालाक बनने से क्या फायदा होता है? क्या चालाकी और निर्दयता मनुष्य की प्रकृति का हिस्सा हैं? लोगों के बीच नफ़रत, दुर्व्यवहार और एक-दूसरे की हत्या के लिए कौन ज़िम्मेदार है? ईश्वर या मनुष्य?

वह अपने आँसू पोंछ कर भविष्य के बारे में सोचने लगी। उसने तय किया कि वह तलाक न लेकर वहीं रहेगी, जहाँ वो थी। अगर वो तलाक देगी, तो उससे कौन विवाह करेगा? उसके पिता ने तो उसे पहले ही सौंप दिया था, इसलिए वह कहाँ जाएगी? वह जहाँ थी, वहीं रहेगी, और अपनी पूरी शक्ति महिलाओं के साथ काम करने में लगा देगी।

जब फातिमा खिली मुस्कान के साथ अन्दर आई, अमीना ने अपनी सूजी आँखें और कुटा-पिटा मुँह उसकी तरफ़ घुमाया। फातिमा के चेहरे के अचम्भे ने उसको तकरीबन हँसा ही दिया।

उसकी स्तब्ध मुद्रा देखकर वह बोली, "रशीद मर गया है।"

"क्या ऽऽऽ।"

"बैठ जाओ तो मैं तुम्हें बताऊँगी...यह एक लम्बी दर्दभरी कहानी है।"

अमीना ने पूरा किस्सा सुनाया। फातिमा भौचक्की रह गई। अमीना ने घावों

के निशान दिखाए तब भी वह विश्वास नहीं कर पा रही थी। उसका अपना सन्तुलन जवाब दे गया और रोने से पहले वह सिर्फ यही कह पाई, ''यह बर्बरता और अपराधिकता है।''

अपने खुद के आँसुओं से जूझते हुए अमीना ने कहा, ''फिक्र मत करो। अब मैं शारीरिक रूप से ठीक हो गई हूँ। ऐसा होना तो भाग्य में लिखा था। लेकिन फातिमा, अब मैं ज़िन्दगी से थक गई हूँ, और अपने ऊपर शर्मिन्दा हूँ; उस बर्ताव से शर्मिन्दा हूँ, जो मेरे साथ किया जा रहा है। मैंने समझने की कोशिश की कि आखिर हुआ क्या था, पर यह मुमकिन नहीं हुआ। मेरे घावों के निशान भी मुझे अपने अपमान की याद दिलाते हैं, किस तरह मुझसे घृणा और क्रूरता की गई है। मुझे लगता है मैं यहाँ, इस संसार में एक अजनबी हूँ; मुझे लगता है सभी मुझसे नफ़रत करते हैं, सब कुछ मेरे खिलाफ़ है, मैं सब पर अविश्वास करती हूँ, मेरा मतलब सभी...'' वह रुक गई और ज़ोर से रो पड़ी।

अमीना को यह सब कहते हुए सुनकर फातिमा ने अपने और अमीना के आँसू पोंछे। उसने अपनी सहेली को शक्ति और सान्त्वना देने की कोशिश की। ''यह स्वाभाविक है कि जब तुम दुखी हो, कष्ट उठा रहे हो या तनाव से गुज़र रहे हो, तब तुम्हें नफ़रत महसूस होगी। परन्तु अपने अन्दर पराजय की भावना नहीं आंने देना।''

दोनों ने बाहर अल्हाजी की आवाज़ सुनी और एक-दूसरे की तरफ़ देखा।

वह हाथ में एक बैग पकड़े मुस्कुराता हुआ अन्दर आया। फातिमा खड़ी हो गई, ''मुझे जाना है।''

''मैं तो तुम्हें नहीं भेज रहा,'' अल्हाजी ने मुस्कुराते हुए कहा।

''मैंने तो ऐसा नहीं कहा। मुझे दूसरे काम हैं।''

''लागोस में मैं तुम्हारे पिता से पार्टी के सम्मेलन में मिला था।''

''मैं जानती हूँ वो वहाँ थे।''

''जल्दी ही तुम एक वकील बन जाओगी।''

''जब तक मैं कानून की पढ़ाई पूरी न कर लूँ, तब तक नहीं,'' फातिमा ने कहा। उसने अल्हाजी की तरफ़ मुड़कर उसकी आँखों में देखा। ''अमीना के साथ तुमने जो कुछ किया, उससे मैं बहुत निराश हूँ। वह तुम्हारी पत्नी है, तुम्हारी दासी नहीं। तुम्हारी तरह वो भी इनसान है। जो तुमने किया वो शायद तुम्हारे द्वारा उसके साथ किया गया सबसे ज़्यादा अपमानजनक और शर्मनाक बर्ताव है। तुम्हारी एक समस्या है! जब एक पुरुष सोचता है कि अपनी पत्नी को मारना सही है, तब वह आदमी साहसी नहीं, बल्कि पशुवत् और बेवकूफ होता है। पत्नी तो प्रेम करने के लिए होती है, मारने के लिए नहीं...''

अल्हाजी हारून ने उसे बीच में टोककर कहा, ''मेरे ही घर में मेरा अपमान

मत करो।"

"मैं तो जा ही रही हूँ। मुझे लगता है कि मुझे तुमको बताना चाहिए कि तुम कितने असभ्य हो।"

"चली जाओ और मुझे चैन से रहने दो," वह चिल्लाया।

फातिमा अमीना से कहती हुई चली गई, "अमीना, मैं तुमसे मिलने जल्दी आऊँगी। ज़्यादा सोचना और रोना नहीं। मेरी सच्ची संवेदना स्वीकार करो। काश सर्वशक्तिमान अल्लाह रशीद की आत्मा को स्वीकार करें।"

अल्हाजी हारून की शक्ल से ही अमीना डरने लगी। अपने पति के लिए उसमें एक खास तरह की नफ़रत पैदा हो गई थी, जबकि अमीना के स्वभाव में नफ़रत नाम की चीज़ ही नहीं थी और उनके बारे में बुरे खयालों को वह हटाने की कोशिश कर रही थी। उसने अपने आपको विश्वास दिलाने की कोशिश की कि जो भी हुआ था वह भाग्य का विधान था, और उसे नियति के रूप में स्वीकार करना चाहिए। साथ ही उसको यह भरोसा था कि समय के गुज़रने के साथ वह उसे बदलकर एक बेहतर इनसान बना पाएगी। वह खुद को यह नहीं समझा सकी थी कि अल्हाजी के प्रति उसका ऐसा दुविधापूर्ण रुख क्यों था।

पिछले कुछ दिनों से अल्हाजी का रुख बदला हुआ था। वह उससे थोड़े समय के लिए मिलने आते थे, परन्तु दोनों ने आपस के झगड़े के बारे में बातचीत नहीं की। उन्होंने खासतौर से अपने व्यापार के बारे में चर्चा की और कोई भी ऐसा विषय नहीं छेड़ा, जिससे मतभेद पैदा हो। अमीना पूरी कोशिश करके उनके प्रति मुक्त मन से, साथ बैठकर जो भी वह कहते, सुनती रहती थी। दोनों ही इस इन्तज़ार में यह खेल खेलते रहे कि किसी न किसी तरह दोनों के बीच की दूरी कम हो जाएगी।

आधी रात का समय था और अमीना सो रही थी। अल्हाजी हारून ने अन्दर आकर धीरे से दरवाज़ा बन्द किया। अगर वह उसके साथ सोते, तो झगड़े के बाद यह पहला मौका होता। अमीना अँधेरे में उनकी परछाईं से डरकर जाग उठी। बिस्तर पर बैठते हुए उन्होंने पूछा, "अब तुम्हारी तबीयत कैसी है?"

"ठीक," उसने बहुत धीरे से कहा।

अल्हाजी ने बोलना ज़ारी रखा, पर अमीना का ध्यान उनकी बातचीत की तरफ़ नहीं गया, क्योंकि उसके दिमाग में बीती हुई बातें दोबारा ताज़ी होने लगीं। उसने अपनी आँख के कोने से उन्हें अपने पास लेटते हुए देखा। वह आधे-पौने वाक्य और टूटे-फूटे शब्द दोहरा रहा था, जिनका कोई मतलब नहीं था। जैसे ही अल्हाजी के शरीर ने उसे छुआ, वह रोने लगी।

बोकारो महिला संस्था के कार्यक्रम योजनानुसार चलते रहे। सहकारी आन्दोलन की शुरुआत अमीना की गैरहाज़री में कर दी गई, और तीन अन्य महिलाओं ने भी अपनी बिना इस्तेमाल की गई ज़मीन दान कर दी। सहयोगी समूह ने 'चकबन्दी कार्यवाही' की शुरुआत की और कक्षा के लिए फर्नीचर, किताबें और पढ़ाने के अन्य उपकरण खरीदे।

अमीना अब तक की प्रगति से खुश थी, लेकिन उसने सोचा कि एक बार फिर 'बोकारो साफ़ रखो' योजना की व्यवस्था करना अच्छा होगा, क्योंकि उसे नज़र आ रहा था कि सड़कें ज़्यादा गन्दी होने लगी थीं। उसे लगा, इस बार पुरुषों को शामिल करना चाहिए। बच्चों को झाड़ी वाले इलाकों को खोदने और काटने के काम में लगाया जा सकता है; और वो रेत और पत्थरों से तालाबों और गड्ढों की भराई कर सकते हैं। महिलाएँ अपने घरों, अहातों और सड़कों की झाड़ू-बुहारू कर सकती हैं।

# 17

सुबह के सूरज की किरणें खिड़की को चीरकर अन्दर आईं और अमीना के नींद से भरे चेहरे को छूने लगीं। उसने जमुहाई लेने के बाद अँगड़ाई ली। सुबह-सुबह का समय था और बहुत कम लोग बाहर निकलकर घूम रहे थे। बोकारो खुद भी अभी जाग ही रहा था। अमीना ने खिड़की के पास पहुँचकर उसे अच्छी तरह खोल दिया। ठण्डी और ताज़ी हवा का झोंका अन्दर आया। वह अहाते में गई, हाथ-मुँह धोया और नाश्ता कर लिया।

बाद में, जब वह महिलाओं के हेडक्वार्टर की तरफ़ गई, तो यह देखकर वह उत्तेजित हो गई कि पुरुषों, महिलाओं और बच्चों का समूह उसके द्वारा सुझाई गई 'बोकारो साफ़ रखो' योजना के परिचालन का समर्थन कर रहे थे। ग्लोरिया ने खिलकर मुस्कुराते हुए, भीड़ के सामने अमीना का अभिवादन किया। "सब कुछ तय हो गया है," ग्लोरिया ने कहा, "रेबेका सफाई इंस्पेक्टरों को ढूँढ़ने गई है।"

"तुम्हें क्या हो गया है?" अमीना ने ग्लोरिया को अपने पास खींचते हुए धीरे से पूछा। "तुमने वज़न बहुत कम कर लिया है।"

"यह लम्बी दास्तान है," ग्लोरिया ने जवाब दिया। "एक दिन मैं तुम्हें सुनाऊँगी।"

अमीना ने मेज़ पर रखे बोकारो के नक्शे के पीछे कुछ विद्यार्थियों को खड़े हुए देखा। वे यह चर्चा कर रहे थे कि दूसरी जल-निकास प्रणाली को किधर खोदना चाहिए और उसको नदी के साथ कैसे जोड़ना चाहिए। समूह के लीडर ने अपना नाम नथानिएल बताते हुए अपना परिचय करवाया। वह शहर योजना संकाय का विद्यार्थी था और वे जो कुछ भी करने की कोशिश कर रहे थे, उसके बारे में उसने संक्षेप में समझाया।

"मुश्किल काम है?" अमीना ने पूछा।

"निश्चित रूप से, लेकिन दिलचस्प है।"

"खोदने का काम कौन करेगा?" अमीना ने पूछा।

"वहाँ खड़े लोग," उसने कहते हुए पुरुषों के एक समूह की तरफ़ इशारा किया जिनके पास कुदालियाँ, फावड़े और एक पहिये वाली गाड़ी थी।

"हम बुद्धिजीवी हैं," एक आवाज़ ने बीच में टोका।

वे सब हँस पड़े। "मैं जानती हूँ कि आप बुद्धिजीवी हैं," अमीना ने कहा।

"देखिए, मैडम," नथानिएल ने कहना शुरू किया, "हम ये गन्दे नाले आपस में जोड़कर सारे पानी का रुख इस तरफ़ करना चाहते हैं," उसने नक्शे पर इशारे से बताया। "लेकिन हमें कुछ रुकावटें आ रही हैं।"

"वो क्या हैं?"

"जो हमें सिखाया गया है उसके हिसाब से सामान की कमी। सिर्फ एक ही रास्ता है, वो है ज़मीन के नीचे एक जल-निकास प्रणाली खोदने का।"

"पानी को इधर क्यों न बहने दिया जाए और उसका रुख उस तरफ़ कर दिया जाए?" नक्शे पर उँगली इधर से उधर ले जाते हुए अमीना ने पूछा।

"ज़मीन के मालिक ने मना कर दिया है।"

"ठीक है, सोचकर सबसे अच्छा तरीका निकालो और 'गुड लक' कहते हुए वह फातिमा की तरफ़ बढ़ी जो अभी आ पहुँची थी।

"मैं इस जनसंख्या से प्रभावित हूँ," फातिमा ने कहा।

"यह तुम्हारे साथ एकजुटता का प्रमाण है कि तुम अकेली नहीं हो। जनता तुम्हारा विश्वास करती है और तुम पर भरोसा करती है। जो कुछ भी तुम उनसे करने को कहती हो वो करने के लिए बाहर आकर उन्होंने यह साबित कर दिया है। जहाँ तक हमारा सवाल है, तुम हमारे समर्थन की कसम खा सकती हो! हम हमेशा तुम्हारा साथ देंगे!"

"मैं ख़ुद भी यह जनसमूह देख आश्चर्यचकित हूँ," अमीना ने मानते हुए कहा, "और तुम्हारे द्वारा की गई प्रशंसा से प्रोत्साहित हूँ। बहुत बहुत धन्यवाद!"

"चपटी नाक का क्या हाल है?" फातिमा ने पूछा।

"ठीक है। वह जल्द ही साउदी अरेबिया जा रहा है।"

"तुम्हारे साथ किए बर्ताव के लिए क्या उसने माफ़ी माँगी?" फातिमा ने पूछा।

"अब...किस तरह से कहूँ? उसने मान लिया कि उसकी प्रतिक्रिया बेमतलब ज़रूरत से ज़्यादा थी, लेकिन उसने माफ़ी नहीं माँगी।" अमीना इतना ही कह पाई थी कि उसकी आँखों में आँसू भर आए। उसने उन्हें पोंछ दिया।

"हे भगवान!" दुखी होकर सिर हिलाते हुए फातिमा बुड़बुड़ाई। "ये सब एक जैसे होते हैं।"

दोनों ने एक-दूसरे की तरफ़ देखा। अमीना ने गहरी साँस ली और धीरे-से सिर हिलाया। "फिक्र मत करो। मैं ठीक हो जाऊँगी। वह बात अब पुरानी हो गई है...इतिहास।"

"हाँ! सिर्फ हिम्मत रखो, लेकिन छोड़ना मत।"

“तुमने एकजुट करने की कार्यवाही क्यों शुरू की?”

“जब तुम्हारे साथ ये सब हुआ, हमें लगा कि हालाँकि रशीद की मृत्यु हो गई है पर महिला संस्था की मृत्यु नहीं होनी चाहिए।”

शाम तक सफाई अनुष्ठान ख़त्म हो गया था। काम की देखभाल करने भर से अमीना बहुत थक गई थी। पुरुषों और विद्यार्थियों ने पूरे दिन शाम तक जल निकास प्रणाली की खुदाई का काम किया था। तब तक सारे आसमान को घने बादलों ने पूरी तरह ढँक लिया था, और शाम की नमाज़ ख़त्म होते ही, बारिश की मोटी-मोटी बूँदें गिरने लगीं। बाद में बादल गरजने के साथ मूसलाधार बारिश शुरू हो गई। तेज़ हवा खिड़की से टकराने लगी और बारिश के थपेड़ों ने कमरे को हिला दिया। घण्टों तक बारिश ज़ारी रही और बाद में कम होकर बौछार होती रही, जो सुबह होने पर बन्द हुई।

सुबह, अमीना को नाश्ता करने का समय भी नहीं मिला और वह जल्दी ही बाहर चली गई। सूरज तेज़ी से चमक रहा था और सुबह गर्मी थी। उसने करीब-करीब पूरे बोकारो का मुआयना कर लिया। उससे मिले ज़्यादातर लोगों ने आदर के साथ और प्रशंसा के भाव से उसका अभिवादन किया। लोगों ने अपने काम रोककर उसका धन्यवाद किया। पुरुषों और महिलाओं ने उसपर तारीफों की झड़ी लगा दी। सड़कों पर से अमूमन दिखाई पड़नेवाले पानी के गड्ढे और बड़े गड्ढे गायब थे। नदियों का पानी नालों में से बहता हुआ जा रहा था। बोकारो अविश्वसनीय रूप से साफ़-सुथरा था। उसे अपने आप पर गर्व होने लगा।

अल्हाजी हारून साउदी अरेबिया चला गया। अमीना ने घर पर रहकर अपने दिन पूरी तरह अकेलेपन में गुज़ारे। वह कभी-कभी अपने कमरे के बाहर बैठ जाती थी, लेकिन छोटे-बड़े बच्चों को देखते ही बेचैन होने लगती। वह ज़्यादातर अकेली बैठकर सोच में डूबी रहती थी। अँधेरा होने पर वह बिस्तर में लेटकर आवेग से रोने लगती। उसे सिर्फ पढ़ने से शान्ति मिलती थी। दूसरे लोगों के अनुभव उसके दिल की गहराइयों को छू लेते थे, और यह याद दिलाते हुए कि उसकी समस्याएँ उनसे अलग नहीं हैं, धीरे-धीरे उसके दुख और दर्द भी कम कर देते थे।

उसने एक दिन, लराई के साथ सहकारी फ़ार्म का दौरा किया। जब वह क्यारियों के बीच से गुज़रे, तो उसने अपने से लम्बे मक्का के पौधे के डण्ठल को छुआ। उनकी हरी बालें साफ़ नज़र आ रही थीं। बगैर खाद के भी फसल अच्छी होगी। वह ऐतिहासिक और यादगार दिन होगा। उसने प्रार्थना की कि यह दिन देखने के लिए ईश्वर उसकी ज़िन्दगी बख़्श दें।

अहाते के पास पहुँचने पर उन्हें रेबेका मिली। “हमारे पास तुम्हारे और दूसरी महिलाओं के लिए एक अप्रत्याशित तोहफ़ा है,” रेबेका ने घोषणा की।

“वो क्या है?” अमीना ने उत्सुकता से पूछा।

“हम शनिवार को बोकारो स्वास्थ्य दिवस का आयोजन कर रहे हैं।”

“यह अच्छा रहेगा। मुझे क्या करना होगा?”

“हमेशा की तरह महिलाओं को इकट्ठा करो। इस बार तुम्हें सक्रिय होकर काम करना होगा।” फातिमा ने ज़ोर देकर कहा था कि तुम्हें शामिल होना होगा।

“ठीक है।”

“ओह! तुम्हें यह बताना भी ज़रूरी है कि मुक्तार एक छोटी-सी दुर्घटना का शिकार हो गया था।”

“वो इस वक्त कहाँ है?”

“वह घर पर आराम कर रहा है।”

“कृपया मेरी शुभकामनाएँ उस तक पहुँचाना।”

“हाँ, ज़रूर पहुँचाऊँगी,” वायदा करती हुई रेबेका जल्दी चली गई।

शनिवार को अमीना, स्वास्थ्य मन्त्रालय के अधिकारियों, डॉक्टरों, नर्सों, सफाई इंस्पेक्टरों और रेबेका के साथ मिलकर, बोकारो के करीब-करीब सभी घरों में गई। उन्होंने बीमारों की देखभाल की और लोगों को निःशुल्क डॉक्टरी सलाह दी। रविवार को जब अमीना सोकर उठी, वह कमज़ोर और थकी हुई थी। जब बिल्किसु और फातिमा दोपहर को उससे मिलने आए, वह तब भी बिस्तर में लेटी थी। वह उठी और उसने छह बार छींक मारी। लड़कियाँ हँस पड़ीं। “रेबेका का क्या हाल है?” अमीना ने जल्दी से पूछा।

“हमारे निकलने तक वह सो रही थी,” बिल्किसु ने जवाब दिया।

“शनिवार का दिन बहुत सफल रहा,” अमीना ने बहुत धीमी, बस सुनाई भर देनेवाली आवाज़ में कहा।

“लेकिन काम कठिन था। मैं कमज़ोरी और थकान महसूस कर रही हूँ। मैं पूरे दिन चलती और बोलती रही,” वह दो बार धीरे से खाँसी और फिर छींकने लगी।

“तुम जल्द ही छींकने में दुनिया का रिकॉर्ड तोड़ दोगी,” बिल्किसु ने मज़ाक किया।

“...और तुम्हारा नाम विश्व-रिकॉर्ड की गिनीज़ बुक में आ जाएगा,” फातिमा ने बात बढ़ाई।

“लेकिन,” अमीना ने उत्साह से कहा। “वह एक अनोखा अनुभव रहा।”

“तुम्हारी उँगली में क्या हुआ है?” फातिमा ने पूछा।

“एक बूढ़ी महिला की जो अपने पैरों के नाखूनों तक नहीं पहुँच पा रही थी, नाखून काटने में मदद करते हुए मैंने अपनी उँगली काट ली। चिन्ता न करो। मुझे उस महिला पर बहुत दया आई। वह एक झोंपड़ी में अकेली रहती है।”

अमीना बाहर गई, उसने स्नान किया और अपने कपड़े बदल लिये। बाद

में, उसने उन्हें कुछ महिलाओं की उनके इंजेक्शन के बारे में प्रतिक्रिया बताई। उसने अपना सुबह का नाश्ता ख़त्म ही किया था कि फातिमा ने कहा, ''जल्द ही, कैम्पस में एक महिला सम्मेलन होगा। हम तुम्हारी तरफ़ से बोकारो महिला संस्था के बारे में एक लेख प्रस्तुत करना चाहते हैं। हमने दूसरी योजनाओं के बारे में भी कुछ सूचना इकट्ठी की है और स्वास्थ्य योजना के बारे में हम तुमसे कुछ सवाल पूछना चाहते हैं। रेबेका उस रोज़ योजना के बारे में समझाने के लिए मौजूद रहेगी।''

''मुझे कोई आपत्ति नहीं है,'' उत्तेजित होकर अमीना ने कहा।

''कल के अभियान से तुमने क्या सीखा?'' फातिमा ने पहला सवाल दे मारा।

अमीना ने अपने आपको सँभाला। क्योंकि उसे पता था कि अब इस तरह बोलने के लिए मज़बूर किए जाने से वह बिलकुल नहीं घबराती। ''सबसे पहले मैं तुम्हें लक्ष्य के बारे में बताऊँगी,'' उसने थोड़ा रुककर कहा। ''हम इन घरों में बेहतर साफ़-सफ़ाई करवाने के लिए और निःशुल्क डॉक्टरी सहायता दिलवाने के लिए गए थे। हम नब्बे प्रतिशत से अधिक घरों में गए और पुरुषों, महिलाओं और बच्चों की देखभाल की। हम सबसे गरीब बस्तियों में थे, जहाँ चार में से एक बच्चा एक वर्ष की उम्र तक पहुँचने से पहले ही मर जाता है। डॉक्टर लोग इसकी ज़िम्मेदारी माँ के अज्ञान और कमज़ोर स्वास्थ्य पर डालते हैं। पीने का पानी नदी और कुएँ से लाया जाता है और इस्तेमाल करने से पहले वह पानी उबाला नहीं जाता। इससे जाहिर है कि हैजा और पेट में कीड़े होने की बीमारियाँ इतनी ज़्यादा क्यों फैलती हैं।''

''ज़्यादातर महिलाएँ दयनीय जीवन व्यतीत करती हैं और इसी वजह से वे अपनी उम्र से ज़्यादा दिखाई पड़ती हैं। मैंने यह भी देखा कि गन्दे घरों में रहने से स्वास्थ्य बहुत ख़राब होता है और बहुत ज़्यादा भीड़-भाड़ में रहने का सबसे गहरा असर बच्चों पर पड़ता है। कल हमने आग से और उबलते पानी से जल जानेवाले बच्चों के बहुत किस्से सुने और उनका इलाज़ किया। एक युवा डॉक्टर ने यह भी कहा कि क्योंकि कुछ परिवार एक ही कमरे में रहते हैं और वहीं खाना पकाते हैं, इसलिए ख़राब वायुसंचार की वजह से उन्हें साँस की बीमारियाँ हो जाती हैं।''

''तुमने कौन-सी खास समस्याओं का सामना किया?''

''अभियान धीमी रफ़्तार से शुरू हुआ, क्योंकि कुछ आदमियों ने हमारे पुरुष डॉक्टरों और चिकित्सकों को परेशान किया और दूसरे लोगों ने सिर्फ महिला डॉक्टरों और नर्सों द्वारा अपनी पत्नियों की जाँच और इलाज़ की इजाज़त दी। तुम तो जानते हो, महिला डॉक्टर बहुत कम हैं। ज़्यादातर मेरा मतलब उनसे है जो राष्ट्र की सेवा में हैं, वो इस राज्य से नहीं हैं। भाषा की बाधा के कारण महिलाओं से बातचीत करने में दिक्कत हो रही थी। मेरा गला बैठने की यही वजह है।''

"तुम लोगों के स्वास्थ्य की स्थिति के बारे में क्या जानती हो?" बिल्किसु ने आगे ज़ोर देते हुए पूछा।

"बुनियादी स्वास्थ्य शिक्षा ज़रूरी है। बहुत से ऐसे रोग पाए जाते हैं, जिनका निवारण हो सकता है, लेकिन दुर्भाग्यवश इलाज़ न होने पर यह छोटी बीमारियाँ गम्भीर रूप धारण कर लेती हैं। हमने स्वास्थ्य शिक्षा पर ज़्यादा समय लगाने का फैसला किया है। एक और निराश करनेवाली बात यह है कि दस्त और पेचिश जैसी सादी और चिकित्सा योग्य बीमारी भी घातक हो जाती है, खासकर बच्चों में। स्वास्थ्य विशेषज्ञों का कहना है कि महिलाओं में ज़्यादातर स्वास्थ्य सम्बन्धी समस्याएँ तनाव से सम्बन्धित हैं।

कल के अनुभव से मैं कह सकती हूँ कि स्वास्थ्य देख-रेख वितरण व्यवस्था ज़्यादातर लोगों तक सस्ते और सीधे पहुँच सकती है, लेकिन इसके लिए कुछ लोगों को शायद अपनी आवाज़ से ज़्यादा खोना पड़ेगा," उसने हँसते हुए बात समाप्त की।

"ओह! मैं एक बात भूल गई," अमीना ने आगे कहा। "हमने तय किया है कि हम सरकार को सलाह देंगे कि वो स्वच्छता इंस्पेक्टरों की एक अदालत बनाए जिसमें ज़्यादातर महिलाएँ होंगी और वो हफ़्ते में एक बार चारों तरफ़ घूमकर निरीक्षण करेंगी। स्थानीय सरकार ने हमें कचरे के डिब्बे देने का वायदा किया है। ज़िला दवाखाना जो करीब छह साल पहले बन्द कर दिया गया था, उसे दोबारा खोलने की हमने करीब-करीब पूरी तैयारी कर ली है। दो नर्सें अदल-बदलकर शाम के समय बीमारों की देखभाल के लिए मान गई हैं। हमारा इरादा है कि स्थायी तौर पर मेरे घर के कुछ कमरे सामाजिक चिकित्सालय के रूप में इस्तेमाल किए जाएँगे। फिर हम अपने ही डॉक्टर और नर्स रखने की कोशिश करेंगे।"

अमीना ने कोल्ड कॉफी का घूँट भरा। फातिमा एक छोटा टेप रिकॉर्डर ले आई और रिकॉर्डिंग की गुणवत्ता देखने के लिए अमीना के इण्टरव्यू का आखिरी हिस्सा दोबारा चला कर सुना।

अमीना ने हैरानी से पूछा, "तुम इण्टरव्यू को रिकॉर्ड कर रही थीं?"

"हाँ। रेबेका का काम कैसा रहा?" फातिमा ने पूछा।

"बहुत अच्छा। अनोखा। उसने सचमुच बहुत मेहनत की।"

"वह अच्छा कर सकती है लेकिन उसमें नेतृत्व की कमी है," फातिमा ने कहा।

"नहीं, मैं तुमसे सहमत नहीं हूँ," अमीना ने दृढ़तापूर्वक कहा। "उसने बढ़िया काम किया है और इस काम को अच्छी तरह करने के लिए तुम्हें उसकी प्रशंसा करनी चाहिए और उसका साथ देना चाहिए।"

"रेबेका समझाने की कोशिश कर रही थी कि कल तुमने दोपहर का खाना कैसे खाया। क्या हुआ था?" बिल्किसु ने पूछा।

"एक देहाती महिला ने हमें खाना खिलाया। उस महिला ने मुझे बताया कि उसका पति कई महीनों से बीमार चल रहा था और वो दोनों करीब-करीब सभी परम्परागत चिकित्सकों के पास हो आए लेकिन वह ठीक नहीं हुआ, और अब उसने ईश्वर से प्रार्थना करने का फैसला कर लिया था। यही नहीं, उनके पास गैरसरकारी दवाखाने में इलाज़ के लिए पैसे नहीं थे। उसने बताया कि हमारे अभियान की पूर्व सन्ध्या उसने भगवान से प्रार्थना की कि वे एक सहायक भेज दें, जो उसके पति का इलाज़ मुफ़्त में कर दे। जब मैंने उसे बताया कि उनका इलाज़ मुफ़्त में हो जाएगा तो वह तकरीबन बेहोश हो गई।

उसके पति की अच्छी तरह से जाँच की गई। डॉक्टरों ने उसके लिए कुछ दवाइयाँ बताईं और मैंने उस महिला को थोड़े से पैसे दिए। एक डॉक्टर ने वायदा किया कि जब तक वो ठीक नहीं हो जाते, तब तक वह उनको देखने जितनी बार हो सकेगा जाएँगे। मैं ज़रूरत की दवाइयों का खर्च उठाऊँगी। दोपहर के बाद, उसने हमें भोजन के लिए आमन्त्रित किया। भोजन ज़्यादा अच्छा नहीं था, परन्तु उसे खुश करने के लिए मैंने खा लिया। रेबेका को वह बहुत तीखा लगा।"

"क्या यह महिला संस्था की एक सक्रिय सदस्य है?" रेबेका ने पूछा।

"नहीं, उसने बताया था कि उसके पति ने उसे भाग लेने से मना किया था।"

बातचीत इधर से हटकर दूसरे विषयों पर होने लगी और बिल्किसु ने बताया कि उसकी एक सहेली जो पास के ही विश्वविद्यालय में प्राध्यापिका थी, जल्दी ही उसके पास एक सप्ताह बिताने के लिए आनेवाली है।

"वो कौन है?" फातिमा ने पूछा।

"तुम उसे बहुत अच्छी तरह जानती हो। हज़ारा, जो साहित्य के विभाग में है। विश्वविद्यालय में वह महिला संस्थान की समायोजक है।"

"फिर तो हम अपनी ख़त्म न होनेवाली लड़ाई ज़ारी रखेंगे," फातिमा ने कहा। पिछले वर्ष, मैं इनके सम्मेलन में उपस्थित थी, जहाँ हमारी गम्भीर असहमति थी। महिलाओं को व्याख्यान देने में वह सहायक हो सकती है।

शाम के समय थोड़ी देर में कुलु आई और अमीना को ढाढस बँधाया। जब अमीना ने अपना पुत्र खोया था, उस वक्त कुलु देश में नहीं थी।

"तुम्हारा पति तुम्हें साउदी अरेबिया क्यों नहीं ले गया?" कुलु ने पूछा।

"मैंने उनका प्रस्ताव नामंजूर कर दिया था। इन-शा-अल्लाह, मैं हज तब करूँगी जब मेरी मनःस्थिति बेहतर होगी।"

"अमीना, तुम बेवकूफ हो। वहाँ जाने पर तुम्हें बहुत सारी बहुमूल्य चीज़ें

खरीदने का मौका मिलता। शायद तुम नहीं जानतीं, सर्वशक्तिमान अल्लाह के आशीर्वाद से साउदियों के पास अथाह धन है, और ज़ेवर वहाँ बहुत सस्ते हैं। वहाँ से खरीदकर यहाँ बेचने पर तुम बहुत मुनाफा कमा सकती हो।''

''लेकिन उन्होंने मेरे लिए कुछ चीज़ें ख़रीदने का वायदा किया था।''

''अगर वो भूल गया तो? तुम पुरुषों को जानती तो हो। उसके पास काफी धन है; वह उसमें तैर रहा है। क्यों न उसे खर्चने में उसकी मदद करो? अमीना ने जवाब नहीं दिया। मैं जल्द ही साउदी अरेबिया जाऊँगी और इस बार मैं तुम्हें अपने साथ ले जाऊँगी। मैं कुछ अन्य महिलाओं को भी ले जा रही हूँ। हम हिसाब लगा लेंगे, कि तुम मेरे लिए कितने जेवर लेकर आओगी और मुनाफे में तुम्हारा कितना हिस्सा होगा।''

अपनी दो-टूक प्रतिक्रिया और कुलु को जवाब देने की काबिलियत पर अमीना को बिलकुल हैरानी नहीं हो रही थी। ''मेरे खयाल से हमें कुछ बातें साफ़ कर लेनी चाहिए,'' उसने शान्त भाव से कहा। ''मैं पवित्र स्थल पर तभी जाऊँगी जब मैं कठिन धार्मिक परीक्षाओं को पार पा सकूँगी और सिर्फ धर्म के कार्य के लिए जाऊँगी। मैं वहाँ न तो व्यापार के लिए और न ही तुम्हारे लिए सामान ढोकर लाने के लिए जाऊँगी। और जब भी मैं साउदी अरेबिया जाऊँगी, सिर्फ हज करने के लिए ही जाऊँगी।''

अमीना को दिम्बी गाँव का वह दवाई देनेवाला आदमी याद आया, जिसके पास अल्हाजी हारून का दिल जीतने के लिए, वो मोती लेने गए थे। ''मुझे इस आदमी की प्रभाव क्षमता की परीक्षा लेनी चाहिए,'' उसने अपने आपसे कहा, और इधर-उधर देखकर यह निश्चित करने लगी कि उसकी सोने की घड़ी दिखाई नहीं दे रही थी।

''मेरी घड़ी खो गई है,'' अमीना ने कुलु से कहा।

''चलो हम दवाईवाले के पास चलते हैं,'' कुलु ने झट से सुझाव दिया। ''खाली घड़ी की वजह से ही नहीं, बल्कि तुम्हें कोई नई दवाई देने के लिए जिससे तुम अल्हाजी हारून के वापस आने पर उसे काबू कर सको।''

अमीना ने अहाते के बाहर पूछा, ''क्या यह तुम्हारी नई गाड़ी है?''

''हाँ, बिलकुल नई,'' कुलु ने गर्व से कहा।

''यह बहुत आरामदेह है,'' अमीना बैठते हुए बोली। ''इसीलिए मुझे यह पसन्द है,'' अमीना ने कुर्सी की पेटी बाँधते हुए कहा।

इंजन चालू करके वह तेज़ रफ़्तार से चल पड़ी।

''मर्सडीज़ बेंज़ कहाँ है?'' अमीना ने पूछा।

''मैंने उसे हमेशा के लिए खड़ा कर दिया है।''

''तुम्हें हमेशा गाड़ियाँ बदलना क्यों पसन्द है?''

"यह मेरा शौक है।"

यात्रा चुप्पी में बीतती गई। गाड़ी लकड़ी के एक पुल को पार करके मटियाले रास्ते पर से होती हुई उस आदमी के घर की तरफ़ बढ़ी। वह छोटे कद का, दुबला आदगी था, जिराकी आँखें अन्दर धँरी थीं। उराने आदर रो उनका स्वागत किया।

"तुम्हारी सहेली कुलु को मुझपर भरोसा है," उसने अमीना से कहा। "वह पाँच साल से ज़्यादा समय से मेरी ग्राहक है। मैं जानता हूँ तुम यहाँ क्यों आई हो : तुम्हारा अपने पति के साथ तीखा मतभेद हुआ है और तुम अपनी एक बहुमूल्य चीज़ खो चुकी हो। तुम एक सच्ची और सावधान महिला हो लेकिन ऐसे लोग भी हैं जो तुम्हें नाखुश देखना चाहते हैं।"

कुलु ने उसके विचारों की पुष्टि की। शुरू में अमीना घबरा रही थी, लेकिन यह चमत्कार करने के दौरान वह बोला कि घड़ी के चोरी होने की बात सच थी। "मुझे बताओ," उस व्यक्ति ने पूछा, "अल्हाजी के अलावा, क्या कोई अन्य पुरुष तुम्हारे कमरे के अन्दर आता है?"

"नहीं।"

"रुको," उसने कहा और अपनी रंग-बिरंगी कौड़ियों की माला फिराते हुए वह अस्पष्ट से शब्द बुड़बुड़ाने लगा।

"हाँ! अब सब कुछ साफ़ हो गया है। एक औरत है, तीसरी पत्नी। उसे जलन होती है, क्योंकि अल्हाजी तुमसे मिलने लगातार आते हैं।"

उसकी बात सुनते हुए अमीना का मन हँसने को किया। वह चुप रहकर, उसके सब झूठ चकित होकर सुनती रही। "और किसने तुम्हारी घड़ी को सराहा है?"

"कपड़े सीनेवाली एक महिला जिसे स्टेला कहते हैं।"

"फिर वही है।"

"लेकिन वो मेरे कमरे के अन्दर कभी नहीं आई है," अमीना ने विरोध करते हुए कहा।

"फिर यह तीसरी पत्नी का काम है। वापस जाकर उससे कह देना कि मैं, अल्हाजी हदी, ने तुम्हें बताया है कि उसी ने तुम्हारी घड़ी चुराई थी। पूरी उत्तर दिशा में मैं अपने सही परीक्षण के लिए माना जाता हूँ।" वह कुलु की तरफ़ घूमा, "मैंने देखा है कि तुम्हारा पति अभी भी स्कूल की लड़कियों का पीछा करता है।" उसने कागज़ में लिपटी हुई कुछ चीज़ उसे देते हुए कहा, "यह चीज़ दो बार उसके भोजन में मिला देना और वह उन्हें भूलकर तुमसे प्यार करेगा।"

कुलु ने अपना पर्स खोलकर उसे कुछ नायरा के नोट दिए।

"जल्द तुमसे फिर मिलेंगे और कृपया गाड़ी ध्यान से चलाना," जैसे ही वे निकलीं उसने सलाह देते हुए कहा।

"मैं अपने फुटकर विक्रेताओं को खबर देना चाहती हूँ कि मेरा सामान आ

गया है," कुलु ने गाड़ी सेण्ट्रल मार्किट की तरफ़ घुमाते हुए कहा।

मार्किट के सामने गाड़ी खड़ी करके वह बाहर निकली। अपने के अकला पाकर अमीना हँस पड़ी। उसे फातिमा की याद आई, जिसने उसे ज्योतिषियों का वर्णन किया था जो ढोंगियों के रूप में झूठी सलाह देते समय जादुई मोती, इत्र और तरह-तरह के बनावटी मिश्रण बेचते हैं। वह हैरान थी कि लोग उनसे सलाह क्यों लेते हैं, जबकि वह लोगों के भय, अन्धविश्वास और अज्ञान का पूरा फायदा उठाते हैं।

कुलु गाड़ी में वापस आ गई। लकड़ी लिए एक भिखारी अमीना के पास आया, जो उसे पैसे देना चाहती थी लेकिन कुलु गाड़ी चलाकर निकल ली।

"महारानी जी, मैं तुम्हें कुछ बताती हूँ," बोकारो की ओर सँकरी सड़क पर गाड़ी चलाते और चुप्पी तोड़ते हुए कुलु ने कहा। "जल्द ही तुम हमारी कपड़े की मिल में व्यापार करोगी। मुनाफा कमाने के लिए पूरी कोशिश करना। जहाँ तक मैं देख सकती हूँ, इन महिलाओं से कुछ नहीं मिलता। इनका भार अपने कन्धों पर उठाने के लिए तुम अभी बहुत छोटी और बहुत खूबसूरत हो। देखो लोग किस तरह मज़े उड़ा रहे हैं। तुम्हें जीवन की खुशियों से कभी मुँह नहीं मोड़ना चाहिए। तुम्हें कुछ बनना चाहिए। समाज में तुम्हें अपना सही स्थान ग्रहण करना चाहिए।"

"क्या तुम जानती हो कि कानो में कुछ कस्टम अधिकारियों ने मुझे ठगा था? जब भी मैं अपना माल छुड़वाने जाती हूँ, मैं उन्हें रिश्वत देती हूँ, लेकिन हाल ही में उन्होंने ज़्यादा रकम की माँग की और मैंने मना कर दिया। जब मैं अपने सामान के लिए गई, उन्होंने मुझे लूट लिया, और उनके मालिक ने भी उनका साथ दिया। मुझे उम्मीद नहीं थी कि वो गन्दे लोग मेरे साथ ऐसा बर्ताव करेंगे। मैं जानती हूँ जब तुम व्यापार करोगी, तब तुम इनसानियत दिखाने की कोशिश करोगी। बिलकुल नहीं दिखाना! जरा भी इनसानियत उमड़े, उसे छुपा लेना, जिस तरह चोरों से अपनी सोने की घड़ी छुपाती हो। या तो तुम चोर हो या वह जिसे लूटा गया है—सीधी बात है। मैंने तुम्हें पहले भी समझाया है, पैसे के लिए लड़ो। अगर तुम्हें बेरहमी करनी पड़े, करो और भगवान की पूजा करो। वो तुम्हें माफ़ कर देंगे।

"तुम्हारी शादी एक बहुत धनवान व्यक्ति से हुई है। क्या तुम जानती हो कि जो ज़मीन तुमने उस महिला को दी है, वो अल्हाजी को कैसे मिली? उसने किसानों को वहाँ से भगा दिया। हज़ारों जवान और खूबसूरत महिलाएँ हैं, जो तुम्हारे जैसी भाग्यवान नहीं हैं। तुम्हारी किस्मत अच्छी है कि तुम्हें बना बनाया धनवान पुरुष मिल गया है। अगर वह तुम्हें तलाक दे, तो तुम क्या करोगी? उसके लिए दिखाने को, तुम्हारे पास सिवाय तुम्हारे पुराने कपड़ों के और क्या होगा? तुम्हें अपने भविष्य के बारे में सोचना चाहिए!

"अगर मेरे पति कहते हैं कि सब कुछ ख़त्म हो गया है, तो ठीक है। मैं अपना निर्वाह खुद कर सकती हूँ। मेरी नींव बहुत मज़बूत है। एक धनवान महिला

अकेली होकर भी खुश रह सकती है; सब उसका आदर करेंगे और पूजा करेंगे। आगे का युद्ध घमासान होगा। नई असैनिक सरकार रातों-रात करोड़पति पैदा कर रही है। मांस के टुकड़े के लिए बहुत सारे गिद्ध इकट्ठे हो गए हैं। जितनी जल्दी अपना हिस्सा छीन लो, उतना बेहतर!''

अमीना चुप रही, और कुलु ने गाड़ी अहाते के सामने खड़ी कर दी। प्रशंसा गानेवालों के एक समूह ने एक नया गाना गाया, लेकिन अमीना ने उन्हें अनसुना कर दिया। ''परजीवी!'' अहाते में घुसते हुए उसने अपने आपसे कहा। उसने सोचा कि जब तक उन जैसे हट्टे-कट्टे लोग, बिना काम करे, इधर-उधर झूठ बोलते घूमेंगे तब तक वो पिछड़े, दूसरों पर निर्भर और गरीब रहेंगे। ''अमार्या, वो महिला कौन है, जो कल फातिमा के साथ झगड़ रही थी?'' अब्दुल्लाही ने अमीना से उस दिन बाद में पूछा।

''वो झगड़ नहीं रही थीं; किसी बारे में बातचीत कर रही थीं।''

''वो बहुत ज़ोर से बोल रही थीं।''

''पर तुम जानते हो तुम्हारी पत्नी को बातें करना पसन्द है। फिर तुम्हें मेरी सहेलियों में से कौन अच्छी लगती है?''

''ग्लोरिया, लेकिन कृपया उससे मत कहना।''

''तुम्हें वो क्यों पसन्द है?''

''वह चुप रहती है, कम बातचीत करती है।''

''ठीक है, मैं उससे कहूँगी कि तुम्हारे लिए इन्तज़ार करे।''

''नहीं।''

''जब तुम बड़े हो जाओगे, तो मैं तुम्हारे लिए एक बहुत खूबसूरत और अच्छे आचरण वाली लड़की तलाश करूँगी।''

''जो ज़्यादा बात न करती हो।''

''मान लिया!''

अब्दुल्लाही अपनी नई साइकिल लेकर चला गया।

अमीना तैयार हो गई और मुख्य कार्यालय की तरफ़ चली जहाँ हज़ारा को भाषण देना था। महिलाएँ इकट्ठी हो चुकी थीं, पर विद्यार्थी अब तक नहीं पहुँचे थे। कुछ महिलाएँ अलग-अलग झुंड बनाकर बातचीत कर रही थीं, और एक टोली लराई के नेतृत्व में नाच रही थी।

''मेरे पास एक छोटा-सा गीत है,'' लराई ने भीड़ के बीच में खड़े होकर कहा। ''उसे 'बेचारी गाँववाली' कहते हैं।'' उसने गाया और कुछ लड़कियों ने उसका साथ दिया।

''देहाती औरत भूख से तड़पती है
कोई उसे भोजन नहीं देता

देहाती औरत डूबती है
कोई उसे नहीं बचाता
देहाती औरत दुख भोगती है
कोई परवाह नहीं करता
देहाती औरत रोती है
कोई नहीं देखता
देहाती औरत कराहती है
कोई मदद नहीं करता
देहाती औरत मर जाती है
कोई नहीं रोता
ओह! बेचारी देहाती औरत!''

विद्यार्थी आखिरकार पहुँच गए। सब आराम से बैठ गए और बिना परिचय के ही हज़ारा ने 'संस्कृति और समाज' विषय पर अपना भाषण शुरू कर दिया। वह छोटे कद की, एक दुबली-पतली महिला थी, जिसके बाएँ गाल पर कबीले का चिह्न था। वह आराम से बोल रही थी, जो फातिमा के साथ बहस करने के तरीके से बिलकुल अलग था।

''बहुत साल पहले हमारी कविताओं, गीतों और संगीत में उनकी रचना करनेवालों के जीवन और अनुभव की झलक दिखाई पड़ती थी। हालाँकि ऐसे गायक अभी भी हैं जो प्रशस्ति गान नहीं गाते, उन्हें बढ़ावा और समर्थन नहीं मिलता और ये लोग धीरे-धीरे ख़त्म हो रहे हैं...लालच और वीर-पूजा ने हमारी त्वचा के रंग के अलावा बाकी सब कुछ बदल दिया है।

''हमारे पारम्परिक शासक 'संस्कृति के रक्षक' कैसे हो सकते हैं? उनके द्वारा आयात किए बढ़िया सिगार के अलावा और क्या पौराणिक है? वो झूठे हैं। वो चाहते हैं कि हम भविष्य गुज़रे हुए कल की दृष्टि से देखें। वो लम्बी बन्द मोटरकार में घूमते हैं, पोलो और गोल्फ खेलते हैं, लोगों की ज़मीन हथिया लेते हैं, लोगों से बड़ी राशि में कर वसूलते हैं, सबसे बढ़िया ज़मीन विदेशियों के हाथ बेचते हैं और परम्पराओं का पालन नहीं करते। फिर भी वे पारम्परिक शासक कहलाते हैं। मुझे यकीन है कि वो अपने इतिहास और परम्पराओं के बारे में कुछ भी नहीं जानते। अनपढ़!

''उन्हें नेता कहना भी ग़लत है। लोगों को नेता तब कहा जाता है, अगर उसके पास दूरदृष्टि होती है। ये सब तो अन्धे हैं। वैसे तो ये लोग आधुनिक विज्ञान और तकनीकी के फल का सेवन करते हैं, लेकिन ये जानबूझकर अज्ञान को बढ़ावा देते हैं! ये अविश्वसनीय खुशी और सन्तोष के साथ अपने ही लोगों का पतन होते, और उन्हें अन्धकार और धुँधलके में धँसते हुए देखते हैं।

"प्रिय महिलाओ, इन्हें अपने को बेवकूफ मत बनाने दो! संसार के अन्य भागों में पारम्परिक शासक अपनी जाति के विकास को बढ़ावा देते और समर्थन करते हैं। वो अपनी जनता की ज़रूरतों को पूरा करने की कोशिश करते हैं, अपने समाज को आधुनिक रीति में ढलने के लिए प्रोत्साहित करते हैं, पाठशालाएँ और शिक्षा संस्थाएँ बनवाकर अपने लोगों की मदद करते हैं। हमारे पारम्परिक शासक कहलाए जानेवाले इस सबसे उलटा करते हैं। वे शिक्षा के विकास के लिए मना करते हैं, और बेधड़क होकर प्राचीन कानून और रीति-रिवाजों के ज़रिए हमें दबाने की कोशिश करते हैं।

"महिलाएँ ही संस्कृति की असली संरक्षक हैं, न कि ये बेईमान जो पारम्परिक शासक होने का दावा करते हैं। हम शिशु को जन्म देते हैं, पाल-पोसकर बड़ा करते हैं और शिक्षा और नैतिकता का संचार करते हैं। इस तरीके से हम अपने समाज और परम्पराओं के लगातार गतिशील रहने को सुनिश्चित करते हैं। धन्यवाद!" हज़ारा ने अपनी बात समाप्त की।

बिल्किसु ने भाषण के लिए उसका धन्यवाद किया। साफ़ दिखाई दे रहा था कि फातिमा भी कुछ कहने के लिए बहुत उत्सुक थी, और कोशिश के बावज़ूद भी बिल्किसु उसे रोक नहीं पाई। फातिमा खड़ी हो गई, "एक कहावत है 'तुम्हें वो सब कुछ मिलता है जिसके लायक तुम हो।' हमें इस तरह के बेईमान शासक इसलिए मिलते हैं, क्योंकि हम ये बुरी तरह से पिछड़े विचार और संस्कृति भली प्रकार अपनाते और मनाते हैं। अच्छे बदलाव लाने और उन्हें बढ़ावा देने में सचमुच हमारी रुचि नहीं है। अगर होती तो हम भावात्मक रूप से सोचते और फिर उस हिसाब से कार्य करते। ज्ञान में शक्ति होती है। सभी विकासशील जातियों को सोचना, काम करना और फिर कुछ उत्पन्न करना पड़ा है। अगर हम अपने जीवन की व्यवस्था सोने और प्रार्थना के लिए करेंगे और हमेशा चमत्कार होने का इन्तज़ार करते रहेंगे तो ऐसी स्थिति में हम उन्नति नहीं कर सकते। अगर हम विकसित होना चाहते हैं, तो हमें अपनी पतनशील संस्कृतियों की तरफ़ आलोचनात्मक दृष्टि से ज़रूर देखना चाहिए। मैं यह नहीं कह रही कि सब कुछ बुरा है। एक ऐसी संस्कृति जो निकम्मेपन, अज्ञान और आलस्य को बढ़ावा देती है वह भविष्य में आनेवाली संस्कृति नहीं है। वो संस्कृति जो अपने ही लोगों की इच्छाओं और उम्मीदों के लिए अन्धी, बहरी और गूँगी हो, ऐसी संस्कृति लोकप्रिय नहीं होती। हमें अपनी संस्कृति को बदलाव के लिए तैयार करना होगा, नहीं तो हमारा विनाश निश्चित है!"

हालाँकि बिल्किसु ने फातिमा और हज़ारा के बीच बातचीत रोकने की पूरी कोशिश की, फिर भी जब तक दोनों चली नहीं गईं, उनके बीच बहस होती रही।

# 18

कई सप्ताह के बाद, एक दिन दोपहर के समय अल्हाजी हारून खिली मुस्कान लिये अमीना के कमरे में आए। ''मैं थक गया हूँ। सभा में कार्यवाही लगातार चल रही थी। हमने अतिरिक्त बजट के बारे में बातचीत की।'' अमीना ने जवाब नहीं दिया।

''मैं एक नया मालगोदाम बनाना चाहूँगा।''

''एक नया मालगोदाम क्यों?''

''मैं चावल, खाने का तेल, नमक और खाद का आयात करना चाहता हूँ। इनसे बहुत मुनाफा हो सकता है।''

''तुम खेतों की व्यवस्था करके चावल उत्पन्न करने के लिए लोगों को काम पर लगा सकते हो, या तुम खाद बनाने का कारखाना लगा सकते हो।''

''इस तरह से मुनाफा कमाने में मुझे दस साल, शायद ज़्यादा भी लग सकते हैं। सब लोग आयात करते हैं। अगर हम अपना ही चावल उगाएँगे, वो बिकेगा नहीं,'' उसने शिकायत करते हुए कहा।

''मैंने सुना है, तुमने विश्वविद्यालय में भाषण दिया था?''

''हाँ, मैंने दिया था।''

''क्या वह धार्मिक सभा थी?''

''नहीं। बोकारो विद्यार्थी संघ ने हमारी संस्था के विषय में बातचीत करने के लिए मुझे आमन्त्रित किया था।''

''विद्यार्थी संस्था के ऊपर फिज़ूल खर्च करने के लिए पैसे कहाँ से लाते हैं?''

''बोकारो का हर विद्यार्थी एक छोटी-सी रकम हमारी संस्था को देता है, और विद्यार्थी संघ से हमें सामान मिलता है।''

''क्या तुमने मेरा नाम लिया और मेरे योगदान के बारे में चर्चा की?''

''नहीं, क्योंकि पहले से ही सब उनके बारे में जानते हैं।''

''मुझे लोकप्रिय बनाने के लिए और मेरे राजनीतिक भविष्य की बेहतरी के

लिए तुम उन्हें फिर भी याद दिला सकती थीं। तुम्हें मालूम है, अगले चुनाव में मैं एक सचिव के पद के लिए लड़ने की योजना बना रहा हूँ।''

''भाषण बोकारो की महिलाओं के विषय में था।'' अल्हाजी हारून जाने के लिए बेचैन थे। ''मेरा व्यापार का साथी अमेरिका से आ गया है,'' उसने सूचना दी। ''वह कुलु के होटल में है। मुझे उससे आज ही मिलना होगा।''

जब अमीना वहाँ पहुँची तब कई टोलियाँ बनाकर महिलाएँ मुख्य कार्यालय के बरामदे में बैठी थीं। उसका ध्यान अलग-अलग नाप और आकार के बर्तनों पर गया जो धूप में पड़े थे। कुछ महिलाएँ पेड़ के नीचे बैठकर बुनाई कर रही थीं और बाकी बालों की चुटिया गूँथ रही थीं। वह एक कमरे में गई, जिसे सहकारी दुकान् बना दिया गया था, और जहाँ लराई स्कूल के बच्चों की एक टोली को यह समझा रही थी कि वह दुकान किस तरह से चलाती थी।

''हम महिलाओं को पैसे देकर उनसे सामान खरीदते हैं और उन चीज़ों को बेचते हैं। जो मुनाफा कमाते हैं, उसे बैंक में जमा किया जाता है, ताकि हम और सामान खरीद सकें। बहुत जल्द, कुछ ही दिनों में हम सामान सीधे ही उत्पादकों से खरीदेंगे और उसे सस्ता बेचेंगे।''

अमीना सन्तोषपूर्वक मुस्कुराई। हर मिनट उसका विश्वास और भी पक्का होता जा रहा था कि वह एक कर्मठ और सच्चा जीवन बिता रही थी। वह महिलाओं की कार्यकारिताओं और नेतृत्व से प्रभावित थी। वह दफ़्तर में गई और करीब एक घण्टे तक पूरा ध्यान लगाकर पढ़ती रही। बाद में अल्हाजी हारून और एक गोरे आदमी ने दफ़्तर में आकर उसके पढ़ने में विघ्न डाला। ''ये हैं मिस्टर टॉम ह्वाइटहेड, मेरे साथी जो अमेरिका से आए हैं,'' अल्हाजी हारून ने कहा। उस व्यक्ति ने हाथ बढ़ाकर अमीना से मिलाया। लम्बा और दुबला, छोटे अच्छी तरह कटे बालों वाले उस व्यक्ति ने गहरे रंग का सूट और बो टाई पहना था और हाथ में एक काला ब्रीफकेस लिया हुआ था। अमीना का परिचय कराने के बाद, अल्हाजी ने आगे जोड़ा, ''मुझे उम्मीद है ये कपड़े की मिल की देखभाल कर पाएगी और काम के लिए महिलाओं की व्यवस्था कर सकेगी। मैं ज़मीन, स्थानीय द्रव्य और राशि की आपूर्ति करूँगा, जबकि तुम विदेशी मुद्रा, उपकरण और विशेषज्ञ जुटाना।'' अल्हाजी ने उससे विदा ली और महिलाओं से बात करने के लिए चला गया।

''क्या मैं बैठ सकता हूँ?'' मिस्टर ह्वाइटहेड ने पूछा।

''कृपया बैठिए,'' कहते हुए अमीना खुद भी बैठ गई।

''महिलाओं को संगठित करने में तुम्हारा प्रयास देखकर मैं प्रभावित हूँ।''

''यह तो सिर्फ एक परीक्षण है।''

"मुझे नाइजीरियन लोगों से व्यापार सम्बन्ध रखना अच्छा लगता है। तुम्हारे पति बहुत सहयोग देते हैं। बहुत से अफ्रीकी राज्यों में मेरी व्यापार-संस्थाएँ हैं।"

"किस तरह के व्यापार?"

"मैं किसी भी तरह का व्यवसाय कर लेता हूँ। मैं हाल में ही घाना से लौटा हूँ, जहाँ मैंने कुछ राज्यों के होटल खरीदे। अक्करा सरकार के लिए मैं अन्तरिक्ष के बारे में एक प्रोग्राम पर भी काम कर रहा हूँ। मैं कीनिया के राष्ट्रपति को प्राकृतिक स्रोत का पानी और करीब सभी अफ्रीकी देशों को हथियार देता हूँ। ज़ायरे, साइरा लिओन और लाइबीरिया तीन देश सबसे पहले हैं। मैं अमेरिका और यूरोप को हीरे और खनिज पदार्थ निर्यात करता हूँ। मैं कब कहाँ हूँ, मेरा व्यवसाय उस हिसाब से अलग-अलग होता है। मैं पश्चिमी वित्तीय संस्थाओं के ज़रिए ऋण का प्रबन्ध करता हूँ और कभी-कभी करदान का प्रबन्ध करता हूँ। तुम देख रही हो, मैं सब तरह के काम कर लेता हूँ।"

"यह तो बहुत रोचक है।"

"हाँ! उतनी ही रोचक यह किताब है जो तुम पढ़ रही हो।"

"हाँ! यह शिक्षा सम्बन्धी है; आँखें खोल देने वाली!" उसने जवाब दिया।

"श्रीमती हारून, यूरोप ने अफ्रीका को अविकसित नहीं किया, जैसा कि इसका शीर्षक संकेत करता है। बल्कि यूरोप ने तो अफ्रीका का विकास किया और अभी भी कर रहा है। यूरोपीय सभ्यता और ईसाई धर्म लेकर आए, और तुम लोगों के लिए उन्होंने सड़कें, बन्दरगाह, पुल, रेलमार्ग आदि बनाए जो तुम्हारे पास पहले कभी नहीं थे।" जैसे-जैसे वह तर्क देकर अपनी बात की पुष्टि करता गया, अमीना के अन्दर जवाब देने की इच्छा पैदा होने लगी। जब वह रुका तो वह झिझकते हुए बोली, "यह साफ़ जाहिर है कि यूरोप ने अफ्रीका को विकसित नहीं किया। शुरू से ही पश्चिमी यूरोप के देशों ने अफ्रीका को लूटा और उसका शोषण किया। गुलामी में रहना तो कभी भी लोगों के लिए अच्छा नहीं हुआ!"

मिस्टर ह्वाइटहेड झटके से पीछे हटे और हैरानी से पलक झपकाने लगे। वह बोलती गई, "जिसके बारे में तुमने चर्चा की थी, उस आन्तरिक संरचना का निर्माण उपनिवेशियों ने हमारे श्रम से किया, लेकिन मानवहित के लिए नहीं, बल्कि अपने आर्थिक लाभ के लिए। क्या अस्पताल और स्कूल अफ्रीकी लोगों के लिए बनाए गए थे? जो उन्होंने लगाया और जो वसूल किया, उसकी तुलना करके देखो। मैं ज़ोर देकर कहती हूँ कि उन्होंने हमारा शोषण किया, लूटा और पूरा विकसित नहीं किया। एक दिन अफ्रीका का इतिहास निष्पक्ष रूप में लिखा जाएगा।" उसने वॉल्टर रोडनी की किताब 'हाउ यूरोप अण्डर डेवेलप्ड अफ्रीका' हाथ में उठाकर कहा, "यह किताब तो सिर्फ एक शुरुआत है।"

अब उनका मुँह थोड़ा-सा खुल चुका था! "सुनिए!" अमीना आत्मविश्वासपूर्वक

बोलती गई। ''उपनिवेशी युग में यूरोपीयों ने हमारे ऊपर शासन और सीधे हमारा शोषण किया। आज नव-उपनिवेशी युग में तुम जैसे लोग—बहुराष्ट्रीय निगमों के प्रतिनिधि—बहुत कम पूँजी के साथ, पुरानी मशीनें और तथाकथित विशेषज्ञता लिये अफ्रीका में घूमते हो। तुम पूँजी लगाते हो और संदिग्ध तरीकों से अद्भुत मुनाफ़ा कमाते हो। हमारे संसाधनों को बेईमानी से लूटने के लिए तुम लालची, नासमझ और देशद्रोही अफ्रीकियों के साथ साँठ-गाँठ करते हो। तुम्हारे मालिक यूरोप या अमेरिका के शहरों में रहकर वहीं से देशद्रोही अफ्रीकी लीडरों को और धोखेबाज़ व्यापारियों और हिंसक और बेरहम सैनिकों को आदेश देते हैं, जो कुत्तों की तरह ऊपर-नीचे दौड़कर तुम्हारे हित की रक्षा करते हैं। इस गन्दे काम के लिए उन्हें बेईमानी से कमाए मुनाफे में से कुछ टुकड़े मिल जाते हैं, जो अफ्रीकी लोगों के खून और पसीने से तुम्हें प्राप्त होते हैं।''

ऐसा लग रहा था जैसे मिस्टर ह्वाइटहैड को किसी साँप ने काट लिया हो। ''मैडम,'' उन्होंने दर्दभरी आवाज़ में जवाब देते हुए कहा, ''हमारे द्वारा लगाई गई पूँजी तो तुम्हारी अर्थव्यवस्था के विकास में तुम्हारी मदद के लिए है।''

''तुम मुझसे सहमति की आशा नहीं रख सकते। मेरे पति का तुमसे साँठ-गाँठ करने का यह मतलब नहीं है कि मैं भी ऐसा ही करूँगी। तुम्हारी चालाकियाँ खुल गई हैं, तुम दिन-दहाड़े हमें लूटते हो और कहते हो कि हमारी मदद कर रहे हो। अगर तुम जैसे लुटेरों की दिलचस्पी हमारी उन्नति में थी और अब भी है तो तुम औज़ारों का आयात क्यों नहीं करते? तुम हमेशा पूरी तरह तैयार सामान का ही आयात क्यों करते हो? तुम हमें उपकरण बनाना क्यों नहीं सिखाते हो? हमारे प्राकृतिक संसाधन बाहर ले जाने में तुम्हारी रुचि क्यों है? तुम स्थानीय उद्योगों को बढ़ने के लिए प्रोत्साहित क्यों नहीं करते? तुम्हारी रुचि यहीं पर शोध-संस्थाओं में पैसा लगाकर शुरू करने में क्यों नहीं है? तुम हमेशा देशद्रोही अफ्रीकी नेताओं का साथ सिर्फ इसलिए देते हो, क्योंकि हमारे संसाधन चुराने में वो तुम्हारी मदद करते हैं? यह जानते हुए भी कि शस्त्रों का इस्तेमाल बेकसूर लोगों को मारने के लिए किया जाएगा, तुम इनका आयात क्यों करते हो? तुम हीरों का निर्यात लड़ाई से ग्रस्त, लाइबीरिया जैसे इलाकों से क्यों करते हो? दूसरे शब्दों में तुम अफ्रीका में युद्ध और लड़ाई-झगड़ों को बढ़ावा क्यों देते हो? अफ्रीका में सब तरफ़ भ्रष्ट-दमनकारी और खूनख़राबा करनेवाली शासन प्रणालियों को तुम अपना समर्थन क्यों देते हो?''

''तुम इस तरह के कर्ज़ दिलवाते हो, जिनका भुगतान नहीं किया जा सकता। इतने ऊँचे ब्याज़ वाले कर, जिनका भुगतान करने में ही ज़्यादातर अफ्रीकी राज्य अपना आधा बजट खर्च कर देते हैं।''

''इन कर्ज़ों पर तुम्हारे माननीय नेताओं ने ही दस्तख़त किए थे। ये थोपे

नहीं गए हैं,'' मिस्टर ह्वाइटहेड ने सहसा बीच में टोका।

''हाँ बिलकुल नहीं। हम लालची हो जाते हैं, और सादे कपड़े या वर्दी पहने जो अनपढ़ आदमी हमारे देश पर शासन करते हैं, वे उनसे कागज़ों पर दस्तख़त करने को कह देते हैं; वे किसी भी चीज़ पर दस्तख़त कर देते हैं। हमारे शासक शैतान के साथ कारोबार करके अपनी माँ को भी बेच सकते हैं और तुम्हें बिचौलिए की भूमिका निभाने में खुशी ही होगी।''

''मेरा तुम्हारे साथ कोई कारोबार नहीं है,'' कहते हुए वह परेशान लगने लगा।

''हाँ, मैं जानती हूँ! मैंने तुम्हें आमन्त्रित नहीं किया। यहाँ आकर तुम इस तरह की बातें कहते हो और सोचते हो कि जवाब नहीं मिलेगा। मेरे पति और मुझमें फर्क है!''

अल्हाजी हारून अन्दर आए।

''मैं देख रहा हूँ, तुम्हें किताबें पढ़ने का शौक है, और तुम लिखित बात पर विश्वास करती हो,'' मिस्टर ह्वाइटहेड ने अपना ब्रीफकेस खोलते हुए कहा। उन्होंने एक किताब निकाली जिसका शीर्षक था, 'यूएसए एण्ड अफ्रीका : पार्टनर्ज इन प्रोग्रेस'। ''अच्छी तरह पढ़ना,'' उन्होंने उसको देते हुए कहा।

''धन्यवाद और खुदा हाफिज़,'' उसने किताब लेते हुए जवाब दिया।

मिस्टर ह्वाइटहेड और अल्हाजी हारून के चले जाने के बाद अमीना चैन से मुस्कुराई। अपनी पहली बौद्धिक लड़ाई की जीत से वह प्रफुल्लित थी। उसमें आत्महीनता की भावना अब ख़त्म हो गई थी और वह समझ गई थी किसी भी बहस में वह अपने तर्क पर डटी रह सकती थी।

अल्हाजी हारून बाद में शाम के वक्त वापस आए तो बहुत अनुत्साहित लग रहे थे।

''तुम्हारे कारोबार की मीटिंग कैसी रही?'' पूछते हुए अमीना अपनी प्रसन्नता को नहीं छुपा सकी।

''अब उसकी कोई रुचि नहीं है,'' अल्हाजी ने दुखी होकर कहा। ''उसका कहना है, कुछ अफ्रीकी राज्यों में बहुत ज़्यादा असुरक्षा है।''

''हाँ,'' उत्तेजित अमीना ने बात काटते हुए कहा, ''राजनीतिक अस्थिरता विदेशी पूँजी-निवेश को निरुत्साहित करती है।''

''लेकिन हमारे देश की धरती विदेशी पूँजी-निवेश के लिए उपजाऊ है। हमारे राष्ट्रपति ने विदेशी धनविनियोग के लिए हमेशा हाथ फैलाए हैं और विनियोक्ताओं को उनकी सुरक्षा का आश्वासन दिया है।''

''तुम्हारे साथी ने कोई और तर्क दिया?''

''नहीं! उसको खासकर इस कम्पनी के भविष्य के बारे में भय था।''

अमीना ने गहरी साँस ली। जबसे उसके पति ने उसे मारा था और उसके

पुत्र की मृत्यु हो गई थी, अमीना अपने पति के प्रति रूखी हो गई थी और अब वह उससे डरती भी नहीं थी। उसने निर्भीक होकर बोलने का फैसला किया। ''अल्हाजी, मैं तुमसे साफ़ बात कर रही हूँ। हमें विदेशी धनविनियोग की ज़रूरत नहीं है, हमें तो जल्द से जल्द यह समझने की ज़रूरत है कि अपने धन और संसाधनों का इस्तेमाल कैसे करें। मैं जानती हूँ कि विधायकों की जागीर के 'सुरक्षित कमरों' की अलमारियों में और आबुजा में तुमने बहुत सारा धन जमा कर रखा है। मैं यह भी जानती हूँ कि तुम्हारे दोस्तों और तुम्हारे लिए इस पैसे को देखकर मज़े लेना, समय गुज़ारने का तरीका बन गया है। पैसे का लाभ न उठाने का यही सही अर्थ है। पैसों का सही मतलब या फायदा उठाने के लिए उसे काम में लाना बहुत ज़रूरी है। जैसे ही उसे एक जगह रख दोगे, वो बिलकुल बेकार हो जाएगा।''

''मेरा सुझाव यह है : इस पूँजी को लगा दो; कारखाने लगाओ; उपकरण, ज़मीन और मज़दूर खरीदने के लिए इस पैसे को काम में लाओ। यह सब करने में यह लाभदायक बन सकता है। लोग काम करेंगे, रोज़ी रोटी कमाएँगे और कामकाज के लिए हमेशा अहसानमन्द रहेंगे। उन्हें सम्मान मिलेगा,'' जवाब मिलने की इच्छा से अमीना एक पल को चुप हो गई, लेकिन उसके तर्क सुनकर उसका पति घबराया हुआ-सा लगने लगा। ''तुम नाइजीरियन विशेषज्ञों को आमन्त्रित क्यों नहीं करते, ताकि उनके साथ बैठकर विचार कर सको कि लोगों के हित में तुम अपने पैसे का इस्तेमाल कैसे कर सकते हो?'' अमीना ने पूछा।

''क्यों?'' अल्हाजी ने सचमुच परेशान होते हुए पूछा। ''मुझे ख़ास ज्ञान तो है ही नहीं। वैसे भी, सभी नाइजीरियन बदमाश होते हैं। ख़ैर मेरे लिए सोच-विचार करने के लिए बटूरे तो है।''

''बटूरे हमेशा अपने फायदे के लिए करेगा न कि तुम्हारे।''

''मैं तहेदिल से बटूरे पर भरोसा करता हूँ।''

अमीना निराश हो रही थी, लेकिन वह शान्तिपूर्वक कहती गई, ''मेरे दिमाग में कुछ ऐसी बात आ रही है : शुरू करने के लिए तुम बोकारो में दो या तीन कारखाने, फ़ार्म और ट्रांसपोर्ट कम्पनियाँ लगाओ। इनके साथ ही खाने का सामान तैयार करने की मशीनें भी लगा सकते हो। लोगों को इन सब क्षेत्रों में काम करने के लायक बना सकते हो। अपने कमाए हुए पैसों से वे वो सामान और सेवाएँ खरीद सकेंगे, जो तुम प्रदान करोगे। तुम उनके बच्चों के लिए अच्छा स्कूल बनवा सकते हो, जिसमें भविष्य में तुम्हारे लिए काम करनेवालों की शिक्षा के लिए वे खुद फीस भरेंगे। तुम अपने काम करनेवालों के लिए मकान बनवा सकते हो और वे तुम्हें किराया देंगे। संक्षेप में, सभी लोग लाभ उठाएँगे। राज्य की वार्षिक आय बढ़ जाएगी, क्योंकि उन्हें टैक्स का भुगतान करना होगा; अध्यापकों को वेतन देने के लिए स्कूल को पैसा मिलेगा; कार्यकर्ताओं के पास सामान और सेवाएँ खरीदने

के लिए पैसे होंगे और वे खुश रहेंगे; तुम्हारा धन भी बढ़ेगा।

इस तरह से तुम दूसरों के लिए उदाहरण पेश करोगे। जैसा कि सब कहते हैं, ज़रूरत इनसान से सब कुछ करवा देती है। दूसरे लोग वो सेवाएँ उपलब्ध करवाएँगे जो तुम नहीं कर सकते। तुम और दूसरे उद्योगपति फिर सरकार द्वारा सड़कें, टेलीफोन, बिजली, पानी आदि उपलब्ध करवाओगे। आखिरकार इन सबके जरिए अर्थव्यवस्था का विस्तार होगा। अन्ततः हमारी आर्थिक स्थिति इतनी सुखद होगी, जिसमें सभी प्रसन्न और सम्पन्न होंगे।''

''अमीना सुनो, तुम्हारे मन में ऐसे विचार कैसे आए?''

''कुछ मैंने किताबों में पढ़े, लेकिन खासकर मैंने जब अपने बारे में विचार किया तब मेरी आँखें खुलीं।''

''किताबों में कही बहुत-सी बातें हो नहीं पातीं। तुम्हारे विचार यहाँ नहीं चल पाएँगे।''

''कोशिश करके देखो। अगर तुम्हें नाइजीरियों पर भरोसा नहीं है, कम से कम अपने पैसों के मामले में अपनी बीवी पर तो भरोसा करो। मैं कारोबार का ध्यान रखूँगी। मैं एक प्रस्ताव लिखकर जल्द ही तुम्हें दूँगी।''

''मुझे तुम्हारी सलाह नहीं चाहिए।''

''समस्या क्या है?''

''बटूरे नहीं मानेगा। वह चाहता है कि मैं अपना पैसा सुरक्षित रखवाने के लिए बाहर भेज दूँ।''

''ताकि तुम्हारे पैसों से वही किया जाए, जैसा मैंने समझाया है, लेकिन तुम्हारे देश में नहीं; यूरोप में।''

''मुझे बटूरे पर विश्वास और भरोसा है।''

# 19

महीने गुज़र गए। बरसात का मौसम ख़त्म होने पर एकदम सूखा हो गया। सितम्बर के महीने के आखिर में महिला संघ ने 'सामाजिक-शिक्षा सप्ताह' का आयोजन किया। अमीना ने कैम्पस और संस्था के हेडक्वार्टर, दोनों जगह इकट्ठे लोगों के सामने भाषण दिया। शिक्षा, स्वास्थ्य और धर्म के ऊपर महिलाओं के बीच इश्तहार और पेम्फलेट बाँटे गए। सहायक संघ ने मिलकर, महिला संघ की क्रियाओं और भविष्य की योजनाओं के बारे में चर्चा की।

जैसे ही वे दोनों उसके कमरे में आराम से बैठीं, अमीना ने फातिमा से पूछा, "हमें अपनी उपज के साथ क्या करना चाहिए?"

"जितना काम हर सदस्य ने किया है, उस हिसाब से बँटवारा कर लो," फातिमा ने सुझाव दिया।

"यह अव्यावहारिक है! हमें सबके साथ न्याय करना चाहिए।"

"उपज को बेचकर सारा पैसा बैंक में जमा कर दो," फातिमा ने प्रस्ताव रखा।

"नहीं, उन्हें अपने काम का असर महसूस नहीं होगा," अमीना ने तर्क दिया।

"ठीक है, उनके परिवार में सदस्यों की गिनती के हिसाब से बाँट दो।"

"हमने मिली-जुली खेती-बाड़ी की थी," अमीना ने समझाया। "सब्जियों की फसल निकालकर कम दामों पर बेची जा चुकी है। यह सही है कि ताज़ी मक्का सिर्फ एक खेत में उगाई गई, काटी गई और सिर्फ़ सदस्यों को बेची गई।

"अपने तजुर्बे की वजह से तुम महिलाओं को मुझसे बेहतर समझती हो। तुम्हारे हिसाब से सबसे ठीक क्या होगा," फातिमा ने उस पर छोड़ते हुए कहा।

"हमने हर सदस्या के लिए एक-एक ब्लाउज़ और स्कर्ट सिलवाए हैं," अमीना ने संकेत दिया।

"तुम्हारे लिए भी?"

"हाँ बिलकुल, मैं भी महिलाओं में से एक हूँ।"

"समय किस तरह दौड़ता है! यह संस्था शुरू किए हुए एक साल होने को

आया है...''

''उस वक्त इसे शुरू करना नामुमकिन लग रहा था।''

''...एक स्वप्न जैसा।''

''अल्हाजी इब्राहिम जल्द ही शादी करके नई बीवी लाएँगे,'' मायरो ने सबसे ताज़ी खबर सुनाई। ''कौन? क्या?'' अमीना ने हैरानी से घूमकर पूछा।

''हाँ! कुलु का पति। उसकी पहली पत्नी ने मुझे बताया। सुनने में आया है कि उसकी वजह से माध्यमिक स्कूल की एक छात्रा गर्भवती हो गई और लड़की के पिता, राज्य-कमिश्नर ने, ज़ोर डाला है कि वह उसकी बेटी से शादी करे।

''और कुलु?''

''मैं अभी नहीं जानती कि वह क्या सोच रही है।''

''यह रोचक है।''

''मुझे बताओ, आज शाम को क्या होगा?'' मायरो ने पूछा।

''आज हमारा फसल कटने का दिन है। रात को एक पार्टी होगी और हम सब मिलकर खाना बनाएँगे और खाएँगे। हम गाएँगे, नाचेंगे और पिक्चरें देखेंगे। शुरू में ही सब समूह में खड़े होकर फोटो खिंचवाएँगे, इसलिए महिलाओं को याद दिला देना कि अपनी नई पोशाक पहनें।''

''मैं कह दूँगी।''

जिस पल का अमीना को इन्तज़ार था वो आ ही गया। सहकारी कपड़े पहनकर वह हेडक्वार्टर की तरफ़ चल पड़ी। मुस्कुराती हुई महिलाओं को वैसे ही कपड़ों को पहने देख उसका मन उमड़ आया। वे सब झुण्ड बनाकर फोटो खिंचवाने खड़ी हो गईं, आगे की पंक्ति के बीच अमीना, उसके पीछे दो लाइनों में कुछ महिलाएँ खड़ी हो गईं और बाकी सामने बैठ गईं। जैसे ही फोटोग्राफर ने कैमरे का बटन दबाया, बिल्किसु की गाड़ी आकर रुकी। फातिमा, रेबेका, बिल्किसु, मुआज़ु और मुक्तार कूदकर बाहर निकले और कुछ महिलाओं ने 'वाह-वाह' की। छात्राएँ तो जल्दी से अमीना के सामने बैठ गईं, लेकिन मुक्तार ने फोटो में शामिल होने से मना कर दिया।

दूसरी फोटो खिंचते ही, महिलाएँ खाना पकाने में लग गईं। महिलाओं द्वारा बनाए गए बर्तन, रंगे और बुने कपड़े और वस्त्र, बुने हुए स्वेटर और सजावट की चीज़ें बहुत कम दामों में सेल पर लगी थीं।

अमीना ने फोटोग्राफर से कहा, ''मैं चाहती हूँ कि महिलाओं और छात्राओं की खाना बनाते हुए, बात करते और नाचते हुए कुछ और तस्वीरें खींच लो, ताकि कार्यक्रम की हम पूरी एलबम बना सकें।''

''मुझे आप अपनी एक अकेली तस्वीर खींचने दीजिए,'' उसने विनती की।

वह बात मानकर सीधी खड़ी हो गई। आगे-पीछे झुककर जैसे ही वह कैमरे

के शीशे का रुख ठीक करने लगा, अमीना ने अपना सिर थोड़ा-सा दाईं तरफ़ घुमाया। उसकी आँखें मुक्तार की आँखों से जा मिलीं और जैसे ही वह मुस्कुराई, कैमरे का बटन दब गया।

बहुत से पुरुष रात के खाने में उन सबके साथ शामिल हो गए, जिनमें ज़िले के ख़ास गाने-बजाने वाले भी थे। खाने के बाद, वे अपने ड्रम, बाँसुरी और तुरही बजाने लगे, और कुछ महिलाएँ नाचने लगीं और बाकी महिलाएँ उन्हें देखने लगीं और आपस में मज़ाक करने लगीं। लराई गाती और नाचती हुई अपने सबसे अच्छे रूप का प्रदर्शन कर रही थी। यह सब देखकर अमीना के चेहरे पर और मन में सन्तोष नज़र आ रहा था। जब एक जाना-पहचाना गीत हवा को चीरने लगा तो अमीना ने फातिमा की तरफ़ देखा और खुशी से भरी दोनों की आँखें मिलीं। उसने फातिमा को भीड़ की तरफ़ खींचा, अपनी सैंडिल उतारी और बीच में पहुँची। महिलाओं ने उनके नाचने के लिए जगह छोड़ दी और तालियों की गड़गड़ाहट के बीच दोनों खूब नाचीं।

जैसे-जैसे अँधेरा बढ़ता गया, और लोग भी आकर महिलाओं के उत्सव में शामिल हो गए और समारोह ज़ारी रहा। महिलाओं को अँधेरा प्यारा लग रहा था। अमीना ने एक पिक्चर की रील लगा दी और सबके चुप होने का इन्तज़ार करने लगी। जब उसने प्रोजेक्टर शुरू किया तब भी शोरगुल सुनाई दे रहा था। फिल्म पर ध्यान देने के बजाय वह आसमान की ओर देखने लगी। उसने देखा कि पूर्णिमा का गोल चाँद कैसे बिखरे बादलों के बीच से उतरकर आ रहा है।

वे सब चले गए और सवन्नाह का खुला और समतल विस्तार चमकती चाँदनी में नहा उठा। कीड़े-मकोड़े और रात के पक्षी भी अपने गीतों के साथ शरीक हो गए। वातावरण में नमी बाकी थी और जुगुनू चमक रहे थे।

## 20

अमीना चुपचाप अपने जीवन की कुछ ख़ास घटनाओं के बारे में सोचने लगी, जिनकी शुरुआत बचपन में प्राइमरी स्कूल में ही हो गई थी; किस तरह उसका नाम ज़बरदस्ती लिखवाया गया और फिर उसने जाने से मना कर दिया; किस तरह उसे स्कूल जाने के लिए घर से खदेड़कर निकाला जाता था; किस तरह उसकी माँ उसे प्रोत्साहित करती थीं; उसके पुराने भूले-बिसरे साथी; उसकी माध्यमिक शिक्षा के पल; उसकी माँ और बहनें; विश्वविद्यालय में उसके द्वारा बिताया गया बहुत थोड़ा समय; किस तरह वह पंजीकरण के पहले दिन फातिमा से मिली, और उन्होंने एक ही कमरे में रहने का फैसला किया था; उसकी शादी, उसका पुत्र जो मर चुका था; महिला संस्था; अक्षरज्ञान और स्वास्थ्य आन्दोलन; सहकारी आन्दोलन; और आज, शरद् पूर्णिमा। जिन आँसुओं ने उसके चेहरे को नम कर दिया था, वह नहीं समझ पा रही थी कि खुशी के थे, राहत मिलने के कारण थे या फिर दुख के कारण थे।

एक दिन दोपहर के समय जब अमीना सो रही थी, अल्हाजी हारून जल्दी से अन्दर आए। उन्होंने ज़ोर से दरवाज़ा बन्द किया, उसमें ताला लगाया और खड़े होकर हाँफने लगे। अमीना ने आँखें खोलीं और उन्हें सोफ़े में धँसते हुए देखा। वो डरे हुए और पीड़ित नज़र आ रहे थे।

"तुम्हारे पास कुछ खाने को है?" उन्होंने पूछा।

"नहीं, मैं बना सकती हूँ..."

"फिक्र मत करो, मुझे तो भूख ही नहीं है।" उन्होंने एक पल के लिए उसकी तरफ़ घूरा, फिर सिर झुकाकर ज़मीन पर पैर से ठक-ठक करने लगे।

"क्या हुआ?" अमीना ने कई बार पूछा, लेकिन उन्होंने कोई जवाब नहीं दिया।

वह सोचने लगी कि क्या हुआ होगा। क्या फिर किसी ने उसके बारे में

कुछ उलटा-सीधा कहा है? या उसके साझेदार ने अमीना और उसके बीच हुई बातचीत के बारे में बताया है? हो सकता है, उन्हें किसी ने ठग लिया हो। जहाँ तक उसे मालूम था, परिवार में भी सभी ठीक-ठाक थे। वह अभी भी विधानसभा का सदस्य था, और कुछ समय के लिए स्पीकर की कुर्सी सँभाल रहा था।

"हे भगवान!" उन्होंने अपनी चुप्पी ख़त्म की।

"अब किसलिए?" उन्होंने अमीना को सीधे घूरकर देखा। "लोग भगवान से क्यों नहीं डरते? भगवान ने जितना भी दिया है, उससे वे सन्तुष्ट क्यों नहीं रहते? कुछ लोग हमारा विनाश क्यों देखना चाहते हैं? लोग हमारे विरुद्ध क्यों हैं? किसलिए?"

"क्या हुआ है?" अमीना ने फिर से पूछा।

"मैं बताता हूँ," उन्होंने उसके पास बैठते हुए कहा, "लेकिन तुम इसे गुप्त रखना। हमारे बीच होनेवाली गुप्त बातें गुप्त ही रहनी चाहिए।"

"ठीक है।"

वह ज़ोर से साँस ले रहा था और उसे बहुत पसीना आ रहा था। दुखी होकर उसने सिर हिलाया और धीरे से बोला, "हमें खबर मिली है कि कुछ जवान फौजी अफसर सिविल सरकार का तख्ता पलटना चाहते हैं।" उन्होंने अपने माथे से पसीना पोंछा। अहाते में किसी के ज़ोर-ज़ोर से चलने की आवाज़ सुनाई दी और अल्हाजी की बड़ी लाल आँखें दरवाज़े की तरफ़ घूम गईं। चलने की आवाज़ गुज़र गई। "उन्होंने स्वतन्त्रता दिवस के दिन, मिलिटरी परेड के दौरान, सत्ता अपने हाथ में लेने की योजना बनाई है," उसने घबराते हुए कहा।

"तुम क्यों डर रहे हो?" अमीना ने धैर्यपूर्वक पूछा।

"मैं क्यों न डरूँ? इस वक्त मैंने स्पीकर का पद सँभाला हुआ है। स्पीकर आजकल स्वास्थ्य की जाँच-पड़ताल के लिए लन्दन गया है और उनका डिप्टी हनीमून के लिए दुबई गया है।"

"फिक्र मत करो, भगवान पर भरोसा रखो," अमीना ने धीरज बँधाते हुए कहा और उन्हें उनका चोगा उतारने की सलाह दी। वह बहुत उत्तेजित थे और उसे अनसुना कर दिया।

"इतने वर्षों तक सैनिक तानाशाही में गुज़ारने के बाद अब वो प्रजातन्त्र का विरोध क्यों कर रहे हैं? वो क्या चाहते हैं? जो बैरक उन्होंने अपने लिए बनाए हैं, वो उन्हीं में क्यों नहीं टिकते? सेना को राजनीति में दख़ल देने की क्या ज़रूरत है?" उन्होंने अमीना से पूछा।

"मैं सोचती हूँ कि अभी कोई भी तख्ता पलटने को कोशिश नहीं करेगा, क्योंकि इसके लिए समय ठीक नहीं है।"

"तुम कहना चाह रही हो कि वे कुछ समय बाद सत्ता पर काबू करेंगे?"

उन्होंने सीधे उसकी आँखों में देखते हुए पूछा।

"तीन साल का सिविल प्रशासन तो बहुत कम..."

"चुप हो जाओ अमीना। तुम राजनीति के बारे में कुछ नहीं जानतीं।" वह इधर से उधर चक्कर काटने लगा। "ये दक्षिणवासी हैं। राष्ट्रपति पद को न जीत पाने की वजह से ये निराश हैं। इसीलिए ये हमारे राष्ट्रपति के खिलाफ़ हैं और प्रजातन्त्र को तहस-नहस करना चाहते हैं।"

"हो सकता है कि उत्तरवासी शासन पलटने की व्यवस्था कर रहे हों।"

"नहीं, राष्ट्रपति खुद उत्तरवासी हैं," उन्होंने विरोध करते हुए कहा।

"लेकिन सभी उत्तरवासी तो उन्हें पसन्द नहीं करते। वास्तव में अधिकतर उत्तरवासियों को उनकी सरकार से कोई फायदा नहीं हुआ है और वो सब उसके विरोधी हैं।"

"तुम्हारा मतलब क्या है?" उन्होंने जानना चाहा।

"उदाहरण के लिए, मुझे खुद उनके शासन करने के तौर-तरीके पसन्द नहीं हैं। अगर मुझे मौका मिलेगा तो मैं किसी भी ऐसे दल का साथ दूँगी जो उसका और उसकी प्रणाली का तख्ता पलट दे।"

"क्या तुम पागल हो? देखो! हमारा राष्ट्रपति भगवान से डरनेवालों में से है! वह न केवल धार्मिक वृत्ति का है, बल्कि एक ज़िम्मेदार और सच्चा इनसान भी है। ऐसा नेता पाने के लिए हमें अपने को खुशकिस्मत समझना चाहिए..."

ऊँची आवाज़ वाले कदम पास आ गए और फिर दरवाज़े पर दस्तक हुई। अल्हाजी एकदम पागल से हो गए। वो खिड़की तक भागकर गए, लेकिन वहाँ सरिये लगे थे। वह घबराए हुए चारों तरफ़ देखने लगे । "कृपया दरवाज़ा मत खोलना!" यह विनती उन्होंने बहुत ही दबी आवाज़ में कई बार की। कपड़ों की बड़ी अलमारी खोलकर वह उसके अन्दर छुप गए। "मैं आसपास नहीं हूँ," उन्होंने कहा। अमीना ने अलमारी बन्द की और फिर दरवाज़ा खोला।

"माफ़ करना अमार्या, मुझसे कहा गया था कि वो यहाँ हैं," उनके सरकारी ड्राइवर ने कहा।

"उनको कौन ढूँढ़ रहा है?" अमीना ने पूछा।

"कुछ लोग दफ़्तर में उनका इन्तज़ार कर रहे हैं।"

"ठीक है, वो यहाँ नहीं हैं, लेकिन मैं उन तक सन्देश पहुँचा दूँगी," उसने कहा और दरवाज़ा बन्द कर लिया।

अल्हाजी हाँफते और पसीने से लथपथ छिपने वाली जगह से बाहर आए। जो हँसी का फव्वारा अमीना के अन्दर से फूटने वाला था उसे दबाकर रखने में अमीना सफल रही। "मैं परेड के मैदान पर मौजूद रहना ही नहीं चाहता," उन्होंने पंखा चलाते हुए कहा। "मैं अपना पद त्याग सकता हूँ, लेकिन मैं अपने जीवन

से हाथ नहीं धो सकता।"

"तुमसे वहाँ रहने के लिए शायद फिर भी कहा जाए।"

"हाँ। मैं आज बीमार पड़ जाऊँगा...इस देश में लोगों के ऊपर राज करना बहुत मुश्किल है। मुझे उन अमीर लोगों से जरा भी शिकायत नहीं है जो अपना सारा पैसा विदेश ले जाते हैं और वहाँ चैन से ज़िन्दगी बिताते हैं। यहाँ तो एक नेता की मृत्यु हाइपरटेंशन की वजह से भी हो सकती है।" उन्होंने अपना बड़ा-सा चोगा उतारा तो अमीना ने देखा कि उनका सीना आम दिनों से ज़्यादा भारी लग रहा था। उसके अनपूछे सवाल के जवाब में उन्होंने मुस्कुराते हुए कहा, "मैंने ऐसी बनियान पहनी है जिसे गोली पार नहीं कर सकती।"

"ऐसी बनियान जिसे गोली पार नहीं कर सकती?" उसने अविश्वास करते हुए पूछा।

"शऽऽ! हाँ, हम आदत डालने के लिए पहन रहे हैं," उन्होंने समझाया। "ईश्वर ने कहा था कि इससे पहले कि मैं तुम्हारी मदद करूँ, तुम्हें अपनी मदद खुद करनी चाहिए।"

"अगर उन्होंने वहाँ तुम पर बम या ग्रेनेड फेंके या फिर टैंकों से आग के गोले चलाए, तब क्या होगा?"

"नहीं, तय है कि वो ऐसा नहीं कर सकते! मैं बिना खूनख़राबे के सिंहासन-पलट के लिए मान जाऊँगा, और हम अपना कारोबार चालू रखेंगे...ओह! उन्हें क्या ज़रूरत है...की व्यवस्था करने की।"

दरवाज़े पर ज़ोर की दस्तक ने उन्हें चुप करा दिया। एक पुरुष के चिल्लाने की आवाज़ आई, "अल्हाजी, तुम्हें जल्द-से-जल्द बुलाया है।" कुछ ही सेकेण्ड में वह वापस अपने स्वर्ग में पहुँच गया।

"बाहर कौन है?" अमीना ने पूछा।

"मैडम, हमारे पास समय कम है, कृपया उन्हें छोड़ दीजिए। उनसे कहिए जाने का समय हो गया है। हमें इकट्ठे जाना चाहिए।"

अल्हाजी ने आवाज़ पहचान ली, बाहर आए और पूछा, "कहाँ चलना है?"

"हवाई अड्डे। स्पीकर जल्द ही पहुँचने वाले हैं।"

अल्हाजी ने जल्दी से कपड़े बदले और एकदम बाहर निकल गए।

अमीना ज़ोर से हँसी और अपने बिस्तर पर गिर गई। वह हँसती गई और उसकी आँखों से आँसू बहने लगे। "सैनिकों का जत्था फिर से शासन अपने हाथ में लेगा, नए शासक पैदा होंगे, पुराने शासकों को गलत कामों के लिए दोष दिया जाएगा, लेकिन उन्हें छोड़ दिया जाएगा। उनमें से कुछ को नए प्रशासन में शामिल कर लिया जाएगा। गरीबों की उम्मीदें जो पिछले प्रशासन के समय चूर-चूर हो गई थीं, अब जाग्रत हो जाएँगी। फिर से वायदे किए जाएँगे। अन्त में कुछ नहीं

बदलेगा। जिनके हाथ में सत्ता होगी, वो बिना शर्म के राजकोष को लूटना ज़ारी रखेंगे। ये कैसा देश है, जहाँ एक अशिक्षित सेनानी, आतंक फैलाकर नेताओं का पद हासिल कर लेता है। हमारे दफ़्तर में शासकों की तस्वीरें बदलने के अलावा कोई भी सकारात्मक कार्य नहीं होगा। यह तो परियों की कहानी जैसा है!''

थोड़ी ही देर में फातिमा आ पहुँची, और अमीना ने बिना समय बर्बाद किए उसे सब कुछ बता दिया।

''वो हमला कब करेंगे?'' फातिमा ने पूछा।

''दो दिन में। स्वतन्त्रता दिवस के दिन।''

''खैर, हमारे देश में आज की तारीख में हुकूमत सड़कों पर मिलती है और कोई भी किसी भी वक्त उसे हासिल कर सकता है।''

स्वतन्त्रता दिवस आया और बीत गया; कोई क्रान्ति नहीं हुई। इस बीच महिला संघ का काम चलता रहा, नए विषय लाए गए और कुछ विद्यार्थियों ने अध्यापकों के रूप में अपना पंजीकरण करवाया। और ज़्यादा महिलाओं ने कपड़ा बुनने, स्वेटर बुनाई, सिलाई, रंगरेज़ी और सजावट का सामान बनाने में भाग लेना शुरू कर दिया। कैम्पस में विद्यार्थी यूनियन के चुनाव हुए। नए नेता फातिमा के आन्दोलन के सदस्यों में से थे और उन्होंने महिला संघ का साथ देने की शपथ ली थी। और अधिक विद्यार्थियों को सहयोगी संघ में नियुक्त किया गया। बिल्किसु ने प्रमुख नेता का पद नई उप-राष्ट्रपति, लैला को सौंप दिया।

जब प्रौढ़ शिक्षा आन्दोलन को चलते एक वर्ष हो गया, तब विश्वविद्यालय के प्रौढ़ शिक्षा दल ने परीक्षाओं का प्रबन्ध किया और पुरस्कार दिवस का आयोजन करके हर महिला को सर्टीफिकेट से सम्मानित किया। इस दल के डाइरेक्टर ने, जो इस मौके पर मुख्य अतिथि थे, उनकी कोशिशों की प्रशंसा करते हुए ऐलान किया कि जल्द ही उनका दल शिक्षा आन्दोलन का कार्यभार सँभाल लेगा। अमीना वेतन भोगी समायोजिका होगी और उसका काम होगा शहर के अन्य ज़िलों में ऐसे ही आन्दोलनों की व्यवस्था करना।

अमीना बीमार पड़ गई। जल्दी से उसे दवाख़ाने ले जाया गया और बाद में अस्पताल में दाखिल किया गया, जहाँ वह एक हफ़्ते तक रही। पूरी तरह ठीक होने पर वह हेडक्वार्टर्स गई। महिलाएँ उसे देखकर बहुत खुश हुईं।

''तुम्हारी बीमारी का कारण क्या था?'' लराई ने दफ़्तर में उससे पूछा।

''मेरा गर्भपात हो गया था,'' अमीना ने गहरी साँस लेते हुए जवाब दिया।

''मुझे खेद है, बहुत बुरा हुआ,'' लराई ने सहानुभूतिपूर्वक कहा।

''अब ठीक है, मैं पूरी तरह स्वस्थ हूँ। लेकिन दूसरे बच्चे के लिए कोशिश

करने से पहले मुझे कुछ समय के लिए रुकना होगा।''

लराई सिर झुकाए बाहर चली गई। अमीना एक पत्रिका पढ़ रही थी, जब एक गाड़ी आते हुए ज़ोर से ब्रेक लगाकर रुकी।

''क्या मैं अन्दर आ सकता हूँ?'' कुछ पलों के बाद एक पुरुष ने पूछा।

''हाँ,'' उसने जवाब दिया।

''शुभ दिन मैडम,'' नीला सफारी सूट पहने बड़ी उम्र के एक व्यक्ति ने कहा। ''मैं डॉक्टर इदरिस दनदोदो हूँ, विश्वविद्यालय में एक प्राध्यापक और संयुक्त राष्ट्र का परामर्शदाता हूँ।'' उसने अमीना को एक चिट्ठी पकड़ाई। ''संयुक्त राष्ट्र ने तुम्हारी संस्था के बारे में मुझसे एक रिपोर्ट लिखने को कहा है।''

अमीना ने चिट्ठी पढ़ी और उसे जगह देते हुए बैठने को कहा। ''मैडम मैं आपका इण्टरव्यू लेना चाहता हूँ और फोटो खींचना चाहता हूँ। मैं तीस महिलाओं और कुछ अध्यापिकाओं का इण्टरव्यू पहले ही कर चुका हूँ। मैंने थोड़ी-सी कक्षाओं में भी भाग लिया और खेतों में गया। मैंने समुदाय के कुछ सदस्यों से भी बात की। बिल्किसु, फातिमा और ग्लोरिया ने मेरी बहुत मदद की।''

''मुझे कोई फर्क नहीं पड़ता। डॉक्टर इदरिस, मुझे बताइए कि संयुक्त राष्ट्र को हमारे बारे में कैसे पता चला?''

''आसमान के नीचे होनेवाली कोई भी चीज़ छुप नहीं सकती,'' उन्होंने ऊपर की तरफ़ इशारा करके मुस्कुराते हुए कहा। ''जो कुछ भी तुमने अब तक किया है वह तारीफ़ के काबिल है।''

अमीना परेशान थी। जब वह इण्टरव्यू लेने की तैयारी में लगा था, अमीना हैरान हो रही थी कि संयुक्त राष्ट्र को उनकी संस्था के बारे में कैसे पता लगा। उस पत्र में अपना और संस्था का नाम बड़े अक्षरों में लिखा देखकर वह बहुत प्रसन्न हो रही थी। उन्होंने अमीना के काम के ख़ास पहलुओं के बारे में उसके विचार रिकॉर्ड किए।

शिक्षा आन्दोलन के बारे में पूछे जाने पर अमीना ने समझाया, ''यहाँ पर शिक्षा को कभी भी ख़ास महत्त्व नहीं दिया गया है और ज़्यादातर पुरुष महिलाओं के लिए शिक्षा ज़रूरी नहीं समझते। पुराणपन्थी दल, जो बदलाव के खिलाफ़ हैं, अभी भी हमारे विरोध में नफरत-आन्दोलनों की व्यवस्था कर रहे हैं। बोकारो की एक आम महिला, जिसको कभी बुनियादी शिक्षा भी नहीं मिली, हम उसे भी शिक्षित करने की पूरी कोशिश में लगे हैं। अल हसन प्रौढ़ शिक्षा प्रणाली सचमुच कामयाब हुई है। शिक्षा उतनी ही ज़रूरी है, जितनी हवा और पानी। हमारे शासकों ने जानबूझकर हमें अज्ञान की तरफ़ धकेला है, लेकिन यह पहला वर्ष बीतने के बाद मैं दावे से कह सकती हूँ कि बोकारो की महिलाओं के बीच अज्ञान का खोल दरक चुका है।''

अगली बात अमीना ने उसे सहयोगी आन्दोलन के बारे में बताई। "हमारी योजना यह है कि हम अपनी गतिविधियों को बढ़ावा देंगे और इनमें बेरोजगार युवा पुरुषों और किसानों को भी शामिल कर लेंगे। यह दुर्भाग्य की बात है कि किसानों के पास अब खाली खुर्पी से ज़मीन खोदने के अलावा कुछ नहीं बचा है। इस देश को अपना पेट खुद भरने के लिए सहकारी आन्दोलनों की बहुत आवश्यकता है। सरकार खाद और चावल का निर्यात करती है और अपने लिए खरीदने के समय ये बहुत महँगे पड़ते हैं; ज़मीन अभी भी बहुत थोड़े से धनवान लोगों के कब्ज़े में है। संक्षेप में, एक सही अर्थ में दीर्घकालीन कृषि-योजना अपनाने के बजाय यह मालिक लोग कम-से-कम समय में सिर्फ अपने लिए पैसा बनाने के बारे में सोचते हैं।

"एक दूसरा बड़ा मुद्दा है स्वास्थ्य, हम पूरी कोशिश में लगे हैं कि बोकारो में आम बीमारियों पर काबू पा लें और लोगों को स्वास्थ्य के बारे में बुनियादी शिक्षा दें। हमारे अस्पतालों में दवाइयाँ उपलब्ध नहीं हैं और स्वास्थ्य शिक्षा के बारे में सरकार की कोई नीति नहीं है। हमारे अस्पताल मुर्दाघरों की तरह हैं, जहाँ लोग मरने के लिए पहुँच जाते हैं। उम्मीद है कि दो साल के भीतर हमारे ज़िले में डॉक्टरों और इलाज़ के सामान से भरपूर दवाखाना शुरू हो जाएगा।

"भविष्य को लेकर हमारा इरादा है कि हम शहर के अलग-अलग हिस्सों में और फिर पूरे देश में नए आन्दोलन शुरू करेंगे। खाना बनवाकर उसको पैक कराने के काम को करवाने का भी हमारा इरादा है। हमारे यहाँ बहुत ज़्यादा महिलाएँ या तो बेकार हैं या पूरी तरह से काम में व्यस्त नहीं हैं, इसलिए हम शायद खेती-बाड़ी से हटकर खाना तैयार करवाने पर ध्यान दें। हम खासतौर पर महिलाओं और बच्चों के लिए लाइब्रेरी बनाएँगे और एक साप्ताहिक समाचार-पत्र की व्यवस्था करेंगे, जिसके ज़रिये उन्हें सूचना और वाद-विवाद का मौका मिले। ज़िले की एक महिला ने बरसात के पानी को इकट्ठा करके, साफ़-सुथरा करने और फिर उसको ठीक ढंग से उपयोग में लाने का ख़ास सुझाव दिया है। मुआज़ु दनलामी और दूसरे विद्यार्थी यह परीक्षण कर रहे हैं और अगर यह सफल हो गया तो हम इसे लागू करेंगे। तुम तो जानते हो, पानी की समस्या तो हमारी सबसे खास समस्याओं में से एक है।

"मेरे लिए यह कहना ज़रूरी है, कि मुझे इस बात की बहुत तसल्ली है कि हमारी ज़्यादातर योजनाएँ फली-फूली हैं। मैं अपनी सहेली फातिमा और संघ के सदस्यों द्वारा दी गई सलाह, सहायता और उनके साथ के लिए हमेशा उनकी आभारी रहूँगी।

"हालाँकि हम कोई भी बदलाव एकदम नहीं ला सकते, फिर भी हमने बेहतर भविष्य के लिए रास्ता तैयार कर दिया है।"

आज या कल मुझे फैसला करना होगा कि कौन-सा रास्ता चुनूँ।''

फातिमा ने गहरी साँस ली। ''हम हमेशा चौराहे पर ही खड़े होते हैं। सबसे ज़रूरी है सही रास्ता चुनना और मैं आशा करती हूँ और सर्वशक्तिमान अल्लाह से विनती करती हूँ कि सही रास्ता चुनने में तुम्हारी मदद करें।''

दोनों महिलाएँ एक-दूसरे की तरफ़ देखकर मुस्कुराईं।

''कक्षाएँ कैसी चल रही हैं?'' फातिमा ने पूछा।

''रोज़े चल रहे हैं, इसलिए एक महीने के लिए सभी कार्यक्रम रद्द कर दिए गए हैं।''

''ये कोई बहाना नहीं है।''

''तुम्हें समझना चाहिए। बहुत महिलाओं पर काम का बहुत ज़्यादा ज़ोर है। दूसरी बात, राजनैतिक और धार्मिक वातावरण तनावपूर्ण है। पिछले हफ़्ते खूनखराबा हुआ, जिसमें दस लोग मारे गए। जब कल दो धार्मिक गुटों के बीच मुठभेड़ हुई तो हउआ मरते-मरते बाल-बाल बची। हमें महिलाओं का जीवन खतरे में नहीं डालना चाहिए।'' अमीना ने विषय बदल दिया। ''तुम्हें क्या लगता है, लेफ़्टिनेंट कर्नल अबुबकर उस्मान ने मुझे एक 'मूक क्रान्तिकारी' क्यों कहा?''

''मैं नहीं जानती। मुझे तो वह धरती पर सबसे खतरनाक औरत कहते हैं। एक तरह से तो हमें बिलकुल भी परवाह नहीं करनी चाहिए। वैसे तो ज़्यादातर फौजी अफ़सर यह नहीं जानते कि वह किसके बारे में बात कर रहे हैं। दूसरी तरफ़ लगता है कि हमें फिक्र होनी चाहिए।''

''क्यों?''

''लेफ़्टिनेंट कर्नल उस्मान सामंत वर्ग से हैं, जो समाज में बदलाव लाने के बारे में आधा पागल है। कुछ साल पहले मिलिटरी शासन के विरोधियों के साथ वह जिस क्रूरता से पेश आया था, उसकी वजह से फौज में वह 'अँधेरे का राजकुमार' नाम से जाना जाता है। वास्तव में, यह माना गया है कि वह क्रान्ति की योजना बनाने वालों के साथ था, परन्तु अपने सहयोगियों को धोखा देकर, पौ फटते ही उसने घात लगाकर उनपर हमला कर दिया और किसी को भी ज़िन्दा नहीं छोड़ा। उसे एक बेहद बेरहम व्यक्ति कहा जाता है और वह इस तरह के सभी काम अँधेरे में करता है। उसे यह उपनाम उसके उन कर्मों के लिए दिया गया, जो उसने कुछ समय के लिए सेना प्रशासक की कुर्सी सँभालने के दौरान किए थे।''

''उसने क्या किया था?''

''इस बहाने का तर्क देकर कि विद्यार्थी आन्दोलन करने की योजना बना रहे हैं, उसने सबसे पहले विश्वविद्यालय में ताला लगवा दिया। कुछ प्राध्यापकों ने उसकी रिपोर्ट को गलत बताते हुए विरोध किया। उसने उन्हें बन्दी बनाकर यह निश्चित किया कि कारावास में रहने के दौरान उन्हें वेतन न मिले। उसने

कहा कि उनके परिवारों को भी कष्ट उठाना होगा। फिर यह कहते हुए कि पर्याप्त धन नहीं है उसने कुछ माध्यमिक स्कूल बन्द करवाए। उसने शिक्षा मन्त्रालय को धनराशि से वंचित रखा, इसलिए ज़्यादातर अध्यापकों को करीब एक वर्ष तक वेतन नहीं मिला।''

फातिमा ने थोड़ा रुककर कहा, ''मैंने अपने समाज में कई बुद्धिजीवी विरोधी देखे हैं पर ये तो सबसे ऊपर के दस में से एक है।''

अमीना ने एक नए विषय पर बातचीत शुरू की। ''हाल ही में एक लड़की, जो परेशान लग रही थी, मेरे पास सहायता के लिए आई। उसने बताया कि कुछ महीनों पहले उसका बलात्कार हुआ था और वह गर्भ से थी। वह सड़क पर खाना बेच रही थी जब एक लड़के ने उसका बटुआ चुराया और भागता हुआ एक इमारत के अन्दर घुस गया। जब अपना पैसा वापस लेने के लिए वह उसके पीछे गई तो उसपर काबू करके उस लड़के ने उसका बलात्कार कर दिया। मैंने उस लड़के को ढूँढ़ लिया, जो एक पुलिस अधिकारी का बेटा था और फिर मैंने यह किस्सा स्थानीय कचहरी में दर्ज करवाया। हम चाहते थे कि लड़का अपनी ज़िम्मेदारी कुबूल करके लड़की की देखभाल करे, लेकिन हैरानी और दुख की बात यह है कि न्यायाधीश ने लड़की की गलती बताई : उनके हिसाब से उसने लुभाने वाली पोशाक पहनी थी, उसने यौन प्रदर्शन करके चलते हुए लड़के को आकर्षित किया और बलात्कार के समय शोर भी नहीं मचाया। न्यायाधीश ने उसे अपनी बात कहने का मौका नहीं दिया, लेकिन लड़के को अपने पक्ष में बोलने का पूरा मौका दिया गया। यह कहते हुए कि इस घटना के कोई भी गवाह नहीं हैं, उन्होंने लड़के को छोड़ दिया। मैंने उसके खिलाफ़ शोर मचाया तो उन्होंने मुझे बेंत से पिटवाने का डर दिखाया। उन्होंने शरीर के प्रदर्शन वाले कपड़े पहनने के लिए उस लड़की को छह बेंत लगाने का हुक्म दिया। मुझे अपने कानों पर यकीन नहीं हुआ।''

''तुम देख रही हो वे न्याय किसे कहते हैं?''

''वह करीब छह महीने से गर्भवती थी और मुझे उसके गर्भपात का डर लग रहा था।''

''अब वो कहाँ है?''

''वो लराई के साथ मेरे घर में रह रही है। उसके पिता ने उसे यह कहकर निकाल दिया कि उसके पेट में एक हरामी सन्तान पल रही है और परिवार के लिए यह बहुत ही शर्मनाक बात है।''

''बेचारी तुम! तुम तो न्याय का पीछा कर रही थीं और खुद अन्याय का शिकार हो गईं।''

''मैं खुद अपराध-बोध से ग्रस्त थी। ऐसा लग रहा था कि मैं उस लड़की को वहाँ कलंकित करवाने, उसका मानमर्दन करवाने और सज़ा दिलवाने ले गई

थी। मुझे अभी भी उसकी आँखों में देखना मुश्किल लगता है। लेकिन क्या मेरे पास और कोई चारा था?'' अमीना ने अपनी सोच से जूझते हुए पूछा।

''अमीना,'' फातिमा ने धैर्य बँधाते हुए कहा, ''तुम्हें अपने को दोष नहीं देना चाहिए! तुमने तो सब किया जो कोई ईमानदार इनसान करेगा। तुम्हें ज़्यादा विवशता महसूस होगी, क्योंकि तुम ख़ुद एक महिला हो जो अन्य महिलाओं के लिए और उनकी तरफ़ से लड़ रही हो।''

अमीना ने फातिमा की तरफ़ देखा और उस बात को व्यक्त करने का फैसला किया, जिसके बारे में वह काफी देर से सोच-विचार कर रही थी। ''फातिमा, चलो हम ऐसे कागज़ात तैयार करें जिनमें हमारे देश में ग़रीबों के हालात सुधारने के उपाय दिए गए हों। मैं सहकारी आन्दोलन शुरू करने और उनकी व्यवस्था के सबसे बेहतर तरीकों के बारे में लिख सकती हूँ; तुम शिक्षा प्रणाली को बदलने के बारे में लिख सकती हो; रेबेका स्वास्थ्य शिक्षा के बारे में लिख सकती है। फिर हम ये दस्तावेज़ पेश कर सकते हैं–बोकारो का घोषणा-पत्र लोगों को इस बात की शिक्षा देने के लिए कि प्रणाली में सुधार लाने के लिए किस प्रकार के बदलाव लाने चाहिए। हम इस घोषणा-पत्र की कॉपियाँ बनवाकर सरकारी अधिकारियों, शासकों, न्यायाधीशों और छापेखानों को भेज सकते हैं।''

''यह बहुत बढ़िया सुझाव है,'' फातिमा ने सरगर्मी के साथ कहा, ''सालाना इम्तहान सिर पर होने की वजह से अभी तो हम बहुत व्यस्त हैं। लेकिन मैं औरों से बात करके देखूँगी।''

# 21

रमज़ान का पावन महीना गुज़रने के बाद, बोकारो महिला संघ का कार्य पूरे ज़ोर-शोर से शुरू हो गया। अमीना और उसके विद्यार्थी उसके घोषणा-पत्र के सुझाव पर काम करने को तैयार हो गए, जिसमें अमीना को सहकारी आन्दोलन के बारे में लिखना था। अपने विचारों के बारे में लिखने का उसे यह पहला मौका मिल रहा था और वह बहुत उत्साहित थी। उसने इसके बारे में काफी कुछ पढ़ा और जैसे-जैसे उसकी सोच निश्चित होती गई, वह उसके बारे में लिखती चली गई। एक दिन शाम के समय, जब वह अपने लिखे हुए कागज़ों को पढ़ रही थी, अल्हाजी हारून अन्दर आए और, देखकर बोले, "कुछ दिनों से तुम काफी व्यस्त हो।"

"हाँ, अपने देश के विकास के बारे में हम सब अपने-अपने सुझाव देकर उन्हें इकट्ठा करने की कोशिश कर रहे हैं।"

"तुम्हारा क्या मतलब है?" अल्हाजी ने पूछा। अब वह अमीना की व्यापक समझदारी पर हैरान नहीं होता था, और मन ही मन में उसके विचारों का आदर करने लगा था।

"इस बात को समझाने में बहुत वक्त लगेगा। हम इसकी कॉपियाँ बनवाकर विधानसभा में भेज देंगे," उसने उन्हें तसल्ली देते हुए कहा। वह सन्तुष्ट हो गया, खासकर इसलिए, क्योंकि उसके दिमाग में तो एक ज़्यादा ज़रूरी मसला चल रहा था।

"जल्द ही मुझे एक परम्परागत पदवी से सम्मानित किया जाएगा," अल्हाजी ने बताया।

"तो, हमारे अहाते में एक नई ब्याहता आएगी?" अमीना ने अनुमान लगाते हुए पूछा।

"नहीं। नहीं। अगर ईश्वर की मर्ज़ी होगी...मेरा कोई इरादा नहीं है, लेकिन अगर होगा तो?"

"अगर तब भी मैं तुम्हारी पत्नी रहूँगी तो हम साथ रह लेंगी," अमीना ने कन्धा झटककर कहा।

"बेशक तुम फिर भी मेरी पत्नी रहोगी," अल्हाजी ने उसे धैर्य बँधाते हुए कहा।

"किस जगह या किसी चीज़ का परम्परागत शासक?" उसने पूछा।

"बोकारो के पश्चिमी भाग का।"

"लेकिन वहाँ तो कोई नहीं रहता।"

"भविष्य में वहाँ लोग रहेंगे!" कहते हुए वो चले गए।

घोषणा-पत्र के लिए जो भी उन्होंने लिखा था, वह सब लेकर फातिमा, बिल्किसु और लैला बाद में अमीना से मिलने गईं। "हमने राजनैतिक स्वास्थ्य, शिक्षा और सामाजिक सुधार के बारे में यह सब लिखा है। यह अभी भी मोटी रूपरेखा है, इसे पढ़ लो, फिर हम इकट्ठे बैठकर इसके बारे में विस्तार से बातचीत कर सकते हैं," बिल्किसु ने अमीना को फाइल देते हुए कहा।

"सुधार किस तरह से लाने चाहिए, इस पर मैंने एक पूरा अध्याय लिखा है," लैला ने गर्व से कहा।

"हमारे पास ज़्यादा समय नहीं है तुम ख़ास बातें पढ़कर क्यों नहीं सुना देतीं," फातिमा ने सुझाया।

अमीना ने अपने नोट्स उठाए और ख़ास बातें पढ़कर सुनाने लगी। उसने राज्य सरकार से याचना की कि महिलाओं को ख़ासतौर से शामिल करके वह हर ज़िले में सहकारी आन्दोलन की व्यवस्था करें; सहकारी बैंक खोलें और ग्रामीणों, छोटे स्तर के किसानों और उद्योगपतियों को आर्थिक सहायता दिलवाएँ; ऐसा कानून बनाएँ, जिससे किसानों को उस ज़मीन की मिल्कियत मिले, जिस पर वह खेती-बाड़ी करते आ रहे हैं; वीरान ज़मीन पर कब्ज़ा होने से रोककर भूमिहीन लोगों के बीच इस तरह की सारी ज़मीन खेती-बाड़ी के लिए बाँट दें; कम दामों में खाद और बीज सीधे किसानों या सहकारी आन्दोलनों को बेचें; तैयार फसल को खलिहानों में भरकर रखने को रोकने के लिए उसको बेचने और बाँटने की व्यवस्था करें; किसानों की जितनी भी ज़मीन गैरकानूनी ढंग से हासिल की गई है उसे वापस करें। उसने समझने के लिए ऊपर देखा, "माफ करना, अभी यह थोड़ा अव्यवस्थित है। मैं अपने विचारों को व्यवस्थित करूँगी और बातों के बारे में भी सोचूँगी। अभी तक मैंने कृषिगत सहकारियों के ऊपर ही ध्यान दिया है।"

"वह कभी भी हमारे सुझावों को नहीं मानेंगे। मैं शर्त लगा सकती हूँ, वो उन्हें कूड़ेदान में फेंक देंगे," फातिमा ने कहा।

"क्यों?"

"तुम उन्हें खुदकुशी करने के लिए कह रही हो। मैं पहले से बता सकती हूँ कि सबसे पहले तुम्हारे पति ही इन सुझावों को अस्वीकृत करेंगे।"

"तुम तो जानती हो वह किस तरह के आदमी हैं," बिल्किसु ने समझाया।

"मैं किसी क्रान्ति के लिए नहीं, सिर्फ सुधार के लिए आवाज़ उठा रही हूँ," अमीना ने कहा। घोषणा-पत्र का गठन इतने सही ढंग से हो रहा था कि अमीना

ने किसी भी तरह से अपना उत्साह भंग न होने दिया। उसने अपने सभी नए विचार और उग्र धारणाएँ उसमें शामिल की थीं और उसके नतीजे साफ़ दिखाई दे रहे थे।

दो सप्ताह के बाद बोकारो घोषणा-पत्र 'स्ट्रेटजीज़ फॉर रिफॉर्म' सहयोगी संघ द्वारा प्रकाशित किया गया। राज्यपाल, कमिश्नरों, संविधायकों, स्थानीय सरकारी सचिव, अमीर, राज्य के न्यायाधीश, समाचार-पत्रों और उच्च सिविल अधिकारियों—सभी के पास इसकी कॉपियाँ भेजी गईं। विश्वविद्यालय में एक गोष्ठी रखी गई। जहाँ अमीना को घोषणा-पत्र के उस भाग के पत्र में दलील पेश करने के लिए आमन्त्रित किया गया जो उसने खुद लिखा था। दस्तावेज़ के ऊपर वाद-विवाद तीव्र और जीवंत था, और उसकी चर्चा लेक्चर हॉल के भीतर ही नहीं, बल्कि गलियों में भी हो रही थी। कुछ गुटों की प्रतिक्रिया अच्छी नहीं थी, फिर भी इस सत्य से अमीना प्रफुल्लित थी कि वह चर्चा का विषय बन गया था। उसने महसूस किया कि बोकारो के निवासी राजनीति के बारे में इतने मूढ़ नहीं थे, जितना वह उन्हें समझती थी, और अब वह उनके अलग-अलग विचारों को समझने और पहचानने लगी थी।

उसने यह जान लिया कि लोग बदलाव चाहते थे, लेकिन यह नहीं जानते थे कि उन्हें किस तरह से लाया जाए। महिलाओं और पुरुषों को बराबर का दर्ज़ा मिलने के सुझाव पर चारों तरफ़ सवाल उठने लगे, यहाँ तक कि महिलाएँ भी पुरुष-प्रधान समाज के पक्ष में आवाज़ उठाने लगीं। इतना अधिक समर्थन मिलने के कारण अमीना नहीं समझ पा रही थी, इससे उसे परेशानी हो रही थी।

"हमें तुम्हारे दस्तावेज़ मिल चुके हैं," अल्हाजी हारून ने उससे एक दिन शाम के समय कहा।

"तुम्हारा क्या विचार है?" अमीना ने मुस्कुराकर पूछा।

"अभी तक कुछ नहीं," अल्हाजी हारून ने बैठते हुए कहा। "वास्तव में, मैं विधानसभा में औरतों के पक्ष में एक बिल पेश कर रहा हूँ। यह समाज में महिलाओं के पारम्परिक कर्तव्य के बारे में है। सभा के वकील अभी इसकी रूपरेखा बना रहे हैं।"

"तुमने तो एक बार कहा था कि तुम सोच नहीं सकते; बिल में क्या लिखना चाहिए, तुम्हें किसने सुझाया?"

"इस बारे में मैंने बहुत लोगों से बातचीत की।"

"क्या महिलाओं को वाद-विवाद के लिए बुलाया जाएगा?" अमीना ने पूछा।

"कैसा वाद-विवाद? कतई नहीं! सिर्फ विधायक ही उसके बारे में आपस में बातचीत करेंगे!"

"हम पर असर डालनेवाली नीतियों के बारे में बोलने का हक हमें मिलना

चाहिए," अमीना ने उन्हें समझाने की कोशिश की। "इस सम्बन्ध में कम से कम एक महिला के विचार जाने बगैर तुम औरतों के बारे में कानून लागू नहीं कर सकते। प्रजातन्त्र का सही मतलब है कि तुम जिन पर शासन कर रहे हो उनके विचार जानो, न कि सोच-विचार करते समय उन्हें बाहर निकाल दो!"

"सुनो अमीना! मैं तुम्हारी चिकचिक बर्दाश्त नहीं कर सकता! शुभ रात्रि!" यह कहते हुए अल्हाजी हारून चल दिए।

काफी दिनों बाद जब फातिमा परेशान दिखती हुई अन्दर आई तो अमीना ने जल्दी से उठते हुए उत्सुकता से पूछा, "क्या हुआ?"

"बहुत कुछ गलत हो रहा है, विद्यार्थी संघ पर पाबन्दी लगा दी गई है और हमारे दो नेता, सभापति—पीटर एकिन और उप-सभापति लैला, एक वर्ष के लिए विश्वविद्यालय से निकाल दिए गए हैं। तुम्हें वह महिला याद है जिसके ऊपर फुण्टुआ में व्यभिचार के जुर्म में मुकदमा चल रहा था?"

"मुझे बिलकुल याद है।"

"उसे पत्थरों से मारकर मौत का हुक्म सुनाया गया है।"

"शायद तुम मज़ाक कर रही हो।"

"तुम्हारे माननीय पति ने महिलाओं के ऊपर जो बिल पेश किया है वह पूरी तरह महिलाओं के खिलाफ़ है। हमारे पास बहुत थोड़ी-सी खबर है। हमें बताया गया है कि स्पीकर ने सदस्यों को हुक्म दिया था कि जब तक उस बिल को पक्के कानून में नहीं बदल दिया जाता, तब तक उसकी विषयवस्तु की भनक किसी भी महिला को नहीं होनी चाहिए।"

"तुम्हें यह खबर कैसे मिली?"

"विरोधी दल के एक विधायक ने हमसे कहा। क्योंकि उसने विरोध किया, इसलिए सभा में उससे बिल की उसकी कॉपी छीन ली गई।"

जैसे ही फातिमा ने बिल के कुछ हिस्से ऊँची आवाज़ में पढ़ने शुरू किए, अमीना का गुस्सा बढ़ता चला गया।

—सभी मुसलमान औरतों और लड़कियों को सड़कों पर बुरके पहनकर ही निकलना चाहिए।
—सिर्फ कुछ प्रतिशत लड़कियों को स्कूलों में भर्ती होने दिया जाएगा।
—महिलाओं को सड़कों पर व्यापार करना मना है।
—सभी महिला संस्थाओं को पुनः पंजीकरण करवाना होगा।
—सभी पंजीकृत महिला संस्थाएँ राज्य अधिकारियों और धार्मिक नेताओं की कड़ी निगरानी और देखरेख में रहेंगी।

—घरेलू कारोबार करनेवाली महिलाओं को टैक्स देना होगा।

—अविवाहित महिलाओं को राज्य के सरकारी विभाग में नौकरी करने की इजाज़त नहीं होगी।

—अविवाहित महिलाओं को सरकारी घरों वाले इलाकों से निकाल दिया जाएगा।

—अविवाहित गर्भवती महिलाओं के खिलाफ़ व्यभिचार के ज़ुर्म में मुकदमा चलाया जाएगा।

—विवाहित महिलाओं के लिए जापे की छुट्टी रद्द कर दी गई है।

—काम करने वाली औरतों को नौकरी से निकाले जाने के खिलाफ़ सुरक्षा कानूनों का लाभ नहीं मिलेगा।

—औरतों के पहनावे पर नज़र रखने के लिए राज्य के हर हिस्से में चौकसी करने वाले जत्थों का निर्माण किया जाएगा।

—अश्लील कपड़े पहनने पर, महिलाओं को दण्डित करने का अधिकार न्यायालयों को दिया जाएगा।

—महिलाओं को ज़मीन पर मालिकाना अधिकार नहीं होंगे।

—नाजायज़ औलाद की अविवाहिता माताओं पर मुकदमा किया जाएगा।

अमीना अविश्वास से सुन रही थी। "हे भगवान! वो इतने अवास्तविक कैसे हो सकते हैं? हमारे ऊपर पीछे से वार किया गया है। यह स्थिति गम्भीर है। हम चुपचाप रहकर यह सब नहीं होने दे सकते!"

"तुम कितनी जल्दी महिलाओं को इसके खिलाफ़ लड़ने के लिए इकट्ठा कर सकती हो?" फातिमा ने पूछा।

"कल तक," अमीना ने बिना हिचकिचाए जवाब दिया।

"हमारे पास वक्त बहुत कम है।"

"ठीक बात है। मैं उनसे बात करूँगी।" फातिमा मुस्कुराई।

"यह हमारे लिए परीक्षा का समय है। हमें दृढ़ और अटल रहना चाहिए। अब कल मिलेंगे और जीवन के इस सबसे कठिन महायुद्ध के लिए तैयार रहना!"

अगले दिन शाम को फातिमा, बिल्किसु, लैला और अमीना चुपचाप उन सैकड़ों औरतों की तरफ़ बढ़ीं जो इन्तज़ार कर रही थीं। फातिमा ने बरामदे पर चढ़कर उस बिल के बारे में कहना शुरू किया जो विधानसभा में पेश हुआ था।

"यह हमें नीचा दिखाने और हमसे ज़बरदस्ती पिछड़े तौर तरीके मनवाने की कोशिश है। एक माँ से, सर्वशक्तिमान अल्लाह द्वारा दिया गया जन्मसिद्ध अधिकार छीना गया है। अपने बच्चों के पालन-पोषण का अधिकार। बिल के अनुसार, बच्चों पर पिता का अधिकार होगा। देश के इस भाग में औरतों को हमेशा से आधुनिक शिक्षा से वंचित किया गया है। अब औरतों को पूरी तरह से अज्ञान और अशिक्षा

के हवाले कर दिया गया है।"

फातिमा की गर्दन की नसें फूल रही थीं और वह पसीने की बूँदें भी नहीं पोंछ रही थी। "यह तथाकथित विधायक पाखण्डी हैं! वो कहते हैं कि नाजायज़ औलाद वाली अविवाहित औरत के खिलाफ़ मुकदमा होगा...उसके साथ कौन सोया था? क्या एक औरत खुद अपने आपको गर्भवती बना सकती है? औरत को सज़ा क्यों दी जाती है और आदमी को छोड़ दिया जाता है? यह सरकार हमारे लिए कुछ नहीं करेगी? हमें उठकर अपने लिए लड़ना होगा! हमें हथियार नहीं डालने चाहिए।"

फातिमा के मन में दया की भीख माँगने का विचार तो उठा ही नहीं। वो यह मानकर चल रही थी कि कानून प्रणाली और उसे चलाने वालों को इन बातों का जवाब बातों और तर्क से नहीं, बल्कि लड़ाई के मैदान में मारपीट से देना चाहिए। "इनके साथ बेरहमी से पेश आओ, इनका गला घोंट दो, इन्हें जितनी ज़ोर से और तेज़ी से पीट सकते हो पीटो। यही रास्ता है। और कोई नहीं, सिर्फ़ हम ही इन समस्याओं से छुटकारा पा सकते हैं, और इनसे छुटकारा पाने के लिए हमें इन शासकों से छुटकारा पाना होगा।"

अमीना ने फातिमा की तरफ़ देखा और उसकी हिम्मत और मुँहफटपन को सराहते हुए मुस्कुराई। सभा समाप्त हुई, और अपने-अपने विचार और फैसले के साथ हर महिला अपने घर चली गई। अमीना सोचने लगी कि क्या वे सब स्थिति की गम्भीरता समझ पा रही थीं, लेकिन उनके मन की बात जानने का कोई तरीका न था। वापस चलते हुए फातिमा ने उसकी तरफ़ कठोर नज़र से देखते हुए कहा, "मुझे अभी वापस विश्वविद्यालय जाना है। आज रात हमारी एक ज़रूरी मीटिंग है, और मैं न्याय के सुप्रीम कोर्ट में एक मामले में सुनवाई के लिए संघीय राजधानी जाऊँगी। इतने ज़्यादा मोर्चे और सभी पर युद्ध।" वह थोड़ा रुकी। "अमीना, तुम्हारे और मेरे लिए करने को बहुत कठिन काम दिखाई दे रहे हैं। हमारे सामने चेतावनी फेंकी गई है। इसे उठाकर उनके मुँह पर मारना चाहिए।"

जो फातिमा कह रही थी अमीना समझ गई थी, लेकिन उसे लगा कि कुछ और समय की ज़रूरत थी। "फातिमा, हमें थोड़ा रुकना चाहिए और जो कुछ भी इन महिलाओं से कहा है, इन्हें उस पर विचार करने का वक्त देना चाहिए," अमीना ने कहा।

फातिमा फिर भी अपनी बात पर डटी हुई थी। "सुनो, किसी भी लड़ाई में, जो भी पक्ष पीछे हट गया, समझ लो उसने अपनी हार मान ली। उन्होंने हम पर वार किया है, और अगर हम उन्हें बिना चुनौती दिए छोड़ देंगे तो वे वार करते जाएँगे और आखिर में खासकर महिलाओं को और सामान्यतः हमारी पूरी पीढ़ी को बुरी तरह क्षतिग्रस्त कर देंगे। यह बिगड़े हुए बच्चों का समूह किसी भी तरह की बातचीत से स्थिति को नहीं सुलझाएगा।"

सभा के बारे में सोचकर और फातिमा के उग्र प्रस्ताव के बारे में विचार करने के बाद अमीना का अपना फैसला यह रहा कि उस समय उनको सबसे अधिक ज़रूरत थी एक मज़बूत, जमे हुए नेतृत्व की। सिर्फ़ मुँहज़बानी विद्रोह काफी नहीं था। यह भी सच था कि दूसरी ओर सरकार शक्तिशाली थी और उसके पास जीत हासिल करने के पूरे साधन थे, लेकिन अमीना यह जानती थी कि ऐसे समय में वह इस तथ्य पर ध्यान नहीं दे सकती थी। अपने आपको बड़े संघर्ष के लिए तैयार करने के लिए उसको ज़रूरत थी एक युद्धनीति की।

अगले दिन सुबह, अमीना ने पहले कदम के रूप में विधायकों से मिलने का फैसला किया, ताकि वह उन पर दबाव डालकर उन्हें इस बात के लिए मना सके कि वो बिल को कानून के रूप में पास न करें। उसने लराई और हऊआ से उसके साथ जाने को कहा। विधानसभा तक जाते हुए पूरे रस्ते अमीना की दृढ़ता बनी रही और पूरे समय वह अपने आपको विश्वास दिलाती रही कि वे सब पुरुष उसकी बात सुनेंगे और समझेंगे। विधानसभा पहुँचने पर अल्हाजी ईसा ने उनसे मुलाकात की, जो समाज कल्याण युवा और संस्कृति विभाग के गृह अध्यक्ष थे। वे छोटे कद के गठीले व्यक्ति थे जिनका रंग-ढंग झगड़ालू किस्म का था।

"हाँ! मैं तुम्हारे लिए क्या कर सकता हूँ?" उन्होंने सवाल देकर मारा।

"हम आपको इस बात के लिए मनाने आए थे कि महिलाओं के ऊपर पेश गए बिल को कानून का रूप देने से पहले हमें बोलने का एक मौका तो दीजिए," अमीना ने नम्रता से जवाब दिया।

"तुमको अपने-अपने पति से बात करनी चाहिए, जो इकट्ठे होकर तुम्हारी तरफ़ से बात कर सकते हैं," उन्होंने तर्क दिया।

"लेकिन कानून महिलाओं की भलाई के खिलाफ़ है और हम अपनी पीड़ा खुद बयान करना चाहते हैं," उसने उनकी बात का जवाब दिया।

"लेकिन महिलाओं के कोई अधिकार नहीं हैं," उन्होंने घृणापूर्वक हँसते हुए कहा। अमीना परेशान नहीं हुई।

"हम चाहते हैं कि बिल वापस ले लिया जाए," उसने दृढ़तापूर्वक कहा।

"तुम्हारे पति ने उसका प्रवर्तन किया था," उन्होंने अमीना की तरफ़ इशारा करते हुए कहा। "तुम्हें अपनी भावनाएँ उन्हें बिस्तर में बतानी चाहिए थीं। तुम्हारी सूचना के लिए वैसे भी केवल एक ही सदस्य के विरोध के कारण उसको कानूनी रूप दिया जा चुका है। यह कानून ठीक समय पर लागू हुआ है, जिसके ज़रिए देश में फिर से अनुशासन और शालीनता लाई जाएगी। अब तक तो राज्यपाल ने उस पर अपने हस्ताक्षर भी कर दिए होंगे।"

"आपका मतलब है कि मैं सदस्यों से बात नहीं कर सकूँगी?"

"ला इल्लाह इल्लालहु!" ज़ोर से कहते हुए वह व्यक्ति तिरस्कारपूर्वक हँसा।

"तुम किस दुनिया में रह रही हो! क्या तुम स्वप्न देख रही हो? या तुम्हारा दिमाग़ ख़राब है? तुम अपने आपको क्या समझती हो? तुम माननीय सदस्यों से बात करना चाहती हो? तुम्हारे मन में बड़ों के लिए कोई इज़्ज़त नहीं है?"

"सुनिए," अमीना ने दखल देते हुए कहा, "तुम महिलाओं से बातचीत किए बगैर उनके बारे में कानून नहीं बना सकते।"

वह आदमी भौचक्का रह गया। "यह शुद्ध पागलपन है! यह अविश्वसनीय है! अमीना, तुम एक पागल औरत हो!" उन्होंने अपना सिर हिलाया और सीधे उसकी आँखों में देखा। "एक औरत, सभा के एक माननीय सदस्य से इस तरह बात कर रही है, मानो उनका दर्जा बराबर का हो। तुम सोचती हो कि क्योंकि तुम शिक्षित हो, इसलिए एक आदमी पर हुक्म चला सकती हो? मेरे घर में चार महिलाएँ हैं—चार अच्छी पत्नियाँ, अच्छे आचरण वाली, आज्ञाकारी और शिष्ट, तुम्हारी तरह नहीं।"

अमीना अपनी बात पर जमी रही। "मैं यहाँ तुम्हारी पत्नियों के बारे में बात करने नहीं आई हूँ। समय निकलता जा रहा है!" उसने याद दिलाते हुए कहा।

"हमारे पास भी कम समय है। हम एक बिल को कानून के रूप में पास करने की कोशिश कर रहे हैं, जिससे हम राज्य में शराब के उत्पादन, बिक्री, वितरण और उसके सेवन पर पूरी तरह रोक लगा सकें। हम अपने अच्छे मित्र बटूरा के नाम के ऊपर एक सड़क का भी नाम रखने के बारे में विचार करेंगे। इसके बाद हम एक महीने का अवकाश लेंगे।"

अमीना यह सुनकर चकरा गई। वह निराश होकर समझाने लगी, "सुनिए, इस समय प्राथमिकताएँ ये नहीं हैं! लोगों को ज़रूरत है भोजन, पानी, बिजली, मकान और अन्य साधनों की, जिनसे उनका जीवन सुखद हो सके। कृपा करके आप लोग ऐसे कानून बनाएँ, जिनसे लोगों को कामकाज करने की प्रेरणा मिले, जिनसे उन्हें शिक्षा मिले, जो उन्हें उद्यमी और नवाचारी बनाए।"

"रुक जाओ!" वह चिल्लाया। उसने रक्षा-संतरियों को बुलाया और उन्हें महिलाओं को सभा के इलाके से बाहर निकालने का हुक्म दिया।

अमीना और उसकी सभी साथिनें राज्यपाल के सरकारी निवास की तरफ़ चल दीं। इस बर्ताव के बावज़ूद, उसे अभी भी विश्वास था कि वह कानून को लागू होने से रोक पाएगी, अपनी ज़िद पर अड़े रहने का फल उनके पक्ष में होगा।

सरकारी निवास पर अमीना को खबर दी गई कि राज्यपाल बिल पर हस्ताक्षर कर चुके थे।

"क्या मैं मुख्य न्यायाधीश से मिल सकती हूँ?" अमीना ने पूछा।

"नहीं, तुम नहीं मिल सकतीं," एक अधिकारी ने कहा।

अमीना सरकारी निवास से चल दी, निराश लेकिन अभी भी अपराजित। वो अमीर के महल की तरफ़ चल दी। उसे इस बात का आभास होने लगा था

कि नेतागण एक दूसरी दुनिया में रहते थे, एक अनोखी हवाई-कल्पना की दुनिया में। वे जंगलों के पीछे रहते थे और लोगों की ज़रूरतों से बेअसर थे।

अमीना उलझी हुई वापस घर लौट गई। बाहर उसका इन्तज़ार कर रही कुछ औरतों को उसने अपने कमरे में बुला लिया और रेडियो की तरफ़ ध्यान लगाकर सब खबरें सुनने लगी। ''पश्चिमी-शिक्षा प्राप्त एक महिला के नेतृत्व में आज बोकारो की कुछ असन्तुष्ट औरतों ने शहर की मुख्य सड़कों से गुज़रते हुए, माननीय विधानसभा पहुँचकर कार्यवाही को असभ्यतापूर्वक भंग किया। बताया गया है कि इन महिलाओं ने प्रजातान्त्रिक तरीके से बनाए कानून के खिलाफ़ मोर्चाबन्दी की और तथाकथित अधिकारों और स्वतन्त्रता की माँग की। एक प्रत्यक्षदर्शी ने बताया कि उनकी नेता ने विधानसभा के एक माननीय सदस्य के साथ गाली-गलौज और हाथापाई की।

सभा के माननीय स्पीकर, अल्हाजी बाको ने बताया कि इस परेशान करने वाली स्थिति की तहकीकात करने के लिए एक कमेटी बनाई गई है। उनका कहना था कि यह कानून भलाई को मद्देनज़र रखते हुए महिलाओं के बीच अनैतिकता और दुराचरण को रोकने के लिए बनाया गया था। उन्होंने इस बात पर भी ज़ोर दिया कि इस कानून की विषयवस्तु हमारे परम्परागत और धार्मिक कानूनों और रीति-रिवाज़ों के अनुरूप है।

माननीय स्पीकर ने महिलाओं को सलाह दी कि गुमराह होने के बजाय शान्ति से अपने घर में बैठें। उन्होंने असन्तुष्ट महिलाओं को न्याय का सहारा लेने का परामर्श दिया और इस बात का संकेत दिया कि इस प्रदर्शन से महिलाओं को शिक्षित करने के खतरे का उदाहरण नज़र आता है। और दूसरी तरफ़ राज्यपाल ने बोकारो महिला संघ को प्रतिबन्धित कर दिया है और महिला सहकारी आन्दोलन को भंग कर दिया है। उनके बैंक का खाता अवरुद्ध करके उनकी सारी सम्पत्ति ज़ब्त कर ली है। महिलाओं की सभाओं, जुलूसों और मोर्चों पर रोक लगा दी गई है। महिलाओं की नेता, श्रीमती अमीना हारून से सम्पर्क करने की हमारी संवाददाताओं की टोली की हर कोशिश बेकार रही।''

रेडियो बन्द करके वह कुछ देर तक सोचती रही। महिलाएँ उसकी तरफ़ आशा भरी नज़रों से देख रही थीं। उनकी तरफ़ सिर उठाकर वह मुस्कुराई। ''किसी के भी जीवन में एक ऐसा पल आता है जब उसके पास दो ही रास्ते रह जाते हैं, जियो या मरो; हथियार डाल दो या सामना करो। हमारे सामने वो पल आ गया है। जल्दी मिलने की तैयारी करो और फैसला करो कि अगला कदम क्या उठाना है।''

जुम्मे के दिन, जब दोपहर के समय सभी पुरुष नमाज़ पढ़ने मस्जिद गए हुए थे, अमीना ने एक सभा बुलाई। बहुत कम महिलाएँ उपस्थित थीं पर जो भी आईं उसने उन्हें सम्बोधित किया, और यह फैसला लिया गया कि उसे कानून को रद्द करने के तरीके ढूँढ़ने होंगे। महिलाओं ने उसके नेतृत्व के प्रति अपनी

वफ़ादारी की पुनः पुष्टि की।

"हमें सहने की आदत पड़ चुकी है," लराई ने टिप्पणी की। "घुटने टेककर बैठी औरत को गिरने से डरना नहीं चाहिए। आगे बढ़ोगी तो मरोगी, अगर पीछे हटोगी तो मरोगी। इसलिए आगे बढ़ने का फैसला लो।"

कुछ ही दिनों बाद ईद-इल-कबीर सल्लाह की खुशियाँ मनाई जाने वाली थीं। अमीना ने सोचा, क्योंकि सब पुरुष नमाज के लिए शहर की बाहरी सीमा तक चले जाएँगे, महिलाएँ उस दिन का पूरा फायदा अपने हित के लिए उठा सकती हैं।

"तुम क्या सोचकर यह कर रही हो? इस घर का मालिक कौन है, तुम या मैं?" अल्हाजी हारून के सवालों ने कमरे को हिलाकर रख दिया। "तुम मेरी पीठ पीछे परेशानी क्यों पैदा कर रही हो? तुम्हें ज़्यादा छूट देने का दोष मेरा है। शान्ति और स्थिरता को बनाए रखने के लिए महिला संघ के बारे में भूल जाओ।" परेशान दिखता हुआ वह पास आया तो अमीना यह सोचकर डर गई कि वह मारपीट करेगा। लेकिन अल्हाजी हारून उलझन में लग रहे थे। उन्हें समझ में नहीं आ रहा था कि अपनी ही पत्नी को औरतों का साथ छोड़ने को किस तरह से कायल करें। उन्होंने विनती की, उसने विरोध किया और उन्होंने वादे किए जो उसने ठुकरा दिए। "क्या तुम समझती हो कि तुम मेरे कारोबार और संसदीय पद को खतरे में डाल रही हो? क्या तुम जानती हो कि मेरी गैरहाज़िरी में मुझे विधानसभा की बहुमत प्राप्त नेता की कुर्सी से करीब-करीब हटा दिया गया था? क्या तुम जानती हो कि तुम्हारे दुर्व्यवहार की वजह से मुझे शायद वह पदवी न मिले, जिसका वादा मुझसे किया गया था?"

"ये तुम्हारी समस्याएँ हैं, मेरी नहीं!" अमीना ने कन्धा उचकाते हुए कहा।

"मैंने भले इरादे से बिल पेश किया था," उन्होंने समझाने की कोशिश की।

"अल्हाजी," अमीना ने उनके नज़दीक जाते हुए कहा।

"क्या तुम जानते हो कि इस देश में इतने ज़्यादा लोग बहुत कष्ट में रहते हैं, ज़्यादातर महिलाएँ और ये कानून उनकी मुश्किलों को और ज़्यादा बढ़ावा ही देंगे।"

"परन्तु मैं कुछ नहीं कर सकता," अल्हाजी ने अपने बचाव में कहा।

"क्या तुम उनकी मुश्किलें बढ़ाना चाहते हो?"

"सच में, मैं जानता हूँ कि लोग पीड़ित हैं, पर मैं यह नहीं जानता कि कौन लोग और उनकी पीड़ा के लिए कौन ज़िम्मेदार हैं, और मैं उनकी पीड़ा कम करने का तरीका भी नहीं जानता।"

"हमने उनके बारे में और हल निकालने के सुझावों के बारे में लिखा था।"

"तुम्हारे सुझाव अवास्तविक थे। राज्य के कार्यों के बारे में तुम्हें कुछ नहीं मालूम।"

"मैं एक नागरिक हूँ और अपनी बात सुनवाने का मुझे पूरा अधिकार है। मुझे बहुत लोगों के साथ काम करने का तज़ुर्बा है, और मेरे पास ग़रीबी का इलाज़ करने के अनेक सुझाव हैं। तुम नेतागण लोगों के प्रति इतने असंवेदनशील क्यों हो?" अमीना ने हिम्मत करके उनकी ओर घूरते हुए पूछा।

अल्हाजी हारून उलझन में लग रहे थे। उसे अपनी पत्नी के साथ सीधे और साफ़-साफ़ बात करने की आदत-सी पड़ गई थी, लेकिन वह अपनी हुकूमत दोबारा ज़माने की कोशिश में लगा था। उसने गुस्से से पूछा, "मुझे बताओ, कौन-सा राजनीतिक दल या कौन व्यक्ति तुम्हारे लिए मुश्किलें खड़ी कर रहा है?"

"ये मुसीबतें तुमने खड़ी की हैं, तुम जैसे लोगों ने और जिस वर्ग के तुम हो उन सबने।"

अमीना की दृढ़ता देख वह उससे गुज़ारिश करते हुए बोला, "कृपा करके यह ख़तरनाक काम रोक दो।"

"मैं इसे आधे रास्ते में नहीं छोड़ूँगी। मैं इसे पूरा होता हुआ देखना चाहती हूँ। अगर तुम सोचते हो कि ग़रीब औरतों का साथ देना जोखिम उठाना है, तो मैं इस जोखिम भरे पथ पर चलने को तैयार हूँ।"

"फिर तुम्हें यह घर छोड़ना पड़ेगा," अल्हाजी हारून ने अपना आखिरी पासा फेंका। "मैं तैयार हूँ, लेकिन ईद की खुशियाँ मनाने के बाद," अमीना ने धैर्यपूर्वक जवाब दिया। अल्हाजी स्तब्ध रह गए, लेकिन उन्होंने कोशिश की कि वो यह ज़ाहिर न होने दें।

"हाँ, मुझे मंज़ूर है," उन्होंने सिर हिलाते हुए कहा। परन्तु उनकी पत्नी के पास उन्हें आश्चर्यचकित करनेवाली एक और रहस्यमय बात थी।

"मैं गर्भवती हूँ," उनके बाहर जाते हुए उसने खुलासा किया। उन्होंने रुककर उसकी तरफ़ देखा, और उसकी कही बात के महत्त्व को समझने की कोशिश करने लगे। हार मानते हुए, अपना सिर झुकाए वो चले गए। अमीना सफल हुई। वो उसे किस तरह की औरत समझते थे? बहुत जल्द उन्हें समझ में आ जाएगा कि उसका नाम महारानी अमीना को ध्यान में रखकर क्यों रखा गया था, वो सेनानी हीरोइन जो अपनी प्रजा के लिए लड़ी थी।

बिस्तर में लेटे हुए उसने एक ऐसी योजना बनाई, जो यकीनन कामयाब होनी थी। पहले, उसे मायरो से मिलना होगा। उसने हउआ और लराई को बुलाया और उनसे उसके साथ मायरो के घर चलने को कहा। योजना के मुताबिक, वह मनोवेग से तैयार हुई, ऊँची एड़ी के जूते पहने, जिनके पहनने से वह अपने कद से तीन इंच ऊँची लग रही थी।

"सब कुछ साफ़ है।" लराई ने उसे बताया। तीनों वीरान अँधेरी सड़कों और बदबूदार बन्द गलियों से गुज़रती हुई निकल पड़ीं। उसके भारी बुरके की वजह

से पहले तो मायरो ने अमीना को नहीं पहचाना। अमीना ने उसे अपनी योजना और ज़िम्मेदारियों के बारे में बताया। अभी वह योजनाओं के बारे में तय ही कर रही थीं कि मायरो का पति दरवाज़े तक आ पहुँचा। मायरो ने तेज़ी से बाहर जाकर उन्हें बताया कि अल्हाजी हारून की मस्जिद के पास कोई उनका इन्तज़ार कर रहा है।

''किसी को भी आने मत देना, ख़ासकर उस दुष्ट औरत अमीना को,'' उन्होंने चेतावनी दी।

''वह एक अच्छी औरत है,'' मायरो ने भड़कते हुए कहा।

''बकवास! वह परेशानियाँ खड़ी करती है। इनसान का काम ईश्वर के कामों में दखल देना नहीं है। अल्हाजी की गलती है। उन्हें उसके साथ विवाह नहीं करना चाहिए था। शिक्षित महिलाएँ हमेशा तंग करती हैं और खतरनाक होती हैं। इसीलिए मैं उस कानून का समर्थन करता हूँ, जिसमें लड़कियों की शिक्षा को बढ़ावा नहीं दिया जाता। महिलाओं को शिक्षा देना समय और पैसा बर्बाद करना है। अमीना को देखो, ईश्वर के बनाए नियमों का विरोध कर रही है।''

''नहीं, हम सब विधानसभा के बनाए हुए कानूनों के खिलाफ़ हैं।''

'' 'हम' कौन?''

''बोकारो की औरतें।''

''क्या तुम भी उनमें शामिल हो?''

''क्या मैं एक औरत नहीं हूँ?''

''मैं सिर्फ़ यह जानता हूँ कि वो तंग करती है और धार्मिक नहीं है।''

''नहीं। वह एक अच्छी मुसलमान है। वह नमाज़ पढ़ती है और रोज़े रखती है...''

''मैं यह नहीं मानता। जो लोग पश्चिमी शिक्षा ग्रहण कर लेते हैं वे मुसलमान नहीं होते,'' यह कहकर वो चले गए।

तीनों तेज़ी से चलकर वापस घर गईं। अमीना का पाँव दो बार मुड़ा। उसे ऊँची एड़ी के जूते पहनने की आदत नहीं थी। अल्हाजी हारून अहाते के बाहर दो आदमियों के साथ खड़ा था। अमीना ने अपने बुरके से मुँह पूरी तरह ढक लिया।

जैसे ही वह अन्दर जाने वाली थीं, अल्हाजी हारून ने पूछा, ''तुम लोग कौन हो,'' हउआ और लराई ने अपनी पहचान करवा दी।

''यह राकिया है, ज़िले में आई एक नई विवाहिता, जो तुम्हारी पत्नियों का अभिनन्दन करना चाहती है,'' लराई ने आराम से, अमीना की तरफ़ इशारा करते हुए कहा। आदमी मुड़कर अन्दर चले गए। अमीना ने अपने जूते और बुरका उतारा और वापस आकर अपने पति और दोनों आदमियों की बातें सुनने के लिए कान लगाए।

"अल्हाजी, उसका यहाँ रहना ही खतरे से खाली नहीं," सफ़ेद सफ़ारी सूट पहने आदमी ने कहा।

"मैं उसे ईद के मौके पर एक उपहार देना चाहता हूँ। मैंने सरकारी इलाके में एक घर खरीदकर सजाया है, एक गाड़ी खरीदी है, एक वीडियो आदि, उसे नमाज़ के बाद देने के लिए," अल्हाजी ने खुलासा किया।

"हम बुरी से बुरी स्थिति के लिए तैयार हैं," टी-शर्ट पहने हुए एक आदमी ने कहा। "गश्त लगाने वाली पुलिस का जत्था, जिसे 'मारते चलो' का हुक्म है, पहले से ही चौकन्ना है। कवचित और पैदल सेना के दल सामना करने के लिए पूरी तैयारी के साथ खड़े हैं। वायुसेना चौकी को भी सूचित कर दिया गया है ताकि ज़रूरत पड़ने पर वो तैयार रहें।"

"लेकिन पुलिस कमिश्नर सेनाबल प्रयोग के खिलाफ़ हैं। वो कहते हैं कि महिलाओं का दावा स्वाभाविक है, क्योंकि नए कानून बहुत कठोर हैं। वो चाहते हैं कि कानून रद्द कर दिया जाए और उनका कहना है कि अगर महिलाएँ इकट्ठी होकर प्रदर्शन करेंगी तो मैं उन्हें बन्दी बनाने का हुक्म नहीं दूँगा। वे बोकारो महिला संघ की गतिविधियों का पूरी तरह समर्थन करते हैं," सफारी सूट पहने व्यक्ति ने कहा।

"फिर क्या होनेवाला है?" अल्हाजी ने कहा।

"डिप्टी कमिश्नर उनके ख़िलाफ़ हैं।"

"स्थानीय सरकार की निजी कमेटी," अल्हाजी ने थोड़ा रुककर कहा, "जिसका मैं चेयरमैन हूँ, जल्दी ही यूरोप में एक सभा रखनेवाली है, जिसमें हम यह छानबीन करेंगे कि वे अपनी स्थानीय सरकार किस तरह बनाते और चलाते हैं। मैं उसे अपने साथ ले जाऊँगा। सभा के बाद हम हज करेंगे, और वापस आते हुए लन्दन में रुकेंगे, जहाँ वह थोड़ी खरीदारी कर सकती है।"

"खैर, अल्हाजी, अब सब कुछ तुम्हारे हाथ में है," सफ़ारी सूट वाले आदमी ने कहा। "चलो कल शाम को मिलते हैं।"

"इनशा अल्लाह। बरका दा सल्लाह!" अल्हाजी हारून ने कहा।

रात शान्त और स्थिर थी। अमीना खड़ी हो गई, खिड़की तक गई और बाहर देखने लगी। इस संघर्ष के दौरान जिस तरह जीवन बीत रहा था, मनोरंजक-सा लग रहा था। कल फिर सूरज चमकेगा, हवा चलेगी, पक्षी उड़ेंगे और गाएँगे, लोगों का मन उत्सव मनाने को करेगा और फिर सब मिलकर सबसे महत्त्वपूर्ण मुस्लिम त्योहार मनाएँगे। वह लेट गई पर सो न सकी। अगर शासक पूरी तैयारी किए थे तो महिलाएँ भी तैयार थीं। वो सबसे आगे रहेंगी। चाहे कुछ भी हो जाए, कल वो सब ज़रूर विरोध करेंगी।

# 22

अगले दिन सवेरे, अमीना बहुत जल्दी जाग गई। बिस्तर में लेटे हुए ही, उसने विरोध करने के लिए बनाई अपनी योजना को एक बार दोहराया। वह सन्तुष्ट थी कि विरोध करने का फैसला सही था और वह उसका नेतृत्व करने के काबिल थी, फिर भी मन ही मन उसने जीत की या हार की, दोनों परिस्थितियों की सम्भावना को तोलने की कोशिश की। जब वह कोई फैसला न ले सकी, तो वह नहाने के लिए उठ खड़ी हुई। सुबह के नाश्ते के समय, ईद-इ-कबीर के मौके पर, राज्य के लोगों के लिए राज्यपाल का मुबारक सन्देश सुनने के लिए उसने रेडियो चलाया।

"अस्लाम आलेकुम! साथियो प्रातःकाल की शुभकामनाएँ। ईद-इ-कबीर के इस अवसर पर, सर्वशक्तिमान अल्लाह का आभारी होते हुए, मैं अपनी शुभकामनाएँ राज्य के सभी मुसलमानों को भेजता हूँ। मैं संसार के सभी मुसलमानों के साथ अपनी खुशी बाँटता हूँ। आज के दिन सभी मुसलमान इस्लाम के पोषित आदर्शों को याद करते हैं और सर्वशक्तिमान के लिए अपनी भक्ति का पुनः जाप करते हैं। आज का उत्सव हमें बलिदान, झेलने की शक्ति और क्षमाशीलता की याद दिलाता है, और सच्चे और सुखद समाज के निर्माण में हमारे पूरे योगदान की आशा रखता है। मुझे आप सबको यह बताने में खुशी मिल रही है कि मेरे कार्यकर्ताओं ने आम जनता की इच्छाओं को पूरा करने में औसत से उच्च कोटि का प्रदर्शन दिखाया है, सर्वशक्तिमान अल्लाह इस बात में मेरे गवाह हैं। इस मौके का फायदा उठाकर मैं सभी नागरिकों से विनती करना चाहता हूँ कि वे कानून पर अमल करें और शान्ति बनाए रखें। सुखी जीवन और उन्नति के लिए हमें शान्त वातावरण की ज़रूरत है। इस्लाम का मतलब है शान्ति। हमारे ज़माने में, अल्लाह की मेहरबानी और आशीर्वाद पाने के लिए हम तीव्रता से प्रार्थना करते हैं! बरका दा सल्लाह!"

प्रसारण समाप्त होते ही राज्य की खबरें शुरू हो गईं :

"राज्य के पुलिस महाधिकारियों ने लोगों से अपील की है कि राज्य में उत्सव के दिनों में शान्ति बनाए रखें और कानून का पालन करें। एक सूचना के अनुसार, किसी भी व्यक्ति या संगठन ने किसी भी तरह से शान्ति भंग करने की कोशिश

की तो उसके खिलाफ़ उसी हिसाब से कार्रवाई की जाएगी। नागरिकों को याद दिलाया जाता है कि कोई भी सभा जो धर्म के कार्य से सम्बन्ध न रखती हो या जिसके लिए माननीय महोदय, राज्यपाल की अनुमति न मिली हो, ऐसी सभा रद्द कर दी जाएगी और कष्ट देने वाले लोगों को देखते ही गोली मार दी जाएगी।''

अमीना ने रेडियो बन्द किया और तैयार हो गई। उसने 'सहयोगी-पोशाक' पहनी। रंग-बिरंगे कपड़ों ने उसकी अपनी खूबसूरती में चार चाँद लगा दिए। उसने सिर के रंग-बिरंगे स्कार्फ में कसकर गाँठ लगाई।

''वो सब चले गए हैं,'' मायरो ने उसे सूचना दी। अमीना बाहर चली गई।

औरतों का अच्छा-ख़ासा जमघट इकट्ठा हो गया था, जबकि कुछ महिलाएँ अभी भी डरी हुई थीं। बहुत-सी महिलाएँ चेहरों पर विद्रोह और संकल्प लिए आई थीं। और आनेवाले महासंग्राम में अमीना को पूरा सहयोग देने के अपने इरादों का प्रदर्शन कर रही थीं। कुछ महिलाएँ निश्चिन्त और विरक्त लग रही थीं। सुबह के सूरज की रोशनी में महिलाओं के कपड़ों के रंग खिल उठे थे। सूरज की गरमाहट महसूस करते हुए, उसकी चमक की तुलना अगर बगावती महिलाओं के विद्रोही चेहरों से की जाए, तो किसी के मन में भी यह सवाल उठ सकता था कि कौन-सा दृश्य ज़्यादा उज्ज्वल था, उगता सूरज या विद्रोही महिलाएँ।

अमीना ने आने के लिए महिलाओं को धन्यवाद दिया। उसने छूटते ही निर्विकल्पता (ज़ीरो ऑप्शन) के बारे में कुछ नहीं कहा, लेकिन कानून और उनके प्रभाव के बारे में चर्चा की।

''महिलाओं पर लगाए गए कर लोक को नापसन्द और कठोर हैं। हमारे देश के पास इतना धन कोष है कि वह बहुसंख्यक जनता के लिए पर्याप्त है...सच यह है कि देश के धन का बँटवारा ईमानदारी और अक्लमन्दी से नहीं किया गया है।''

अमीना शान्त थी और सहज ढंग से बातचीत कर रही थी, किसी भी तरह की घबराहट नज़र नहीं आ रही थी, सभी उसे प्रोत्साहित कर रहे थे। अमीना को सभी का पूरा समर्थन था। कष्ट भोगना, अन्याय, शोषण और स्वतन्त्रता पर पाबन्दियाँ—इन सभी के खिलाफ़ एक मत होकर सबने आवाज़ उठाई थी। वे सब सुनने को तैयार थीं, और अमीना पहली बार साहस के साथ बोलने के लिए प्रोत्साहित हुई।

हमारा अनुभव रहा है कि महिलाएँ अर्थव्यवस्था के हर क्षेत्र में शामिल होकर सक्रिय रूप से कार्य कर सकती हैं। हम प्रभावशाली ढंग से अपने कर्तव्य और ज़िम्मेदारियाँ निभा सकते हैं। महिलाएँ, पुरुषों की भाँति, अक्लमन्द होती हैं और वे निर्माणशील, सृजनात्मक और प्रभावशाली होने के काबिल हैं। अगर महिलाएँ शिक्षित और प्रोत्साहित होतीं; अगर उन पर परम्पराओं और संस्कृति के बन्धन

न होते, मैं पूरे भरोसे से कह सकती हूँ कि हम उनसे बेहतर कार्य करते। चलो हम पुरुषों से ये सीधे सवाल पूछते हैं : पिछली शताब्दी के दौरान हमारे समाज के विकास कार्य में तुमने कैसी सफलता पाई है? तुम महिलाओं से क्यों डरते हो? अगर तुम महिलाओं से सच में प्रेम करते हो तो उनके कष्ट मिटाने के लिए चीज़ों को आधुनिक समय के अनुसार क्यों नहीं ढालते? महिलाओं की ज़रूरतें पूरी करने के लिए दूसरे समाजों में पुरुष कहीं से कहीं पहुँच गए हैं। तुम उनसे क्यों नहीं सीख सकते? तुम सब पुरुषों को अपने आप पर शर्म नहीं आती? कहा गया है कि एक औरत का गुस्सा लावा की तरह होता है। अब, जब उन्होंने हमें गुस्सा दिला ही दिया है, तो हम फट पड़ेंगे।''

अमीना ने उन्हें अपनी योजना के बारे में बताया जिसका गुप्त नाम उसने 'जीरो ऑप्शन' रखा था। हम अपने घरों से निकलकर शान्तिपूर्वक मार्च करके प्राथमिक पाठशाला तक जाएँगे और जब तक हमारी माँगें पूरी नहीं होतीं, हम वहीं रहेंगे। हम अपने-अपने पति के खिलाफ़ या पुरुषों के खिलाफ़ नहीं लड़ रहीं। नहीं! हम कठोर कानूनों और अन्याय का विरोध कर रही हैं। इस लड़ाई को पति-पत्नी या महिलाओं और पुरुषों के बीच की लड़ाई न समझो। अगर वे कानूनों को रद्द कर दें, कर हटा दें, हमें आश्वासन दें कि हमारी संस्था पर लगाया प्रतिबन्ध हटा देंगे। इस बात की गारण्टी दें कि अपनी पत्नी, बहन, बेटी या किसी अन्य महिला के साथ दुर्व्यवहार करनेवाले पुरुष का जुर्म साबित होने पर उसे सज़ा दी जाएगी, तो हम लौट आएँगी।

एक युवती, जो असहमत थी, अमीना के पास आई। उसने अमीना की तरफ़ घिन और नफ़रत से देखा। तुम एक पागल औरत हो! तुम सिर्फ अपने मतलब के लिए बोकारो की शान्ति भंग करना चाहती हो। अगर तुम अपने पति के घर में खुश नहीं हो, तो दूसरे के लिए उसे छोड़ देने की तुम्हें पूरी छूट है। उसने थूका और चल दी।

महिलाओं का एक और समूह भी चल दिया, कुछ अमीना को गालियाँ देतीं और बाकी धमकियाँ देती हुईं। उनके जाते ही शान्ति हो गई। अमीना ने उनसे बातचीत करना ज़ारी रखा जो उसका समर्थन कर रही थीं।

''हम अपने घरों से भोजन और ज़रूरत के बर्तन ले चलेंगे। उदाहरण के लिए, अल्हाजी के घर से मैं दो भेड़ें और चावल की बोरी ले चलूँगी। तुम सब अल्हाजी के अहाते के अन्दर या बाहर जमा हो जाओ, हम वहीं से शुरू करेंगे,'' अमीना ने कहा।

पूरा मध्य बोकारो उत्तेजित था। पुरुष सरासर जानते थे कि महिलाएँ खुलेआम विद्रोह कर रही थीं। उनके दृढ़ और विद्रोही चेहरों और चाल-ढाल से सब कुछ साफ़-साफ़ नज़र आ रहा था। सभी, ख़ासकर पुरुष, इसी इन्तज़ार में थे कि उनका अगला क़दम क्या होगा। अमीना अहाते के बीच में आकर खड़ी हो गई। महिलाओं

का एक झुण्ड उसके पीछे खड़ा था और बाकी बाहर इन्तज़ार कर रही थीं।

अल्हाजी हारून के चेहरे पर शिकन थी और वे फ़िकरमन्द लग रहे थे। ''क्या चल रहा है?'' उन्होंने पूछा।

अमीना अपने पैर जमाकर खड़ी हो गई और साहसपूर्वक उनको जवाब दिया। ''बहुत-सी चीज़ें गलत हैं। तुम्हारे द्वारा पेश किए कानूनों और अपनी संस्था पर लगाई रोक के खिलाफ़ हम लड़ रहे हैं।''

''आज का दिन इसके लिए ग़लत है। आज का दिन पावन है, एक ऐसा दिन जब हमें अपनी समस्याएँ भूलकर शान्त और खुश रहना चाहिए,'' अल्हाजी ने तर्क दिया। ''हम जानते हैं कि आज का दिन ख़ास और धार्मिक है, परन्तु अगर तुमने हमारी माँगें पूरी की होतीं...''

''तुम क्या माँग रही हो?'' अल्हाजी ने बात काटते हुए पूछा।

''हमारी कोई भी माँग तुम्हारे लिए नई नहीं है, समस्याएँ तो तुम्हीं ने खड़ी की हैं।''

''कानून महिलाओं की सुरक्षा के लिए बनाए गए थे'' उन्होंने बहस करने की कोशिश की, लेकिन औरतों के कोरस की आवाज़ के बीच उनकी आवाज़ डूब गई।

''नहीं! नहीं! नहीं!'' वे एक स्वर में बोलीं।

''हम जानवर नहीं हैं जिनके लिए सारे फैसले तुम लो। हम जानती हैं कि हमारे लिए क्या अच्छा और क्या बुरा है। तुम्हें कम से कम हमसे सलाह लेनी या हमारी बात सुननी चाहिए थी,'' अमीना ने कहा।

अल्हाजी हिचकिचाते से खड़े रहे, और अमीना और दूसरी महिलाओं को चिन्तापूर्वक देखने लगे। गहरी साँस लेकर उन्होंने फिर कोशिश की, ''मैं वायदा करता हूँ इस बार विधानसभा में मैं ज़रूर इन कानूनों पर दोबारा सोच-विचार करवाऊँगा और तुम्हारे प्रतिनिधि के रूप में मेरा वायदा है कि मैं तुम सब महिलाओं के लिए सभी करों का खुद भुगतान करूँगा।''

''आपकी मेहरबानी के लिए हम आपका धन्यवाद करते हैं, लेकिन इससे हमारी समस्या हल नहीं होती। हम उस कानून के खिलाफ़ हैं जो महिलाओं को कर देने के लिए मज़बूर करता है। अगर इसे रद्द कर दिया जाए, राज्य में कोई महिला भुगतान नहीं करेगी। अगर तुम अगले साल नहीं दे सके तब क्या होगा?'' अमीना ने उन्हें चेतावनी दी।

''हमारी अर्थव्यवस्था को जीवित रखने और हमारे विदेशी कर्जों को चुकाने के लिए यह कर ज़रूरी हैं,'' अल्हाजी ने अपनी बात पर ज़ोर देते हुए कहा।

''वो हमारी समस्या नहीं है। अर्थव्यवस्था की बुरी दशा के लिए हम ज़िम्मेदार नहीं हैं, इसलिए उसको पुनरुज्जीवित करने के लिए हम भुगतान क्यों करें। हमने कर्ज़ की रकम का प्रयोग होते हुए नहीं देखा, तो हम पैसा क्यों भरें?''

"तुम औरतें अबोध हो," महिलाओं की ओर संकेत करके अल्हाजी ने कहना शुरू किया। "तुम आँखें मूँदकर मेरी पत्नी के पीछे चल रही हो, जो अपने ख़तरनाक काम के लिए शोहरत बटोरने में लगी है। तुम एक बहुत गम्भीर गुनाह कर रही हो। अल्लाह के नाम पर मैं तुम सबसे विनती करता हूँ, कृपया चली जाओ।"

"सर्वशक्तिमान अल्लाह के नाम पर हम भी तुमसे भीख माँगती हैं, ये कानून रद्द कर दो," अमीना ने ज़ोर से जवाब दिया। "मैं तुम्हें याद दिलाती हूँ कि हमारा धर्म शोषण और दमन के खिलाफ़ है। पैगम्बर मोहम्मद (ईश्वर उनकी आत्मा को शान्ति दें) पूरी तरह दासता और बन्धन के खिलाफ़ थे। एक बार उन्होंने कहा था "अल्लाह तुम सबकी मुश्किलें कम करना चाहते हैं, चीज़ों को और कठिन नहीं बनाना चाहते।" हम तुमसे और अन्य राज्य अधिकारियों से, और परम्परागत धार्मिक नेताओं से प्रार्थना करते हैं कि पूरी तरह से इस्लाम के उपदेशों के शब्दों और अर्थ का पालन करो।"

परेशान होकर अल्हाजी ने अपनी पत्नी की तरफ़ एक कदम रखा। "चुप हो जाओ," उन्होंने हुक्म दिया।

अजीब-सी चुप्पी छा गई और अमीना ने अपने तपते हुए चेहरे से पसीना पोंछा। एक बुत की तरह खड़े होकर, अल्हाजी अपनी चौथी पत्नी को घूरने लगे। शान्तिपूर्वक चलते हुए, वह महिलाओं को अहाते के बाहर ले गई, और अल्हाजी अकेले खड़े रह गए। यह जानते हुए कि, कम से कम उस समय, पूरी स्थिति उसके कब्ज़े में थी, उसने दो भेड़ें, चावल की एक बोरी और कुछ अन्य सामान घर से ले जाने का हुक्म दिया और महिलाओ से हेडक्वार्टर में इकट्ठे होने को कहा।

कुछ महिलाओ के पास न आने के कारण ढूँढ़ लिए थे और इकट्ठी हुई महिलाओं का समूह उतना बड़ा नहीं था, जितना पहली सभा में रहा था लेकिन जो वहाँ मौजूद थीं उनके संकल्प से अमीना प्रभावित थीं।

"मेरी प्रिय महिलाओं," उसने उन्हें सम्बोधित किया। "आज हम सब स्वतन्त्रता की ओर पहला ऐतिहासिक कदम उठाएँगे। आप में से अगर किसी को भी शक है या हमारे लक्ष्य में विश्वास नहीं है, कृपया पीछे रुक जाइए। हम किसी के साथ ज़ोर-ज़बरदस्ती नहीं कर रहे, हमें सिर्फ़ समर्पित लोग चाहिए जो पूरी तरह से हमारे लक्ष्य का समर्थन करेंगे। साथिन महिलाओ, आओ चलें!"

अमीना के नेतृत्व में जुलूस चलना शुरू हुआ। वृद्ध महिलाएँ, गर्भवती महिलाएँ, बच्चों को कन्धों पर लटकाए महिलाएँ, लड़कियाँ और लड़के पीछे-पीछे चल दिए।

लराई ने गाना गाने के लिए लड़कियों और लड़कों के एक दल का संगठन किया :

"जागो वे सब जिनका दमन हुआ है

जागो और लड़ो अपने अधिकारों के लिए
चालाकियाँ खुलकर सामने आ चुकी हैं
स्वतन्त्रता की पदयात्रा शुरू हो चुकी है
आ मिल जाओ! वे सब जिनका दमन हुआ है
कानून रद्द होने चाहिए
करों का भुगतान नहीं होना चाहिए!"

जुलूस बिना किसी रुकावट के, बोकारो की खास सड़कों से गुज़रता हुआ शहर की ओर बढ़ने लगा। यह देखने लोग घरों से बाहर आ गए थे जिनमें से कुछ लोगों के हाथ बँधे थे और बाकियों के मुँह खुले थे। कुछ महिलाएँ उनमें शामिल हो गईं जबकि कुछ दूसरी महिलाओं ने उनकी बेइज़्ज़ती की। वे शहर के बीच में पहुँच गए जहाँ अमीर के महल के सामने परम्परागत घुड़सवारी समारोह के लिए बड़े ज़ोर-शोर से दरबार लगा हुआ था। अमीना महिलाओं को दर्शकों से भरे मैदान के सामने से ले गई जो इस नाटकीय समारोह को देख रहे थे। कुछ दर्शकों ने उसे समारोह का हिस्सा मानकर ज़ोर से तालियाँ बजाईं। जो इसके बारे में सब कुछ जानते थे वे सब समझ गए कि आखिर बोकारो में चिड़ियाँ अपने पिंजरों से निकलकर उड़ने लगी हैं। पुरुषों का एक दल, चिल्लाते हुए तेज़ी से अमीना की ओर बढ़ा, "तुम क्या सोचती हो, क्या कर रही हो? पाखण्डी! वेश्याओ! अपने-अपने घर वापस जाओ!" अमीना ने कुछ नहीं कहा और आत्मविश्वास के साथ धीरे-धीरे चलती रही। उन्होंने बोकारो नदी के ऊपर बना लकड़ी का पुल पार किया और स्कूल के फुटबॉल के मैदान पर पहुँचकर बैठ गईं।

आखिर महिलाएँ अपनी मंज़िल तक पहुँच गई थीं। उन्होंने खाना बनाया, और जिस समय सब खाना खा रही थीं, अमीना ने लराई और चार अन्य महिलाओं को साथ लेकर संगठन की पद्धति की रूपरेखा बनाई। भोजन, रक्षा, स्वास्थ्य, आवास और बातचीत के लिए पाँच कमेटियाँ बनाई गईं।

उन परिस्थितियों के बावज़ूद, महिलाओं ने पूरी कोशिश करके शाम के लिए स्वादिष्ट भोजन तैयार करने की चेष्टा की। अपना भोजन करने के बाद अमीना ने हेडमास्टर के दफ़्तर के सामने एक सभा बुलाई। सूरज डूब रहा था और जैसे ही अमीना ने बरामदे पर चढ़कर सबको चुप होने का इशारा किया, सूरज की सुनहरी किरणों की रोशनी से उसका चेहरा चमक उठा। अमीना ने बोलना शुरू किया, "हम, बोकारो महिला संघ की सदस्याएँ, अपने पति का घर छोड़कर इसलिए आई हैं, क्योंकि हमने महसूस किया कि हमारे साथ अन्याय हुआ है और इस बारे में हमने अगर कुछ नहीं किया तो ऐसा बर्ताव होता रहेगा। हम निकले हैं, क्योंकि हमने कष्ट उठाए हैं और अब तक सिर्फ इसलिए कष्ट झेल रहे हैं, क्योंकि हम महिलाएँ हैं। हो सकता है कि यह सबसे सही हल न हो, परन्तु इस स्थिति में,

जहाँ हमारी संस्था पर रोक लगी है हम पर दूसरे कठोर और गलत कानून ठोंक दिए गए हैं हमें उनको महसूस करवाना होगा कि हम भी इनसान हैं।''

उसने पानी माँगा। पानी पीने के बाद उसने भीड़ में से एक महिला को बुलाया। एक बच्चा उठाए वह महिला उस तक ऊपर पहुँची। ''इस औरत की तरफ़ देखो। इसने बोकारो में मेरे पति द्वारा बनवाए घरों में से एक घर में मज़दूरी की थी। यह सारे दिन काम करती थी। हमें बताओ, क्या तुम्हें उतना ही वेतन मिला जो एक पुरुष मज़दूर को मिलता था?''

''नहीं। पुरुषों को ज़्यादा मिलता था।''

''देखिए : बराबर की मेहनत, फ़रक-फ़रक वेतन। मेरे पति कम वेतन देकर सभी मज़दूरों का शोषण करते हैं, परन्तु महिलाओं का ज़्यादा शोषण करते हैं। इस तरीके से वो अमीर होते जा रहे हैं और लोग ज़्यादा गरीब।''

अमीना रुक गई मानो लोगों को अपने शब्दों के महत्त्व को ठीक से समझने का समय दे रही हो। उसे ऐसा लगा कि वे उसकी बात भलीभाँति समझ रहे थे और सभा का आनन्द ले रहे थे। अपने सामने श्रोताओं की भीड़ देखकर अमीना उत्प्रेरित हो गई और अपना सिर हिलाकर मुस्कुराने लगी। उसने अपनी बात ज़ारी रखी।

''महिलाओं को शिक्षा से वंचित करने का मतलब है समाज में उन्हें दूसरे स्थान पर धकेल देना। जब तक उन्हें शिक्षा नहीं दी जाएगी, उन्हें पूरी तरह पुरुषों पर निर्भर रहना होगा। जब तक वे पुरुषों पर निर्भर रहेंगी वे उनके अधीन रहेंगी। महिला को स्वतन्त्र करने की दिशा में पहला कदम है उसे शिक्षित करना, कामकाज में लगाना और उसकी रक्षा का इन्तज़ाम करना।

''इस समाज में ज़्यादातर औरतों का विवाह ज़बरदस्ती किया जाता है। हम विवाह के खिलाफ़ नहीं हैं लेकिन हमें विवाह के लिए ज़बरदस्ती के खिलाफ़ लड़ना चाहिए। जिस तरह से एक पुरुष अपने लिए बीवी पसन्द कर सकता है, एक महिला को भी पसन्द करने का हक होना चाहिए। अगर एक लड़की की शादी ज़बरदस्ती एक ऐसे आदमी से कर दी जाए जिससे वह प्रेम नहीं करती, ऐसी स्थिति में वह कभी खुश नहीं रहेगी। अगर उसकी शादी ज़बरदस्ती ऐसे पुरुष से की जाए जो उसके साथ दुर्व्यवहार करता हो, और वह महिला तलाक लेना चाहे तो वह अकेली नहीं रह सकती। अगर अकेली रहती है, तो उसे गन्दे नामों से पुकारा जाता है। ऐसी ज़्यादातर लड़कियाँ शिक्षित भी नहीं होतीं ताकि कोई कामकाज कर सकें। यही वजह है कि इस तरह की बहुत-सी लड़कियाँ घर से भागकर वेश्याएँ बन जाती हैं। जब कोठों पर उन्हें खूब इस्तेमाल कर लिया जाता है, तब उन्हें वहाँ से भी निकाल फेंकते हैं। बूढ़ी और कमज़ोर होने पर उनके पास और कोई चारा नहीं होता सिवाय सड़कों पर सामान बेचने के या भीख माँगने के और यह सब

करते हुए वह उस दिन का इन्तज़ार करती हैं जब उनके जीवन का दीपक खुद-ब-खुद बुझ जाएगा। अब सड़कों पर व्यापार करने पर भी रोक लगा दी गई है। इससे भी बदतर बात यह है कि जो महिलाएँ घरों में छोटे-छोटे कारोबार करना चाहती हैं उन्हें अब कर का भुगतान करना होगा।

"हमें ये बात साफ़ कर देनी चाहिए कि समाज में रहनेवाले हर इनसान को काम करने की छूट मिलनी चाहिए। काम एक अधिकार होना चाहिए न कि विशेषाधिकार। हज़ारों महिलाओं को कोठों में देखना और करोड़ों का अपने पति के घर में बेकार पाया जाना बड़े शर्म की बात है। सरकार हमेशा कहती है कि हमारे पास कारीगरों की कमी है। पर ये आसमान से तो नहीं टपकेंगे। तजुर्बा यह दिखाता है कि महिलाओं को सिखाकर कारीगर बनाया जा सकता है।

"जैसा कि आप जानती हैं, एक भी महिला विधायक नहीं है। इसलिए विधानसभा में हमारा प्रतिनिधित्व नहीं है। हमें राजनीति से पूरी तरह अलग रखा गया है।"

"हमने चुनाव के समय वोट डाली थी," एक आवाज़ ने बीच में दखल देते हुए कहा।

"हाँ, हमने वोट दी थी, लेकिन वोट देने के बाद क्या किसी भी ऐसे गम्भीर मामले में तुम्हारी सलाह ली गई है जिसका सम्बन्ध तुमसे हो? वोट देकर हमने सिर्फ शासक वर्ग को चार वर्ष के लिए हम पर शासन करने और हुकूमत चलाने का कानूनी हक दिया है। महिलाओं पर प्रभाव डालने वाले मसलों के बारे में सलाह करने के बजाय, खासकर हमारी अपनी संस्था होने के बावज़ूद, उन्होंने हमें हर तरह से दबाने वाले कानून भी बना डाले। क्या यह प्रजातन्त्र है?

"हमारी संस्था पर रोक लगाने के बारे में मैं राज्यपाल से यह कहूँगी : अगर तुम सोचते हो कि हम पर रोक लगाने से तुम हमें बरबाद कर दोगे, तो तुम सफल नहीं हो पाए हो। जैसा कि आज की घटनाओं से साबित होता है, तुमने हमें शक्तिशाली बनाया है और आनेवाले समय में हम इससे भी ज़्यादा मज़बूत और विराट हो जाएँगे। मेरी प्रिय साथियो, चलो हम एक होकर अपने न्यायसंगत लक्ष्य के प्रति प्रतिबद्ध रहें। आओ हम सब एक मज़बूत और शक्तिशाली महिला-संस्था का निर्माण करें। सिर्फ इसी के जरिए हम अपने लक्ष्य को पूरा कर सकते हैं और अपनी आवाज़ सुनवा सकते और उस पर ध्यान दिलवा सकते हैं। कोई अकेला तब तक स्वतन्त्र नहीं हो सकता जब तक सब स्वतन्त्र नहीं होते! धन्यवाद!"

# 23

कैम्पफायर की लपटें उस शान्त रात्रि में ऊँचे लहक रही थीं। हल्की हवा चल रही थी। महिलाएँ आग के चारों तरफ़ हँसी-मज़ाक करते हुए और नाचते हुए बैठी थीं। तभी लकड़ी के पुल को पार करती हुई एक आकृति नज़र आई। जुम्मई के नेतृत्व में रक्षा-कमेटी उस तरफ़ लपकी। "वहीं रुक जाओ! दुश्मन हो या दोस्त? आगे बढ़ो ताकि पहचाने जा सको!" जुम्मई ज़ोर से रुक-रुककर बोली। उसने सवाल एक औरत से पूछा और उसे इकट्ठा लोगों के पास ले आई। वह हेडमास्टर की बीवी थी, जो हेडमास्टर के दफ़्तर की चाबियाँ और ताज़ा खबरें लेकर आई थी।

"एक-दूसरे के बारे में और ज़्यादा जानने के कुछ अवसरों में से यह एक है"—अमीना ने बीच में खड़े होकर कहा। "अपने अनुभवों के बारे में हम खुलकर और ईमानदारी से बात करें ताकि हम अपनी जानकारी बढ़ा सकें।"

"जैसा आप सबको मालूम है, मेरा नाम अमीना है। मेरा जन्म यहाँ लगभग बाईस साल पहले हुआ था। मेरे पिता इस्लाम के प्रचारक थे।" वह अपने आरम्भिक जीवन के बारे में बताती गई और यह भी कि उसकी शादी कैसे हुई। वह महिला संघ का गठन करने के लिए क्यों और कैसे राज़ी हुई। उसने समाप्त करते हुए कहा, "यह मेरी जीवन-कथा का एक टुकड़ा भर है। अब एक-एक करके आओ और हमें अपने बारे में बताओ।"

उत्साहित होकर लराई कूदकर आगे आई। "मैं सत्रह वर्ष की हूँ। मेरा जन्म एक किसान परिवार में हुआ था। मैंने ज़िन्दगी कंगाली और भूख में, कष्ट और दुर्घटना में, बिना प्यार के और बिना बच्चों के गुज़ारी। मैं गली में फेरी लगाती थी, और जैसे ही मेरी छातियाँ उभरने लगीं, मेरी शादी एक किसान से ज़बरदस्ती कर दी गई। उसने मुझे परदे में रखा।" उसने आगे वर्णन किया कि "उसे कैसे अस्पताल में दाखिल किया और उसने कितना भयानक कष्ट पाकर बच्चे को जन्म दिया।

"अगर तुम खैराती अस्पताल में जाकर देखो, तो तुम्हें ऐसी तमाम कमसिन लड़कियाँ दिखाई पड़ेंगी, जिनके मूत्राशय बिगड़ गए हैं। सबसे तकलीफ़देह बात यह है कि उनके पतियों ने उन्हें पूरी लापरवाही और बिना सरोकार के छोड़ दिया

है। जिस लड़की के साथ मेरे पति ने मेरे बाद शादी की थी, वह भी अस्पताल में दाखिल है। आखिरी बार जब मैं उसे देखने गई थी, तो जिस डॉक्टर ने मेरा ऑपरेशन किया था उसने यह बता दिया था कि उसका हाल मेरे जैसा होगा। ईश्वर की और अमीना की मदद से, मैं स्वस्थ हो गई। मुझे यकीन है, कि आप सबको मालूम है कि अमीना ने मेरी देखभाल की, और मुझे उम्मीद और ज़िन्दगी की चाह लौटाई। पर मेरे लिए सबसे ज़्यादा खुशी की बात यह है कि मैंने महिला संघ की गतिविधियों में भाग लिया। मैंने ज़िन्दगी के बारे में बहुत कुछ सीखा। मैं इस बारे में भी उतनी ही उत्साहित हूँ कि मैं इस साहसिक 'स्टे-अवे' कार्यवाही में हिस्सा ले रही हूँ।

"मेरे पहले पति को दूसरों को शारीरिक नुकसान पहुँचाने का दण्ड क्यों नहीं मिलना चाहिए? शादी के नाम पर कम उम्र की लड़कियों को गैर-कानूनी ढंग से रोककर उनके साथ बर्बरता क्यों होनी चाहिए? विधानसभा कम-उम्र लड़कियों की सुरक्षा के लिए शादी की उचित उम्र तय करके कोई कानून क्यों नहीं बनाती?

"मैं अब आपके सामने खड़ी होकर अपने पति से गैर-कानूनी ढंग से रोककर रखने के और शारीरिक नुकसान पहुँचाने के बदले मुआवज़े की माँग करती हूँ। मेरा यह प्रस्ताव है कि उसके जैसे आदमियों को सज़ा दी जानी चाहिए, क्योंकि वह समाज के लिए खतरा हैं।"

अब एक चमकीली आँखों और पैनी नाक वाली छरहरी सुन्दर महिला आगे बढ़ी। "मैं भी किसान हूँ और अपने पति के साथ रहती हूँ और फ़ार्म पर काम करती हूँ। मैं सुबह से शाम तक फ़ार्म पर काम करती हूँ, और घर पर खाना बनाती हूँ और कपड़े धोती हूँ। मैं दस साल से ऊपर समय से यह सब कर रही हूँ। मैं अब बहुत कमज़ोर हो गई हूँ और थक गई हूँ। उसने मुझसे धोखा किया और अब भी करता है। हर बार जब फसल कटी, तो उसने उसे बेचकर मुझे कुछ नहीं दिया। 'सहकारी' का गठन हुआ तो मैंने उसके साथ काम करने से इनकार कर दिया और अपने फ़ार्म पर काम करने लगी। इसलिए उसने मुझे और मेरे बच्चों को भूखा मार दिया।

"अब मैं आपको अपनी मित्र लामी की कहानी सुनाती हूँ। मुझे यकीन है कि आपको मालूम है कि वह स्थायी रूप से बेसहारा है। आपने ज़रूर सुना होगा कि कुछ महीनों पहले एक ज़मीन के झगड़े में उसका पति मारा गया था। उसकी मौत अमीर के लिए लड़ते हुए हुई थी, लेकिन उसको दफ़नाते ही अमीर ने तीन दिन के भीतर उसकी पत्नी को मकान खाली करने का हुक्म दे दिया। उसने दावा किया कि उसने ज़मीन खरीदकर लामी के पति को पैसे का भुगतान कर दिया था, और अब चूँकि उसके पति की मृत्यु हो गई है, परिवार को जगह खाली करनी होगी। लामी ने क्षेत्र के न्यायालय में न्याय के लिए याचिका दी, लेकिन जज ने फैसला अमीर के हक में कर दिया। लामी ने ऐसा करने से इनकार किया तो

चौथे दिन तीन लैंड-रोवरों में चढ़कर पुलिस जा पहुँची। मैं वहाँ मौजूद थी और जो घटित हुआ उसकी गवाह हूँ। उन्होंने दरवाज़े खिड़कियाँ उखाड़ दिए, कुएँ और शौचालय को सीलबन्द कर दिया। स्टोर और रसोई का सारा खाने का सामान नष्ट कर दिया। वे लोग छप्पर की छत में आग लगाने ही वाले थे जब हम सब बाहर भाग निकले।

"अब वह सेण्ट्रल बोकारो में अपने तीन बच्चों के साथ एक पाम के पेड़ के नीचे रहती है और भयंकर से अवसाद और उलझन में है। इस बीच घर गिरा दिया गया है और वहाँ एक होटल बनाया जा रहा है। क्या यह अमीर वहाँ ईश्वर का प्रतिनिधि है?"

अमीना ने महिलाओं से सोने के लिए कहा पर एक लड़की विरोध में चिल्लाई। वह भी अपनी कहानी सुनाना चाहती थी। अमीना उनको वहीं सुनने के लिए छोड़कर हेडमास्टर के दफ़्तर में जाकर बैठने के लिए चली गई।

"पूरा शहर उलझन में है," हेडमास्टर की पत्नी ने कहा। वह वहाँ जुम्मई और मायरो के साथ आई थीं। "ज़्यादातर लोगों ने सुबह से कुछ नहीं खाया है। वे खाना बनाना नहीं जानते। अफ़वाह है कि जो औरतें पीछे रह गई हैं उन्हें अपने पतियों के खाने में ज़हर मिलाने का हुक्म दिया गया है। बोकारो के कुछ पुरुषों ने 'बोकारो मैन्ज़ एसोसिएशन' का गठन किया है, और खाना पकाने की कोशिश की। उन्होंने आग पर चावल चढ़ाए, पर जब वे बातों में लगे थे, चावल जल गए। कुछ लोगों को यह नहीं पता था कि बर्तन में पहले तेल डालें या मांस। एक आदमी ने स्वीकार किया कि उसने ज़िन्दगी में उस दिन पहली बार प्याज़ काटी थी और दूसरे ने आग से निकलने वाले धुएँ के बारे में बड़ी कड़वाहट के साथ शिकायत की।"

महिलाएँ हँसने लगीं। "यह अतिरिक्त रूप से दूसरों पर निर्भर रहने की समस्याओं में से एक है," अमीना ने कहा। "तुम्हें मालूम है कि कुछ आदमी अपनी बीवियों को, लड़कों को खाना पकाना सिखाने की वजह से पीटते हैं?"

"मैंने रेडियो पर सुना था," हेडमास्टर की पत्नी ने आगे कहा, "पुलिस तैयार है पर पुलिस कमिश्नर ने आदेश देने से इनकार कर दिया है, और उसने अपने धार्मिक पन्थ के सिपाहियों को सलाह दी है कि वह तुम्हारे विद्रोह के दमन में हिस्सा न लें। उसने कहा कि कानून बेहद सख़्त है और असेम्बली सच्चाई को नहीं देख रही है। उसने धमकी दी है कि अगर बल-प्रयोग किया गया तो वह इस्तीफ़ा दे देगा। हमने यह भी सुना है कि अगर इस संघर्ष का हल नहीं हुआ, तो पड़ोसी राज्य से सचल-सिपाही दस्तों को बुलवा दिया जाएगा।"

अमीना जुम्मई की तरफ़ घूमी। वह जाँघों पर अपने हाथ रखे, बड़े ध्यान से खड़ी थी। उसने रुक-रुककर कहा, "पुल पर मोर्चाबन्दी कर दी गई है, जाँच की जा चुकी है, स्थिति सामान्य है। जाकर सोने की इजाज़त दी जाती है।" महिलाएँ

हँसने लगीं।

अमीना ने याद किया कि जुम्मई एक सिपाही की पत्नी थी, और उत्तर दिया, "आदेश दिया जाता है!"

"जी मैम!" उसने हँसकर कहा। "मेरा पति जब शराब पीकर घर लौटता है, तो यह शब्द रोज़ दोहराता है।" वह कमरे से मार्च करती हुई बाहर निकल गई।

जैसे-जैसे रात गुज़र रही थी, अमीना नींद के लिए परेशान थी, पर वह सो नहीं पा रही थी, क्योंकि उसके मन में जैसे जगह बनाने के लिए तरह-तरह के विचारों में होड़ मची थी। आखिर उसे नींद आ गई पर सुबह होने से पहले ही ऊँची आवाज़ों से उसकी आँख खुल गई।

"एक लड़की तकलीफ़ में है। उसे प्रसव-पीड़ा हो रही है," कुछ महिलाएँ चिल्ला रही थीं। अमीना जागकर भौचक्की हो गई। यह समझ में आने पर कि यह सपना नहीं है, वह स्वास्थ्य-समिति की अध्यक्ष न्गोज़ी को ढूँढ़ने दौड़ी। न्गोज़ी ने अपना बैग उठाया, उसके सामान की जाँच की और जहाँ लड़की लेटी थी, उधर लपकी। उस लड़की, जैनब को हेडमास्टर के दफ़्तर में ले गए। कुछ महिलाओं ने इस काम में न्गोज़ी की मदद की।

अमीना ने, उस अँधेरी तंग जगह पर नज़र दौड़ाई और प्रार्थना की कि यह काम ठीक-ठाक निबट जाए। वह औरों के साथ बाहर इन्तज़ार करती रही। काफ़ी देर बाद चमकता चेहरा लिए न्गोज़ी बाहर आई। उसने अमीना के कान में कहा, "''च्चे का जन्म सकुशल हो गया है।

गहरी साँस लेकर अमीना ने ईश्वर को धन्यवाद दिया।

"लड़का है या लड़की?" कुछ महिलाओं ने पूछा।

"अन्दाज़ा लगाओ," न्गोज़ी बोली।

"लड़की।"

"नहीं लड़का हुआ है।"

"तुमने सचमुच हमें बचा लिया, तुम्हारा शुक्रिया।" अमीना ने न्गोज़ी से कहा।

"मेरे लिए खुशी की बात है। मैं पेशे से दाई हूँ," न्गोज़ी ने उत्साह भरी आवाज़ में खुलासा किया। "माँ और बच्चे को आराम की ज़रूरत है। माँ बहुत कमज़ोर है।" कुछ महिलाओं से बच्चे को देखे बिना नहीं रहा गया और वे कमरे में घुस गईं।

"वह अपने पिता पर है," एक बोली।

"नहीं तुम गलत कह रही हो। वह अपनी माँ से मिलता है।" एक दूसरी महिला ने बहस की।

"देखो उसकी नाक और होठ अपनी माँ के जैसे हैं।"

"ईश्वर उसे लम्बी उम्र दे, ताकि वह अपना इतिहास जान सके और अपनी माँ की मदद करे।" एक महिला ने कहा।

"मुझे यकीन है कि वह अपनी माँ से प्रेम करेगा और उसकी मदद करेगा।"

"तुम आदमियों को नहीं जानतीं। क्या तुम्हारे खयाल से इन विधायकों, अमीरों, गवर्नरों और दूसरे लोगों की माँएँ नहीं होतीं? या वे किसी समय इस बच्चे की तरह अबोध नहीं रहे हैं?"

"ये बदल क्यों जाते हैं?"

"अपनी परवरिश के कारण।"

"इसका पिता कौन है?" ज़रा-सी चुप्पी के बाद एक महिला ने जैनब से पूछा।

"वह बाद में बताएगी," अमीना ने दखल देकर महिलाओं से बाहर जाने के लिए कहा। पर उन्होंने सवाल दोहराया। जैनब परेशान दिखाई पड़ी।

उसने धीमी आवाज़ में कहा, "वह लम्बी कहानी है। कुछ साल पहले मैं गवर्नमेण्ट गर्ल्स सेकेण्डरी स्कूल में पढ़ रही थी। जब मेरे पिता की नौकरी छूट गई, उन्होंने मुझे स्कूल से उठा लिया, क्योंकि वे मेरी फीस नहीं दे सकते थे। मैं घर पर रहने लगी और बाद में खाना पकाकर बेचने लगी।"

"तुम्हारी माँ कहाँ है?" एक महिला ने टोका।

"मुझे नहीं मालूम। मुझसे कहा गया कि जब मैं पाँच बरस की थी, मेरे पिता ने उन्हें तलाक दे दिया था। पिछले साल, दिन ढले, जब मेरा सारा सामान बिक गया और मैं घर लौट रही थी, तो एक लड़के ने एक अधूरी इमारत के पास मुझे घेर लिया। उस इमारत का नाम था 'गर्ल फ्री ज़ोन'। वह मेरा पर्स छीनकर इमारत के भीतर भागा। मैंने उसका पीछा किया, पर उसने मुझ पर काबू करके, लगभग एक घण्टे तक मेरा बलात्कार किया।"

"तुमने मदद के लिए शोर नहीं मचाया?"

"मैं चिल्लाई, पर उसने मेरा मुँह बन्द कर दिया। जब मुझे पता लगा कि मैं गर्भ से हूँ तो मैं उलझन में पड़ गई। मेरी समझ में नहीं आ रहा था कि मैं क्या करूँ? मैंने अपनी हालत छिपाने की कोशिश की पर मेरे पिता को पता चल गया और उन्होंने मुझे घर से निकाल बाहर किया।"

"तुमने उन्हें फौरन ही क्यों नहीं बताया?"

"पहले मैं भयभीत और शर्मिन्दा थी। वह इतना भयानक अनुभव था कि मैं उसे शब्दों में बयान नहीं कर सकती।"

"उसके बाद क्या हुआ?" एक और महिला ने बात बढ़ाई।

"मैंने अमीना को बताया और वह इस मामले को कोर्ट में ले गई। मैंने उसे बताया कि मैं पहली लड़की नहीं हूँ जिसका इस बदनाम लड़के ने बलात्कार किया है। वह अब भी लड़कियों का बलात्कार कर रहा है। कोई लड़की उसके खिलाफ़

मुकदमा नहीं जीत सकी है। जज ने मुझ पर तोहमत लगाकर लड़के को रिहा कर दिया। मैं गर्भपात कराना चाहती थी, पर उसके लिए मेरे पास पैसा नहीं था।'' कहते हुए वह फूट-फूटकर रो पड़ी। महिलाओं ने अविश्वास से एक-दूसरे की तरफ़ देखा। उसने अपने आँसू पोंछकर दुखी स्वर में कहा, ''आज मुझे यहाँ तक लगा कि मैं इस बच्चे को कूड़ेदान में, नदी में, कहीं भी फेंक दूँ।''

''ऐसा मत कहो,'' अमीना ने उसे चुप किया।

''मैं और क्या कर सकती हूँ? मैं उसकी देखभाल कैसे कर सकती हूँ? अपने को मेरी जगह रखकर देखो। इसका पिता नहीं है। मेरा कोई सहायक नहीं है। मुझ पर उस बात का आरोप लगाया जा रहा है, जो मैंने की नहीं है। मुझे लगा कि उसे फेंक देना बेहतर होगा, ताकि वह छोटी उम्र में मर जाए। आज सुबह मैं भाग जाना चाहती थी, पर ऐसा कर नहीं सकी। मैं बहुत कमज़ोर महसूस कर रही थी, और आप लोग चारों तरफ़ थीं। मैं दूसरे शहर में भागकर वहाँ नई ज़िन्दगी शुरू करना चाहती हूँ। पर जब उसने मेरा हाथ पकड़ लिया, और धीरे से मेरा दूध पीना शुरू कर दिया, तो मैंने अपना इरादा बदल दिया। मुझे लगा आखिर वह मेरा है, सज़ा के लिए बहुत छोटा और अबोध। उस पर मेरा अधिकार है। मैं आप सबको यकीन दिलाती हूँ, मैं उसकी अच्छी देखभाल करूँगी। मेरे लिए और हमारे लिए वह बहुत मूल्यवान है। यह बच्चा मेरी ज़िन्दगी है और जब वह बड़ा हो जाएगा, मैं उसे सब कुछ बता दूँगी।''

एक क्षण के लिए चुप्पी छा गई। अमीना ने प्रस्ताव रखा कि बच्चे का नाम तभी और वहीं रख दिया जाए। जैनब ने सिर हिलाकर रज़ामन्दी दी। ''पर हमें पहले इन्हें आराम करने के लिए समय देना चाहिए।'' अमीना ने सुझाव देकर दूसरे लोगों को कमरे से बाहर जाने का इशारा किया।

सुबह के नाश्ते के बाद महिलाएँ नामकरण के लिए इकट्ठी हुईं। एक भेड़ हलाल की गई। एक लड़के ने लम्बी दुआ करके नाम की घोषणा की—मैनसारा—जो विजेता के लिए एक हौसा शब्द है।

नामकरण की रस्म अभी चल ही रही थी कि धीमी रफ़्तार से एक एम्बुलेंस आकर रुकी। पाँच महिलाओं ने उतरकर अमीना को गले लगाया। उनका स्वागत करते हुए अमीना ने कहा, ''अल्लाह कभी नहीं सोता।'' वे परिचित चेहरे थे। सब स्वास्थ्य परियोजना और प्रौढ़-शिक्षा कक्षाओं में सक्रिय रूप से संलग्न थीं। उनमें से एक ढंग के कपड़े पहने युवा, दुबली महिला ने महिलाओं को सम्बोधित करने की पेशकश की। उसका नाम दिजे था। अमीना ने सबसे सुनने के लिए कहा।

''हम नर्सों और दाइयों के संघ से सम्बद्ध हैं। और हमने अपना सहयोग ज़ारी रखने का फैसला किया है। हम सरकार की कार्रवाई से स्तब्ध हैं। हमें उम्मीद थी कि सरकार ऐसी परियोजनाओं को हर जगह प्रोत्साहन देगी। सोमवार को, हमारा

संघ, राज्य में स्वास्थ्य की बिगड़ी हुई स्थिति के खिलाफ़, वेतनों का भुगतान नहीं करने, और लगातार सुयोग्य स्वास्थ्य कर्मियों को बर्खास्त किए जाने के खिलाफ़ अनियमित हड़ताल शुरू करेगा।''

उसके भाषण के बाद तीन नर्सें जैनब और उसके बच्चे के साथ अस्पताल लौट गईं। कुछ बाद में किसानों की एक टोली महिलाओं को घर लौट जाने के लिए समझाने आई। उनके नेता ने शान्ति से आगे बढ़ते हुए तर्क दिया कि पुरुष और स्त्री हमेशा एक साथ होना चाहिए। इसलिए जब परम शक्ति ने आदम की रचना की तो साथ ही में हउआ की भी। किसी धर्म-ग्रन्थ में यह नहीं लिखा है कि महिलाएँ पुरुषों के खिलाफ़ क्रान्ति कर सकती हैं।

अमीना ने उनके सरोकार की प्रशंसा करके सवाल किया, ''हमारी गतिविधियों से आपने कुछ सीखा या आपका फायदा हुआ?''

''हाँ,'' एक मरियल से आदमी ने कहा, मेरी बीवी को भी। उसने भीड़ में एक महिला की तरफ़ इशारा करके कहा। ''उसने बहुत से काम खुद करने सीख लिए। उसका रख-रखाव भी बदल गया और वह प्रसन्न रहने लगी। कुल मिलाकर हमारे सम्बन्ध बेहतर हो गए।''

एक और किसान ने आगे कदम बढ़ाकर कहा, ''मेरी पत्नी को धर्म की दृष्टि से बहुत लाभ हुआ। ईमानदारी की बात है वह सही ढंग से नमाज़ अदा नहीं करती थी पर उसने ऐसा करना सीख लिया और अब वह नियमित रूप से करती है। मैंने तुम्हारी फिल्मों में देखा कि धार्मिक स्थल कैसे लगते हैं।''

''पर तुम तो हमारे संघ के खिलाफ़ हो''—एक महिला चिल्लाई। ''मैं इसकी बीवी हूँ। इसने हमारी फसल को आग लगानें और हमारे फ़ार्मों को नष्ट करने की धमकी दी थी।''

''हाँ, यह सच है कि यह मेरी बीवी है,'' वह आदमी सँभलकर, मुस्कुराते हुए बोला। ''यह सच है। मेरे ज़मींदार ने पहले हमें सलाह दी कि हम अपनी बीवियों को संघ से हटा लें, लेकिन जब ज़्यादातर महिलाओं ने इनकार कर दिया, जिनमें मेरी अपनी बीवी भी शामिल थी तो उसने मुझे तुम्हारी फसल को जलाने या पैदावार को नष्ट करने की सलाह दी।''

''क्यों,'' उसी महिला ने आगे आकर पूछा। ''डरो मत, हमें बता दो। तुम उसको बेनकाब कर दो।''

''मैं डरता नहीं हूँ,'' वह आदमी हलके से मुस्कुराकर बोला।

''मेरे ज़मींदार ने दावा किया कि तुम उसके जैसी फसलें उगा रहे हो और अगर तुम्हें हतोत्साहित नहीं किया गया तो उसके व्यापार को नुकसान पहुँचेगा। अगर तुम्हें यह काम ज़ारी रखने की अनुमति दी गई और तुम्हारे हाथ और ज़मीन आ गई, तो फसलों के दाम गिर जाएँगे और उसका नुकसान होगा। उसने फिर

एक गोदाम बना लिया। वह अपनी पैदावार को उसी में जमा रखता है।''

''क्या जमाखोरी मानवता के विरुद्ध अपराध नहीं है?'' अमीना ने पूछा।

''है, पर वह अकेला ऐसा नहीं करता। ज़्यादातर धनी किसान यही करते हैं।''

''क्या तुम टैक्स देने के लिए तैयार हो?'' लराई ने पूछा।

''वे नए नहीं हैं। हम हमेशा से अलग-अलग ढंग से टैक्स और चन्दे देते रहे हैं।''

''तुम्हारे पास पैसा कहाँ से आएगा?'' लराई ने फिर ज़ोर दिया।

''सर्वशक्तिमान अल्लाह, सबका दाता, एकमात्र उद्धारक मदद करेगा। जिसने हमें जीवन दिया है वही साधन भी देगा।''

अमीना ने सलाह दी, ''तुम किसानों को चाहिए कि जाकर अपने आपको संगठित करो। ये ज़मींदार तुम्हारे श्रम के बल पर धनवान हैं अगर तुम कुछ नहीं करोगे तो ऐसे ही ग़रीबी में रहोगे। तुम्हें चाहिए कि खड़े होकर इस धरती पर बेहतर ज़िन्दगी के लिए संघर्ष करो। जहाँ तक हमारी 'स्टे-अवे' कार्रवाई का सवाल है, हम इसे तब तक जारी रखेंगे, जब तक वे हमारी माँगें पूरी नहीं करते। जो महिला जाना चाहे, वह ऐसा करने के लिए स्वतन्त्र है। जैसे पुरुषों का काम महिलाओं के बगैर नहीं चलता, वैसे हम भी पुरुषों के बगैर नहीं रह सकते। यह प्रकृति का नियम है। हम पुरुषों का सम्मान और उनसे प्रेम करते हैं।''

सहयोग दल के सदस्य बाद में पहुँचे। अमीना उन्हें देखकर उत्साहित हुई और निलम्बित अध्यक्ष पीटर एकिन जब उसकी तरफ़ आया, तो उसने उसे नमस्कार किया। अमीना, उस लम्बे, दाढ़ी वाले व्यक्ति की तरफ़ देखकर मुस्कुराई। उसने देखा कि उसकी आँखें लाल थीं और उसे पसीना आ रहा था। अमीना ने मुँह खोला तो उसके मज़बूत सफ़ेद दाँत नज़र आए।

''हम लोग स्कूल में ऊँची फीस लागू करने का प्रतिवाद करने के लिए संघ की राजधानी गए थे'' एकिन ने उसे बताया।

''वहाँ क्या हुआ?''

''पुलिस ने आँसू गैस छोड़ी, हमें बेरहमी से पीटा और कुछ विद्यार्थियों को गिरफ़्तार करके हवालात में बन्द कर दिया। हम में से कुछ बच निकले,'' उसने बताया।

''फातिमा कहाँ है?'' अमीना ने पूछा।

''उसे अस्पताल ले जाया गया, पर अब वह वापस विश्वविद्यालय लौटकर स्वस्थ हो रही है। एक आँसू गैस का कनस्तर उसके पास आ गिरा, उसमें से कुछ उसके साँस के साथ अन्दर चली गई और...''

''और क्या?'' उत्सुकता से अमीना चिल्लाई।

''उसे कुछ सिपाहियों ने पीटा, पर वह बच निकलने में सफल हो गई।''

"रेबेका का क्या हुआ?"

"उसे पीटा और गिरफ़्तार कर लिया। वह अब भी हवालात में है।"

"...और ग्लोरिया?"

"वह पुलिस की निगरानी में अस्पताल में है। उसकी पीठ में गहरा घाव है।" पीटर एकिन ने मुस्कुराते हुए बताया। "हमें उम्मीद है कि वे जल्दी ही रिहा हो जाएँगी। कुछ वकील उनके केस की अभी भी तैयारी कर रहे हैं।"

अमीना विस्मित थी। "यह अविश्वसनीय है। पागलपन है! वह बोली।"

"उनका आरोप था कि मीटिंग गैरकानूनी थी।"

"क्या तुम्हें भी चोट आई थी?"

"हाँ," उसने कहा। और अपनी काली टोपी उतारकर उसे अपने सिर का वह घाव दिखाया जिसे प्लास्टर से ढक दिया गया था।

"अफ़सोस है," अमीना ने उससे सहानुभूति प्रकट की।

"चिन्ता मत करो! यह उतना गहरा नहीं है। यह तय है, कि हम लड़ना बन्द नहीं करेंगे। हम कल ही वापस लौटकर आए हैं। फातिमा कमज़ोरी के कारण आ नहीं सकी, पर उसने आपके प्रति अपना सम्मान व्यक्त किया है।"

सहयोगी दल की निलम्बित उपाध्यक्ष और प्रमुख लैला ने बाद में महिलाओं को भाषण दिया :

"कामरेड महिलाओ, आपमें से अधिकांश को उस महिला के केस के बारे में जानकारी होगी जिस पर फंटुआ में व्यभिचार के लिए मुकदमा चलाया जा रहा है। कहा जाता है कि वह एक पुरुष के साथ सोई और गर्भवती हो गई। स्थानीय अधिकारियों ने बच्चे के जन्म के बाद उसे गिरफ़्तार करके उस पर व्यभिचार का आरोप लगाया। पुरुष के साथ कुछ नहीं किया गया। स्थानीय अदालत ने उसे पत्थर मारकर मौत की सज़ा सुना दी।

"ये शासक कहते हैं कि ये शरिया कानून है। यह सच नहीं है। हमने धर्म-ग्रन्थों को पढ़कर देखा है। हमें उसमें ऐसा कोई केस बिलकुल नहीं मिला, जब किसी स्त्री के साथ ऐसा बर्बर व्यवहार किया गया हो। इसके बजाय हमें बहुत से पद और उदाहरण मिले जिनके अनुसार महिलाओं के साथ बहुत गरिमा और आदर के साथ व्यवहार किया गया है। धर्म के बारे में हमारी समझ के अनुसार पैगम्बर मोहम्मद के समय के दौरान (सल्लाह इलाही वसल्लम), औरतों के साथ आदमियों के समान व्यवहार किया जाता था। उनकी पहली पत्नी खलीदा (अल्लाह उन पर प्रसन्न रहें) एक प्रसिद्ध व्यापारी थीं, जो स्वतन्त्रता से घूमती और व्यापार करती थीं। एक और बीवी जैनब (अल्लाह उन पर प्रसन्न रहें) की समाज में बहुत सम्मानित स्थिति थी। उनकी अन्तिम पत्नी आयशा (अल्लाह उन पर कृपा बनाए रखें) एक बहुत प्रसिद्ध कवयित्री और कुशल सेना-नायक थीं। अगर हमें आज

वास्तविक शरिया कानून को लागू करना हो, तो हमारे अधिकांश शासकों को, सार्वजनिक धन-कोष की चोरी करने की सज़ा में अपने हाथ कटवा देने चाहिए। ऐसा क्यों होता है कि कानूनन सज़ा सिर्फ़ ग़रीब आदमियों और औरतों को ही होती है?

"दूसरी बात यह, जिसका हमने विरोध किया, कि संघ सरकार पूरे देश में स्कूल की फीस बढ़ाना चाहती है। स्वभावतः हम इसके खिलाफ़ हैं। हमारी मीटिंग के दौरान, सैकड़ों सशस्त्र सिपाही हम पर टूट पड़े, उन्होंने हमें पीटा और कुछ विद्यार्थियों को गिरफ़्तार कर लिया। उनका दावा था कि हमें उन मसलों पर चर्चा करने का कोई हक नहीं है जिनका प्रभाव हमारी खुद की ज़िन्दगी और भविष्य पर पड़ता है।

"ये नेता हमारे साथ ऐसा बर्ताव नहीं कर सकते मानो हम किसी दूसरे गृह के वासी हों। हम सबको जीने और सीखने का अधिकार है। ज्ञान किसी का विशेषाधिकार नहीं है, बल्कि ऐसा अधिकार है जिससे कोई दूसरे को वंचित नहीं कर सकता। ये नेता अनपढ़ हैं...

"कॉमरेड महिलाओ मैं अब ऋणों के बारे में भी पूरी जानकारी देना चाहती हूँ। उदाहरण के लिए तुम्हारी गैर-जानकारी में और रज़ामन्दी के बगैर तुम्हारा पति एक धनवान, अल्हाजी के पास पहुँचकर उससे उधार ले लेता है और उस पैसे को जैसे चाहे खर्च कर डालता है। वह उधार की रकम से जुआ खेलता है और शराब पीता है। अगर बाद में वह अल्हाजी तुम्हारे पास आकर तुमसे पैसा लौटाने को कहता है, तो क्या तुम ऐसा करोगी? या फिर तुम्हारा पति तुमसे ज़्यादा काम करने और कम खाने की माँग करता है, साथ ही उस रुपए को लौटाने के लिए जो उसने तुम्हारी बिना जानकारी के खर्च कर डाला है, तुमसे अपने कुछ कपड़े-गहने बेचने के लिए कहता है, क्या तुम ऐसा करोगी?"

"नहीं।"

"इसलिए हमारा फैसला पक्का होना चाहिए, हमें पैसा कतई नहीं देना चाहिए।" उसने अमीना की तरफ़ देखा और उनकी सजीव नज़रें मिलीं। वे एक-दूसरे की तरफ़ देखकर मुस्कुराईं। अमीना को इस बात की खुशी थी कि विद्यार्थी वहीं मौजूद थे और उसे इस बात से भी खुशी हुई कि उनका राजनीतिक नज़रिया स्पष्ट था और वे महिलाओं को शिक्षित करने के लिए तैयार थे।

इस मौके पर विद्यार्थी समवेत स्वर में गा उठे :

"एकता अमर रहे
एकता अमर रहे
एकता अमर रहे
हम हमेशा अपने अधिकारों के लिए लड़ेंगे।"

## 24

अमीना को ठण्ड लगने लगी और उसने कुछ और कपड़े पहन लिए। उसका मुँह कड़वा गया और आँखें टीसने लगीं। दोपहर होते-होते उसे चक्कर आने लगा और उसके लिए खड़ा रहना भी मुश्किल हो गया। वह बैठ गई और अपना सिर मेज़ पर टिका लिया। तभी मज़दूर यूनियन के पाँच अफ़सर आ पहुँचे। उसने सुना कि उनका नेता महिलाओं से अपने घरों को लौट जाने के लिए अनुरोध कर रहा है। इसके लिए वह उन्हें पैसा देने की पेशकश भी कर रहा है। ''हम जल्दी ही गवर्नर के साथ मुलाकात करेंगे और उनसे अपील करेंगे कि वे कानूनों को निरस्त करें, करों में कटौती करें, और अपने पद का उपयोग करके मज़दूरों और महिलाओं के लिए अनुकूल स्थितियाँ पैदा करें।'' गवर्नर अच्छे इनसान हैं, अलबत्ता उनके कुछ सलाहकार दुष्ट लोग हैं। मुझे यकीन है कि वे हमारी बात सुनेंगे।

लैला ने उन्हें रोका, ''हमने आपकी बात सुन ली। अमीना बीमार है, इसलिए महिलाओं की ओर से लराई बात करेगी। पर उससे पहले मैं कुछेक बातें कहना चाहती हूँ। पिछले दो सालों के दौरान बोकारो में महिला-संघ का जिस तरह विकास हुआ है, और इससे जो सही नतीजे सामने आए हैं, यदि आप उन्हें अभी भी सराह नहीं पा रहे हैं, तो आप बहुत पीछे घिसट रहे हैं', एक कहावत है कि 'जो पीछे घिसटते हैं वे हमेशा पराजित होते हैं।' दुर्भाग्य से इस बात की सम्भावना नहीं दिखाई पड़ रही है कि हमारी ओर से आप जो दलील पेश करेंगे, उस पर गवर्नर ध्यान देंगे। क्योंकि हम लोग कामगर नहीं हैं। हम महिलाएँ हैं और हमारी माँगें अलग हैं। जैसा कि अमीना लगातार ज़ोर देती रही है, हम पुरुषों के नहीं कानूनों के खिलाफ़ हैं।''

अमीना को कँपकँपी छूट गई थी और उसके दाँत बजने लगे थे। नर्सों को बुलाया गया। उन्होंने आकर उसे कुछ गोलियाँ दीं, और एक कामचलाऊ बिस्तर बनाकर उसे उस पर लिटाकर चादर ओढ़ा दी। उसकी बीमारी ने महिलाओं का मूड बदल दिया। वे अब निराश और उलझन में दिखाई पड़ रही थीं। विद्यार्थी संघ के नेता सक्रिय हो गए और उन्होंने हौसला बढ़ाने के लिए टोलियों में विचार-विमर्श

और नाटकों का आयोजन करना शुरू कर दिया।

डिनर के बाद, महिलाओं ने फिर से आग सुलगाई। गोलियाँ खाने के बाद अमीना बेहतर महसूस करने लगी थी और उनके पास बैठ गई थी। लराई ने कहानी सुनाने की पेशकश की :

''बहुत दिनों की बात है डिम्बी गाँव में एक बहुत धनवान व्यक्ति रहता था। उसकी पत्नी शुआ अरब थी और बहुत सुन्दर थी। वह इतनी सुन्दर थी कि उसे लोग 'रानी' कहते थे। वह व्यक्ति व्यापारी था और दुनिया के विभिन्न हिस्सों में यात्रा किया करता था। एक बार जब वह व्यापार और तीर्थ यात्रा के लिए निकल रहा था, तो उसने अपने सबसे विश्वासी मित्र को बुलाकर उसको अपनी नई पत्नी की देखभाल करने की ज़िम्मेदारी सौंप दी।

''जब उस व्यापारी को गए हुए तीन दिन गुज़र गए, तो उसका मित्र 'रानी' से मिलने गया। जब अँधेरा हो गया तो उसने रानी की तरफ़ हाथ बढ़ाया, पर रानी ने क्रुद्ध होकर उसका प्रस्ताव ठुकरा दिया। मित्र ने मुस्कुराकर कहा, ''मैं तो तुम्हारे साथ सिर्फ़ खेल रहा था। क्या यहाँ उत्तर में तुम लोग ऐसे दोस्ताना खेल नहीं खेलते?''

''जब वह धनवान व्यक्ति लौटा, उसने अपने मित्र को बुलवा भेजा। शाम के समय जब वे लोग खाना खा रहे थे, तो उसकी पत्नी बोली कि उसे अभी-अभी अपने पति की ग़ैरहाज़िरी में घटी एक अजीब घटना याद आ गई। उसके पति का मित्र यह सुनकर तेज़ी से उछला और भाग खड़ा हुआ। वे पति-पत्नी उसके इस व्यवहार से उलझन में पड़ गए। पत्नी ने बात ज़ारी रखी : हुआ ये कि आपकी अनुपस्थिति में पड़ोस की एक महिला ने एक अजीब बच्चे को जन्म दिया। इस बात पर वे दोनों खूब हँसे। खाने के बाद उस महिला ने अपने पति को बताया कि वह जानती है कि वह मित्र क्यों भाग खड़ा हुआ। क्योंकि उसे लगा कि अब वह उस हरकत की चर्चा करेगी जो उसने उसके साथ की थी। इसके बाद उसने अपने पति को उसके मित्र की हरकत के बारे में बता दिया।'' लराई ने कहानी खत्म करते हुए कहा, ''वह मित्र आज तक गाँव वापस नहीं लौटा।''

महिलाएँ खूब हँसीं। लैला उठकर आगे आई और अपना सीना सामने तानकर पिछाया डुलाया। उसने सुझाव दिया कि महिलाएँ अपनी व्यथा की कहानियाँ ज़ारी रखें।

न्गोज़ी ने बताया, ''मैं पूर्वी इलाके की रहनेवाली हूँ। मुझे हाल में सरकारी अस्पताल से निकाल दिया गया है। पेशे से मैं नर्स और दाई हूँ...''

कमज़ोरी महसूस होने की वजह से अमीना उठकर चल दी। उसके साथ एक नर्स थी जिसने उसका परीक्षण करके उसे कुछ और गोलियाँ दे दीं। वह चुपचाप लौटी और लराई के पास बैठ गई। लराई ने फुसफुसाकर उससे कहा, ''जितना

ज़्यादा सुनते हैं उतनी ही यह बात कम समझ में आती है कि कुछ लोग दूसरों के प्रति कितने नीच और निर्मम हो सकते हैं।"

"क्या हो गया?" अमीना ने पूछा।

न्गोज़ी ने अभी-अभी हमें नाइजीरिया के पूर्वी इलाके में औरतों के हालात के बारे में बताया, ख़ासकर दुलहनों की ऊँची कीमतों और महिलाओं पर उसके प्रभाव के बारे में। औरतों की हैसियत महज़ एक वस्तु की है। पिता का घर उस बाज़ार की तरह है जहाँ उनकी खरीद-फ़रोख़्त होती है। लड़कियों की कीमत उनकी शिक्षा और परिवार की ज़रूरतों के हिसाब से तय कर दी जाती है। इसी कारण उस इलाके में वेश्यावृत्ति की दर बहुत ऊँची है।

न्गोज़ी के बाद माया इआबो नाम की एक योरुबा महिला ने, संक्षेप में देश के पश्चिमी इलाके की औरतों के बारे में बताया। उसने कहा कि उसके गाँव में लड़कियों के मादा अंगों का अंग-भंग कर देना आम बात है। उसने कहा कि कुछ अंगों को इसलिए काट दिया जाता है ताकि बड़े होने पर वे पुरुषों का पीछा न करें। उसने खुलासा किया कि यह इतना पीड़ादायक ऑपरेशन होता है, जिसमें प्रायः उनकी मौत हो जाती है।

"अभी-अभी किसने बात खत्म की है?" अमीना ने पूछा।

"बोकारो में उस इलाके की एक वेश्या ने जिसे 'पुरुषहीन प्रदेश' कहा जाता है। उस औरत ने कबूल किया कि उसे वेश्यावृत्ति को इसलिए ज़बरन अपनाना पड़ा क्योंकि उसके पास कोई विकल्प नहीं था। वह हँसी-खुशी जीवन में एक ऐसे व्यापारी की विवाहिता थी जो बाद में पार्टी का अफ़सर बन गया। चुनाव के बाद उसके पति ने एक ऐसी लड़की से शादी कर ली जिसने घर में दूसरी औरत के साथ रहने से इनकार कर दिया। पति ने अपनी पहली पत्नी से घर छोड़ने के लिए कह दिया। वह इस मामले को ज़िला अदालत में ले गई। वहाँ उसे अल्हाजी अलीयू नाम का आदमी मिला जो वेश्यालयों का मालिक था। उसने बहला-फुसलाकर उसे तलाक के लिए राज़ी कर लिया और वायदा किया कि वह उसके लिए बेहतर जगह का प्रबन्ध कर देगा। उसके बाद वह उसे अपने एक वेश्यालय में ले गया, जहाँ वह रहने लगी..." लराई ने उसे आगे सुनाने से रोक दिया।

एक मोटी औरत जो मज़बूती से पैर जमाए खड़ी थी, बोली, "मेरा नाम रेकिया है, मैं व्यापार करती हूँ। मेरी समस्याएँ तब शुरू हुईं, जब कुछ साल पहले मेरे पिता की मृत्यु हो गई। जब उनकी सम्पत्ति का बँटवारा होने लगा, तो शुरू में मेरे भाइयों ने कुछ भी देने से इनकार कर दिया। उनका दावा था कि इस्लाम में औरतों को विरासत का अधिकार नहीं होता। मैंने सख़्ती से असहमति दर्ज़ करते हुए इस बात पर ज़ोर दिया कि वे मुझे दिखाएँ कि पवित्र कुरान में यह कहाँ लिखा है। उन्होंने मुझे एक आयत दिखाई, पर मुझे अरबी नहीं आती थी। मैंने फिर आग्रह

किया कि उनकी सन्तान होने के नाते मेरा कुछ तो हक बनता है। मेरी इस दृढ़ता का नतीजा यह हुआ कि उन्होंने मुझे ज़मीन का एक छोटा-सा टुकड़ा दे दिया पर उनके सामान में से हिस्सा देने से इनकार कर दिया गोकि मैं ज़मीन के बजाय सामान ही लेना चाहती थी।

"एक रात को चोरों ने हमला करके मेरी दुकान में चोरी कर ली। उसके बाद मैं कुलु नाम की महिला के लिए सामान बेचने का काम करने लगी। जैसा आप सबको मालूम है वह तस्कर-व्यापारी है और अपना तस्करी का सामान बेचने के लिए महिलाओं का इस्तेमाल करती है। एक दोपहर को कस्टम-अधिकारियों ने बाज़ार पर छापा मारकर सारा सामान ज़ब्त कर लिया। हम लोग गिरफ़्तार हो गए। जब मजिस्ट्रेट के सामने हमारी पेशी हुई तो मैंने उनके आदेश के अनुसार सब सच-सच बता दिया। पर जब कुलु को तलब किया गया तो उसने इस बात से पूरी तरह इनकार कर दिया कि उसने कभी मेरे साथ व्यापार किया था। मजिस्ट्रेट एक महिला थी। उसने कहा कुलु एक सच्चरित्र महिला है, स्वयं शिक्षित और स्थानीय सचिव की पत्नी होने के कारण उसे इस बात का एहसास है कि तस्करी से राष्ट्रीय अर्थव्यवस्था को कैसे खतरे पैदा हो सकते हैं। उसने निष्कर्ष निकाला कि मैंने शपथ लेकर झूठ बोला है और एक बहुत महत्त्वपूर्ण व्यक्ति को बदनाम किया है। मजिस्ट्रेट ने मुझे तीन महीने की सज़ा सुनाई, जिसमें ज़ुर्माने का विकल्प नहीं था। अमीना को इस मामले की जानकारी थी और वह मुझसे जेल में मिलने भी आई थी।

"यह कैसे हो सकता था? क्या वह सोचते हैं कि बाज़ार में काम करनेवाली औरतें ही तस्करी करती हैं? मैंने उसी दिन समझ लिया था कि इस समाज में न्याय से उनका क्या मतलब है। न्याय सिर्फ़ अमीरों और प्रभावशाली लोगों के लिए होता है, और हम बेचारे ग़रीबों की बारी उसके बाद कहीं आती है। मुझे कयामत के दिन पर पूरा भरोसा है। मुझे विश्वास है कि उस सर्वशक्तिमान अल्लाह के सामने कुलु का मुकदमा पेश होगा। मैं गवाही दूँगी, और उसके फैसले में कोई पक्षपात नहीं होगा।"

"मेरे विचार से यद्यपि सभी लोगों को जीवित रहने के लिए कठिन संघर्ष करना पड़ता है पर यहाँ महिला का संघर्ष और भी कठिन होता है," लराई ने कहा।

अमीना ने सिर हिलाकर उसका समर्थन करते हुए कहा, "तुम ठीक कह रही हो।"

एक महिला ने पूछा, "रेकिया तुम्हारी ज़मीन का क्या हुआ?"

"जब मैं जेल में थी, मैंने तभी योजना बना ली थी कि रिहाई के बाद मैं उसे बेच दूँगी और नए सिरे से व्यापार शुरू करूँगी, पर मुझे यह देखकर बेहद हैरत हुई कि मेरी रिहाई से पहले ही, कुलु नाम की उस औरत ने सेना में मेरे

भाई से साँठ-गाँठ करके उसका मालिकाना हक बदलवा दिया। मैं वहाँ गई, पर मुझे भगा दिया गया। मैंने कुलु पर दावा करके वहाँ अपनी मिल्कियत का प्रमाण-पत्र दाखिल किया। लेकिन कुलु ने एक जाली दस्तावेज़ पेश कर दिया जिसे मजिस्ट्रेट ने मंज़ूरी देकर कहा कि मेरा कागज़ जाली है। मुझे चेतावनी दी गई कि मैं कुलु को ब्लैकमेल करने से बाज़ आ जाऊँ वरना मुझ पर और भारी ज़ुर्माना ठोंक दिया जाएगा।

उसके बाद मैंने घर में खाना बनाकर उसे मोटर-पार्क में बेचना शुरू कर दिया। अब गलियों में धन्धा करने पर रोक लग गई है, और अगर मैं पकाना ज़ारी रखूँगी तो मुझ जैसी औरत पर टैक्स लगाया जाएगा। वे क्या उम्मीद करते हैं, हमारे पास ये टैक्स चुकाने के लिए पैसा कहाँ से आएगा? मुझे इस बात की तसल्ली है, कि मुझे सर्वशक्तिमान अल्लाह पर विश्वास है, और एक न एक दिन न्याय ज़रूर होगा।''

''अब सोने का समय हो गया है''–अमीना ने कहा, ''आगे भी चुनौतियाँ हैं। कल प्रेस को सम्बोधित करने के लिए एक प्रतिनिधिमण्डल जाएगा, और अगर सरकार राज़ी होगी, तो उनसे बातचीत भी की जाएगी।''

## 25

किसी कारण से, अमीना को नींद नहीं आई। रात धीरे-धीरे गुज़र रही थी। आखिर जब उसे नींद का झोंका आया तो लगभग सुबह हो चुकी थी और उसके उठने का समय हो गया था। सुबह-सुबह का समय था जब अमीना हेडमास्टर के दफ़्तर से पैर उठाकर चुपचाप निकली और फुटबॉल के मैदान की तरफ़ चल पड़ी। आसमान में बादलों के टुकड़े, ठण्डी हवा से उड़े जा रहे थे। उगते सूरज की रोशनी की गरमाहट अभी फैली नहीं थी, और हवा, भोर वेला में चिड़ियों की चहचहाहट से भरी थी। अमीना रुकी और दूर से बोकारो की तरफ़ देखा। वह उसकी नज़रों में एक ऐसे कालीन की तरह बिछा था, जिसे प्रकृति ने सुन्दरता का उपहार दिया था और उसे मनुष्यों ने ख़राब कर दिया था।

अमीना नाश्ते के लिए कैम्प लौटी, और एक नर्स ने उसे दर्द से मुक्ति की दवाइयों का एक पैकेट दिया। उसने उसमें से दो गोलियाँ निगल लीं और बाकी को आगे के लिए बचाकर रख लिया। उसने अपने होठों पर हलकी-सी लिपस्टिक लगाई, और वह थोड़ा-सा इत्र छिड़क ही रही थी कि उसे बातचीत-कमेटी की मीटिंग के लिए बुलावा आ गया। जब बातचीत चल रही थी, तो दूर से आती सायरन की आवाज़ ने उन्हें चुप करा दिया। विद्यार्थी के अनुभवी कान इस आवाज़ को पहचानते थे। यह 'मारो और चल दो' नाम के पुलिस के जत्थे के सायरन की आवाज़ थी। पीटर किंग ने चिल्लाकर औरतों से जल्दी से मैदान में इकट्ठा हो जाने के लिए कहा।

"साथी महिलाओं" अमीना ने अपनी आवाज़ को स्थिर रखने की कोशिश करते हुए कहा, "उन्होंने आखिर पुलिस भेज दी, लेकिन मेहरबानी करके घबराइए नहीं। मेरा सुझाव है कि नर्सें, विद्यार्थी, बूढ़ी और गर्भवती महिलाएँ, लँगड़े, अन्धे और लड़के पहाड़ी की तरफ़ बढ़ जाएँ, और ज़िले की तरफ़ लौटने के लिए, दूसरे रास्ते का इस्तेमाल करें। इससे पहले कि पुलिस पहुँच जाए, आप लोग जितनी जल्दी हो सके, उतनी जल्दी चल दें।"

जिनका नाम लिया गया था, वो लोग तुरन्त बिखर गए। उसी समय एक

पुलिस जत्था लकड़ी के पुल की तरफ़ आ गया। अमीना ने देखा उसमें एक लैंड रोवर के साथ गश्ती सिपाहियों से भरी छह लारियाँ थीं। उसने गहरी साँस ली और उसके दिल की धड़कन तेज़ हो गई। अन्ततः उसे सच्चाई का एहसास हो गया था। हिसाब चुकाने का दिन आ पहुँचा था।

मायरो ने लराई को सुझाया, "अमीना को यहाँ उनसे निबटने के लिए छोड़कर हम भाग निकलते हैं।"

"अगर तुम चाहो तो जा सकती हो। मैं आखिर तक अमीना के साथ खड़ी रहूँगी। अगर हम भागे, तो पुलिस हमारा पीछा करके गर्भवती महिलाओं और दूसरे लोगों को गिरफ़्तार कर सकती है। बेहतर होगा, कि हम यहीं रुककर उनकी रक्षा करें," लराई ने अमीना के करीब जाते हुए कहा।

अमीना फिर उन औरतों की तरफ़ घूमी, जो उसके चारों तरफ़ इकट्ठी हो गई थीं और भयभीत लग रही थीं। "मेरी प्रिय साथियो," उसने कहा, "यह हमारे इम्तिहान की घड़ी है। हमने इतनी बाधाओं को पार किया है, और ईश्वर की कृपा से हम इस पर भी विजय पाएँगे।" आकाश में अब घने बादल छा गए थे, और हवा में औरतों के कपड़े फड़फड़ा रहे थे। अमीना ने अपना सिरबन्द और कस के बाँधकर कहा, "हमने कोई कानून नहीं तोड़ा है। हमें डरने की कोई वजह नहीं है। हम कानून का पालन करनेवाले नागरिक हैं, और पुलिस का काम नागरिकों की रक्षा करना है, हत्या करना नहीं। डरने की ज़रूरत नहीं है।"

अमीना, जुम्मई और लराई पुल की तरफ़ दौड़ीं, और जैसा अमीना ने उनसे करने को कहा था, बाकी औरतें बैठ गईं। कुछ पुलिस वाले आराम से बाँध को गिरा कर उसे पार कर गए। एक गहरे नीले रंग की प्यूजो गश्ती कार, लाल झंडा फहराए लैंड रोवर, और छह खुली लारियाँ उनके पीछे आ रही थीं। साफ़ दिखाई दे रहा था कि पूरी पुलिस आन्दोलन-विरोधी तैयारी से लैस थी। हलकी-सी मरमराहट सुनाई पड़ी, पर कोई अपनी जगह से नहीं हिला।

अच्छी तरह प्रेस की हुई खाकी वर्दी और टोपी में एक लम्बा आदमी उनकी तरफ़ बढ़ा। उसने काला चश्मा लगा रखा था, और उसके गले में दूरबीन लटक रही थी। एक पेटी उसकी कमर के आरपार बँधी थी और दूसरी में उसकी कमर पर रिवाल्वर बँधा था। अमीना उसकी तरफ़ तीन कदम चलकर रुक गई, "आपका स्वागत है," उसने कहा।

सुपरिंटेंडेंट ने उत्तर में अमीना को धन्यवाद दिया। उसका स्वर दोस्ताना नहीं था। उसने सख्त आवाज़ में कहा, "हमारा काम यहाँ कानून और व्यवस्था बनाए रखना है," और उसका हाथ रिवाल्वर पर पहुँच गया।

अमीना ने शान्ति से जवाब दिया, "हम यहाँ कानून के अनुसार और व्यवस्थित हैं।" उसने अमीना की बात पर ध्यान नहीं दिया, "हम शान्ति भंग

करने और दंगा-फसाद करने के जुर्म में तुम्हें गिरफ़्तार करने आए हैं।''

''यहाँ कोई दंगा-फसाद नहीं कर रहा है,'' अमीना ने स्थिरता से कहा।

''कानून से अनजान होना, बहाना नहीं हो सकता। तुम्हारी संस्था प्रतिबन्धित है, तुम लोग आवाराओं, वेश्याओं और खुराफातियों का झुंड हो!''

जुम्मई जहाँ खड़ी थी वहीं से हकलाते हुए बोली, ''देखो अफ़सर।'' यह कहकर उसने अमीना को एक तरफ़ हटाया और सीधे उस अफ़सर के सामने आकर खड़ी हो गई। ''हम तुम्हारी वर्दियों और बन्दूकों से नहीं डरते। तुम हमसे गाली-गलौज क्यों कर रहे हो? अगर तुम हमें यहाँ गिरफ़्तार करने के लिए आए हो, तो हम रुकावट नहीं डालेंगे...पर अगर तुम हमें वेश्या कहोगे तो तुम्हारी माँ भी वही है, और तुम हरामी हो।''

अफ़सर ने उत्तेजित होकर पलट वार किया, ''मुटल्ली बदसूरत सूअर! इससे पहले कि मैं तुम पर गोली चलवा दूँ, तुम चुप हो जाओ। मैं तुम्हें चेतावनी देता हूँ, मुझे गुस्सा मत दिलाओ।''

जुम्मई अपनी जगह अटल थी, ''हो जाओ गुस्सा। मैं मुस्कुराकर तुम्हारी गोलियों का सामना करूँगी, क्योंकि मेरा दिल मज़बूत है,'' कहते हुए जुम्मई ने अपनी छाती कूट डाली।

अमीना ने उसकी कोहनी छूकर धीमी आवाज़ में कहा, ''जुम्मई मेहरबानी करके चुप हो जाओ, उन्हें भड़काओ मत।''

अफ़सर चिल्लाया, ''मैं तुम सबको खड़े होने का हुक्म देता हूँ।''

''ठीक है, मैं उन सबकी अगुवाई करूँगी,'' अमीना ने उसे आश्वस्त किया और औरतों की तरफ़ मुड़ गई। उसके सामने खड़ी औरतों के चेहरे पर कुछ ऐसा था जिसे देखकर उसे तुरन्त वापस मुड़ना पड़ा। उसने देखा कि जुम्मई ने सुपरिंटेंडेंट पर हमला किया, उसे कमर से पकड़कर ऊपर उठाया और पुल की तरफ़ जाकर बहती नदी में फेंक दिया।

इस घटना से तुरन्त खलबली मच गई। दो-तीन सिपाहियों ने उसके पीछे नदी में छलाँग लगा दी। तभी दूसरे लोगों ने लारियों में से उछलकर जुम्मई को पकड़ लिया। घूँसों की आवाज़ सुनकर अमीना दहशत से खड़ी देख रही थी। सिपाहियों ने अपने अफ़सर को नदी से घसीट कर निकाला। उसकी टोपी, दूरबीन और काला चश्मा नदी में ही रह गए थे। उसने अपना रिवाल्वर खोलकर उसमें से पानी झटककर निकाला। हाथ में लाउडस्पीकर लिए एक और लम्बे कद का सिपाही आगे बढ़ा और उसने उस भीगे हुए सुपरिंटेंडेंट के हाथ में थमाकर अधीरता से कहा, ''हमें आदेश चाहिए।''

सशस्त्र गश्ती सिपाही औरतों के सामने तीन पंक्तियों में तैनात हो गए। उनका सहायक सुपरिंटेंडेंट उनके सामने खड़ा था। अमीना उन औरतों की तरफ़

भागी। सुपरिंटेंडेंट के चेचक के दाग वाले चेहरे पर लाल आँखें और घनी मूँछें साफ़ दिखाई दे रही थीं। सिपाहियों के पास बन्दूकें, कोड़े और आँसू-गैस के कनस्तर थे। अफ़सर ने आदेश दिया, "मैं सुपरिंटेंडेंट पुलिस ऑस्कर डैंगोगोरो, पुलिस कमिश्नर की ओर से, तुम प्रदर्शन करनेवाली औरतों को तितर-बितर होने का हुक्म देता हूँ। ऐसा न करने पर तुम्हें गिरफ़्तार किया जाएगा।" एक क्षण के लिए रुककर वह सिपाहियों की तरफ़ घूमा, और उनसे कहा, "मैं अब, तुम विशेष टुकड़ी के अफ़सरों और सिपाहियों को हुक्म देता हूँ, कि इन आवारा लोगों को आगे बढ़कर तुरन्त गिरफ़्तार कर लो।"

सहायक सुपरिंटेंडेंट के इस गरजते हुए हुक्म के पीछे-पीछे आँसू गैस के कनस्तरों का एक रेला औरतों के बीच आकर गिरा। पहले तो वे इन धुआँ छोड़ती अजीब-सी वस्तुओं को हैरत से देखने लगीं। इसके बाद उन्होंने खाँसना और छींकना शुरू कर दिया और उनके चेहरे पर आँसू बहने लगे। औरतों के चिल्लाने से आतंक फैल गया, और उनमें से बहुत-सी महिलाएँ उस भीड़ में से निकलने के लिए झगड़ने लगीं। अमीना को कुछ दिखाई नहीं पड़ रहा था और वह अपनी आँसू भरी आँखों को पोंछने के लिए संघर्ष कर रही थी। उसे लगा कि उसके सिर पर किसी सख़्त चीज़ की चोट पड़ी जिसकी वह कल्पना भी नहीं कर सकती थी, और वह लड़खड़ा गई। एक दूसरा प्रहार उसकी छाती के बीचोंबीच हुआ। वह चिल्लाई, "रहम करो," पर उसकी आवाज़ हवा को चीरते शोर में डूब गई। आँसुओं की कोर से उसने एक हेलमेट वाले छरहरे सिपाही की झलक ठीक अपने सामने देखी। उसने पैर उठाकर उसे भारी जूते की ठोकर मारी। अमीना के पैरों ने जवाब दे दिया, और वह गिर पड़ी। पर वह सिपाही लगातार उसे ठोकर मारता और चिल्लाता रहा, "खड़ी हो।" अमीना सहज-बुद्धि से दोहरी-तिहरी होती चली गई, ताकि वह उसके रास्ते से लुढ़ककर बाहर हो जाए लेकिन वह लोहे की नोक वाले उन जूतों को चकमा नहीं दे पाई।

उसके चारों तरफ़ कुछ समय यह कोलाहल मचा रहा, फिर अचानक सिपाही पीछे हट गए। फिर उसे एक ज़ोरदार चटकता शोर सुनाई पड़ा। वह समझ गई कि यह गोलियों की आवाज़ थी। अमीना ने, जैसे वह सपने में देख रही हो, लराई को देखा। वह अपनी बाँहें ऊपर फेंककर दो धीमे डग भरती हुई, ढेर हो गई।

वह क्षण जैसे स्थायी हो गया। पास ही कहीं से मरोड़दार फटी-सी आवाज़ सुनाई पड़ी। अमीना को बोध हुआ कि वह उसके अपने साँस लेने की ही आवाज़ थी। तभी सहायक सुपरिंटेंडेंट ने उसे बाँह पकड़कर घसीटते हुए पैरों पर खड़ा किया। ऐसा करते हुए वह गरजता हुआ आदेश देता जा रहा था। सिपाही फिर आगे बढ़े, औरतों को गिरफ़्तार करके उन्हें लारियों में भर दिया। सहायक सुपरिंटेंडेंट अमीना को घसीटकर वहाँ ले गया जहाँ उसका अब तक भीगा हुआ वरिष्ठ अफसर खड़ा

था। अपना बायाँ पैर पूरे वज़न से ज़मीन पर पटकते हुए उसने घोषणा की, "सर 'ऑपरेशन हॉट वाटर' सफलतापूर्वक सम्पन्न हुआ। सारे डाकुओं को निःशस्त्र करके गिरफ़्तार कर हिरासत में ले लिया गया है। हमारे पक्ष में कोई घायल नहीं हुआ। रक्षादल (कॉनवाय) को हेडक्वार्टर की तरफ़ ले जाने की अनुमति दी जाए, सर?"

"अनुमति दी जाती है," भीगे हुए अफ़सर ने मुँह पर कड़वाहट लाते हुए कहा।

अमीना को लैंड रोवर में पीछे की तरफ़ धकेल दिया गया। वहाँ उसने देखा कि जुम्मई के मुँह और नाक से खून बह रहा है, और वह दर्द से तड़प रही है। लेकिन इससे पहले कि वह कुछ कर पाती, उसे फर्श पर लेटने का हुक्म दे दिया गया। सिपाही किनारों की तरफ़ बैठे थे, और उनमें से एक-दो ने जानबूझकर अपने जूते उसके पेट पर टिका दिए। जब अमीना ने विरोध किया, तो उनमें से एक हँसकर बोला, "चुप रहो! यह तुम्हारा अपना कुसूर है। तुमने तो अभी कुछ नहीं देखा है। तुम्हें तो आगे तब तक चीखना पड़ेगा जब तक तुम्हारी आँखों से खून न बहने लगे।"

सहायक सुपरिंटेंडेंट ने उस खिड़की से झाँका जो ड्राइवर और पीछे के यात्रियों के बीच बनी थी। सहसा उसने ड्राइवर से रुकने को कहा। वह कूदकर बाहर आया और अमीना को बाहर आने का हुक्म दिया। वह उसे हाथ पकड़कर आगे की तरफ़ ले गया और सहारे से अन्दर चढ़ाया, और फिर खुद उसके पीछे चढ़ गया। पुलिस स्टेशन की तरफ़ जाते हुए, वह बराबर उस पर कड़ी नज़र टिकाए रहा, जैसे यह निश्चित करना चाहता हो कि वह बचकर तो नहीं निकल गई।

पुलिस स्टेशन पर, सुपरिंटेंडेंट ने दूसरे अफ़सरों के साथ लम्बी बातचीत की, और आदेश दिया कि औरतों को बोकारो की जेल में ले जाया जाए। एक बार फिर सवार होकर वे शहर की एकमात्र जेल में जा पहुँचीं। अमीना को पाँच वार्डरों के सुपुर्द कर दिया गया। उसे कोठरी तक पहुँचाकर, उन्होंने उसे भीतर धक्का देकर लोहे के दरवाज़े पर ताला ठोंक दिया।

अमीना ने कमरे को जाँचने की परवाह नहीं की। वह इतनी अधिक तकलीफ से बेहाल थी जैसी उसने रशीद के जन्म के समय भी अनुभव नहीं की थी। उसका शरीर इतना टीस रहा था मानो सिपाहियों की पूरी बटालियन ने उसके शरीर पर मार्च किया हो। वह बिस्तर पर औंधी पड़ी थी, और जो गुज़र चुका था उसकी दहशत से अपने दिमाग को मुक्त करने की कोशिश में लगी थी। उसे चिन्ता इस बात की थी कि आगे क्या हो सकता है, उसे चुनौतियों का सामना कैसे करना चाहिए, मुकदमा कैसा होगा, और कितने दिन चलेगा। यह सोचते-सोचते उसकी आँख लग गई। जब एक वार्डर ने उसे नींद से जगाया तो उसे इस बात का होश नहीं था कि वह कितनी देर वहाँ पड़ी रही थी, और अब समय क्या हो गया था।

वह मदिरालय तक यह सुनने के लिए आई कि अल्हाजी हारून उससे मिलना चाहते हैं।

"उनसे कल आने के लिए कहिए। मैं किसी से मिलने के लिए अभी बहुत कमज़ोर और बीमार हूँ," उसने कमज़ोर आवाज़ में कहा। वार्डर जब जाने के लिए घूमा तो अमीना को उसके चेहरे पर सहानुभूति का-सा भाव लगा। उसने जोड़ा, "जब आप खाली हों तो मेहरबानी से मुझसे आकर मिलें।" वहाँ अँधेरे में पड़े-पड़े अमीना को ऐसा लगा जैसे वह उस छोटी-सी कोठरी में कहीं ऊपर तैर रही हो और नीचे अपने कुटे-पिसे ध्वस्त शरीर को देख रही हो।

जब वार्डर लौटा तो काफ़ी अँधेरा हो गया था। उसकी आवाज़ सुनकर अमीना को लगा कि दर्द के एक झोंके के साथ वह अपने शरीर में वापस लौट आई है, और वह सीधे होकर बैठने की कोशिश करने लगी। गाम्बो नाम के उस पतले वार्डर के चिकने चेहरे पर मधुर मुस्कान थी। उसने कोठरी के दरवाज़े में खुली झिरी के पास खड़े होकर अमीना को आवाज़ दी।

अमीना ने गाम्बो को 'स्टे अवे' कार्रवाई और औरतों के साथ किए गए सुलूक के बारे में बताया। बातचीत के दौरान उसने भी अपनी नौकरी और काम के हालात के बारे में बातें बताईं। अमीना की समझ में आया कि उसका यह अन्दाज़ा सही था कि वह उसका दुश्मन नहीं था, बल्कि एक गरीब आदमी था जो सिर्फ वह नीच काम कर रहा था जो उसे सौंपा गया था।

अमीना ने उससे कहा, "मैं अपने पति को पत्र लिखना चाहती हूँ। क्या तुम मेरे लिए कागज़ और कलम ला सकते हो?"

"पर वे तो कल आ रहे हैं," गाम्बो ने कहा।

"मेहरबानी करके जैसा मैं कहती हूँ, वैसा करो," अमीना ने मुस्कुराते हुए कहा। उसने आँख मारी और चला गया। कुछ ही मिनटों में वह कापी से फाड़े गए कई कागज़ और पेन लेकर लौट आया। मज़ाक के लहजे में उसने कहा, "पढ़ी-लिखी महिलाएँ बहुत परेशान करती हैं।" अमीना ने मुस्कुराकर उससे कहा कि वह दूसरी महिलाओं को देखकर उसे उनकी हालत के बारे में बताए। उसने पहले फातिमा को लिखने का फैसला किया।

"प्रिय फातिमा,

बोकारो जेल की अपनी कोठरी से मैं तुम्हें और अपने सब मददगार और हमदर्द लोगों को हार्दिक नमस्कार करती हूँ। मुझे एक वार्डर जेल के बदतर हालातों की जानकारी दे रहा है और बदले में मैं उसे अपने संघर्ष के बारे में बता रही हूँ, और यह भी कि वो भी बेहतर ज़िन्दगी के लिए कैसे प्रभावी संघर्ष कर सकते हैं। मैंने पता लगा लिया है कि वार्डर सरकारी नौकरी के सबसे कम तनख्वाह पानेवाले तबके के कामगारों का समुदाय है जिनकी तरफ़ किसी का ध्यान नहीं

है। मुझे बताया गया है कि कुछ कैदी इसलिए नंगे रहते हैं, क्योंकि वह जेल की वर्दियाँ नहीं खरीद सकते या उनके रिश्तेदार उनके लिए कपड़े नहीं भेजते! मेरा अनुमान है कि बहुत जल्दी ही कैदियों से अपने खाने के लिए भी पैसा देने के लिए कहा जाएगा। और अगर वे ऐसा नहीं कर सकेंगे तो उन्हें भूखा मरने के लिए छोड़ दिया जाएगा।

मैं सोमवार का इन्तज़ार कर रही हूँ, जब हमारा मुकदमा शुरू होगा। अगर अन्ततः हमें सज़ा हो गई, तो मुझे विश्वास है कि तुम और दूसरे लोग इस संघर्ष को ज़ारी रखोगे। तुम्हारे सामने तत्काल सबसे बड़ा काम है अपने इस लक्ष्य के लिए और महिलाओं और दमित लोगों को भरती करना। हमारी 'स्टे अवे' कार्रवाई के दौरान महिलाओं के उत्साह और दृढ़ता पर तुम्हें बहुत गर्व होता। उनकी हालत के बारे में मैं तुम्हें नहीं बता सकती, क्योंकि मैं कालकोठरी में कैद हूँ। लेकिन मुझे जल्दी ही खबर मिलने की उम्मीद है।

हमारे सब समर्थकों तक मेरा हार्दिक नमस्कार पहुँचाना। उनसे कहना कि गोकि मैं सलाखों के पीछे हूँ, मैं उनके समर्थन को महसूस कर सकती हूँ, और उससे मेरा उत्साह कायम है।

शुभकामनाओं सहित,

अमीना

बोकारो जेल।''

अगले दिन सुबह अमीना को बताया गया कि जेल के सुपरिंटेंडेंट उससे अपने दफ़्तर में मिलना चाहते हैं। उसे उम्मीद थी कि उसका सामना एक मोटे, बदसूरत और दबंग आदमी से होगा। उसने अपने को ऐसे व्यक्ति और उसके संभावित वक्तव्यों के लिए तैयार कर लिया था। लेकिन उसकी मुलाकात एक छरहरे, खुशमिजाज बूढ़े आदमी से हुई जिसने मुस्कुराकर उसका स्वागत किया, ''हमारे खास मेहमान का क्या हाल है? मेहरबानी करके बैठिए।'' उसने अमीना को कॉफी का प्याला भेंट किया। अमीना सहज रूप से मना करने को हुई, पर उसने इसलिए स्वीकार कर लिया, क्योंकि उसे अपनी शक्ति बनाए रखनी थी। सुपरिंटेंडेंट अल्हाजी ईसा दाउदा ने उसे शान्त स्वर में समझाया, ''आपकी महिलाओं को वास्तव में यहाँ नहीं होना चाहिए, लेकिन क्योंकि शहर की पुलिस कोठरियाँ भरी हैं, इसलिए आप लोग अस्थायी रूप से यहाँ हैं।''

''मुझे कालकोठरी में क्यों रखा गया है?'' अमीना ने पूछा।

''ओह नहीं! मैडम ऐसा नहीं है। आप वहाँ इसलिए हैं क्योंकि आप हमारी वी.आई.पी.–एक बहुत महत्त्वपूर्ण कैदी हैं।'' उसने अमीना को बिस्कुट के साथ कॉफ़ी पेश की। ''असल में वह हमारे प्रतिष्ठित लोगों के लिए आरक्षित कमरों में से है।'' जब अमीना कृतज्ञता से घूँट भर रही थी, उसने धीमी आवाज़ में बोलना

ज़ारी रखा, "मुझे आपको यह सूचना देते हुए अफसोस हो रहा है कि पुलिस कार्रवाई में एक महिला की मृत्यु हो गई। कहा गया है कि उसने गिरफ़्तारी में बाधा डालकर खतरा पैदा किया था।"

अमीना ने आँखें बन्द कर लीं। उसने बात ज़ारी रखी, "अस्पताल में एक जुम्मई नाम की महिला की हालत गम्भीर है। उसके साथ चार महिलाएँ और हैं जिनकी हालत उतनी गम्भीर नहीं है। जल्दी ही पूछताछ करनेवाले आपके पास आएँगे। मेहरबानी से उनके साथ सहयोग कीजिए ताकि मुकदमे की कार्रवाई तेज़ी से हो सके। उन लोगों के बारे में पूरी सच्चाई बयान कर दें जिन्होंने इस बगावत को प्रभावित किया और आपको इसके लिए कितना पैसा दिया गया।"

अमीना को गहरा धक्का लगा। वह झटके से पीछे हटी और उसे घूरने लगी। अमीना को ताज्जुब में देखकर उसने आखिरी वाक्य दोहराया। अमीना ने विरोध किया, "मेरी समझ में नहीं आ रहा।"

उसने मुस्कुराकर बात साफ़ की, "बगावत के वास्तविक कारण के बारे में अफ़वाहें हैं। कुछ लोगों का दावा है कि विरोधी दल ने शान्ति भंग करने के लिए तुम्हें पैसा दिया। कुछ दूसरे लोगों का यहाँ तक कहना है कि किसी विदेशी ताकत ने देश में अस्थिरता पैदा करने के लिए आपको धन दिया।"

"यह अजीबोगरीब बात है," अमीना ने मुस्कुराकर जवाब दिया।

# 26

"हाँ! इन्हीं मसलों की सफाई के लिए तुम्हारी मदद की ज़रूरत है। अगर तुम सहयोग नहीं करोगी, तो तुम्हारे ऊपर बग़ावत और देशद्रोह के महापाप का आरोप लगाया जाएगा।"

अमीना ज़ोर से हँसी और उसे यह जानकर एक तरह की राहत महसूस हुई कि उसने अपनी विनोद वृत्ति खोई नहीं है। उसके बिदा होने से पहले सुपरिंटेंडेंट ने उसे एक सलाह और दी, "कुछ देर में तुम्हारे पति तुमसे मिलने आ रहे हैं। मेहरबानी करके इस बार उनसे मुलाकात कर लेना। यह ज़रूरी है, हो सकता है इससे तुम्हारे भाग्य का फैसला यहीं हो जाए।"

एक सिद्धान्त है कि जो व्यक्ति निडर होता है, उसे कुचला नहीं जा सकता। कुछ लोग दूसरों के गुस्से के सामने जमकर रह जाते हैं। कुछ, जब दूसरे लोग चिल्लाते हैं तो काँपने लगते हैं। अमीना ऐसे ही लोगों में से थी, पर अब वह बदल चुकी थी। अब, किसी का गुस्सा उसे भयभीत नहीं करता था, किसी के चिल्लाने से वह काँपती नहीं थी और किसी के शब्द या वाक्य उसकी आस्थाओं में बदलाव नहीं ला सकते थे।

उसने बड़े आत्मविश्वास से पूछताछ का सामना किया। जब वे चिल्लाए तो न तो वह काँपी, और न ही उनकी धमकियाँ उसे भयभीत कर सकीं। उनके फुसलाने पर भी उसने समर्पण नहीं किया। उसने, जो उसने किया था और जो घटित हुआ था, उसके बारे में उन्हें सब बता दिया। उसने पूरी ज़िम्मेदारी स्वीकार की। पर जब वे लोग उसकी कोठरी से चले गए, तो वह अपनी प्रस्तुति से खुद अभिभूत होकर काँपने लगी।

बाद में उसे अपने पति से मिलने के लिए दोबारा सुपरिंटेंडेंट के दफ़्तर में ले जाया गया। अल्हाजी ने नरमी से उसका अभिवादन किया, पर उन्होंने जो देखा, उससे होनेवाले आघात को वे छिपा नहीं सके। अमीना अपने चोट खाए चेहरे और

उलझे हुए बालों के बारे में सोचकर संतप्त थी। वह जबसे वहाँ पहुँची थी, उसे पानी या कंघा तक नहीं मिला था। और उसकी बाँहों और पैरों पर जहाँ लोहे के नुकीले बूटों की ठोकरों से घाव हो गए थे, अब भी खून के थक्के जमे थे।

"मैं यहाँ तुम्हें घर ले जाने के लिए आया हूँ," अल्हाजी ने उससे कहा। "मैंने कुछ लोगों से बात की है। वे तुम्हें रिहा करने के लिए राज़ी हैं बशर्ते तुम सहयोग करो और सच्चाई बयान कर दो। अगर तुम पूछताछ करनेवालों के सवालों का अनुकूल जवाब दोगी तो तुम्हें हमेशा के लिए आज़ाद कर दिया जाएगा।"

"हमें बताया गया है कि तुम्हारे जवाब नकारात्मक थे," सुपरिंटेंडेंट ने बात काटी। "अगर तुम सहयोग करोगी तो तुम्हें आज़ाद कर दिया जाएगा और सिर्फ और महिलाएँ अदालत में पेश होंगी। तुम्हारे पति तुम्हें जितना जल्दी हो सके घर ले जाना चाहते हैं। ये जगह तुम्हारे जैसी शालीन औरतों के लिए नहीं है। उनके प्रभाव से तुम्हारी आज़ादी निश्चित हो गई है। तुम्हें सिर्फ पूछताछ करनेवालों की पुष्टि करनी है कि विरोधी पक्ष ने तुम्हें पैसा देकर विद्रोह का आयोजन करने के लिए कहा था।"

वह उनकी दलीलों और अनुरोधों को कुछ विनोद और कुछ झल्लाहट के साथ सुनती रही। कुछ देर बाद अमीना ने धीरे से अपना गला साफ़ करके कहा, "मैं स्वतन्त्रता की कद्र करती हूँ, इसी वजह से मैं उसके लिए संघर्ष कर रही हूँ, लेकिन मैं न तो अपने लक्ष्य के साथ विश्वासघात करने को तैयार हूँ, न किसी चीज़ के लिए उसका सौदा करने को। मुझे छोड़ने और बाकी महिलाओं को बन्दी बनाए रखने की तुक क्या है? जब तक हम सबको बिना किसी शर्त के नहीं छोड़ा जाएगा, मैं कहीं नहीं जाऊँगी। हमने एक साथ शुरू किया था और हम इसे साथ-साथ ही खत्म करेंगे। बल्कि अगर आप औरों को छोड़ दें, तो आप मुझे यहाँ रोककर रख सकते हैं। जब तक यह मामला अदालत के सामने नहीं आता, मैं कहीं नहीं जाऊँगी।"

वह खड़ी हो गई और उनका शुक्रिया अदा किया। अल्हाजी हारून ने उसे पकड़े रखा और उससे विनती करते रहे, पर उसने समर्पण नहीं किया। बल्कि वह अपना हाथ खींचकर चली गई।

शाम को गाम्बो रोज़ की तरह कटोरे में उसके लिए खाना लाया, पर वह ढका हुआ था। उसने उसे धन्यवाद दिया। उसने कटोरे को उघाड़ा तो कमरे में तेज़ पौष्टिक गन्ध भर गई। उसने अच्छी तरह तलकर सिझाए हुए टमाटर और मांस के टुकड़ों से ढके चावल और फलियों को देखा। "यह तो जेल का खाना नहीं है," उसने टिप्पणी की।

"आप ठीक कह रही हैं," गाम्बो ने हमेशा की तरह दाँत निकालकर कहा, "यह आपके लिए मेरी पत्नी ने पकाया है। मैंने उसे बताया था कि आपसे जेल

का खाना नहीं खाया गया।''

''आप उसे मेरी ओर से हार्दिक धन्यवाद दें''—अमीना ने अनुग्रह भरे स्वर में कहा।

''मेरी पत्नी बहुत चिन्तित है! वह आपकी पक्की समर्थक है। कृपया उसका भेजा हुआ खाना खा लें।''

''चिन्ता न करो। मैं सब खा लूँगी,'' अमीना ने उसे आश्वस्त किया। अमीना ने उसे फातिमा को लिखी चिट्ठी पकड़ाई जिसे उसने तुरन्त अपनी भीतरी जेब में रख लिया। ''कृपा करके आप विश्वविद्यालय जाकर खुद यह पत्र उसे दे आएँ। उसका नाम और कमरे का नम्बर साफ़-साफ़ लिखा है।'' उसने वायदा किया कि वह उसी रात को पत्र पहुँचा देगा।

# 27

अमीना जब अदालत में पेशी के इन्तज़ार में थी, तो उसे यह चिन्ता सताने लगी कि बाकी महिलाओं का कोई वकील है भी या नहीं। वह इस सम्बन्ध में सम्भावनाओं के बारे में सोचने लगी, हो सकता है कि पुलिस लम्बी तारीख के लिए दरख्वास्त दे; उन्हें वापस जेल में लाया जाए; मुकदमा महीनों चलता रहे; और आखिर में उनको सज़ा हो जाए।

लोहे का दरवाज़ा खुला और दो वार्डर उसे गलियारे में साथ लेकर चले। वह अभी भी लँगड़ा रही थी। उसने देखा कि बाहर बाकी सभी महिलाओं को एक वैन में भर दिया गया है। अमीना को देखते ही उन लोगों में कुलबुलाहट हुई, अमीना उनकी तरफ़ देखकर मुस्कुराई। एक लम्बा, छरहरा सिपाही हथकड़ियाँ लिए उसकी तरफ़ बढ़ा। उसे आता देखकर अमीना को शक हुआ। उसने अमीना को हाथ सामने बढ़ाने का हुक्म दिया।

अमीना ने विरोध किया, ''नहीं! मुझे जंजीर में जकड़ने की वजह?''

''यह हुक्म है?'' उसने जवाब दिया।

अमीना ने फिर एतराज़ किया, ''लेकिन, मैं कहीं भाग तो नहीं रही हूँ।''

''यह हुक्म है,'' उसने भावशून्य आवाज़ में दोहराया।

''आप किस आधार पर मुझे जंजीर में जकड़ रहे हैं?'' अमीना ने जानना चाहा।

''जेल की इस ज़मीन के आधार पर,'' उसने ज़मीन की तरफ़ इशारा करते हुए ज़ोर देकर कहा।

अपनी मुस्कुराहट को दबाते हुए, अमीना ने सोचा, अनपढ़ जोम्बी। उसने हार मानकर, हाथ फैला दिए और वे उसे पुलिस की लैंड रोवर के सामने की तरफ़ ले गए।

मजिस्ट्रेट की अदालत के बाहर भीड़ इकट्ठी हो गई थी। पूरा इलाका सादा कपड़ों और सशस्त्र वर्दीधारी सिपाहियों की टुकड़ियों की भारी पहरेदारी में था। जब वह उतरी तो उसने देखा कि हाथों में इश्तहार थामे विद्यार्थियों का झुंड गली में

इकट्ठा था : ''महिलाओं पर मुकदमे को रोक दो! हमारे देशभक्तों को अभी रिहा करो! नव-उपनिवेशवाद हाय-हाय! तानाशाही हाय-हाय!'' उसे देखकर उन्होंने तालियाँ बजाकर नारा लगाया, ''अमीना और महिलाओं को अभी रिहा करो।'' आसपास की पुलिस धमकाने के अन्दाज़ में उनकी तरफ़ बढ़ी, और अमीना ने अपने हथकड़ीबन्द हाथों को नमस्कार की मुद्रा में सिर के ऊपर उठाया, लेकिन एक सिपाही ने उन्हें जबरन नीचे कर दिया।

उसे मजिस्ट्रेट की अदालत की सीढ़ियों पर कुलु के साथ अपने पति और कुछ दूसरे परिचित दिखाई पड़े, लेकिन तभी बाकी महिलाओं को लिए पुलिस की गाड़ी प्रकट हो गई। गश्ती पुलिस ने तेज़ी से दो लाइनों में खड़े होकर कोर्ट के कमरे और वैन के बीच एक सँकरा-सा गलियारा बना दिया। महिलाएँ लाइन बनाकर उस गलियारे के बीच से गुज़रीं। अमीना उन्हीं के बीच थी। उन महिलाओं के बीच लौटकर वह खुश थी। कमरा ठसाठस भरा था। यहाँ तक कि उन्हें चलने में भी दिक्कत हो रही थी। कमरे में कान फोड़ने वाला शोर मचा था। अमीना ने मुश्किल से खिड़की तक पहुँचने के लिए जगह बनाई और हथकड़ी में जकड़े हाथों से उसकी लोहे की मोटी छड़ों का सहारा लिया। छड़ों के बीच से उसने अल्हाजी हारून को आते देखा। उनका चेहरा दुबला और खिंचा हुआ था। उन्होंने सख्ती से देखा, ''तुमने अपने लिए कितनी शर्मनाक स्थिति पैदा की है।'' अमीना ने उनकी तरफ़ से घूमकर महिलाओं की तरफ़ रुख किया। कुछ ही मिनट बाद, पीटर एकिन पुलिस की लाइन के बीच से निकलकर खिड़की की तरफ़ दौड़ा। उसने वहाँ जाकर अपनी टोपी उतारी और अमीना को सलाम किया। वह बोला, ''नर्सें आपकी सेहत के बारे में चिन्तित हैं।'' ऐसा कहते हुए उसके चेहरे पर बेहद चिन्ता दिखाई पड़ रही थी।

''मैं ठीक हूँ। मैं गोलियाँ खा रही हूँ,'' अमीना ने कहा।

''जेल में हालात कैसे हैं?'' पीटर ने पूछा।

''बुरे,'' अमीना बोली।

''हमने सुना है कि एक महिला की मृत्यु हो गई,'' पीटर ने टिप्पणी की।

''हाँ, वह लराई थी,'' अमीना ने पुष्टि की।

विद्रोही थीं। विद्रोही तत्त्व वे होते हैं जो जानबूझकर किसी सरकार को डिगाने या उखाड़ फेंकने को अपना लक्ष्य बनाते हैं। पहली बात तो यह कि इन महिलाओं का ऐसा कोई इरादा नहीं था न ही उनके पास शस्त्र थे। यह सोचना कितना बेतुका है कि एक छोटे से शहर के एक ज़िले की असहाय गरीब औरतों की एक टोली, इतने बड़े और शक्तिशाली देश की सुरक्षा और वैधता को नुकसान पहुँचा सकती है। श्रीमान, मैं आपसे विनती करती हूँ कि आप इस अभियोग को खारिज करने की कृपा करें।''

अभियोगी अफसर ने चारों तरफ़ असमंजस से देखा। उसकी मुद्रा विकृत और उलझन भरी थी। मजिस्ट्रेट ने इन्तज़ार किया पर पुलिस अफ़सर चुप रहा।

''अभियोग को तदनुसार खारिज किया जाता है,'' मजिस्ट्रेट ने घोषणा की।

राबी ने बात ज़ारी रखी, ''जनाब, ये बेगुनाह महिलाएँ किसी वर्ग से सम्बद्ध नहीं हैं, ये किसी वर्ग का संगठन कर ही नहीं सकतीं, लिहाजा ये वर्ग-विरोधी नफरत का आह्वान नहीं कर सकतीं।

अभियोगी अफ़सर अचानक सजग हो गया। वह गरजा : ''एतराज है,'' ऐसा कहते हुए उसके मुँह से शब्दों के साथ राल छिटक रही थी। ''अमीना ने कहा था कि हमारे समाज में दो वर्ग होते हैं, अमीर और गरीब। उसने हमसे बड़ी हिम्मत के साथ यह भी कहा था कि वह अमीरों के खिलाफ़ गरीबों को संगठित कर रही है। उसने कई बार इस बात को दोहराया है कि शासक वर्ग को उखाड़ फेंकना और उसकी जगह नई व्यवस्था को लागू करना ज़रूरी है। वह इस बात पर कायम रही है कि इस शासक वर्ग के प्रति उसकी घृणा और तिरस्कार शाश्वत है।''

राबी उसमान ज़रा भी विचलित नहीं हुई। उसने तर्क दिया, ''हमारे देश में अलग-अलग वर्ग नहीं हैं, वर्ग घृणा की इस असंगत धारणा से हमारी कानूनी व्यवस्था का परिचय पूर्ववर्ती उपनिवेशवादियों ने कराया था। हमारे समाज में जनजातियाँ हैं, गोत्र हैं, धार्मिक और जातीय समुदाय हैं। अगर कोई कुछ ऐसे लोगों की बात कर रहा है, जिनके पास औरों की तुलना में ज़्यादा सम्पत्ति है, तो अमीना ज़ाहिर रूप से सम्पत्तिशाली परिवार से है। जनाब, अगर आप मुझसे सहमत हैं कि हमारे समाज में वर्ग नहीं हैं तो तार्किक रूप से, आह्वान करने के लिए घृणा भी नहीं हो सकती। इसलिए अमीना और इन महिलाओं ने वर्गों के बीच घृणा का आह्वान नहीं किया। श्रीमान, मैं आपसे इस अभियोग को खारिज करने का अनुरोध करती हूँ।''

मजिस्ट्रेट ने अभियोग को खारिज कर दिया।

राबी उसमान ने कहा, ''चोर सीधी-सादी परिभाषा के अनुसार वह व्यक्ति होता है जो किसी दूसरे व्यक्ति की सम्पत्ति को उसकी जानकारी और इजाज़त के बग़ैर हड़प लेता है। इस परिभाषा के अनुसार, अभियुक्त व्यक्तियों पर इस अपराध

का दोषारोपण भी नहीं किया जा सकता। हम इस बात को स्वीकार करते हैं कि ये अपने साथ कुछ घरेलू सामान ले गईं। पर वह चोरी नहीं थी, क्योंकि उनके पति वहाँ मौजूद थे। दिन का वक्त था, और किसी ने उन्हें रोका नहीं था। उनके पतियों ने पुलिस में भी रिपोर्ट दर्ज नहीं कराई। हमारा निवेदन यह है कि इस सामान को पतियों की जानकारी में, जिसका मतलब हुआ उनकी रजामन्दी से ले जाया गया था। इसलिए ये महिलाएँ इस अभियोग से निर्दोष हैं।''

''तदनुसार अभियोग को खारिज किया जाता है।''—मजिस्ट्रेट ने कहा। अमीना ऐसे सुन रही थी मानो कोई सपना देख रही हो। हमले के दुःस्वप्न के बाद, कारावास में उसने जो तकलीफ उठाई थी, उससे यह असम्भव लग रहा था कि यह सब इतना आसान होगा। उसने ब्यौरों की तरफ़ ध्यान दिए बिना ही सन्तुलित आवाज़ में ज़ारी राबी की बात को सुना। कार्यवाही तेज़ी से आगे बढ़ रही थी, और जब लगभग सभी अभियोग खारिज हो गए तो अभियोगी अफसर की बोलती बन्द हो गई। उसे इसकी उम्मीद नहीं थी, उसे यह उम्मीद नहीं थी कि राबी उसमान जैसी शक्तिशाली महिला अदालत में उसे चुनौती देगी।

''हम स्वीकार करते हैं,'' राबी ने बात ज़ारी रखते हुए कहा कि ''महिलाएँ प्रतिबन्ध के बावज़ूद इकट्ठी हुईं, लेकिन जैसा कि पुलिस अफ़सर ने कहा कि ऐसा शान्ति भंग करने के लिए नहीं हुआ। महिलाएँ शान्त थीं। उनकी मीटिंग के दौरान किसी तरह के झगड़े-फसाद की रिपोर्ट नहीं मिली। वैसे भी जनाब, कानून में शान्ति भंग करने को उसी स्थिति में अपराध माना जाता है जब किसी को नुकसान पहुँचाया जाए।''

''एतराज है!'' अभियोगी अफ़सर ने इस बार अपेक्षाकृत धीमी आवाज़ में कहा। ''इन महिलाओं ने अपने पतियों की शान्ति भंग की, और उन्हें उनके अधिकारों से वंचित रखा...मेरा मतलब यह है कि एक पुरुष पत्नी को इसलिए अपनाता है कि वह उससे कुछ लाभ उठा सके,'' उसने दुखी होकर व्याख्या की।

अदालत में लोग हँसने लगे। राबी ने भी हँसते हुए कहा कि हमारी कानूनी व्यवस्था में पति के वास्तविक या इधर-उधर के फायदों का कोई प्रावधान नहीं है। अगर ऐसा है तो वह सिर्फ घरों के भीतर होगा। श्रीमान मैं आपसे इस एतराज को अस्वीकार करने की प्रार्थना करती हूँ।

''एतराज अस्वीकार किया जाता है।''

राबी ने तर्क दिया कि, ''अमीना को पुलिस को उनकी पूछताछ में मदद करने की कोई ज़रूरत नहीं है, कोई बयान देने की भी नहीं। उसकी चुप्पी को उसके खिलाफ़ इस्तेमाल नहीं किया जा सकता।''

मजिस्ट्रेट ने सहमति में सिर हिलाया।

''पहले अभियुक्त पर राजद्रोह का अभियोग इसलिए नहीं लगाया जा सकता

क्योंकि उसने कभी सार्वजनिक आन्दोलन नहीं किया, न ही राज्य, उसके कानून या हमारे देश के संविधान की अवमानना की; और कभी असन्तोष नहीं भड़काया।''

'हाबा' अभियोगी पुलिस अफसर चिल्लाया। वह बहुत घबराया हुआ और हतोत्साहित लग रहा था। उसने दुखी होकर अपना सिर हिलाया, पर ज़ोर देकर कहा, ''अमीना ने कई अवसरों पर, और सार्वजनिक रूप से भी, जनता का आह्वान उन लोगों के विरुद्ध होने के लिए किया, जिन्हें उसने नव-उपनिवेशवाद के एजेंट और साम्राज्यवाद के पिट्ठू कहा। वह पूछताछ के दौरान भी लगातार इसी बात पर कायम रही। उसका और विद्यार्थियों का सम्बन्ध एक ऐसे गुट के साथ है जिसे हमारी लोकतान्त्रिक रूप से चुनी गई सरकार को उखाड़ फेंकने के लिए विदेशी वित्तीय सहायता मिलती है। उसे इस बात का भी गर्व है कि उसका सम्बन्ध सरकार के विरोधी लोगों से है। लगता है कि सफाई की वकील पहली अभियुक्त को अच्छी तरह नहीं जानतीं।''

राबी की नज़रें फिर अमीना की नज़र से मिलीं और इस बार अमीना को उनकी हार्दिकता का यकीन हो गया। ''जनाब,'' राबी ने उत्तर दिया, और पहली बार उसकी आवाज़ में आवेग जैसा कुछ था : ''मैं अमीना को अच्छी तरह जानती हूँ, और यह भी कि वह क्या कर सकती है। मैंने सौभाग्य से विश्वविद्यालय में उसके साथ कानून की पढ़ाई की थी। अगर अभियोग के वकील को अपने यहाँ होने की वजह मालूम होती, तो कम से कम हमारे प्रिय व्यवसाय की इज़्जत की खातिर, अपने तर्क के समर्थन में प्रमाण पेश करते। मैं उन्हें सलाह देना चाहती हूँ कि किसी मजिस्ट्रेट या जज के सामने खड़े होने से पहले वे स्कूल लौटकर अभियोग कैसे लगाया जाता है, यह सीख कर आएँ।

''इसके अलावा हाथ के मुकदमे पर वापस लौटते हुए मुझे कहना है कि एक नागरिक की हैसियत से, अमीना को अभिव्यक्ति की स्वतन्त्रता है और अभियोग पक्ष यह साबित करने में असफल रहा है कि उसके शब्दों का इस्तेमाल जानबूझकर सार्वजनिक अव्यवस्था और हिंसा को भड़काने के लिए किया गया था। मैं स्वीकार करती हूँ कि महिलाएँ गैर कानूनी ढंग से इकट्ठा थीं, पर जनाब मैं चाहती हूँ कि आप उनके बारे में पहली बार अपराधी के रूप में निर्णय करें। कानून में ऐसे बहुत से मुकदमे हैं जब पहली बार के अपराधियों को रिहा कर दिया गया है, गोकि कुछ चरम स्थितियों में यह रिहाई सशर्त की गई है। जनाब, मुझे यह कहने की इजाज़त दें कि कानून की जानकारी में देशद्रोह सबसे गम्भीर अपराध होता है। यह तभी घटित होता है जब नागरिक राज्य के साथ युद्ध करने का प्रण करते हैं, और राजद्रोह के महाअपराध का अभियोग उसी व्यक्ति पर लागू होता है जो किसी संविधान सम्मत सरकार को उखाड़ फेंकने का इरादा रखता है। ऐसा इन अभियुक्तों ने कभी नहीं किया।

"इसके अलावा कानूनियत के सिद्धान्त में यह लिखा है कि कोई कर्म तब तक अपराध नहीं होता जब तक कानूनन वह पूरी तरह वर्जित न हो। हमने यह साबित कर दिया है कि इन महिलाओं ने जो कुछ भी किया वह कानूनी ढाँचे के भीतर आता है। जनाब, मैं ज़ोर देकर आपसे दरख्वास्त करना चाहती हूँ कि आप न्यायोचित कानून के एक महत्त्वपूर्ण और बुनियादी उपादान को अवश्य अपने मन में रखें, वह है स्वीकार्यता।" राबी उसमान ने ज़ोर दिया, "न्याय का अर्थ होता है कानून का सही उपयोग। मैं विनम्रता और आदरपूर्वक आपसे निवेदन करना चाहती हूँ कि आप पूरी तरह निष्पक्षता से न्याय करें। मैं बड़े सम्मान के साथ जनाब आपको यह याद दिलाना चाहती हूँ कि कुछ देशों में लोगों को न्याय नहीं मिल रहा है और अगर हमारे देश की तुलना ऐसे देशों से की जाएगी तो न्यायिक त्रासदी और बदनामी की बात होगी। यह लोकतान्त्रिक समाज है।"

राबी ने इन बातों को ऐसे अधिकारपूर्वक और गरिमा भरे लहजे में कहा कि अदालत में मौजूद अधिकांश लोग भावुक होते हुए दिखाई दिए। सिर्फ़ अभियोगी अफसर ने अपने कन्धे झुकाए और ज़मीन की तरफ़ देखने लगा।

राबी ने निष्कर्ष देते हुए घोषणा की, "अमीना किसी छोटे से अपराध की दोषी हो सकती है, पर अभियोगियों ने उस पर देशद्रोह के ऐसे महाअपराध का अभियोग लगाकर, जिसका समर्थन तथ्यों से नहीं होता, हमारी न्याय-व्यवस्था का अपमान किया है। मेरे लिए यह कहना ज़रूरी है कि क्योंकि अभियुक्तों पर अभी प्रत्यक्ष रूप से कोई मुकदमा बन नहीं सका है, मैं आपसे अनुरोध करती हूँ कि आप–जवाबदेही के लिए कोई मुकदमा नहीं बनता–फैसला सुनाएँ। अर्थात् मेरे मुवक्किलों को सारे अभियोगों से बरी करके रिहा कर दिया जाए।"

"क्या पुलिस के अभियोगी कुछ कहना चाहेंगे?" मजिस्ट्रेट ने पूछा।

इंस्पेक्टर खड़ा हो गया और कोशिश करके बोला : "यह केस एक नाटकीय और सनसनीखेज मोड़ ले रहा है, जो हमारे विचार से कानून का निषेध है। हमने यह माँग की थी कि इसे कम से कम तीन महीने के लिए स्थगित कर दिया जाए। इस बीच महिलाओं को हिरासत में सुरक्षित रखा जाए। हम लोग अपनी जाँच-पड़ताल ज़ारी रखें और जो लोग भागे हुए हैं उन्हें गिरफ़्तार कर लें, जिनमें कुछ विद्यार्थी यूनियन के नेता और नर्सें शामिल हैं जो पुलिस की कार्रवाई शुरू होने से पहले स्कूल से भाग निकले थे। इससे हम इस मामले की ठीक तरह–पेशेवर ढंग से और गहराई से जाँच कर सकेंगे।"

जब वह बोल रहा था तो अमीना ने जनता की गैलरी की तरफ़ नज़र उठाई। उसने देखा कि पीटर एकिन और लैला तेज़ी से अदालत के कमरे से बाहर निकल गए। वह हँसना चाहती थी, पर अपने पर काबू रखने में सफल हो गई।

यह कहना ज़रूरी है कि हम पैरवी की वकील की दलीलों और उनके अनुरोध

से सन्तुष्ट नहीं हैं। उन्होंने कानून के रास्ते को काटकर तथ्यों में घालमेल किया है, और कानून के सिद्धान्तों को सिर के बल खड़ा कर दिया है।''

राबी उछलकर खड़ी हो गई और पहली बार उसने अपनी आवाज़ ऊँची की। ''एतराज,'' वह चिल्लाई, और कुछ क्षणों तक तीर जैसी नज़रों से उसकी तरफ़ देखती रही। ''जनाब! अभियोगी वकील को किसी ऐसे मसले पर जिसका फैसला हो चुका है, कानूनन टिप्पणी करने का हक नहीं है। जब मुकदमा चल रहा था तब उसके पास ऐसा करने का सुनहरा मौका था, पर उसने कुछ नहीं किया। अब जब हम उस चरण को पार कर चुके हैं, मुझे उसके वक्तव्यों पर आपत्ति है।''

''आपत्ति को स्वीकृति देता हूँ।'' मजिस्ट्रेट ने फैसला दिया।

''इसमें शक नहीं, केस का फैसला आपको ही करना है,'' इंस्पेक्टर बोला, ''मैं आपसे अपील करता हूँ कि महिलाओं के इस गिरोह को कड़ी से कड़ी सजा सुनाएँ। अगर आपने ऐसा नहीं किया, तो ऐसा लगेगा कि कानून को कचरे में फेंक दिया गया है। इन महिलाओं ने, विशेष रूप से अमीना ने राज्य के विरुद्ध बहुत गम्भीर अपराध किए हैं। और अगर आपने इन्हें रिहा कर दिया तो तय समझिए कि हमें शान्ति और स्थिरता नहीं मिलेगी। ऐसी महिलाएँ आज देश के बदतरीन अपराधियों में से हैं। यह हमारी नैतिक और व्यावसायिक ज़िम्मेदारी है कि हम समाज को अस्वास्थ्यकर और खतरनाक विचारों से साफ़ कर दें। एक कहावत है कि जो माँ अपने बच्चे को सोने देना नहीं चाहती, वह खुद भी नहीं सोती। जनाब, ये हम लोगों को सोने देना नहीं चाहती।''

मजिस्ट्रेट खड़ा हो गया, और उसने अदालत से बैठे रहने का संकेत किया। ''मैं कुछ मिनटों के लिए अपने चेम्बर में जा रहा हूँ,'' उसने घोषणा की। ''अभियुक्त इस बीच यहीं रहेंगे।''

# 29

जैसे ही वह कमरे से गया, राबी उसमान अमीना के पास गई। वह उसकी तरफ़ देखकर मुस्कुराई और सहानुभूति भरी आवाज़ में बोली, "तुम फिक्र मत करो अमीना। मुझे यकीन है कि तुम जमानत पर रिहा कर दी जाओगी। गैर-कानूनी ढंग से इकट्ठा होनेवाले अपराधियों के साथ अमूमन ऐसा ही सलूक किया जाता है। गोकि यह मजिस्ट्रेट बड़ा सख्त माना जाता है लेकिन मुझे यकीन है कि यह तुम्हारे साथ नरमी से बर्ताव करेगा।"

पर जैसा अमीना को डर था, बात इतनी सीधी-सादी नहीं थी। जब मजिस्ट्रेट लौटा तो उसने पहला सवाल अमीना से किया।

"मदाम अमीना, मैं आपसे कुछ सवाल पूछना चाहता हूँ, पर इतमीनान रखिए इसका फैसले से कोई ताल्लुक नहीं होगा। मैं सिर्फ कुछ तथ्यों की जानकारी चाहता हूँ। समाज में महिलाओं की भूमिका के बारे में आप क्या सोचती हैं?"

अमीना हतप्रभ हो गई, पर उसने अपने शान्त व्यवहार को बनाए रखने की कोशिश की। "औरतों को ज़िम्मेदार समझा जाना चाहिए और उन्हें सब मानवीय अधिकार मिलने चाहिए। न उनका शोषण होना चाहिए न दमन। महिलाओं की भूमिका के बारे में खुद आपका क्या विचार है?"

"मुझ पर मुकदमा नहीं चल रहा है," मजिस्ट्रेट ने हँसकर कहा। उसने अपना पैन नीचे रख दिया, उँगलियाँ आपस में उलझाकर पीछे झुक गया। "अमीना मेरे खयाल से तुम अदालत के प्रति इस बात के लिए जवाबदेह हो कि तुमने जैसा व्यवहार किया, उसकी वजह क्या थी।"

अमीना की समझ में आ गया कि उससे उसके कामों का औचित्य बताने के लिए कहा जा रहा है, और उसके बहाने उन महिलाओं से भी जो उसके पीछे पंक्तिबद्ध खड़ी थीं। उसने गहरा साँस लिया। "मैंने खुद को गरीब महिलाओं के साथ इसलिए जोड़ा, क्योंकि मैं इस तथ्य की उपेक्षा नहीं कर सकती कि एक वर्ग के रूप में उनका शोषण किया जाता है, और उनके अधिकारों और स्वतन्त्रता का रोज़ हनन होता है।"

"उनके अधिकारों और स्वतन्त्रताओं से तुम्हारा क्या आशय है?"

"क्या हमारा देश संयुक्त राष्ट्र का सदस्य नहीं है?"

"है।"

"क्या उसने मानव-अधिकारों पर ज़ारी सार्विक घोषणा-पत्र पर हस्ताक्षर नहीं किए थे?"

"इस अदालत में सवाल करना मेरा अधिकार है।"

"उसमें लिखा है कि हर नागरिक को जीने का अधिकार है, उत्पीड़न और दासता से मुक्ति का अधिकार, स्वतन्त्रता का अधिकार, विचारधारा और धर्म की स्वतन्त्रता है, सम्बन्धों और गतिविधियों की स्वतन्त्रता है, काम, शिक्षा और सामाजिक सुरक्षा का अधिकार है। मुझे ईमानदारी से बताइए क्या हमारे समाज में इन मौलिक अधिकारों और स्वाधीनताओं का उल्लंघन नहीं किया जा रहा है?"

"क्या तुमने इसीलिए हमारी शान्ति और स्थिरता को बाधित किया है?"

"शान्ति! किसके लिए? स्थिरता किसके लिए? अगर यह शान्ति उन अल्पसंख्यकों के लिए इस कारण है कि वे बहुसंख्यकों पर शासन और उनका दमन कर सकें तो शान्ति कभी नहीं हो सकती और अगर यह स्थिरता बहुसंख्यकों का दमन और शोषण करने के लिए है, तब यह स्थिरता कभी नहीं रहेगी। मैं यह साफ़ कर देना चाहती हूँ कि...।"

"सुनो अमीना," मजिस्ट्रेट ने दख़ल दिया। "इस सम्मान्य अदालत को राजनीतिक भाषण सभा-भवन में मत बदलो।"

इससे पहले कि राबी उसे टोकती, अमीना ने कहा, "राजनीति हर बात का नियमन करती है...।"

"श्रीमन, मैं अमीना की ओर से निस्संकोच क्षमा-याचना करती हूँ। मैं श्रीमान से अनुरोध करती हूँ कि उसके वक्तव्यों की भाषा पर ध्यान न दें। वह अपने विचारों के सिलसिले में बह गई है। तनावग्रस्त लोगों के साथ ऐसा हो जाना असामान्य बात नहीं है। मुझे यकीन है कि आप इसका कारण जानते हैं कि वह ऐसे वक्तव्य क्यों दे रही है। आप उसकी स्थिति को समझेंगे।"

लेकिन अमीना चुप होनेवाली नहीं थी। उसे मालूम था कि उसने चीज़ों को जिस रूप में देखा है, उसे कहने का यही एक मौका है और वह उस मौके को छोड़ने वाली नहीं थी। "पुलिस ने हम पर निर्ममता से हमला किया है, उन्होंने बड़ी निर्ममता से बिना किसी उत्तेजना के, हमारी युवा परिश्रमी महिला की हत्या की है। हत्यारों पर मुकदमा चलाकर उन्हें सज़ा देने के बजाय, हमें अदालत में पेश किया गया है। जिन लोगों ने खुद अपराध किए हैं, वही 'तथाकथित' अपराधियों पर कैसे आरोप लगा सकते हैं?"

सकारण रोष से बिफरते हुए अभियोगी अफसर विरोध करने के लिए उछल

पड़ा। ''श्रीमान, यह वक्तव्य पुलिस-दल की भलाई और उसकी अच्छी छवि के लिए घातक है। मैं ज़ोर देता हूँ कि प्रथम अभियुक्त पर ठीक तरह मुकदमा चलाकर उसे कड़ी सजा दी जाए। हो सकता है कि उसकी मानसिक हालत ठीक न हो और उसे मनोचिकित्सीय परीक्षण की ज़रूरत हो।''

''मेरे विचार से प्रथम अभियुक्त का स्वास्थ्य सामान्य है। मुझे ऐसे अभियुक्तों के साथ निपटने का बहुत अधिक अनुभव है।'' मजिस्ट्रेट ने ऐसा कहकर अमीना की तरफ़ रुख किया। ''पुलिस सिर्फ अपना कर्तव्य निभा रही थी। उसे इसके बाहर रखो।''

''लेकिन पुलिस तो इस मुकदमे के भीतर है,'' अमीना ने अभियोगी अफसर की तरफ़ इशारा करते हुए कहा, ''वे तटस्थ नहीं हो सकते। वे हमारे समाज में अन्याय, दमन, उत्पीड़न के मददगार हैं।''

''पुलिस को इससे बाहर रखो,'' मजिस्ट्रेट ने ज़ोर दिया।

''और टैक्स का क्या होगा?'' उसने पूछा।

''टैक्स सभी लोग देते हैं। मैं भी देता हूँ,'' उसने मुस्कुराकर कहा।

''जब टैक्स अनुचित होते हैं, तो महिलाओं ने पहले भी इस देश में उनका विरोध किया है। हम जब टैक्स देने से इनकार करते हैं, तो हम उसी परम्परा का पालन कर रहे होते हैं,'' अमीना ने घोषणा की।

''गरीबों से वसूल किए टैक्सों के सहारे अमीर क्यों जीते हैं? सरकार का कहना है कि हमें अपना विदेशी कर्ज़ चुकाना है, लेकिन जब सरकार ने यह कर्ज़ लिया था, तो हम से मशविरा नहीं किया गया था। और क्या हमें दिखाई नहीं देता कि इसका इस्तेमाल किसके लिए किया गया है? बावज़ूद इसके गरीबों का जीवन-स्तर और गिर गया है। इसलिए हम भुगतान कैसे कर सकते हैं?''

''क्या तुम्हें पता है कि टैक्स न देना अपराध है?'' मजिस्ट्रेट ने पूछा।

''बेशक मुझे मालूम है, पर हमारे पास अपनी आवाज़ की सुनवाई कराने के लिए और क्या साधन है?''

उसने तत्काल सवाल किया, ''क्या इसी वजह से तुम हिंसा के लिए तैयार हो गईं?''

अमीना को यह सवाल बहुत अच्छा लगा। जब उसने महिलाओं से लेकर भीड़ तक कुछ मुस्कुराकर देखा, तो सब एकदम चुप थे, और सबकी नज़रें उस पर टिकी थीं। उसने आगे कदम बढ़ाया और अपना गला साफ़ किया। ''मैं हिंसा के बारे में अपनी धारणा आपको बताती हूँ। जब छोटी और भोली-भाली लड़कियों का विवाह बहुत छोटी उम्र में कर दिया जाता है और उनके शरीर के साथ ज्यादती होती है तो क्या वह हिंसा नहीं होती? जब लड़कियों की भावनाओं और संवेदनाओं की परवाह किए बगैर उनका विवाह ऐसे आदमियों से कर दिया जाता है जिनसे

उनका कभी कोई सम्पर्क नहीं रहा, क्या वह हिंसा नहीं होती? जब व्यभिचार के लिए स्त्री को मौत की सज़ा दी जाती है और पुरुष को स्वतन्त्र छोड़ दिया जाता है, तो क्या वह हिंसा नहीं होती? जब इसी धरती पर लोग गरीबी की निम्नतम स्थिति भोगने के लिए अभिशप्त होते हैं, जब विशेषकर महिलाओं को उनके मूल मानव-अधिकारों से वंचित रखकर, उनके साथ गुलामों जैसा बर्ताव किया जाता है, क्या वह हिंसा नहीं होती? जब पुरुष अपनी पत्नियों को निर्ममता से पीटते हैं, और लड़कियों का गर्व के साथ बलात्कार किया जाता है तो क्या वह प्रेम होता है? जब स्त्रियों को वेश्याओं के रूप में भ्रष्ट किया और पीटा जाता है तो क्या वह हिंसा नहीं होती? जब कुछ स्त्रियों के काम करने पर रोक लगाई जाती है और कुछ औरों को निर्दयता से उनके घरों से बाहर निकाल दिया जाता है, तो क्या उसे शान्ति कहेंगे? जब किसानों को उनकी ज़मीनों से खदेड़कर उन पर भारी टैक्स लगाए जाते हैं तो उसे क्या कहेंगे? जब हम अपने घरों से शोषण, अन्याय और अनगिनत दुर्व्यवहारों के विरोध में शान्तिपूर्वक निकलते हैं और पुलिस हम पर टूट पड़ती है, हम पर गैस छोड़ती है, हमें मारती है और हममें से एक की हत्या कर देती है, तो क्या वह हिंसा नहीं है?"

अमीना ने जब बोलना बन्द किया तो कमरे में सन्नाटा छा गया। वह सिर झुकाए खड़ी थी। उसका चेहरा लाल़ हो गया था और साँस फूल रही थी। तब उसने मजिस्ट्रेट की आवाज़ सुनी :

"तो! मेरे खयाल से तुम काफी बोल चुकी हो या मुझे कहना चाहिए कि तुमने हम लोगों का काफी मनोरंजन कर लिया है। अब और बोलना तुम्हारे हित में नहीं होगा। अब मुझे यह बताओ कि क्या तुम शान्ति से अपने घरों पर लौटने का आश्वासन देती हो?"

अमीना ने घूमकर महिलाओं की तरफ़ देखा। "एक कहावत है कि आप घोड़े को पानी तक ले जा सकते हैं, लेकिन उसे पीने के लिए मजबूर नहीं कर सकते।"

अदालत में लोग हँसने लगे।

"अगर घोड़ा प्यासा हो तो?" उसने मुस्कुराकर पूछा।

"वह पी लेगा," अमीना ने हलके से हँसते हुए जवाब दिया।

जब अदालत में फिर हँसी की लहर दौड़ गई तो राबी उसमान खड़ी हो गई। "बोलने की इजाज़त दी जाए"—उसने प्रार्थना की।

"इजाज़त दी जाती है," मजिस्ट्रेट ने मुस्कुराकर कहा।

"श्रीमान," राबी ने शुरू किया, "इससे पहले कि आप फैसला सुनाएँ, मैं यह कहना चाहती हूँ कि सामान्यतः सभी अभियुक्त और विशेष रूप से अमीना तहे दिल से और स्पष्ट रूप से पछता रहे हैं। श्रीमान्! मैं आपसे प्रार्थना करती

हूँ कि आप अमीना की बातों पर ध्यान न दें। अपने मुवक्किलों की ओर से, मैं आपको आश्वासन देती हूँ कि ऐसा फिर कभी नहीं होगा।

आप खुद देख सकते हैं, इन महिलाओं को शान्ति प्रिय है, और अब से ये शान्ति से रहेंगी।''

मजिस्ट्रेट ने अपने नोट्स करीब लाकर निर्णय पढ़ना शुरू किया। ''मैंने इस केस की परिस्थितियों का निष्पक्ष दृष्टि से मूल्यांकन किया है। मैं इन महिलाओं की हालत से द्रवित हुआ हूँ। इस बात का खयाल करते हुए कि इन्होंने काफी सजा भुगत ली है, और इसमें जो व्यक्तित्व शामिल हैं, विशेष रूप से प्रथम अभियुक्त, जो एक सम्माननीय विधायक की पत्नी हैं, और समाज की अत्यन्त सम्मानित सदस्य हैं, मैंने देखा कि अभियोग पक्ष, अभियुक्त व्यक्तियों के खिलाफ़ लगाए गए आरोपों को साबित नहीं कर सका। वे असंदिग्ध रूप ये यह भी साबित नहीं कर सके कि अभियुक्तों ने वे अपराध किए हैं। मैं सब अभियुक्त व्यक्तियों को एक के सिवाय, उन पर लगाए गए बाकी सब अभियोगों से मुक्त करता हूँ। जहाँ तक गैरकानूनी ढंग से जमा होने का अभियोग है, अभियुक्तों को ज़मानत के तहत रिहा किया जाता है।

''मैं महिलाओं को आदेश देता हूँ कि वे लौटकर अपने घरों में शान्तिपूर्वक रहें। मैं उन्हें चेतावनी देता हूँ कि वे कानून का पालन करें और याद दिलाता हूँ, कि भविष्य में इस तरह के अपराध के लिए उन्हें कड़ी सजा मिलेगी। हम लोग शान्तिपूर्वक रहें। ईश्वर इसमें हमारी सहायता करें। यह मेरा फैसला है। अदालत अब बरखास्त की जाए।''

राबी ने दौड़कर अमीना को गले लगा लिया। अमीना ने भी हँसते हुए उसे गले लगाया। उसे ऐसा लगा कि वह अदालत के कमरे से एक बिलकुल नई स्त्री के रूप में बाहर निकली है। वह कमज़ोर थी, भूखी थी, तकलीफ में थी और थकी हुई थी। पर यथासम्भव अपनी पूरी ताकत लगाकर वह शान्त पर आत्मविश्वास भरी चाल से बाहर इकट्ठी भीड़ की तरफ़ बढ़ गई। जब वह पास से गुज़री तो विद्यार्थियों और कुछ महिलाओं ने उसका जय-जयकार किया। वह जब उनके चेहरों की तरफ़ देख रही थी तो उसे इस बात की खुशी थी कि उसने उनके साथ विश्वासघात नहीं किया था।

अमीना जैनब की तरफ़ चली। उसकी गोद में मैनासरा था। ''क्या हाल है तुम्हारा?'' अमीना ने बच्चे को छूते हुए पूछा।

''हम ठीक हैं। मैंने सुना है कि तुम्हें रिहा कर दिया गया है।'' जैनब ने उत्साहित होकर कहा।

''हाँ! तुम अस्पताल से कब निकलीं?'' अमीना ने पूछा।

''आज सुबह?''

"घर जाकर मेरा इन्तज़ार करो," अमीना ने कहा। अचानक उसे चक्कर आया और उसके पैर लड़खड़ाए। सूरज की तेज़ रोशनी से तपी हुई रेत से उसके नंगे पैर जल गए थे। जब उसने झुककर अपने हाथ अपने घुटनों पर रखे, तो राबी उसमान दौड़कर उसके पास आई। "सारी कानूनी कार्रवाई पूरी हो चुकी है। मैंने तुम्हारी ओर से ज़रूरी फार्मों पर दस्तखत कर दिए हैं और तुम जाने के लिए आज़ाद हो।"

"शुक्रिया," अमीना ने धीरे से जवाब दिया।

राबी उसमान ने चिन्ता से अमीना की तरफ़ देखा। "अमीना तुम कमज़ोर और बीमार हो। तुम्हें अच्छी तरह आराम करने की ज़रूरत है। मेहरबानी करके अब घर लौटो और स्वस्थ हो जाओ।"

"मैं ऐसा ही करूँगी," अमीना ने वायदा किया।

"जब तुम्हें आराम करने का समय मिल जाएगा, तो मैं तुमसे मिलकर पुलिस के खिलाफ़ केस दायर करूँगी। हम उन्हें लराई की मौत के लिए ज़िम्मेदार ठहराएँगे और मुआवज़े की माँग करेंगे। तुम उसकी मुख्य गवाह हो"—राबी ने कहा।

"मुआवजा?" अमीना ने दोहराया, और मुस्कुराई। यह उस दिन का सबसे अजीबोगरीब पक्ष था, जिसकी वह कल्पना भी नहीं कर सकती थी।

# 30

अमीना सोच रही थी कि महिलाओं का अब क्या होगा? उनके पति अब उनके साथ कैसा सलूक करेंगे? आगे आनेवाले मिनटों, घण्टों, दिनों, हफ़्तों, महीनों और वर्षों में क्या होनेवाला है? वह चारों तरफ़ छितराती हुई भीड़ की तरफ़ देख रही थी। पुलिस वाले जब लारियों की पंक्ति की तरफ़ बढ़ रहे थे, तो उनमें से कुछ चिल्लाकर उसे भला-बुरा कह रहे थे, पर उसने ध्यान नहीं दिया। विद्यार्थी नाचते-गाते हुए पुलिसवालों पर ताने कस रहे थे। वह मुड़कर चल दी। वह रेत की ऊबड़-खाबड़ सड़क पर बिना देखे चली जा रही थी। उसे दिशा-बोध नहीं रहा था, सिर्फ गर्म रेत से अपने पैरों में होनेवाली जलन की चेतना बाकी थी। उसने सँकरी सड़क के किनारे उगी छोटी घास पर चढ़कर झाड़ियों के बीच से धकेलकर अपना रास्ता बनाया।

उसके पीछे कोई उसके नाम से पुकारता हुआ दौड़ा आ रहा था। आवाज़ जानी-पहचानी थी। अमीना रुक गई और उसने पीछे मुड़कर देखा। वह उसका पति था। वह हाँफता हुआ करीब आया, और उसके सामने आकर रुक गया। अमीना इन्तज़ार कर रही थी, उसका दिमाग बिलकुल खाली हो गया था। जब वह उससे बिनती कर रहा था, वह कठिनाई से सिर्फ उसके शब्दों को आत्मसात् कर रही थी, "अमीना लौट आओ, मैं तुम्हारा अच्छी तरह खयाल रखूँगा। हम इस पूरे हादसे के बारे में भूल जाएँगे। मैं तो इसे भूल ही चुका हूँ। मेहरबानी करके तुम मेरे साथ घर चलो।"

अमीना अल्हाजी हारून के पीछे-पीछे उसकी गाड़ी की तरफ़ चल दी। उसने दरवाज़ा खोला और वह आगे की सीट पर लगभग ढेर हो गई। उन्होंने उस सड़क के बगल से अपना रास्ता बनाया जिस पर महिलाओं और उनके हित-चिन्तकों की भीड़ पैदल अपने घरों की तरफ़ चली जा रही थी। जब उन्होंने अमीना को देखा तो उसकी तरफ़ चिल्लाकर हाथ हिलाया और अमीना ने भी उत्तर में हाथ हिलाया। वे शहर के बीच की तरफ़ जा रहे थे। अमीना ने महसूस किया कि वे अहाते की तरफ़ नहीं जा रहे थे।

"हम कहाँ जा रहे हैं?" उसने पूछा।

"तुम्हारे नए घर की तरफ़," उसने जवाब दिया।

गाड़ी दोहरी सड़क पर, शहर के उत्तरी भाग की तरफ़ जा रही थी। ड्राइवर ने बाईं तरफ़, पेड़ों की कतार के बीच की एक सड़क पर गाड़ी मोड़ दी। यह सरकारी आरक्षण क्षेत्र था। अल्हाजी हारून ने ड्राइवर से दाएँ मोड़कर गाड़ी को एक घर के सामने पार्क करने के लिए कहा।

"यह तुम्हारा नया घर है," उन्होंने अमीना को अन्दर ले जाते हुए बिना उत्तेजित हुए घोषणा की।

"धन्यवाद," अमीना ने कृतज्ञ भाव से सोफे पर बैठते हुए उत्तर दिया।

"मैं तुम्हें आराम करने के लिए कुछ समय दूँगा। हम लोग कल बात करेंगे," उन्होंने सीधे उससे नज़र मिलाते हुए कहा।

"इंशा अल्लाह," उसने धीमे से उत्तर दिया। अल्हाजी ने उसकी तरफ़ चिन्ता से देखा।

"हउआ कहीं पीछे की तरफ़ है। मैं उसे जाकर बुला लाता हूँ," ऐसा कहकर वे पीछे के दरवाज़े से चले गए। वे हउआ के साथ वापस लौटे और कुछ मिनट बाद उनसे बिदा लेकर चले गए।

अमीना को देखकर हउआ को बहुत खुशी हुई। पर उसकी कमज़ोरी को देखकर, उसने तुरन्त खाना परोस दिया।

अमीना ने भुक्खड़ों की तरह खाना खाया, और उसे अपनी शक्ति लौटती महसूस हुई। बाद में वह सोफे पर लेट गई। थकान के कारण वह हिलडुल तक नहीं पा रही थी। उसकी बन्द आँखों के पर्दे के पीछे पिछले शुक्रवार की घटनाएँ धीमी गति से साकार होने लगीं। उसने अपने आपको लिपस्टिक लगाकर परफ़्यूम छिड़कते देखा। उसने सायरन की आवाज़ सुनी, पुलिस रक्षादल को पहुँचते देखा और सुपरिंटेंडेंट और उसके सहायक के चेहरे देखे; उनके आदेश सुने, सशस्त्र और हेलमेट पहने सिपाहियों को पंक्तिबद्ध होते देखा। अपने पैरों को ज़ोर से पटकते हुए वे आगे बढ़े। हाथों में बन्दूकें और आँसू-गैस के कनस्तर लिए उन्होंने अरक्षित बेकसूर महिलाओं की पंक्तियों पर धावा बोल दिया। ओह! उसे आँसू-गैस की पहली बौछार छूटने की आवाज़ सुनाई पड़ी...महिलाएँ खाँस रही थीं, भाग रही थीं, रो रही थीं...आतंक फैला था, सिपाही पीछा कर रहे थे, पीट रहे थे, चिल्ला रहे थे, ठोकरें मार रहे थे और उसके साथियों को गिरफ़्तार कर रहे थे।

उसे सबसे ज़्यादा लराई का खयाल आ रहा था। इससे पहले उसे कभी ठीक से उसके न होने का एहसास नहीं हुआ था। उसे, लराई से झोंपड़ी में, अपनी पहली मुलाकात याद आई; लराई उसके बाद अमीना के घर आ गई थी। लराई की काम की लगन; ज्ञान के प्रति उसका प्रेम; संगीत में उसकी निपुणता; पहेलियाँ और

मज़ाक; खाना बनाने में उसकी विशेषज्ञता। लराई की मृत्यु कैसे हुई, वह तस्वीर अमीना के सामने कौंध गई। उसने रोती खाँसती महिलाओं के बीच लराई को साफ़-साफ़ देखा। कैसे वह हमलावर सिपाही से संघर्ष कर रही थी। उसकी बर्बरता से बचाव का प्रयास करके कैसे उसने अपने को छुड़ा लिया था। क्योंकि अमीना उस सबसे अपना ध्यान हटा नहीं पा रही थी, इसलिए उसे आखिर यह भी देखना पड़ा कि सिपाही ने लराई पर कैसे निशाना साधा। उसने गोलियों की आवाज़ सुनी, देखा कि कैसे पीछे से दागी गई गोलियों ने उसे निशाना बना लिया।

बेचारी लड़की, भाग्य में लिखा था कि उसकी मौत छोटी उम्र में, गरीबी में ऐसे त्रासद ढंग से हो। उसकी कहानी खत्म हो गई। जीने के लिए संघर्ष के बारे में न कोई और चिन्ता, न भुखमरी के और दिन, न उत्पीड़न और इच्छाएँ; न अपेक्षा भरी और रातें; न और परेशानियाँ, और न मुआवज़ा। इस पतनशील व्यवस्था की ध्वस्त दीवारों पर, एक धूप से रोशन दिन, हम तुम्हारी याद में जो स्कूल खोलेंगे तब गर्व से कहेंगे : विद्या का यह केन्द्र लराई को समर्पित है।

अगली सुबह अमीना बहुत देर से उठी। उसका सिरदर्द तो बन्द हो गया था पर जब उसके पति मिलने आए तो उसे बहुत थकान महसूस हो रही थी।

"तुम्हें घर कैसा लगा?" अल्हाजी ने बड़ी उत्सुकता से उससे पूछा।

"यह काफ़ी बड़ा घर है, धन्यवाद।"

"यहाँ तुम्हारी ज़रूरत की लगभग सभी चीज़ें मौजूद हैं।"

"आपका शुक्रिया।"

सोफ़े पर बैठते हुए उन्होंने बात शुरू की : "अमीना, मैं तुम्हें एक दूसरा मौका दे रहा हूँ कि तुम मेरी पत्नी के रूप में सहज ज़िन्दगी जियो। इस बार न विश्वविद्यालय से कोई मित्र आएँगे, न कैम्पस पर अब और बैठकें होंगी, महिलाओं के साथ अब और प्रयोग भी नहीं होंगे। तुम आराम से बस कर, मेरी पत्नी के रूप में अपने फर्ज पूरे करोगी।" एक क्षण के लिए चुप्पी छा गई। "क्या तुम्हारी कुछ और माँगें हैं?"

"क्या मेरे पास अखबार भिजवाए जा सकते हैं?"

"ज़रूर!"

अल्हाजी हारून जाने के लिए उठ गए। उन्होंने उसकी तरफ़ देखकर धीरे से पूछा : "तुम्हें कितने महीने का गर्भ है, बताओगी?"

"मेरा खयाल है, तीन महीने से थोड़ा-सा ज़्यादा।"

कुछ हफ़्तों के बाद, टेलीफोन की घण्टी बजी। उधर बिल्किसु थी। वह अमीना से कुछ गलियाँ छोड़कर रहती थी, और उससे मिलने आना चाहती थी। वह कुछ देर बाद दरवाज़े पर खूब मुस्कुराती हुई प्रकट हुई। "जब यह प्रदर्शन हुआ तो मैं और मेरे पति दुबई में थे," उसने सफाई दी। वे बैठक में बैठ गईं, और अमीना ने जो घटित हुआ था, उसे बताया।

"तुम्हें किस बात का सबसे ज़्यादा ताज्जुब हुआ?"

"मुझे ईमानदारी से बिलकुल उम्मीद नहीं थी कि मजिस्ट्रेट हमें रिहा कर देगा।"

"और पुलिस के बारे में?"

"मुझे यह उम्मीद नहीं थी कि वे असली गोलियों से लैस होकर आएँगे और ऐसी स्थिति में जहाँ इसकी कोई ज़रूरत नहीं थी, बर्बरता से पेश आएँगे।"

"मुझे बताया गया है कि तुम बड़े साहस से बोलीं। क्या मुकदमे से पहले तुमने अपने भाषण की रिहर्सल की थी?"

"नहीं," अमीना ने कहा। "मैंने कभी नहीं सोचा था कि मुझे बोलने का मौका मिलेगा।"

"जेल में ज़िन्दगी कैसी थी?"

"भयानक!"

"मुझे खुशी है कि तुम उस जगह से बाहर निकल आईं।"

"नहीं, हम सब एक बड़े जेल में थे। हमारा समाज एक बड़ी जेल है, जहाँ लोगों की तालाबन्दी करने के लिए, अलग-अलग तरह की सांस्थानिक चाबियों का इस्तेमाल किया जाता है और सैनिक और सिपाही इनके जेलर हैं।"

"क्या तुम इस बात से परेशान हो कि हमारी हार हुई है?"

"हम लड़ाई में हारे हैं युद्ध में नहीं। हमने अपनी सम्पत्ति और एक साथी खोया है, अपनी हिम्मत नहीं, इसलिए अब हम भी मज़बूत हैं। हमने व्यवस्था की ताकतों और कमजोरियों को परखा है। वे यह लड़ाई जीत गए हैं, पर उनकी जीत अस्थायी है।"

"आगे क्या होगा?"

"मैं अभी कुछ नहीं कह सकती। समय बताएगा। महिलाओं को और तकलीफ झेलनी पड़ेगी पर अब उन्हें मालूम है कि वे अपने अधिकारों के लिए लड़ सकती हैं। हमें नए सिरे से शुरू करना पड़ेगा। और अधिक शक्ति बटोरनी होगी, संकल्प शक्ति का और विकास करना होगा ताकि हम प्रतिरोध और संघर्ष कर सकें। हमारा प्रदर्शन और 'स्टे अवे' कार्रवाई आगे आनेवाले और आन्दोलनों के लिए पूरी तैयारी से किया गया अभ्यास थीं। मैंने यह समझ लिया कि जनता अब पुरातन कानूनों, परम्पराओं और रीति-रिवाजों के अनुसार रहना नहीं चाहती।

वे परिवर्तन के लिए व्याकुल हैं। वे कानून और व्यवस्था चाहते हैं। खुशी और समृद्धि चाहते हैं और गरीबी, बीमारी और भूख का अन्त चाहते हैं। अगर हमारे वर्तमान शासक यह परिवर्तन नहीं ला सकते, तो हमें उन्हें हटाकर एक ऐसी व्यवस्था का निर्माण और उसकी रक्षा करनी होगी, जो हमारे हित में हो।''

''वह कौन-सी ख़ास समस्या है जो तुम्हें परेशान कर रही है?''

''यही कि संघर्ष के नए दौर का आयोजन कैसे किया जाए। जब मैं किसी नेता को अन्याय करते देखती हूँ, तो मैं मुसलमान होने के नाते उधर से पीठ नहीं मोड़ सकती। पैगम्बर साहब ने कहा था, ''जो व्यक्ति किसी ऐसी स्थिति को देखता है जिसमें अन्याय हो रहा हो, तो उसे उस स्थिति को बदलने का प्रयास करना होगा।'' मेरे खयाल से इस बात से मेरी स्थिति की व्याख्या हो जाती है।

''मेरे पति का कहना है कि तुम आदर्शवादी हो।''

''बिलकुल नहीं, मैं तो वास्तविकता में विश्वास करती हूँ। मैं जो कुछ भी करने का संकल्प करती हूँ, मेरी कोशिश यही होती है कि मैं सच्चाई से करूँ। और अपने और जो लोग मेरे चारों तरफ़ हों उनके लिए ठोस आधार बनाए रखूँ। मेरा विश्वास जीवन में है, संघर्ष में है और सर्वशक्तिमान अल्लाह में है। एक शालीन, सहज और ढंग की ज़िन्दगी की रचना करने के लिए बहुत कुछ करना पड़ता है और उसमें हर व्यक्ति को सार्थक योगदान करना होता है। जब ये तमाम समस्याएँ हमारे सामने हों, तो हम चुप कैसे बैठ सकते हैं?''

''तुम्हारे खयाल से हमें इस देश में किस बात की ज़रूरत है?''

''हमारे लिए चीज़ों को सही करना ज़रूरी है, और उन्हें सही करने के लिए हमें क्रान्ति की ज़रूरत है।''

''कैसी क्रान्ति?''

''जो समाज की पूरी संरचना को बदल दे, और एक नए तरीके के जीवन की शुरुआत करे। हम सबके लिए न्याय, स्वतन्त्रता और समानता, प्रेम, समझदारी और इज़्ज़त सुलभ कराए। एक सच्ची क्रान्ति जो जनता की आकांक्षाओं को सन्तुष्ट करे; किसानों और उनके परिवारों को ज़मीन-खाना और अच्छा रहन-सहन, कामगारों को काम और बेहतर ज़िन्दगी, युवा पीढ़ी को उम्मीद और शिक्षा, और महिलाओं को ऐसे अवसर दे कि वह समाज के विकास में सक्रिय भाग ले सकें। सबसे अधिक हमें ऐसी क्रान्ति की ज़रूरत है जो हमारे समाज का आधुनिकीकरण कर दे।''

वे दोनों कुछ क्षण के लिए ऐसे चुप हो गईं, मानों किसी प्रार्थना का मन ही मन उपसंहार कर रही हों। अमीना ने धीरे से कहा, ''यद्यपि ऐतिहासिक कदम सामान्य रूप से लगभग बिना आवाज़ के उठते हैं पर वे पूरी तरह निःशब्द नहीं होते। जिनके कान तेज़ होते हैं वे उनकी आहट सुन लेते हैं।''

तीन दिन बाद, हउआ सुबह-सुबह आई और उसने उत्तेजित होकर पूछा, "अमार्या क्या आपने खबर सुनी है?"

"नहीं! क्या खबर है?"

"सरकार बदल गई है।"

अमीना की प्रतिक्रिया हउआ की तरह उत्तेजनापूर्ण तो नहीं हुई, पर उसने रेडियो चला दिया जिसमें इस कहानी का सूचक सैनिक संगीत बजा रहा था। वह तब तक सुनती रही जब तक एक घोषणा ने संगीत में बाधा देकर यह खबर दी कि रक्तहीन राज्य-विप्लव के द्वारा असैनिक-प्रशासन का तख्ता पलट दिया गया है। एक आवाज़ ने लयात्मक स्वर में रस्मिया प्रक्रिया का पाठ करना शुरू किया जिसकी वह अभ्यस्त थी :

"संविधान को अनिश्चित काल के लिए निलम्बित कर दिया गया है। आपातकाल की घोषणा कर दी गई है।

संघ और राज्य की संसदों को समाप्त कर दिया गया है।

हर राज्य में सैनिक अदालतों की स्थापना होगी।

धार्मिक उद्देश्य के अलावा सब सभाओं पर प्रतिबन्ध लगा दिया गया है। पुलिस और सेना को विरोधियों पर गोली चलाने का अधिकार दे दिया गया है। शाम से सवेरे तक कर्फ़्यू लगा दिया गया है।

पुलिस और सेना तोड़-फोड़ करने वालों को बिना मुकदमा चलाए अनिश्चित काल तक हवालात में रख सकेगी। उन्हें बिना वारण्ट के घरों में घुसकर कोई भी ऐसी कार्रवाई करने का अधिकार होगा जिसे व्यवस्था कायम रखने के लिए वे ज़रूरी समझते हों।"

अमीना ने गहरी साँस ली। कुछ समय पहले इस राज्य विकल्प का दूसरा अर्थ होता। अब उस पर कोई असर नहीं हुआ। तीन दिन बाद, लेफ़्टिनेंट कर्नल अबूबकर उसमान को राज्य का सैनिक प्रशासक नामजद कर दिया गया और अल्हाजी हारून विधायकों के इलाके से उसके घर आ गए। उसने देखा कि वे सरकार में होनेवाले बदलाव से परेशान नहीं, बल्कि वे अच्छे मूड में हैं।

"ये सिपाही हमारी हत्या नहीं करेंगे," उन्होंने समझाया। "और मेरा ख़याल है कि वे हमारी सम्पत्ति भी ज़ब्त नहीं करेंगे।" अमीना ने बस कन्धे उचकाए। एक हफ़्ते बाद, जब लेफ़्टिनेंट कर्नल अबूबकर उसमान ने अपने मन्त्रिमण्डल के सदस्यों का ऐलान किया तो अल्हाजी हारून उसमें आर्थिक विकास के नए कमिश्नर थे।

उसी शाम, कुलु मुस्कुराती हुई आई। उसने बहुत खुशी के साथ घोषणा की कि, "मेरे पति को नई संघीय सैनिक सरकार में मन्त्री बनाया गया है। मैंने तुमसे कहा नहीं था, कि फातिमा और उसके गुट के लोग, बेकार के कायर लोग हैं?

कहाँ हैं वे अब? वे सब देश छोड़कर भाग गए हैं।" ऐसा कहकर वह तब तक हँसती रही जब तक उसकी आँखों में आँसू नहीं आ गए और उन्हें उसे पोंछना पड़ा।

"अमीना इस समय तुम्हारे लिए, नए सिरे से शुरू करने का अच्छा मौका है। पैसा बनाने के बहुत से अवसर हैं। मौके का उपयोग करो।"

अमीना ने धीरता से जवाब दिया, "मैं गर्भवती हूँ और मैं बच्चे को जन्म देने तक इन्तज़ार करूँगी। उसके बाद फैसला करूँगी कि मुझे आगे क्या करना है।"

अमीना ने राज्य-विप्लव के बारे में पहली बार कुछ तब महसूस किया जब उस दिन रात को लैला ने उसे फोन किया। उसकी आवाज़ काँप रही थी। "कैम्पस पर स्थिति बहुत तनावपूर्ण है। चारों तरफ़ से बड़ी संख्या में सुरक्षा-दल ने घेर रखा है। कुछ शिक्षकों को गिरफ़्तार कर लिया गया है, और कुछ को उनके घरों और दफ़्तरों में पीटा गया है। वातावरण में भय और असुरक्षा व्याप्त है। पीटर एकिन हवालात में है। ट्रेड यूनियन के उन लोगों को भी जिन्होंने संविधान के रद्द किए जाने का विरोध किया था, हवालात में डाल दिया गया है।"

"तुम इस समय कहाँ हो?" अमीना ने पूछा।

"मैं कहीं छिपी हुई हूँ।"

"फातिमा कहाँ है?"

"वह और दनबाकी देश से भाग गए हैं। बटूरे ने उनके निकलने का इन्तज़ाम किया।"

"मुक्तार कहाँ है?"

"मुझे नहीं मालूम। लेफ़्टिनेंट कर्नल अबूबकर उसमान ने उसकी गिरफ़्तारी का वारण्ट ज़ारी किया है।"

"क्यों?"

"राज्य-विप्लव से कुछ ही पहले उसने एक लेख प्रकाशित किया था जिसमें कहा गया था कि सैनिक तानाशाही विकास में रुकावट डालती है और राज्य का प्रशासक इसे विनाशकारी समझता है। हमारा ख़याल है कि वह किसी पड़ोसी देश में है, जहाँ से वह राजनीतिक शरण लेने के लिए यूरोप चला जाएगा। बटूरे ने मुझे भी निकाल ले जाने का प्रस्ताव किया है, और मुझे डर है कि मुझे उसके इस प्रस्ताव को स्वीकार करके जाना होगा। मैं सम्पर्क में रहूँगी।"

विप्लव के तीन महीने बाद तक, अमीना को अपने विश्वविद्यालय के मित्रों के बारे में मिलने वाली यह आखिरी खबर थी। जब वह प्रसूति से पहले अपनी जाँच कराने के लिए क्लीनिक गई थी; प्रतीक्षा-कक्ष में, वह ऐसे ही समाचार-पत्र पलट रही थी कि उसमें छपे एक चित्र पर उसका ध्यान गया। उसमें उसके पति,

बटूरे और लेफ़्टिनेंट कर्नल उसमान एक साथ मुस्कुराते हुए दिखाए गए थे। उन्होंने तभी एक सौदे पर दस्तख़त किए थे, जिसके तहत राज्य के खनिज संसाधनों को एक अन्तर्राष्ट्रीय संकाय के अधीन कर दिया गया था। उसके पति को यह कहते हुए उद्धृत किया गया था कि "यह विकास को क़ायम रखने की दिशा में एक विराट कदम है।"

शाम की नमाज़ के बाद जब अमीना टेलीविज़न देख रही थी, किसी ने दरवाज़ा खटखटाया। हउआ ने खोला तो बिल्किसु दो अंगरक्षकों के साथ अन्दर आई। उसका चेहरा चमक रहा था। उसने अपने आने के बारे में पहले से खबर न देने के लिए माफी माँगी। "तुम्हारा हर वक़्त स्वागत है" अमीना ने कहा।

"रेबेका और ग्लोरिया की कोई खबर है? उन्होंने कुछ समय से मुझसे सम्पर्क नहीं किया।"

"वो दोनों ठीक हैं। रेबेका रिहा होने के तुरन्त बाद ज़ुरू चली गई और ग्लोरिया अपने पुरुष मित्र के पास रहने लगी। मैं उनके सम्पर्क में हूँ और उन्होंने तुम्हारे प्रति हार्दिक सम्मान भेजा है।"

"क्या तुम्हें फातिमा की कोई खबर मिली?"

"हाँ मैंने कल ही रात को उससे बात की थी और उसने तुमसे जल्दी ही बात करने का वायदा किया था। वह एक बहुत दिलचस्प परियोजना के बारे में तुमसे बात करना चाहती है।"

"किस बारे में?"

"मुझे नहीं मालूम।" एक क्षण रुककर बिल्किसु ने लड़खड़ाती आवाज़ में कहना शुरू किया। "मैं अपने पति से, जो राज्य के सैनिक प्रशासक हैं, एक सन्देश लाई हूँ। महामहिम अपने मन्त्रिमण्डल में महिलाओं के मामले में प्रथम कमिश्नर का पद सँभालने के लिए तुम्हें आमन्त्रित करना चाहते हैं। "अमीना ने कोई प्रतिक्रिया व्यक्त नहीं की। वह बस मुस्कुराई और उसने बिल्किसु से अपना प्रस्ताव दोहराने के लिए कहा। वह ध्यान से बिल्किसु और उसके अंगरक्षकों की तरफ़ देख रही थी। उसके बाद वह बोली, "देखो बिल्किसु, निमन्त्रण के लिए शुक्रिया। पर मैं इतनी निराश नहीं हूँ। मेहरबानी करके सैनिक प्रशासक से कह दें कि मैं अपने प्यारे देश के योजनाबद्ध ढंग से विनाश में भाग नहीं ले सकती।"

बिल्किसु निराश दिखाई पड़ी। उसने सिर झुका लिया। एक क्षण के लिए चुप्पी छाई रही। तभी टेलीफोन की घण्टी बजी। अमीना ने उसे उठा लिया और सहसा उसका खुशनुमा चेहरा मुस्कान से चमक उठा।

"तिलोती, कैसा सुखद आश्चर्य है...फातिमा मुझे फिर तुम्हारी आवाज़ सुनकर बेहद खुशी हो रही है।" फातिमा ने उसे बताया कि वह और दनबाकी कैसे बचकर निकले थे। साथ ही उसने अपनी भविष्य की योजनाओं के बारे में बात की। उसके

बाद उसने अमीना की स्थिति की बात उठाई।

"मैं तुम्हारे फिलहाल दबकर रहने के फैसले के बारे में समझ सकती हूँ। पर तुम यह बात सुनो। मुझे युनाइटेड-नेशंस के एक अफ़सर ने सूचना दी है कि वे तुम्हें सम्मान स्वरूप एक सर्टीफ़िकेट भेंट करना चाहते हैं। जगह का चुनाव तुम्हारा होगा।" अमीना की पहली प्रतिक्रिया इस सम्मान को नामंज़ूर करने की हुई। पर लम्बी बातचीत के बाद फातिमा ने उसे इसे स्वीकार करने के लिए तैयार कर लिया।

"यहाँ जो हो रहा है, दुनिया को दिखाने का यह सबसे अच्छा मौका है। तुम बोकारो को अन्तर्राष्ट्रीय दृश्य पर प्रस्तुत कर सकोगी और संघर्ष को एक स्तर ऊँचा उठा सकोगी। तुम्हें यह सुनहरा अवसर कभी नहीं खोना चाहिए।" फातिमा ने तर्क दिया। अमीना ने आखिर सम्मान स्वीकार करने के लिए रज़ामन्दी दे दी। साथ ही एक भाषण लिखने के लिए भी। मगर, जब फातिमा ने इस समारोह के लन्दन में आयोजन की इच्छा जताई, तो अमीना ने ज़ोर दिया कि वह बोकारो में ही होना चाहिए, जहाँ यह सब घटित हुआ था।

फातिमा और अमीना बड़ी देर तक बात करती रहीं। भविष्य की योजनाओं के बारे में विचारों का आदान-प्रदान होता रहा। आखिर जब फातिमा बात ज़ारी रखने में बहुत थकान महसूस करने लगी, तो उसने अपनी मित्र से कहा, "मैं तुम्हारे साथ हूँ फातिमा। हमें संघर्ष को अवश्य ज़ारी रखना है। हमारे पास कोई और विकल्प नहीं है। हमारे दिलों में एक ऐसा भविष्य है जिसे हमें जन्म देना है। मैं समर्थ हूँ और अगले दौर के लिए तैयार हूँ...और मैं इसलिए उत्साहित हूँ क्योंकि मैं जानती हूँ कि हम सफल हो सकते हैं...एक बेहतर दुनिया मुमकिन है।"

❑ ❑ ❑